W0328110

Zum Buch:

Wann, wenn nicht jetzt? Mit fast fünfzig kauft Miriam während eines Urlaubs in Südfrankreich spontan ein altes Haus mit einem großen verwilderten Kirschgarten.
Hier will sie ihren Neuanfang genießen und künftig von dem Ertrag ihrer Kirschbäume leben. Doch das ist gar nicht so leicht. Im Haus gibt es keinen Strom, der angeheuerte Gärtner stellt sich als Konkurrent heraus, der im Dorf Wetten abschließt, wie lange sie durchhält, auf dem Dachboden haust ein Steinkauz und gegenüber feiert der charmante Philippe die Nächte durch und bringt Miriam im doppelten Sinn um den Schlaf.

Zur Autorin:

Tania Schlie schreibt seit zwanzig Jahren Bücher. Sie liebt es, sich in ihren Romanen die Geschichten von starken Frauen auszudenken und ihre Leserinnen an die wirklich schönen Orte mitzunehmen, deren Besonderheiten und Geschichte sie erzählt. Frankreich gehört ihre große Liebe. Sooft es geht, fährt sie dorthin, um Stoff für neue Bücher zu finden. Wie Madame Richard träumt sie von einem Leben im Süden. Bis es soweit ist, lebt sie in der Nähe von Hamburg. Weitere Informationen finden Sie unter www.tania-schlie.de.

Lieferbare Titel:

Die Kirschen der Madame Richard
Die Spur des Medaillons
Der Duft von Sommerregen
Elsas Erbe
Eine Liebe in der Provence
Zwischen uns der Ozean
Der Duft von Rosmarin und Schokolade
Die Liebe der Mademoiselle Godard

Tania Schlie

Die Kirschen der Madame Richard

Roman

HarperCollins

1. Auflage 2022
Neuausgabe
© 2022 by HarperCollins in der
Verlagsgruppe HarperCollins Deutschland GmbH, Hamburg
Umschlaggestaltung von bürosüd, München
Umschlagabbildung von mauritius images / Westend61 / Larissa Veronesi,
y_seki, Maria Evseyeva, Stephanie Frey, rom_olik / Shutterstock
Gesetzt aus der Stempel Garamond
von GGP Media GmbH, Pößneck
Druck und Bindung von GGP Media GmbH, Pößneck
Printed in Germany
ISBN 978-3-365-00237-7
www.harpercollins.de

Klimaneutral
Druckprodukt
ClimatePartner.com/15109-2009-1001

MIX
Papier
FSC FSC® C014496

Alleinstehende Frau von Eule angefallen

Miriam klemmte sich die Flasche Rotwein unter den Arm und suchte nach dem Korkenzieher, der irgendwo in dem Durcheinander auf dem großen Tisch liegen musste. Dabei fiel ihr Blick auf das Handy, und sie griff automatisch danach.

»Was für eine dumme Angewohnheit«, schimpfte sie. Sie erwartete keinen Anruf, abgesehen davon war ein Handy in dieser abgelegenen Gegend Südfrankreichs mehr als unpassend. Zumal an einem lauen Frühlingsabend unter einem blanken Sternenhimmel, der schon fast kitschig war. Sie hatte bisher nicht einmal ausprobiert, ob sie hier überhaupt Empfang hatte. Strom gab es jedenfalls nicht.

Sie wog ihr Telefon in der Hand. Oder sollte sie doch versuchen, jemanden anzurufen? Um zu erzählen, wie schön es hier war und was sie heute getan hatte? Dass sie in einem Anfall von spontaner Verrücktheit dieses kleine Bauernhaus gekauft hatte, in dessen Küche sie gerade stand? Nein, entschied sie dann. Ihr Herz war zwar so voller Glück, dass es für zwei oder mehr Personen gereicht hätte, aber sie wollte den ersten Abend ihres neuen Lebens ganz für sich allein haben. Außerdem war sie sich nicht sicher, wie ihre Freundin Frederike oder ihrer Tochter Merle in Hamburg reagieren würden, wenn sie ihnen erzählte, was sie getan hatte. Es bestand immerhin die Möglichkeit, dass sie ihren spontanen Entschluss für einen Anfall von Wahnsinn halten würden. Sie wollte sich aber nicht die Laune verderben lassen.

Sie legte das Telefon wieder auf den Tisch und ging nach draußen. Neben dem Eingang setzte sie sich auf die von der Sonne ausgeblichene Bank. Vor ihr stand ein altes Weinfass, das sie hinter dem Haus gefunden und hierhergerollt hatte. Es diente ihr als Tisch. Sie stellte das Glas und die Flasche zu dem Teller mit Käse und Brot und seufzte tief auf vor Behagen. Schon vor zwei Wochen hatte sie diesen verwunschenen Platz entdeckt und sich die Freiheit genommen, sich jeden Tag hierhinzusetzen, denn das Haus stand offensichtlich leer. Diese Bank zog sie an und verzauberte sie. Sie war hierhergekommen, um zu träumen. Dabei hatte sie selbst nicht fassen können, wie sentimental sie wurde. Es war doch schließlich nur ein altes Haus. »Nein, genau das ist es eben nicht!«, sagte sie energisch und erschrak vor ihrer eigenen Stimme. Es war viel mehr. Es war alles, wovon Miriam träumte.

Und seit heute Morgen war dies ihr Haus, es waren ihre Bank und ihr Weinfass! Sie konnte immer noch nicht so richtig begreifen, wie das passiert war, und kniff sich in den Oberarm, um sicherzugehen, dass sie nicht träumte.

»Ich habe ja gesehen, dass Sie die Überweisung für die Anzahlung ausgefüllt haben. Mit der Unterzeichnung des Vorvertrags gehört die Immobilie nach französischem Gesetz damit Ihnen. Ich gebe Ihnen schon mal den Schlüssel. Die Eigentümerin ist einverstanden«, hatte Oscar Poulenc, der Makler, an diesem Vormittag zu ihr gesagt. Sie standen nach der Besichtigung vor dem Haus. Er schloss ab und überreichte ihr einen schweren Bartschlüssel. »Dann können Sie schon mal die Umbauten planen. Ich könnte Ihnen einen guten Architekten empfehlen. Ich nehme an, Sie wollen einen Pool? Die Sommer werden hier ganz schön heiß, und bis zum Meer sind es nun mal vierzig Kilometer.«

Miriam hatte den Rest gar nicht mehr gehört, nur das mit dem Schlüssel. »Wunderbar, dann ziehe ich noch heute ein.«

Poulenc hatte sie entsetzt angesehen. »Das Haus hat keinen Strom!«

»Es hat auch keine Dusche«, hatte Miriam sanft erwidert.

»Aber es ist ja schon ziemlich warm, und im Hof gibt es doch den Brunnen. Erinnern Sie sich? Wir haben gerade nachgesehen, ob die Pumpe funktioniert.«

»Ist ja Ihre Sache.« Er hatte mitleidig mit den Schultern gezuckt. »Ich meine es nur gut mit Ihnen.«

Miriam lehnte sich an die rauen Steine ihres Hauses und spürte die Wärme, die sie über den Tag gespeichert hatten, in ihrem Rücken. Unglaublich, wie warm es hier schon im März werden konnte. In Gedanken ging sie durch ihr Haus. Es war klein, ein altes Bauernhaus aus hellen Natursteinen, ein *mas*, wie man hier sagte, mit einem flachen Dach aus Schieferplatten. Im Erdgeschoss führte die Tür direkt in die große Küche, die die gesamte linke Hälfte des Hauses einnahm. Hier stand ein alter massiver Tisch. Eine zweite Tür führte von der Küche auf den schmalen Flur, von dem zwei Zimmer abgingen. Am Ende lag ein Bad mit einer frei stehenden Wanne. Miriam hatte einen Luftsprung gemacht. Eine Badewanne! Als sie gesehen hatte, wie dreckverkrustet sie war, war sie wieder auf dem Boden der Tatsachen gelandet. Und dann war ihr eingefallen, dass die Wasserversorgung abgestellt war.

»Hier hat ja schon seit Jahren keiner mehr gewohnt. Vielleicht sind die Leitungen auch kaputt«, hatte Monsieur Poulenc gesagt, der das Haus mit ihr besichtigt hatte.

Vor Dreck hatte Miriam noch nie Angst gehabt, und um die Wasserversorgung würde sie sich kümmern. Sie beschloss, die Wanne zu lieben. Neben dem Badezimmer führte eine ziemlich wacklige Treppe auf den Dachboden. Den würde sie nicht brauchen und ihn erst mal so lassen, wie er war. Die Räume unten reichten für sie allein völlig aus. In einem der Zimmer stand noch ein altes Bettgestell. Als sie das gesehen hatte, war in ihr der Entschluss gereift, sofort einzuziehen.

»Sie nehmen mich doch mit zurück ins Dorf?«, hatte sie den Makler gefragt, als sie beide nach den Formalitäten vor dem

Haus standen. »Ich würde gern meine Sachen aus dem Hotel abholen.« Der Ort lag vielleicht zweihundert Meter den Berg hinunter. Auf der Straße erreichte man ihn über drei scharfe Kurven auf der schmalen Straße.

»Aber selbstverständlich. Ich muss sowieso weiter nach Ceret.«

Ceret hieß der nächste größere Ort an der Straße, die zur Autobahn und ans Meer führte.

»Oh, können Sie mich stattdessen auch nach Ceret fahren? Ich muss ein paar Dinge besorgen, wenn ich hier wohnen will.«

Oscar Poulenc hatte zweifelnd den Kopf geschüttelt, aber dann war er mit ihr in den großen Carrefour-Supermarkt gefahren. Miriam hatte sich eine Matratze, eine Bettdecke und ein Kopfkissen gekauft. Und ein paar Tassen und Teller, einen Campingkocher plus Gasflasche, einen Topf und eine Pfanne sowie ein paar andere Dinge und die allernötigsten Lebensmittel. Monsieur Poulenc hatte ihr geholfen, alles zusammenzusuchen und in seinem Renault zu verstauen und hier wieder auszupacken. Vorher waren sie sogar noch in dem Hotel vorbeigefahren, in dem Miriam bisher gewohnt hatte. Dort hatte sie ihre Sachen in den Koffer geworfen und ausgecheckt. Miriam war Oscar sehr dankbar für seine Hilfe. Wahrscheinlich war er ihr ebenso dankbar, weil sie von ihm ein Haus gekauft hatte. So gut lief sein Geschäft vermutlich nicht, denn er betrieb im Hauptberuf die kleine Autowerkstatt von Montbolo. Aber er war nett und gutmütig, und er war beim Tragen ganz schön ins Schwitzen gekommen.

Dann war er weggefahren, aber nicht, ohne sie vorher noch einmal eindringlich zu befragen, ob sie wirklich ganz allein in diesem Haus, ohne Strom und so …? Miriam wollte. Sie wollte in diesem Augenblick nichts mehr als vor ihrem neuen kleinen Haus sitzen und ihr altes Leben in Hamburg hinter sich lassen. Dass sie jetzt hier wohnte, hatte zudem den Vorteil, dass Monsieur Frochot, der Besitzer des einzigen Hotels von Montbolo, in dem sie bisher gewohnt hatte, sie in Zukunft mit seinen Vorschlägen verschonen würde, ihr das Frühstück ans Bett zu servieren. Meine Güte, er war zwar nett, aber auch mindestens zwanzig Jahre älter als sie! Die winzige Pension hatte nur drei Zimmer, außer ihr gab es keine anderen Gäste. Zum Essen war sie bisher die wenigen Schritte in das Café am Marktplatz hinübergegangen.

Sie nahm einen Schluck Wein. Auch den hatte sie bei Carrefour gekauft, ebenso wie den Korkenzieher. Oscar hatte sie darauf hingewiesen, dass sie den bestimmt brauchen würde.

»Dafür lassen Sie lieber die Pfanne stehen«, hatte er gesagt.

Der Wein schimmerte fast violett im Glas und schmeckte unglaublich gut nach Stachelbeeren, weich umspielte er ihren Gaumen. Miriam schnitt noch ein Stück von dem leicht krümeligen Matoq Bleu ab, einem Blauschimmelkäse aus den Pyrenäen.

»Nehmen Sie den«, hatte Oscar gemeint, als sie ratlos vor dem Riesenangebot in der Käsetheke gestanden hatte. Der Spruch von de Gaulle war ihr in den Sinn gekommen: Wie soll man ein Land regieren, das zweihundertvierundsechzig Käsesorten hat? Seitdem de Gaulle das gesagt hatte, waren bestimmt noch einmal so viele Sorten dazugekommen, und die lagen gerade höchst appetitlich vor ihr in der Käsetheke. »Nehmen Sie unbedingt den, der kommt hier aus der Gegend«, hatte Oscar noch einmal gesagt. »Ein Ziegenkäse, ein Gedicht.«

Er hatte recht. Sie mochte diesen Ziegenkäse, der kräftig und cremig war, und beschloss, Oscars Ratschlag in kulinarischen Dingen in Zukunft blind zu vertrauen. Sie strich den Käse auf das knusprige Baguette, das sie auf dem Heimweg in der Boulangerie von Montbolo gekauft hatten, und ließ sich das Häppchen genießerisch auf der Zunge zergehen.

Sie nahm noch einen Schluck Wein. All diese französischen Köstlichkeiten könnte sie von heute an jeden Tag haben. Jedenfalls solange Carrefour nicht zumachte oder Wein und Käse aus dem Sortiment nehmen würde. Miriam lächelte bei dem Gedanken.

Sie leckte den Rest Käse von der Messerspitze und seufzte behaglich. Meine Güte, wenn sie daran dachte, wie sie hierhergekommen war! Auf diese Terrasse in Südfrankreich unter einem Himmel, der von Sternen übersät war. Wenn man ihr das vor ein paar Wochen prophezeit hätte, hätte sie sich wahrscheinlich halb totgelacht …

Aus dem Gartentagebuch von Gaston Bonnefoi

»Der Garten ist das, was vom Paradies übrig geblieben ist.« Ich weiß nicht, wer das gesagt hat, aber es scheint mir richtig zu sein. Wenn ich über dieses kahle Stück Land schaue, das ich gekauft habe, dann stelle ich mir vor, wie es hier in ein paar Jahren aussehen wird, wenn meine Arbeit Früchte trägt.

Ich sehe mich abends, nach getaner Arbeit, durch diesen Garten gehen und mich an seinem Reichtum freuen. An den Früchten, die schwer an den Bäumen hängen, an den Beeren und den Dingen, die in der Erde darauf warten, ausgegraben zu werden. Ich werde die Düfte wahrnehmen, und die bunten Farben des Blumengartens werden mich zum Lächeln bringen. Im Lavendel werden die Bienen summen und die Schmetterlinge flattern.

Meine Kinder sollen in diesem Garten spielen und herumtollen.

Ich habe als Erstes drei Walnussbäume hinter dem Haus gepflanzt. Denn wie heißt es so schön? »Eine Walnuss in der Tasche schützt vor dem Teufel und vor dem bösen Blick.«

Sommer in Hamburg: Nur noch 155 Tage Regen, dann schneit es wieder!

Sechs Wochen zuvor, an einem verregneten Tag im Februar, war Miriam völlig durchnässt in ihrer Wohnung im Hamburger Stadtteil Barmbek angekommen. Als sie die Tasche mit den Einkäufen und den riesigen Strauß Tulpen auf dem Küchentisch ablegte, hinterließ sie eine Wasserspur im Flur. Sie zog den nassen Mantel aus und zerrte die feuchte Jeans von den Oberschenkeln. Mit einem Stöhnen der Erleichterung streifte sie ihre warme Jogginghose über und rubbelte sich im Bad die Haare einigermaßen trocken. Dann ging sie wieder in die Küche und setzte Wasser für Tee auf, denn ihr war immer noch kalt nach dem Sauwetter draußen. Während das Wasser kochte, packte sie die gekauften Lebensmittel aus. Das Brot, das zuoberst in der Einkaufstasche lag, war durchgeweicht, als wollte sie damit einen Hackbraten zubereiten. Sie fluchte leise, schnitt den unbrauchbaren Teil ab und beförderte ihn mit Schwung in den Mülleimer. Der Käse war gut verpackt und hatte nichts abbekommen, aber die Petersilie war im wahrsten Sinne des Wortes verhagelt. Zum Glück hatten die Tulpen das Wetter erstaunlich gut überstanden. Miriam versenkte ihre Nase in den armdicken Strauß. Es waren mindestens fünfzig, in allen Farben, und sie hatte sie so fest gebunden und in Papier eingeschlagen, dass der Regen ihnen nicht viel anhaben konnte. Das war der Vorteil, wenn man in der Verwaltung des Blumengroßmarkts arbeitete. Es gab immer frische Blumen in Hülle und Fülle. Damit kam Miriam ihrem Traum, mit Blumen und Pflanzen zu arbeiten, aber auch schon so nahe, wie es in einer Großstadt möglich war. Richtig Spaß machte ihr die Arbeit schon lange nicht mehr. Die üppigen Bunde nicht verkaufter Blumen, die die Händler ihr manchmal in die Hand drückten, waren da nur ein Trostpflaster. Wenn sie es sich recht überlegte, hatte sie auch keine Lust mehr auf das Leben in Hamburg. Die Stadt strengte sie zunehmend an, auch wenn kein typisches Hamburger Februarwetter war wie heute. Sie mochte Blumen und Bäume, einen weiten Himmel und Platz zum Träumen.

Das Wasser kochte, und sie goss sich einen Becher Sylter Kräuter auf. Mit der dampfenden Tasse setzte sie sich an den Küchentisch und sah den Stapel Post durch, den sie beim Hereinkommen aus dem Briefkasten genommen hatte. Werbung, der neue IKEA-Katalog, eine Einladung zur Eigentümerversammlung. Und eine Postkarte von Merle. Vorne drauf stand ein Spruch: *Vorsicht, ich habe eine verrückte Mama, und ich habe keine Hemmung, sie einzusetzen!*

Miriam lächelte in sich hinein. Das war Merles Art, ihr zu sagen, dass sie sie liebte, auch wenn sie oft mit den Augen rollte. Sie drehte die Karte herum, um zu lesen, was ihre Tochter ihr geschrieben hatte.

Hallo Mama, nur ganz schnelle liebe Grüße. Ich fahre übers Wochenende mit ein paar Leuten zum Skifahren.

Merle war fünfundzwanzig und studierte in Hannover Jura. Nach dem Abitur war sie eine Zeit lang in der Welt herumgereist, und es war für Miriam selbstverständlich gewesen, ihr ein Zuhause bereitzuhalten, zu dem sie zurückkehren konnte. Allerdings war eine andere Merle aus Neuseeland zurückgekommen. Sie war erwachsen geworden und hatte ihr auf ziemlich schmerzhafte Weise deutlich gemacht, dass sie ihre Mutter nicht mehr brauchte. Miriam platzte manchmal fast vor Stolz, wenn sie sah, wie selbstbewusst Merle durchs Leben ging, wie viel Vertrauen sie in sich und ihre Zukunft hatte. Dass sie aber so unabhängig geworden war, tat schon bisweilen weh.

Seitdem saß sie hier allein in ihrer Wohnung, die viel zu groß war. Manchmal war es ganz schön einsam um sie. Zu Weihnachten war Merle gekommen und mit ihr ihre Freundinnen, die es inzwischen in alle Himmelsrichtungen verstreut hatte. Sie nutzten Miriams Wohnung als Treffpunkt, ihre Küche war ständig belegt, der Kühlschrank immer leer, und die Wäscheberge vor der Waschmaschine wurden immer höher. Als sie dann über Silvester alle in die Berge gefahren waren, war Miriam einerseits erleichtert gewesen, dass der Trubel vorüber war, aber sie war auch wehmütig geworden.

In Gedanken schickte Miriam einen Gruß an ihre Tochter in Hannover, dann nahm sie den nächsten Brief vom Stapel. Als Absender war ein Notariat in Nürnberg angegeben. Das war merkwürdig. Miriam drehte den Brief in den Händen und glaubte an eine Falschsendung. Was hatte sie mit einem Notar in Süddeutschland zu tun? Aber da stand ihre Adresse. Sie öffnete den Umschlag und las. Dann las sie noch einmal, weil sie nicht glauben wollte, was dort stand, und dann begriff sie: Ein Onkel, ein Halbbruder ihres Vaters, war in einem Pflegeheim in Süddeutschland gestorben. Er hatte sie als Erbin seines kleinen Vermögens eingesetzt. Neunundsechzigtausend Euro!

Miriam starrte den Brief lange an. So was passierte doch nur anderen Leuten, aber nicht ihr! Sie suchte in ihren Erinnerungen nach Bildern dieses verstorbenen Onkels. Sie hatte ihn nur einmal gesehen, auf der Beerdigung ihres Vaters vor zehn Jahren. Er hatte im Rollstuhl gesessen, und sie hatte nur einige Worte mit ihm gewechselt. Wie einsam musste dieser Mann gewesen sein, dass er niemanden kannte außer ihr, um ihr etwas zu vererben? Sie sah noch einmal auf den Brief. Am Schluss bat der Notar sie, ihm formlos ihre Bankverbindung für die Überweisung des Betrages mitzuteilen. Das ging Miriam entschieden zu schnell. Sie wollte wenigstens mit dem Pflegeheim telefonieren, in dem ihr Halbonkel gelebt hatte. Die Adresse des Heims stand in dem Brief, Miriam wählte die Nummer. Eine fröhliche Stimme meldete sich, und Miriam bat um Auskunft über ihren Onkel.

»Sie sind die Nichte von Herrn Peters?«

»Ja«, sagte Miriam. »Aber er war mein Halbonkel, ich kannte ihn gar nicht, also, ich meine, nicht richtig. Ich habe ihn nur ein einziges Mal getroffen.«

»Sie müssen kein schlechtes Gewissen haben. Herr Peters hat sich bei uns wohlgefühlt. So wohl, dass er auch unser Heim in seinem Testament bedacht hat. Einen Teil der Summe wollte er seiner einzigen Verwandten vermachen, das hat er immer bekräftigt. Ich glaube, er mochte seinen Halbbruder, also Ihren Vater, sehr gern. Machen Sie sich keine Gedanken. Freuen Sie sich über den unverhofften Geldsegen.«

»Ich wäre wenigstens gern zur Beisetzung gekommen.«

»Das tut mir leid. Aber Herr Peters wollte keine Trauerfeier. Und wir haben seinen Wunsch natürlich respektiert und nur hier bei uns eine kleine Gedenkfeier mit den Bewohnern gehabt.«

Miriam bedankte sich für die Auskunft und legte auf.

Nach dem Gespräch fühlte sie sich besser. Ein alter Mensch war gestorben, der ihr etwas Gutes tun wollte. Es war in Ordnung, wenn sie das Geld annahm. Was könnte sie damit anfangen? Jeder kennt wohl dieses Gedankenspiel: Was wäre, wenn ich eine Million Euro im Lotto gewinne? Auch sie hatte das schon oft durchgespielt, und es war ihr nie gelungen, das ganze Geld auch nur in Gedanken auszugeben. Aber jetzt hatte sie konkret neunundsechzigtausend Euro. Von denen wahrscheinlich ein Teil abgehen würde für irgendwelche Gebühren, Steuern und so weiter. Trotzdem, was sollte sie damit tun? Ihr Auto war alt, sie könnte sich ein neues kaufen. Aber wer brauchte in Hamburg schon ein Auto? Sie könnte das Geld als Altersvorsorge anlegen. Oder Merle etwas davon schenken. Sie stieß ärgerlich die Luft aus. Nein, sie würde nichts von alldem tun. Sie würde nicht vernünftig sein und das Geld auch nicht verschenken. Wann, wenn nicht jetzt, war die Zeit, endlich mal etwas nur für sich zu tun?

Miriam fing an zu träumen. Ihr Tee in der Tasse wurde kalt, während sie nachdachte. Früher, als junge Frau, hatte sie spontane Einfälle geliebt. Einfach zum Flughafen fahren und den erstbesten Flieger nehmen, sich die Haare grün färben, einen Hund aus dem Tierheim holen … Sie hatte ihre Eltern damit zur Verzweiflung getrieben, aber auch die schönsten Abenteuer erlebt. So ähnlich wie Merle heute. Wer sagte denn, dass man das mit Ende vierzig nicht mehr durfte? Und jetzt war mal wieder so ein Moment. Auf einmal kam ihr eine Idee. Sie holte tief Luft, dann setzte sie sich an ihren Computer und suchte im Internet nach Flügen nach Perpignan. Wieso ausgerechnet diese Kleinstadt in Südfrankreich nahe der Grenze zu Spanien? Es lag an einem Satz, den sie vor Jahren einmal gelesen hatte. Der Maler Salvador Dalí hatte den Bahnhof der Stadt als »Zentrum der Welt« bezeichnet. Wahrscheinlich hatte er das ironisch oder despektierlich gemeint, aber bei Miriam war es hängen geblieben. Diesen Bahnhof und die Gegend wollte sie irgendwann mal sehen. Es war einfach ein lang gehegter Traum. Der genau jetzt in Erfüllung gehen würde. Sie buchte einen Flug für zwei Wochen später und war danach so aufgeregt, dass sie vergaß, zu Abend zu essen. Stattdessen öffnete sie eine Flasche Wein und prostete sich selbst zu.

Am folgenden Morgen ging sie ins Büro ihres Chefs und meldete Urlaub an. Als ihr Chef andeutete, dass das ein schlechter Moment sei, legte sie ihm den Zettel mit dem Resturlaub hin, der ihr noch zustand.

»Ich glaube, damit ist das geklärt«, sagte sie.

Von dem Moment an, als sie mit einem Lächeln auf den Lippen den Großmarkt verließ, fing sie an, sich auf ihre Reise zu freuen …

… Und so war Miriam hier in Montbolo gelandet, einem kleinen Weiler vor den Toren von Ceret. Ceret war die größte Stadt im Tal des Tech und hatte sich zu Beginn des 20. Jahrhunderts eine gewisse Berühmtheit als Rückzugsort einiger kubistischer Maler erworben. Die Künstler hatten zahlreiche ihrer Bilder hiergelassen, als Geschenke an Freunde oder weil sie mit ihnen ihre Restaurantrechnungen bezahlt hatten, und sie waren der Grundstock für ein beachtliches Museum für moderne Kunst in der mittelalterlichen Stadt geworden.

Miriam hatte vom Flughafen in Perpignan einfach den Bus genommen, der die Küste hinunterfuhr. Der Bus hatte die Autobahn an der letzten Ausfahrt vor der spanischen Grenze verlassen und war ins Landesinnere gefahren, immer am Fluss entlang. Miriam war durch Ceret gekommen und hatte sich gedacht, dass sie in einer der nächsten Ortschaften aussteigen würde, wenn es ihr dort gefiel. Ganz spontan, so wie früher. Der Bus war in die Berge abgebogen und in ziemlich steilen Kurven hinaufgefahren, bis der nächste Ort kam: Montbolo.

Am Ortseingang stand ein Schild, auf dem bekannt gegeben wurde, dass in dem Ort genau einhundertfünfundachtzig Einwohner wohnten, und das hatte neben der traumhaften Landschaft den Ausschlag gegeben. Kurz darauf hielt der Bus auf einem halbrunden Platz, der von einer niedrigen Steinmauer umgeben war und oberhalb eines Abhangs lag. Von hier aus konnte Miriam über die Spitzen von Libanonzedern und die weißlichen Platanen weit hinunter ins Tal und auf den sich windenden Fluss sehen. Auf der anderen Talseite erhoben sich die Ausläufer der Pyrenäen. In die andere Richtung sah Miriam ein paar kleine enge Straßen, die sich den Berg hinaufwanden, und die bunten Dächer der Häuser. Es gefiel ihr hier. Und die Idee, Einwohner auf Zeit Nummer einhundertsechsundachtzig zu werden und alle anderen kennenzulernen, reizte sie.

»Warten Sie, ich will hier raus!«, rief sie dem Fahrer zu, der schon im Begriff war, weiterzufahren. Die Bustüren öffneten sich mit einem Zischen. Miriam nahm ihr Gepäck und stieg aus.

Auf der anderen Seite des Platzes hatte sie ein Hotel gesehen, ein kleines Haus aus alten Steinen. Vor der Tür blühte Oleander in riesigen Kübeln. Sie ging hinein. An der Rezeption saß ein älterer Mann, der sich als Monsieur Frochot vorstellte. Ihm gehörte das Hotel mit den drei Zimmern.

Als sie an diesem Abend in ihrem altmodischen Bett mit der zu weichen Matratze und der geblümten Bettwäsche lag und durch das geöffnete Fenster die milde Abendluft und das Zirpen der Grillen hereinströmten, war sie sicher, die richtige Wahl getroffen zu haben. Zu dieser Jahreszeit war sie der einzige Gast von Monsieur Frochot, der sich rührend um sie kümmerte und ihr am nächsten Morgen ein für französische Verhältnisse opulentes Frühstück servierte. In Frankreich gab es zum Frühstück meistens nur einen Kaffee und ein aufgebackenes Baguette vom Vortag. Er jedoch servierte ihr gesalzene Butter, Marmelade und Honig, Orangensaft und einen Klecks Frischkäse und sogar ein gekochtes Ei.

In den nächsten Tagen genoss sie einfach die schöne Landschaft und das frühlingshafte Wetter. Sie ging die sich windenden Straßen von Montbolo hinauf und hinunter, spähte in Höfe und Gärten, die von Toren verschlossen waren, bewunderte die alten Bäume auf dem kleinen Friedhof hinter der Kirche und die kleinen Häuschen mit ihren Regenrinnen aus dunkelgrüner Keramik, die unten im Maul einer Schlange ausliefen.

Am dritten Tag bot Monsieur Frochot ihr mit einem melancholischen Lächeln an, ihr das Frühstück am nächsten Morgen ans Bett zu bringen. Und Miriam entdeckte auf einem ihrer Spaziergänge dieses unbewohnte Haus, das jetzt ihr gehörte, und etwas geschah mit ihr.

An diesem besonderen Tag spazierte sie die schmale Straße entlang, die vom Kirchplatz von Montbolo weiter in die Berge hinaufführte. Die Vegetation hier faszinierte sie auch heute wieder. Am Wegrand standen ausladende Maronenbäume und knorrige Korkeichen, dazwischen sogar einzelne Dattelpalmen, und ab und zu leuchtete eine gelbe Mimose an dem schmalen Streifen direkt an der Straße. Dahinter verdichtete sich das Gelände in undurchdringlichem dornenbewehrten Dickicht. Ab und zu waren Trampelpfade hineingeschlagen, die über Wurzeln und Steine direkt den Hügel hinaufführten und die Serpentinen der Straße abkürzten. Miriam nahm einen dieser Wege. Sie musste aufpassen, dass sie nicht mit dem Hosensaum in den Dornen hängen blieb. Auf dem felsigen Grund wuchsen winzige Eichenschößlinge und anderes Buschwerk, sie entdeckte rötliche Fruchtstände, die sie noch nie gesehen hatte, an anderen Stellen war der Boden mit Moosen bedeckt. Nach ein paar Minuten eines steilen Anstiegs kam sie weiter oben wieder an die Straße. Sie sah sich um und nahm noch weiter oberhalb, aber nicht weit entfernt, eine ganz zarte rosafarbene Wolke inmitten von Grün wahr. Was war das denn? Woher kam dieses rosa Farbenmeer? Ein Windstoß brachte den süßen Geruch von Obstblüten. Wie an einem Marionettenfaden gezogen näherte sie sich. Jetzt sah sie, dass an der Straße, jenseits eines niedrigen Zaunes, Kirschbäume wuchsen, die ganz am Anfang der Blüte standen. Das Rosa war nur auszumachen, weil es so viele Bäume waren. Sie standen zwar in Reih und Glied, aber ansonsten ziemlich verwildert die Anhöhe hinauf. Zwischen den Ästen hatten sich Schlingpflanzen wie Baumwürger und Ackerwinden mit ihren weißen Blüten breitgemacht, deren lange Ranken einige Bäume wie ein Umhang umwehten. Miriam ließ ihren Blick weiter den Abhang hinauf schweifen. Oberhalb der Bäume gab es noch einen Streifen Gartenland, und im Anschluss daran stand ein Haus. Vorsichtig sah sie sich um. Niemand war zu sehen. Das Haus wirkte unbewohnt, die hölzernen Läden waren verschlossen, und niemand würde einen Garten derart verwildern lassen. Sie ging bis zu der schmalen Auffahrt, die in einer leichten Rechtsbiegung zum Haus führte. Noch einmal sah sie sich um, dann wagte sie es, das Grundstück zu betreten, und ging bis zum Haus. Davor stand eine verwitterte Bank, und sie probierte vorsichtig, ob sie noch stabil genug war, um das Gewicht eines Menschen zu halten.

Die Bank hielt, und Miriam setzte sich. Und war augenblicklich verzaubert. Jetzt lagen die Reihen von Kirschbäumen unter ihr, sie sah auf die rosafarbene Wolke von oben herab. Der Wind trieb immer wieder den Duft der Blüten zu ihr herüber, und sie konnte das Summen der Insekten hören. Noch ein anderes Geräusch drang an ihr Ohr, das Plätschern von Wasser. Sie machte sich auf die Suche und entdeckte seitlich vom Haus einen kleinen Wasserlauf mit dicken abgerundeten Steinen in der Mitte. Das Wasser war nicht tief, es ging ihr nur bis an die Knie, aber an einigen Stellen gab es Vertiefungen wie kleine natürliche Pools, gerade groß genug für einen Menschen. Sie streckte ihre Hand ins Wasser, zog sie aber gleich zurück, denn es war eiskalt. Bestimmt kam es aus den Bergen. Sie balancierte einen Moment lang auf den glatten Steinen herum, dann ging sie langsam zurück zum Haus und setzte sich wieder auf die Bank. Ein tiefer Friede überkam sie. Sie hätte stundenlang einfach hier sitzen bleiben und auf die üppige Natur vor ihr schauen können. Noch nie hatte sie etwas so Schönes gesehen, das ihr Innerstes berührte. Sie bedauerte, kein Buch mitgenommen zu haben. Es musste paradiesisch sein, einfach stundenlang hier zu sitzen und zu lesen.

Konnte man sich in einen Ort verlieben wie in einen Mann? Konnte man von einem Haus sagen, dass man sich so gut aufgehoben fühlte wie in den Armen eines Mannes? In der Nähe dieses Hauses glaubte Miriam fest daran.

In den folgenden Tagen erwanderte sie sich die Gegend um Montbolo, kehrte aber jeden Nachmittag zu dem kleinen Haus über dem Kirschhain zurück, um dort zu sitzen und zu träumen. Sie hatte jetzt auch immer ein Buch in der Tasche und verbrachte Stunden hier. Sie entdeckte weitere Einzelheiten des Grundstücks, wie die Hecke aus dichten Bäumen und Sträuchern, die das Grundstück nach Norden hin abschloss, wahrscheinlich als Schutz gegen den Wind aus den Bergen, der hier bestimmt richtig ungemütlich werden konnte. Als sie neugierig näher kam, um die drei riesigen Walnussbäume in Augenschein zu nehmen, die dort standen, stolperte sie über die Reste eines alten Staketenzauns. Wahrscheinlich hatten die ehemaligen Besitzer damit Hühner oder Ziegen im Zaum gehalten.

Bevor sie zu »ihrem« Haus ging, kaufte sie meistens in der kleinen Bäckerei des Ortes für ein Picknick ein. Hinter dem Ladentisch der Boulangerie stand eine Frau mit wuscheligem blonden Haar, etwa halb so alt wie Miriam, mit knallroten Fingernägeln und meistens in grellen Farben angezogen, über die sie einen weißen Kittel trug. Sie war richtig hübsch und hatte eine entzückende Zahnlücke zwischen den Schneidezähnen. Am Ausschnitt des Kittels hatte sie ein Schild mit ihrem Namen befestigt: Paulette Delbas. Paulette wusste bereits am dritten Tag, dass Miriam ein Croissant au beurre nahm, und packte es ihr ungefragt ein. Die beiden Frauen wechselten immer ein paar Worte miteinander. Miriam fand sie nett. Irgendwie kamen sie auf Miriams Lieblingshaus zu sprechen, und Paulette erzählte ihr, dass es schon seit Jahren leer stehe und zu verkaufen sei. Falls sie Interesse habe, solle sie doch Oscar

Poulenc fragen, der die Autowerkstatt am anderen Ende des Dorfes betreibe. Er kümmere sich um das Haus.

Miriam ging »nur mal so« zu Oscar Poulenc, und die Dinge nahmen ihren Lauf …

Miriam musste kurz durchatmen, um sich zu vergewissern, dass sie nicht träumte. Sie fuhr mit der flachen Hand über das raue Holz der Bank und blieb an einem winzigen Splitter hängen. Ein wilder Schrecken überfiel sie. Was hatte sie da bloß getan? Sie hatte die gesamte Erbschaft ihres Onkels in dieses Haus gesteckt, und weil das nicht ausreichte, waren fast ihre kompletten Rücklagen dafür draufgegangen. Und wenn sie jetzt plötzlich eine größere Summe brauchen würde? Darüber wollte sie lieber nicht weiter nachdenken, sonst wurde ihr vor Angst noch ganz schlecht. Auf der anderen Seite, was sollte ihr schon groß passieren? Merle war ausgezogen und lebte ihr eigenes Leben, Miriam musste nur noch für sich selbst sorgen, und sie brauchte nicht viel Geld für sich. »Ich bleibe erst mal den Sommer über hier. Dann sehen wir weiter. Und wenn alles schiefgehen sollte, dann gehe ich eben zurück nach Hamburg und verkaufe dieses Haus wieder. Aber ich habe es dann wenigstens probiert und mache mir nicht für den Rest meines Lebens Vorwürfe. Schließlich bedauert man am meisten die Dinge im Leben, die man nicht getan hat.« Mit dieser Einstellung konnte sie gut leben. Außerdem hatte sie ein gesetzliches siebentägiges Rücktrittsrecht. Darauf hatte sie Monsieur Poulenc zwar nicht hingewiesen, aber Miriam war trotz ihrer Begeisterung nicht völlig naiv an diese Sache herangegangen und wusste Bescheid. Sie hatte sich im Internet informiert, dort gab es verschiedene Foren von deutschen Immobilienbesitzern in Frankreich. Bei einem Hauskauf in Frankreich war der Vorvertrag, den sie gerade geschlossen hatte, entscheidend. Mit dem Vorvertrag wurde eine Anzahlung fällig, und der Käufer durfte nur innerhalb von sieben Tagen zurücktreten, es sei denn, es gab andere aufschiebende Hindernisse wie versteckte Mängel. Allerdings wurden auch sehr, sehr hohe Steuern fällig, wenn man eine Immobilie nach kurzer Frist wieder verkaufte.

Also hängt jetzt alles von den kommenden sieben Tagen ab, dachte sie. Na denn, Prost! Sie nahm einen weiteren Schluck Wein.

Inzwischen dämmerte es, eine samtige Dunkelheit umfing sie. Zu dieser Tageszeit war Miriam noch nie hier gewesen, und die sanfte Stimmung der blauen Stunde erfüllte sie mit tiefer Ruhe. Die Blüten der Kirschbäume leuchteten im letzten Tageslicht wie Wattetupfer. Oder wie gebauschte Segel auf dem Meer. Oder wie gewaschene Laken auf der Leine … Sie riss sich von dem Anblick los, um sich einen Nachtisch aus der Küche zu holen. Sie hatte saftige Erdbeeren gekauft. Oder doch lieber ein Stück Côte-d'Or-Schokolade mit ganzen Mandeln? Sie würde einfach beides nehmen.

Im Haus war es dunkel, und sie stieß mit dem Oberschenkel gegen den Tisch. »Aua!«, schimpfte sie. Sie tastete in dem Durcheinander auf dem Küchentisch, wohin sie ihre kompletten Einkäufe vorhin erst mal gelegt hatte, nach den Teelichtern und den Streichhölzern. Der Tisch und die beiden Stühle waren neben dem Bettgestell bisher die einzigen Möbelstücke im Haus. Auf der Abtropffläche neben dem Spülstein, der wirklich noch aus Stein war, hatte sie zwei alte Weckgläser gesehen, die dort wohl vergessen worden waren und bestimmt schon als Antiquitäten durchgingen. Sie setzte je ein Teelicht in die Gläser. Eines ließ sie in der Küche stehen, damit sie etwas sehen konnte, wenn sie wieder hereinkam, das andere nahm sie mit nach draußen.

Vor dem Haus ließ sie sich wieder auf die Bank fallen und sah zu, wie die hellen Kronen der Kirschbäume langsam von der Dunkelheit verschluckt wurden. Im abnehmenden Licht sahen sie eher weiß als rosa aus. Vorsichtig stellte sie die Sachen neben sich ab. Die Kerze erhellte nur ihr direktes Umfeld, die Bank und den Tisch. Rundherum war jetzt alles schwarz. Langsam gewöhnten sich ihre Augen an die Nacht.

Die Stille fiel ihr auf, doch als sie genau hinhörte, vernahm sie ein Knispeln und Rascheln, ein Brummen wie von einem dicken Käfer und leises Knacken. Und da war auch ein leises Fiepen etwa zwei Meter vor ihren Füßen. Mein Gott, was kann das sein? fragte sie sich und kniff die Augen zusammen, um etwas zu erkennen. Plötzlich spürte sie eine Art Windhauch, der ihren Scheitel streifte, und hörte ein Rauschen und wieder dieses Fiepen in Todesangst. Etwas Rundes, Weiches, ein Federknäuel in der Größe eines Kinderballs kullerte ihr vor die Füße. Miriam hob in einem Reflex die Arme schützend über den Kopf und stieß einen erschrockenen Schrei aus, das Federknäuel ebenso, bevor es sich entfaltete und zwei helle Flügel und einen runden Kopf erkennen ließ. Und dann sah Miriam im Kerzenschein die Maus, von der das Fiepen stammte. Sie verschwand in einem Loch an der Hauswand neben der Bank.

Der Vogel zu Miriams Füßen sah verdutzt auf das Loch und stieß dann einen kläglichen Schrei aus. Es musste sich um eine kleine Eule oder einen Kauz handeln, denn der Vogel drehte seinen Kopf um hundertachtzig Grad, und jetzt entdeckte er Miriam. Sie könnte schwören, dass er sie verwundert und ein bisschen peinlich berührt ansah, weil sie ihn bei seinem missglückten Jagdversuch erwischt hatte. Oder guckte er vorwurfsvoll, weil er ihr die Schuld an seinem Missgeschick gab? In jedem Fall starrte er sie an, dann hob er die Schwingen und verschwand im dunklen Himmel. Innerhalb von Sekunden konnte sie ihn weder sehen noch hören.

Miriam blieb mit offenem Mund sitzen. Noch nie hatte sie

eine Eule in freier Wildbahn gesehen. Das konnte doch nur ein gutes Zeichen sein, Eulen waren doch Glücksbringer. Und die Eule schien keine übermäßige Angst vor ihr zu haben. Vielleicht war Miriam auch der erste Mensch, den sie zu Gesicht bekam, schließlich hatte hier lange niemand gewohnt.

Sie blieb noch eine halbe Stunde sitzen in der stillen Hoffnung, dass der Vogel wiederkommen würde. Sie merkte, dass sie dabei innerlich ganz ruhig wurde.

»Hoffentlich fängst du dir heute noch etwas zum Abendessen«, sagte sie schließlich in den Himmel hinein. »Ich bin jedenfalls satt und müde und gehe ins Bett.«

Sie war froh, dass sie ihr Bett bereits aufgebaut hatte. Sie ließ sich auf die neue Matratze fallen und stellte fest, dass die Franzosen dicke weiche Matratzen für kleines Geld machen konnten.

Dann schlief sie auch schon.

Aus dem Gartentagebuch von Gaston Bonnefoi

Heute habe ich in dem Beet, das ich vor ein paar Tagen für die Kürbisse vorbereitet habe, ein paar unbekannte Keimblätter aus dem Boden kriechen sehen. Ich habe sie ganz vorsichtig berührt, weil sie so zart waren, und dann habe ich mit dem Herzen gespürt, dass das kein Unkraut war. Es muss eine meiner Blütenpflanzen sein, die sich hier selbst gesät hat. Ich habe sie nicht ausgerissen. Ich werde sie beobachten. Lisette hat mich offensichtlich dabei beobachtet. Auf einmal stand sie hinter mir und sagte: »Hättest du nur halb so viel Liebe für mich wie für deine Pflanzen.«

Bevölkerungsexplosion in Montbolo

Als sie am nächsten Morgen aufwachte, hätte Miriam nicht sagen können, wie spät es war. Sie hatte tief und traumlos geschlafen und fühlte sich ausgeruht wie schon lange nicht mehr. Aber sie wusste sofort, dass sie in ihrem neuen Haus aufgewacht war! Durch einen Spalt in den hölzernen Läden schien die Sonne auf ihr Bett. Sie hatte die Volets am Vorabend extra etwas offen gelassen, um die frische Luft und das Licht hereinzulassen. Miriam spürte die Wärme. Also war es wohl schon etwas später am Vormittag.

»Jetzt aber raus aus den Federn«, sagte sie zu sich selbst, nachdem sie sich ausgiebig gereckt hatte. »Ich habe schließlich viel zu tun, wenn ich hier alles in Ordnung bringen will.«

Sie schlug die Bettdecke zur Seite und schlüpfte in die Sandalen, die vor dem Bett standen. Der Fußboden war zu dreckig, um barfuß zu gehen. »Noch«, drohte sie ihm.

Dann ging sie summend durch die Küche und öffnete die Haustür. Die alten Scharniere machten ein seltsames quäkendes Geräusch. Das Sonnenlicht strömte ins Haus, und vor ihr lag ihr wunderschöner Garten im Morgenlicht.

Das Glück über das, was sie sah, ließ sie einen kleinen Schrei ausstoßen. Die Vorderseite ihres kleinen Hauses lag noch im Schatten, aber der Garten leuchtete bereits in der Sonne. Letzte Tautropfen glitzerten in den Blüten und Blättern. Der Anblick bewegte sie zutiefst, und zu ihrem Erstaunen bemerkte sie, wie ihr Herz zu einem wummernden kleinen Klumpen wurde, der ihr bis zum Hals schlug.

Sie spürte, wie ihr Tränen des Glücks in die Augen stiegen. Sie ließ sie einfach zu und wunderte sich über sich selbst.

Diesen Anblick und das Gefühl am ersten Morgen in meinem neuen Zuhause werde ich nie wieder vergessen, versprach sie sich. Und wenn ich mal zweifeln sollte, dann soll diese Erinnerung mich wieder aufrichten.

Sie atmete ein paar Mal tief ein und aus, dann machte sie sich von dem Blick los. Auf einmal sprühte sie vor Tatendrang und wollte keine Zeit verlieren. Sie stellte die billige Alu-Espressomaschine, die sie gestern bei Carrefour im letzten Moment noch in den Einkaufswagen gepackt hatte, auf den Gaskocher. Zum Glück hatte sie daran gedacht, denn die Vorstellung, einen Morgen ohne Kaffee zu beginnen, hatte etwas Bedrohliches für Miriam. Dann lieber ohne Zähneputzen oder ohne Brötchen. Sie suchte in dem Durcheinander auf dem Küchentisch nach den Sachen, die sie zum Frühstück eingekauft hatte. Butter und den Rest von dem Baguette. Ach ja, und das Glas Marmelade von Bonne Maman, natürlich Kirsche. »Bald koche ich meine eigene Kirschmarmelade ein«, sagte sie zu dem Glas. Als der Kaffee fertig war, nahm sie alles mit nach draußen. Hier war es noch etwas frisch, also ging sie in ihr Schlafzimmer und holte einen Pulli aus dem Koffer. Jetzt war es perfekt.

Miriam hätte schwören können, dass ihr noch nie ein Frühstück so gut geschmeckt hatte. Während sie kaute, betrachtete sie den Streifen Gartenland, der früher einmal der Nutzgarten gewesen sein musste. Alles war mit Unkraut überwachsen. Dahinter standen die Kirschbäume. Miriam hatte nämlich nicht nur ein altes Haus gekauft, sondern einen dazugehörigen veritablen Kirschgarten. Dazu musste man wissen, dass Ceret und die umliegenden Dörfer, also auch Montbolo, der Kirschgarten Frankreichs waren. Hier wurden die köstlichsten Kirschen des ganzen Landes angebaut, Süß- und Sauerkirschen mit so verführerischen Namen wie Cœur de Pigeon, Taubenherzen, Géant d'Hedelfingen, Riesen von Hedelfingen oder

Napoleon. Die ersten Kirschen eines jeden Jahres bekam traditionell der französische Staatspräsident. Es war dieser Kirschhain, der für Miriam letztendlich den Ausschlag gegeben hatte, das Haus zu kaufen. Sie wollte den vernachlässigten Garten wiederbeleben. Hier könnte sie endlich ihre Liebe zu Pflanzen ausleben. »Und wer weiß, vielleicht bekommt der Staatspräsident ja in ein paar Jahren Kirschen aus meinem Garten«, sagte sie.

Sobald sie Zeit fand, würde sie sich diesen Teil ihres Besitzes vornehmen. Aber vorher musste sie sich um das Haus kümmern und es bewohnbar machen. Sie brach ein Stück vom Brot ab, wobei ein paar Krümel auf den Boden fielen. Unwillkürlich musste sie an die Maus von gestern Abend denken und dann an die Eule. Ob sie wohl satt geworden war? Sie suchte nach dem winzigen Mauseloch im Mauerwerk. Musste man so etwas eigentlich reparieren? Und wie machte man das? Kamen da noch andere Reparaturen auf sie zu? Wenn sie daran dachte, was sie sich mit diesem alten Haus aufgeladen hatte, dann wurde ihr kurz ein bisschen mulmig. Würde sie das alles schaffen?

Als sich ein Auto näherte, horchte sie auf. Es fuhr auf die Auffahrt zu dem Grundstück auf der anderen Straßenseite. Das hatte sie natürlich längst bemerkt, war aber einfach davon ausgegangen, dass es unbewohnt wäre, genau wie ihr Haus. Miriam hatte noch nie jemanden dort gesehen. Offensichtlich hatte sie sich geirrt. Das fand sie aber nicht schlimm, im Gegenteil, es war doch ganz schön, wenn jemand in der Nähe war. Das Nachbarhaus war größer als ihres, es hatte zwei Etagen und ein Nebengebäude. Aber es sah lange nicht so heimelig aus wie ihres, und es hatte auch keinen Kirschgarten. Neugierig sah sie hinüber, wer da gekommen war. Der Wagen hielt ziemlich spritzig vor dem Haus, dann schälte sich ein Mann heraus. Er war groß, mit längerem dunklem Haar und trug Jeans und darüber ein helles Hemd mit hochgekrempelten Ärmeln. Alles an ihm wirkte typisch französisch. Er holte einen ziemlich großen Karton aus dem Kofferraum und ging ins Haus, ohne sie zu bemerken. Woher sollte er auch ahnen, dass auf der anderen Straßenseite jemand eingezogen war?

Okay, dann mal los! dachte Miriam und räumte ihr Frühstück ab. Dann zog sie sich Gummihandschuhe an, holte Wasser aus dem Brunnen und begann aufzuräumen und sauber zu machen. Als Erstes nahm sie sich die Küche vor. Sie schrubbte den Ausguss und danach den Fußboden. Unter der dicken Staubschicht kam ein Terrazzoboden zum Vorschein, der rötlich in der Sonne leuchtete. Trotz einiger Risse und Löcher fand Miriam ihn klassisch und beinahe elegant, auf jeden Fall wunderschön. Sie zog ihre Schuhe aus und probierte aus, wie er sich unter ihren Füßen anfühlte – kühl und glatt –, und dort, wo die Sonne ihn aufgewärmt hatte, war er warm.

Sie putzte auch das Herdmonstrum, das noch mit Holz geheizt wurde. Die Ritzen zwischen den Einsatzringen auf der gusseisernen Kochplatte waren dreckverkrustet, und als sie die Ofenklappe öffnete, lag da noch Asche. Sie wusste nicht genau, wie man so einen Herd bediente und ob er überhaupt noch funktionierte, aber sie nahm an, dass der größere eingelassene Behälter für heißes Wasser war. Am Schluss wienerte sie die vier Herdplatten mit ein paar Tropfen Olivenöl, bis sie matt glänzten. Das Öl hatte Oscar Poulenc ihr zum Einzug überreicht, wofür sie ihm unendlich dankbar war. Olivenöl war viel nützlicher als Blumen, und dieses war dickflüssig und grün und brannte ganz leicht am Gaumen. Eigentlich viel zu schade zum Putzen, aber sie hatte nichts anderes. Dann nahm sie sich die Messingstange vor, die um den riesigen Herd lief und auf der die Handtücher zum Trocknen aufgehängt wurden.

Als dieser Teil der Küche sauber war, räumte sie alle ihre Einkäufe vom Tisch auf den Herd, um auch den Tisch gründlich abzuseifen. Die dicken Eichenbohlen waren voller Kerben und Dellen, aber die waren schon so alt und tausendmal abgegriffen, dass sie sich ganz weich unter ihren Fingerspitzen anfühlten. Auch hier wienerte sie, bis sie außer Atem war. Sie trat einen Schritt zurück, um sich das Ergebnis ihrer Arbeit anzusehen. Der große Tisch, an dem locker sechs bis acht Personen sitzen konnten, glänzte jetzt honiggolden. Die Messingstange am Herd blitzte in der Sonne, die durch das seitliche Fenster hereinfiel. Es war allerdings vor Schmutz ziemlich blind. Also nahm Miriam sich das als Nächstes vor. Danach konnte die Sonne ungehindert in den Raum scheinen, der gleich viel heller wurde. Und der alte Spülstein bekam fast so etwas wie Würde mit seinen vielen haarfeinen Rissen. Miriam war stolz auf ihr Werk. Dieses alte Haus hatte wirklich Potenzial. Es war zwar nicht modern und bestimmt auch nicht besonders praktisch, aber es war wunderbar gemütlich und lud zum Wohlfühlen ein.

Sie schüttelte die Arme aus, die ihr nach der Anstrengung wehtaten. Außerdem hatte sie Hunger. Eine Pause wäre jetzt schön, aber dann sagte sie sich, dass sie erst noch das eine der beiden Zimmer sauber machen wollte.

Sie wollte mit dem linken Zimmer beginnen, in dem sie geschlafen hatte. Die Entscheidung war aber eher zufällig gefallen, einfach weil hier das alte Bettgestell stand. Miriam warf noch mal einen Blick in das rechte Zimmer und entdeckte dort ein bodentiefes Fenster, das in den Garten führte. Das hatte sie bisher noch gar nicht richtig wahrgenommen. Sie öffnete die Läden, und helles Sonnenlicht strömte herein. Als sie über die Schwelle trat, verfing sie sich zunächst in Spinnweben, aber dann stand sie vor dem Haus. Das nur nachlässig entfernte Fundament einer steinernen Brüstung sagte ihr, dass hier früher eine kleine Terrasse gewesen sein musste. Sie drehte sich um und sah die Umrisse einer Veranda an der Hauswand. Wie schade! Warum hatte man die Veranda abgerissen? War sie baufällig gewesen? Oder hatte es die Besitzer gestört, dass man hier von dem Haus auf der anderen Straßenseite gesehen wurde?

Miriam riskierte einen Blick nach drüben, ob der Mann von vorhin zu sehen war, aber dort war alles still.

Jetzt hör aber auf, dachte sie und ging wieder ins Zimmer. Es war so groß wie das andere, aber wegen der Tür nach draußen gefiel es ihr besser. In Montbolo war es nachts so still, dass sie mit geöffneter Terrassentür schlafen könnte. Daher beschloss sie, ihr Schlafzimmer hierher zu verlegen.

Sie machte sich an die Arbeit. Die Holzdielen hätten es verdient, abgeschliffen zu werden, aber Miriam begnügte sich vorerst damit, sie gründlich mit Wasser und Seife zu reinigen. Unter dem Schmutz kam ein warmer Rehton zutage. Wie schön würde sich hier der bunte Läufer machen, der in ihrer Hamburger Wohnung unter dem Esstisch lag. Sie ging in die Küche hinüber, um eine Liste der Dinge anzulegen, die sie kaufen oder erledigen musste. Zuoberst notierte sie Wachs für die Holzdielen. Während der Boden trocknete, putzte sie auch hier die Fenster und wischte die Wände ab. Sie waren einfach geweißt, darunter lag Putz. Zum Glück hatte niemand Tapeten geklebt, die hätten sicherlich feucht gerochen, und sie hätte sie abreißen müssen. Ohnehin mochte sie einfach verputzte Wände am liebsten. So, jetzt war der Raum sauber und staubfrei, aber nun kam das Schwierigste: Irgendwie musste sie das Bett herüberbringen. Sie breitete ein Handtuch auf den Fußboden und kippte das Bettgestell auf die Seite, dann schob und zog sie es auf dem Handtuch durch den schmalen Flur in das andere Zimmer. Sie stellte es so in den Raum, dass sie vom Bett aus nach draußen sehen konnte. Dann folgten die Matratze und ihr Bettzeug. Als Nachtschrank diente ihr vorerst eine umgedrehte Weinkiste, die sie draußen gesehen und mit reingenommen hatte. Sie legte das Buch, das sie gerade las, und ihre Sonnenbrille darauf, damit das Zimmer bewohnt aussah. Vor das Fenster drapierte sie einen ihrer Seidenschals, die sie immer mit auf Reisen nahm und die für alles dienten, zum Schutz gegen Zug oder Kälte oder zur Dekoration. Das Sonnenlicht fiel durch den transparenten Stoff und färbte das Zimmer in Rot und Orange ein. Sie stellte ihren Koffer in die Ecke und hängte ein paar Kleidungsstücke an die Porzellanhaken, die noch vom Vorbesitzer hinter der Tür hingen. Jetzt war ihr Schlafzimmer fertig. Miriam seufzte vor Glück auf. Es sah genauso aus, wie sie sich ein Schlafzimmer vorstellte. Nur ein Kleiderschrank fehlte noch.

Das andere Zimmer würde sie erst mal so lassen, wie es war, weil sie es nicht brauchte, und das Bad wäre heute Nachmittag an der Reihe. Sie dachte kurz daran, dass sie ja kein fließend Wasser hatte, aber trotzdem. Das Bad musste sein. Wenn jetzt mal überraschend Besuch kommen sollte! Sie kicherte über ihren eigenen Witz.

Es war schon fast drei Uhr, und sie hatte jetzt richtig Hunger und brauchte eine Pause. Daher beschloss sie, nach Montbolo hinunterzugehen. Wenn sie sich beeilte, bekam sie noch das Tagesgericht im Café du Cèdre. Der Patron dort war nett, und seine Frau kochte gut, das hatte sie schon herausgefunden. Sie schloss Fenster und Türen und machte sich auf den Weg. Ihr Nachbar war nicht zu sehen, das Auto war auch verschwunden. Vielleicht wohnt er gar nicht immer hier, dachte sie. Oder er sieht nur ab und zu nach dem Rechten.

Sie nahm eine der Abkürzungen über die Pfade durch den Wald und machte unten einen Sprung über die schmale Rinne, in der das Regenwasser abfloss. In diesem Augenblick kam ein Auto mit ziemlich hoher Geschwindigkeit aus der Kurve oberhalb von ihr. Miriam erschrak und rettete sich mit einem Satz zur Seite. Der Fahrer bremste kurz vor ihr ab und schob sich die Sonnenbrille ins Haar, wahrscheinlich, um sie besser sehen zu können. Miriam erkannte ihren Nachbarn von gegenüber. Langsam fuhr er an ihr vorbei, ein Arm lehnte lässig aus dem Fahrerfenster. Aus der Nähe sah er verdammt gut aus, aber er war nicht so jung, wie sie auf den ersten Blick gedacht hatte. Er lächelte und bedachte sie mit einem derart intensiven Blick, dass sie sich geradezu abgescannt fühlte. Wortlos wollte sie weitergehen.

»Bonjour«, sagte er.

»Bonjour«, gab sie knapp zurück.

»Kann ich Ihnen helfen? Haben Sie sich verlaufen?«

»Wie kommen Sie denn darauf?«

»Äh, na ja, Sie haben da …«

Miriam sah ihn mit hochgezogenen Brauen streng an.

»Ach, nichts.« Er schüttelte den Kopf und fuhr davon. Kleine Steinchen spritzten unter den Reifen hoch.

»Blödmann«, knurrte Miriam und konzentrierte sich auf den intensiven Duft des Thymians, der in dicken Büscheln am Wegrand wuchs. Dabei lief ihr das Wasser im Mund zusammen.

In dem kleinen Café am Markt standen Hacksteak und Kartoffelpüree auf der Karte. Es roch köstlich nach kräftiger Soße und geschmorten Zwiebeln. Dazu bestellte Miriam sich ein großes Panaché, ein Alsterwasser. Ihre Kehle war von dem vielen Staub ganz ausgedörrt. Während sie auf ihr Essen wartete, kam Paulette Delbas aus der Bäckerei herein. Sie trug ein äußerst knappes giftgrünes Kleidchen und riesige Kreolen. Unter dem Arm hatte sie eine Papiertüte mit golden leuchtenden Brotstangen geklemmt und war von einer weiteren köstlichen Duftnote umgeben. Beim Vorbeigehen nickte sie Miriam zu und blieb stehen.

»Ich habe gehört, Sie haben das kleine Haus von Gaston gekauft? Über das wir neulich gesprochen haben?«

»Gaston?« Miriam sah auf die Baguettestangen.

»Gaston Bonnefoi. So hieß der Vorbesitzer. Der ist aber schon einige Jahre tot, und seine Tochter lebt in Annecy.«

Miriam nickte.

»Dass das noch jemand haben wollte …«

Miriam seufzte.

Paulette setzte ein verträumtes Lächeln auf. »Haben Sie Philippe schon gesehen?«

»Philippe? Wer soll das sein?«

»Ihr Nachbar. Er wohnt gegenüber.« Sie beugte sich vor. »Er ist der beliebteste Junggeselle der ganzen Gegend.«

Philippe, dachte Miriam. Das musste der Autofahrer von vorhin sein. Aber wieso fand Paulette den so toll? Immerhin hatte er sie gerade fast über den Haufen gefahren.

»Übrigens, Sie haben da was …« Sie fuhr sich mit der Handfläche über die Wange.

»Oh, was denn?«

»Sieht komisch aus. Dahinten ist eine Toilette. Ich muss dann mal wieder. Bis bald.«

Miriam stand auf und ging in den Waschraum. Dort sah sie in den Spiegel. Oh Gott, wie peinlich! Sie war im ganzen Gesicht schwarz, und ihr Haar sah aus, als hätte sich dort eine Spinne für den Winter eingerichtet. Die schwarze Farbe musste von den Herdplatten kommen. Zusammen mit dem Olivenöl hatte sich eine Masse gebildet, die irgendwie auf ihre Wangen und ihre Nasenspitze geraten war. Das hatte vorhin ihr Nachbar gemeint!

Während sie das zähe Zeug abrieb, setzte sie in Gedanken einen Spiegel auf ihre Einkaufsliste.

Dann ging sie wieder an ihren Tisch, wo ihr Essen bereits dampfte.

Der Hackbraten war erstklassig, gut gewürzt und reichlich. Dazu gab es Thymiansenf in einem kleinen Schälchen.

Miriam aß alles auf und wischte mit dem Brot auch den letzten Tropfen Soße vom Teller. Wie gut, dass es in Frankreich zu jedem Essen immer einen Korb mit frischem Baguette gab!

»Nachtisch?«, fragte der Patron und kratzte sich mit dem Zeigefinger am Hals.

Miriam fragte sich in einer Schrecksekunde, ob sie wohl noch schwarze Schmiere am Hals hatte. »Nein danke. Das war wirklich lecker.«

»Sie sind die Frau, die das Haus von Gaston gekauft hat, nicht wahr?«

Miriam nickte stolz.

Der Patron streckte ihr die Hand hin. »Na dann, ich heiße Charles de Maistre.«

Das wusste Miriam natürlich schon, aber sie freute sich über die Willkommensgeste. »Miriam Richard, schön, Sie kennenzulernen. Was gibt es morgen bei Ihnen zu essen?«

»Meine Frau hat alles für ein Bœuf bourguignon eingekauft. Es ist ja immer noch kühl, da bewirkt so ein wärmendes Essen Wunder.«

Miriam fand den Frühling in Montbolo schon fantastisch, was die Temperaturen anging. Mittags gab es schon um die zwanzig Grad. Aber die Leute hier waren eben nicht das Hamburger Wetter gewöhnt.

»Kommen Sie morgen wieder? Dann sag ich Odette Bescheid. Wissen Sie, sie ist nicht mehr die Jüngste, manchmal fällt ihr das alles ganz schön schwer. Aber wenn sie weiß, für wen sie kocht, dann geht es leichter.«

Sie nickte und bezahlte. »Bis morgen.« Sie verließ das Café.

Draußen setzte sie sich auf eine Bank, die zwischen zwei Zypressen vor der kleinen Mairie, dem Bürgermeisteramt, stand. Hier hatte sie den besten Handy-Empfang im Ort, das hatte sie schon ausprobiert. Sie wählte die Nummer von Frederike. Fredo war ihre beste Freundin. Um diese Zeit, so gegen halb drei am Nachmittag, machte sie meistens eine kleine Kaffeepause und las die Zeitung. Fredo arbeitete freiberuflich zu Hause, etwas, um das Miriam sie immer beneidet hatte. Jetzt hoffte sie, bei ihrer besten Freundin Verständnis dafür zu finden, dass sie von heute auf morgen ein Haus in einem fremden Land gekauft und dafür ihre sämtlichen Ersparnisse aufgebraucht hatte. Plus eine gerade erhaltene Erbschaft. Wenn das hier schiefging, dann hätte sie buchstäblich nichts mehr. Plötzlich fiel ihr ein, dass sie sich ab sofort nicht mehr spontan mit Fredo verabreden konnte, wenn sie etwas zu feiern hatte, wenn sie einen Rat oder Trost brauchte, wenn sie den Abend einfach nicht allein verbringen wollte. Keine gemeinsamen Netflix-Staffeln mehr, kein Wein nach Feierabend irgendwo draußen auf einer Caféterrasse, keine Shoppingtouren … Und auch Fredo würde in Zukunft ohne all diese lieb gewonnenen Angewohnheiten auskommen müssen. Wie würde sie das aufnehmen? Wäre sie böse? Beleidigt?

Miriam holte tief Luft, um sich zu wappnen, als Fredo abnahm.

»Hallo?«

»Hallo, Fredo, ich bin's.«

»Ist was passiert? Wo bist du? Bist du früher nach Hause gekommen?«

»Nein. Ich bin noch in Südfrankreich. Und ich komme auch nicht so schnell zurück … Fredo, ich muss dir was sagen. Du wirst es nicht glauben, aber ich habe mir hier ein Haus gekauft.« So, jetzt war es heraus.

Am anderen Ende der Leitung blieb es still. Das war verdächtig, denn normalerweise war Fredo nicht gerade auf den Mund gefallen und sagte immer sofort, was ihr durch den Kopf ging. »Ein Haus?«, fragte sie jetzt gedehnt. »Was für ein Haus?

Und was heißt das, du kommst nicht zurück? Du wohnst doch hier. Und du arbeitest auch in Hamburg.«

»Ich werde kündigen.«

»Was? Das glaube ich jetzt nicht. Du willst kündigen? Du hast in Frankreich ein Haus gekauft? Was heißt das? Brichst du deine Zelte in Hamburg ab?«

»Ich glaube schon. Ich bleib erst mal hier.«

»Was für eine bescheuerte Idee! Miriam als Aussteigerin. Bist du komplett verrückt geworden?«

Okay, da ist sie wieder, die alte Fredo, dachte Miriam. Und jetzt ging es richtig los.

»Was hast du dir denn dabei gedacht? Du kannst doch nicht einfach kündigen. Weißt du, wie schwer es ist, einen neuen Job zu finden, wenn man auf die fünfzig zugeht?«

Ich bin achtundvierzig, dachte Miriam, aber bevor sie das aussprechen konnte, sprach Fredo schon weiter.

»Wovon willst du denn leben? Und wovon hast du dieses Haus denn überhaupt bezahlt? Du hast doch nicht etwa deine Ersparnisse dafür genommen? Doch, hast du! Ich fasse es nicht! Und außerdem sprichst du doch nicht mal richtig Französisch. Und …« Ihre Stimme wurde ein wenig versöhnlicher. »Ich kann ja verstehen, dass dir in Hamburg die Decke auf den Kopf fällt. Und seit Merle weg ist … Aber da müssen wir alle durch. Da findet man doch auch wieder raus. Und dass Südfrankreich im Frühling schöner ist als Hamburg, ist auch klar. Aber dort macht man *Urlaub*, und dann fährt man wieder nach Hause. *Da kauft man doch nicht gleich ein Haus!* Das bespricht man doch vorher. Das überlegt man sich. Du weißt, dass ich es gut mit dir meine, aber jetzt bin ich einfach sprachlos.«

»Gut, darf ich dann jetzt etwas sagen?«

Frederike gab keine Antwort, und Miriam nahm das als Nicken.

»Erstens: Was die Kündigung betrifft, das hätte ich schon viel früher machen sollen, und ich habe auch schon einen neuen Job …«

»Du hast eine Arbeit in Frankreich gefunden? Was soll das denn bitte schön sein?«

»Ich werde Kirschen anbauen.«

Fredo bekam einen hysterischen Lachanfall.

»Lass mich erst ausreden, ich bin noch nicht fertig. Zweitens: Ich werde versuchen, von diesem Job zu leben, und ich glaube, dass ich das schaffen kann, denn hier unten brauche ich nicht so viel Geld wie in Hamburg, und ich muss nur für mich allein sorgen. Drittens: Ja, ich habe meine Ersparnisse in dieses Haus gesteckt, denn dafür sind sie ja da, oder? Dass man sie für irgendetwas ausgibt. Und in meinem Fall hängt sogar mein Herz daran. Das Haus war nicht teuer, und die Wohnung in Hamburg ist fast abbezahlt.« Sie sagte Fredo nicht, dass auch die Erbschaft in dem Haus steckte, das konnte sie ihr später immer noch erzählen. »Ich habe noch eine kleine Reserve, allerdings muss ich ein paar Renovierungen vornehmen lassen …« Sie hörte, wie Fredo Luft holte, um etwas zu erwidern, aber Miriam ließ sie nicht zu Wort kommen. »Was war noch? Ach ja, mein Französisch. Es ist gar nicht so schlecht. Es hat gereicht, um den Kaufvertrag zu verhandeln und abzuschließen. Außerdem lerne ich hier jeden Tag etwas dazu.« Sie atmete tief durch, denn jetzt kam das Wichtigste: »Und schließlich: Ja, in Hamburg ist mir die Decke auf den Kopf gefallen. Ich habe gar nicht mehr gemerkt, wie unglücklich ich war. Bis ich diese Landschaft gesehen habe. Was heißt gesehen! Gerochen habe ich sie, und dann war da das Haus. Ich habe heute Nacht zum ersten Mal darin geschlafen, und damit meine ich: richtig geschlafen, nicht mich schlaflos herumgewälzt. Und gestern Abend habe ich in meinem Garten gesessen und war einfach nur unglaublich zufrieden und fühlte mich ganz und mit mir selbst im Reinen.« Sie überlegte, ob sie das mit der Eule erzählen sollte, ließ es dann aber lieber sein, weil sie glaubte, dass Fredo das nicht verstehen würde. »Ich finde, das wiegt eine ganze Menge möglicher Risiken auf. Im Übrigen erwarte ich von meiner besten Freundin, dass sie hinter mir steht.«

Am anderen Ende blieb es einen Moment still. Frederike dachte wahrscheinlich nach, dann sagte sie: »Tut mir leid. Du hast recht. Ich bin deine Freundin und will, dass du glücklich bist. Aber einer muss dich doch warnen, wenn du eine Dummheit machst. Mir fällt da grad was ein: Man hat doch immer ein Rücktrittsrecht von einem Vertrag. Das nimmst du jetzt in Anspruch, und dann überlegen wir gemeinsam. Wann kommst du denn nach Hamburg?«

»Fredo, ich habe hier *ein Haus* gekauft. Ich *wohne* jetzt hier. Zumindest bis zum Ende des Sommers. Und ich werde nicht von dem Vertrag zurücktreten«, sagte Miriam geduldig.

»Aber du musst doch deine Sachen holen, oder nicht? Du musst hier doch einiges *regeln*. Mit der Bank reden und so.«

Miriam räusperte sich. »Das mit der Bank habe ich alles telefonisch und per Mail geklärt. Es hat eben doch sein Gutes, wenn man noch eine richtige Bank und einen persönlichen Berater hat, der einen schon seit Jahren kennt. Und was die Wohnung angeht: Ich dachte, das kannst du für mich erledigen.«

Fredo stöhnte auf. »War ja klar. Was?«

»Kannst du meine Wohnung untervermieten? Das dürfte in Hamburg gerade kein Problem sein.«

»Ha! Hab ich dich erwischt! Also bist du dir doch unsicher.«

Miriam biss sich auf die Lippen. Fredo hatte recht, die Aussicht, in Hamburg noch eine Bleibe zu haben, stellte eine gewisse Beruhigung dar. Aber so wollte sie nicht denken. Denn das hier würde funktionieren. »Nein, bin ich nicht«, sagte sie deshalb. »Aber bevor ich meine Möbel irgendwo unterstelle, kann ich sie auch in der Wohnung stehen lassen und die vermieten. Machst du das für mich?«

»Ja. Ich weiß sogar schon jemanden, der etwas sucht. Eine Kollegin, die sich von ihrem Mann trennen will.«

»Das passt doch. Und wenn du die kennst ...«

»Du willst wirklich nicht kommen und das selbst machen? Du brauchst doch auch ein paar Sachen, Dinge, die dir lieb sind, Klamotten, ich weiß nicht ...«

Für eine Sekunde wurde Miriam doch ein wenig mulmig, dann fiel ihr wieder der Satz ein, den sie kürzlich in einem Buch gelesen und der sie ins Herz getroffen hatte:

Wenn man großes Glück hat, dann kommt irgendwann der Moment, an dem man den Mut hat, endlich das zu tun, was man schon immer tun wollte, etwas Verrücktes, etwas, das das ganze Leben verändern wird.

»Nein, ich bleibe hier«, sagte sie mit fester Stimme. »Ich habe mich endlich einmal etwas getraut, was ich schon mein ganzes Leben lang machen wollte ... Ganz ehrlich, Fredo, ich habe Angst, dass mich der Mut verlässt, wenn ich erst mal wieder in Hamburg bin. Dass dann all die Bedenken, die du gerade geäußert hast, mich überfallen.«

»Du meinst es wirklich ernst.«

»Ja. Dieses Haus ist das Beste, was mir seit Jahren passiert ist. Ich habe das Gefühl, eine Chance zu haben, und diesmal will ich sie nicht vorübergehen lassen.«

Beide wussten, wovon Miriam sprach. Vor ein paar Jahren hatte sie ein Angebot für einen Job in Rotterdam gehabt, das sie liebend gern angenommen hätte. Sie hatte abgelehnt: Merle ging noch zur Schule, und sie wollte auf keinen Fall umziehen und die Schule wechseln.

»Miriam?«

»Ja?«

»Dann werde ich dich nicht mehr so oft sehen können. Du bist Tausende von Kilometern entfernt und immer in der Sonne und braun gebrannt und tiefenentspannt, während ich das Hamburger Sauwetter ertragen muss.«

»Ich weiß, und das ist der einzige Wermutstropfen an der ganzen Sache.« Miriam lächelte. »Hab ich dir schon gesagt, dass das Haus mehrere Zimmer hat …?«

»Oh, heißt das, ich kann bei dir einziehen?«

»Warum eigentlich nicht? Du könntest deine Arbeit doch genauso gut hier erledigen. Alles, was du brauchst, ist ein Computer.« Die Vorstellung gefiel Miriam auf Anhieb. »Oh, das wäre doch wunderbar! Denk mal drüber nach!«

Sie lachten beide, und Miriam hatte das gute Gefühl, dass mit Fredo wieder alles in Ordnung war. »Kann ich auf dich zählen, wenn es schiefläuft?«, fragte sie.

»Auf wen denn sonst? Ich drück dir die Daumen. Hoffentlich hast du keinen Fehler gemacht.«

»Hab ich nicht«, gab Miriam zurück. »Sobald ich einen Internetanschluss habe, schicke ich dir eine Liste mit Sachen, die ich brauche.«

Fredo regte sich schon wieder auf. »Du hast nicht mal Internet? Wo liegt denn dieses Haus?«

»Erzähl ich dir alles später. Bis bald.« Miriam legte auf.

Vorsicht beim Gebrauch von Eau de Javel: Verätzungen der Atemwege

Auf dem Rückweg summte Miriam eine Melodie. Sie war mehr als erleichtert, mit Fredo gesprochen zu haben. Dadurch hatte ihre Entscheidung mehr Gewicht bekommen. Außerdem war bei dem Gespräch die Möglichkeit aufgetreten, dass Fredo für einige Zeit hier bei ihr wohnen und arbeiten könnte. Und warum nicht auch Merle? Ob sie nun in Hannover für eine Klausur lernte oder hier.

Die Aussicht stimmte sie fröhlich, und sie ging schneller. Der Anstieg über einen der Pfade war anstrengend, und sie kam außer Atem. Als sie wieder auf die Straße kurz vor ihrem Haus trat, sah sie sich jedoch dieses Mal vorher um, ob nicht ein Auto kam.

Es war schon gegen vier, als sie ihr Grundstück betrat. In Frankreich gehen die Uhren eben anders, dachte sie. Sie sah sehnsüchtig auf die Bank vor dem Haus, eine kleine Pause hätte ihr jetzt bestimmt gutgetan, aber da war ja noch das Badezimmer, das geputzt werden wollte. Sie holte einen Eimer, Wasser und eine Bürste und machte sich an die Arbeit.

Wie bekam man eine Badewanne sauber, in der die Schmutzränder in dicken Ringen vor sich hin schimmelten? Sie hatte mal gehört, dass Zahnpasta helfen sollte, aber mittlerweile war die Tube schon fast leer, und sie sah keinen nennenswerten Erfolg. Wenn sie sich am nächsten Morgen die Zähne putzen wollte, musste sie sich etwas anderes überlegen. Sie schleppte eimerweise Wasser vom Brunnen heran, füllte die Wanne bis zu den Schmutzrändern und kippte einen ordentlichen Schwung Geschirrspülmittel hinterher, um sie erst mal einzuweichen. Heißes Wasser wäre bestimmt hilfreich, aber das hatte sie nicht. Dann knöpfte sie sich erst mal den Fußboden vor. Auch im Badezimmer lag ein Terrazzoboden, diesmal in Grau und Beige. Miriam fiel etwas ein: Sie trat in den Flur und stellte sich vor die dortige Hakenleiste an der Wand, an der verschiedene Putzgeräte hingen. Hatte sie doch richtig gesehen! Da war ein alter Bohnerklotz aus Eisen. Sie hob ihn an, er war richtig schwer, und die Bürsten waren noch ziemlich gut erhalten. Sie begann, den Badezimmerboden zu bohnern. Als Kind hatte sie sich liebend gern auf den Bürstenkopf gestellt und an dem Stiel festgeklammert, wenn ihre Mutter die Fliesen im Treppenhaus gewienert hatte. Als sie sich schwungvoll in die Ecken vorarbeitete, entdeckte sie echte Mosaike, die einen Blütenkelch aus winzigen quadratischen Steinen zeigten. Sie bearbeitete den Boden so lange, bis er glänzte, dann hielt sie inne, stützte sich auf den Stiel und betrachtete ihr Werk. »Bei den Fußböden hast du wirklich Geschmack bewiesen, lieber Gaston, aber vielleicht hättest du dir eine Putzfrau nehmen sollen.«

Sie kam gerade wieder zu Atem, als sie einen Motor hörte. Kam da etwa ein Auto? Miriam streckte den schmerzenden Rücken und ging ins Schlafzimmer, um aus dem Fenster zu sehen. Tatsächlich. Da wollte jemand zu ihr. Sie traute ihren Augen nicht, als sie Monsieur Frochot sah, der aus dem Auto stieg. Am Steuer saß ein weiterer Mann, den sie nicht kannte. Er nahm einen großen Blumenstrauß mit einer Plastikmanschette vom Rücksitz. Miriam konnte Rosen und Lilien erkennen, der Strauß war ein bisschen altmodisch, was ihr eigentlich ganz gut gefiel. Aber warum mussten die Leute hier nur immer die schönsten Blumen in meterweise hässliches Plastik verpacken? Sie streifte die Gummihandschuhe ab und fuhr sich vorsichtshalber durch das Haar und über das Gesicht.

Sie sah, wie Monsieur Frochot sich umsah und sorgenvoll

den Kopf schüttelte. Er trug eine blau-weiß-rote Schärpe quer über die kräftige Brust. Außerdem hatte er einen dunklen Anzug an, den hatte sie noch nie an ihm gesehen. Was wollte der Hotelbesitzer hier? Stellte er ihr etwa bis hierhin nach?

Sie trat vor die Tür.

»Guten Tag, Madame Richard. Darf ich Sie in meiner Funktion als Bürgermeister der Republik und im Namen unseres lieblichen Montbolo als neue Bürgerin begrüßen – als Bürgerin Nummer einhundertsechsundachtzig – und Ihnen als Zeichen unseres Willkommens diesen Blumenstrauß überreichen …?« Er machte eine Verbeugung, dann nahm er die Blumen aus den Händen des anderen Mannes und hielt sie Miriam hin. Die Plastikfolie raschelte.

Miriam wusste nicht, was sie sagen sollte, aber die Geste rührte sie. »Oh, das finde ich … So etwas habe ich noch nie erlebt. Und ich wusste nicht, dass Sie hier Bürgermeister sind, Monsieur Frochot.«

Er winkte bescheiden ab. »Aber ich bitte Sie, das ist für uns selbstverständlich.« Er sah sich nach seinem Begleiter um. »Das ist Monsieur Chapelure von der EDF.«

»EDF?«, fragte Miriam.

»Electricité de France. Die Elektrizitätswerke. Er wird sich darum kümmern, dass Sie schnellstmöglich Strom und Wasser haben.«

»Äh, geht das denn? Ich meine, schnell?«

Monsieur Chapelure trat einen Schritt nach vorn. »Aber sicher, Madame, dafür sind wir doch da.«

Sie standen sich für einen Moment stumm gegenüber, dann fiel es Miriam ein. »Oh, meine Herren, vielen Dank für Ihr Kommen. Darf ich Ihnen vielleicht etwas anbieten? Leider bin ich noch nicht eingerichtet … Aber einen Kaffee?«

Die Männer sahen sich betreten an, und Miriam fiel ein, dass der Kaffee, den man in Deutschland Gästen anbot, hier eher eine Beleidigung war. Aber Schnaps hatte sie gerade nicht im Haus. Und den Wein hatte sie gestern Abend ausgetrunken.

»Es tut mir leid, können wir das nicht nachholen? An einem der nächsten Tage?« Schnaps, dachte sie. Ich muss unbedingt eine Flasche Schnaps kaufen.

Das Gesicht des Bürgermeisters hellte sich auf. »Sehr gern«, sagte er und zupfte an seiner Schärpe.

»Darf ich mal kurz nach Ihrem Verteiler sehen?«, fragte der Mann von der EDF.

»Wissen Sie denn, wo der ist?«

»Keine Sorge, ich mach das schon.« Er ging ins Haus.

Miriam blieb mit Monsieur Frochot zurück.

»Ich bedaure, dass Sie nicht länger mein Gast sind«, sagte er. »Aber auf der anderen Seite ist es wichtig, dass unsere kleine Gemeinde wächst.«

Miriam fragte sich, wessen Herz jetzt gerade stärker in der Brust von Monsieur Frochot schlug, das des verliebten Hotelbesitzers oder des um das Wohl seiner Gemeinde besorgten Bürgermeisters.

»Wenn ich Ihnen einen guten Rat geben darf: Halten Sie sich von Ihrem Nachbarn fern.« Dabei wies er mit dem Daumen über die Schulter zurück zu dem Haus gegenüber.

Aha, dachte Miriam, es spricht der Hotelbesitzer.

»Philippe kann man nicht trauen. Er hat schon einigen jungen Frauen hier bei uns das Herz gebrochen, Sie wissen schon, Versprechungen gemacht.« Er wedelte mit den Händen in der Luft. »Sein Ruf ist nicht der beste …«

»So, Strom haben Sie in einer halben Stunde, wenn ich vom Verteiler aus die Leitung freigebe. Ihr Sicherungskasten ist in der Küche, gleich hinter der Eingangstür. Was ist mit Wasser?«, fragte Monsieur Chapelure, der wieder zu ihnen getreten war.

Miriam konnte ihre Begeisterung nicht verbergen. »Sie meinen, ich habe Strom?«

»Warum denn nicht?«, fragte er, als sei das die einfachste Sache der Welt. »In einer halben Stunde, wie ich gesagt habe.«

»Ja, stimmt, das haben Sie gesagt. Und … Wasser? Aus dem Hahn?«

»Ich muss nur den Haupthahn aufdrehen, der ist irgendwo hinter dem Haus.«

»Ach«, machte Miriam.

Er ging um die Hausecke. »Hier bist du ja«, hörte Miriam ihn ausrufen. Er kam zurück, holte einen großen Vierkantschlüssel aus dem Auto und probierte die richtige Größe aus. Dann stemmte er sich gegen den Hahn, weil das Gewinde wohl ein bisschen eingerostet war.

»Drehen Sie mal überall das Wasser auf«, rief er. »Das müssen Sie dann aber schon etwas laufen lassen, bis die Leitungen einmal durchgespült sind.«

»Kein Problem.« Sie lief in die Küche und drehte den Wasserhahn auf. Sie sah sich bereits in der heißen Wanne liegen, rundherum Kerzen aufgestellt, deren Licht sich in ihrem Terrazzomosaik spiegelte.

Aus dem Hahn spuckte es braune Brocken. Das klang unanständig und hinterließ hässliche Flecken auf der frisch geputzten Abtropffläche. Dann wurden die Brocken kleiner, und Tropfen spritzten heraus. Und dann begann das Wasser zu fließen, es war zwar noch ziemlich bräunlich, aber die Leitungen mussten ja auch erst sauber gespült werden.

»Läuft«, rief sie nach draußen.

Sie drehte sich um, und da stand Monsieur Chapelure schon in der Tür. »Natürlich läuft das. Wir sind schließlich die EDF. Ich hab im Bad auch aufgedreht.«

»Und wenn ich heißes Wasser will?« Miriam dachte an den

alten Boiler, der oberhalb der Badewanne hing und den sie gerade sauber gemacht hatte.

»Hab ich doch gesagt. Geben Sie mir eine halbe Stunde, bis ich wieder beim Verteiler bin, dann gebe ich das frei. Und dann drehen Sie einfach den Hahn auf.«

»Echt?«

Monsieur Frochot erschien. An seinem beleidigten Gesicht konnte Miriam ablesen, dass er sich ein bisschen vernachlässigt fühlte und die Dankbarkeit, die Miriam für den Mann von der EDF hatte, für übertrieben hielt. »Sehen Sie, hat doch alles geklappt. Es war übrigens meine Idee, Monsieur Chapelure gleich mitzubringen. Das Wohl der Einwohner von unserem schönen Montbolo liegt mir schließlich am Herzen.«

»Ich danke Ihnen. Ihnen beiden. Und wenn Sie das nächste Mal kommen, stoßen wir an.«

»Noch ein Tipp«, sagte Monsieur Chapelure, als er schon wieder draußen war, »nehmen Sie Eau de Javel für die Badewanne. Sonst kriegen Sie die nie sauber.«

»Ich glaube, ich habe eine Flasche im Auto«, sagte Monsieur Frochot eilig. Er schien froh, sich bei Miriam ins rechte Licht zu setzen. »Wir nehmen das auch im Hotel. Sie glauben ja gar nicht, was Touristen in einem Hotelzimmer so alles dreckig machen. Das Zeug kriegt die hartnäckigsten Flecken weg.« Er ging zum Auto und kam mit einer weißen Henkelflasche wieder.

Miriam schraubte den Deckel ab, und sofort stieg ihr ein scharfer Geruch nach Chlor und wer weiß was noch in die Nase. »Puh«, sagte sie.

»Das hilft, ich schwöre es Ihnen. Also dann …«

Die beiden Männer verabschiedeten sich und fuhren davon.

Aus dem Gartentagebuch von Gaston Bonnefoi

Als ich heute Morgen vor das Haus getreten bin, kam mir mein Garten vor wie ein orientalischer Teppich, der in der Sonne schwebt. Das mag sich lächerlich anhören, ein Bauer, der in solchen Bildern spricht! Aber ich fühlte es so. Die vielen Blüten in ihren unterschiedlichen Farben und Formen hatten sich von meinem Aussichtspunkt aus zu einem Muster zusammengefügt, das aussah wie ein bunter Orientteppich.

Ich habe mir dieses Bild lange angesehen und dann festgestellt, dass in diesem Teppich ein kräftiges Rotorange fehlt. Genau in der Mitte, also rechts und links des Wegs. Ich werde im nächsten Frühling Mohn und Montbretie aussähen. Die runden Blütenblätter des Mohns werden einen schönen Kontrast zu den Rispen der Schwertlilien bilden.

Wegen Sortimentsänderung sensationell billig: Ausverkauf von Kühlschränken

Als Miriam am nächsten Morgen die Milch in ihren Kaffee goss, bildete diese unansehnliche Klümpchen. Sie roch an der Tüte und verzog das Gesicht. Die Milch war sauer, kein Wunder, sie hatte ja auch zwei Tage außerhalb eines Kühlschranks gestanden.

Na gut, dann eben Kaffee schwarz, dachte sie, aber dann gönne ich mir wenigstens ein schönes Bad. Am Vorabend war sie nicht mehr dazu gekommen. Nachdem Monsieur Frochot und der Mann von der EDF gegangen waren, hatte sie sich an die Wanne gemacht und war von dem Geruch des Eau de Javel fast ohnmächtig geworden. Vielleicht hatte sie auch zu viel genommen. Aber am Ende war die Wanne endlich sauber und sie selbst viel zu müde gewesen. Sie hatte einfach noch vor ihrem Haus gesessen und in den Garten gesehen. Immer wieder hatte sie sich umgesehen, ob die Eule wohl wiederkommen würde, aber die hatte wohl in einem anderen Revier gejagt, und dann war sie einfach ins Bett gefallen, nachdem sie sich die Zähne mit warmem Wasser geputzt hatte.

Aber heute Morgen! Sie ließ Wasser einlaufen. Weil sie kein Badeöl hatte, ging sie rasch an die Straße und pflückte ein dickes Bündel Thymianzweige. Im heißen Wasser verströmten sie nun ihren Duft. Sie legte sich hinein und seufzte wohlig. Ihr Blick schweifte aus dem Fenster ins Grüne und dann über den glänzenden Fußboden, und sie kam sich vor wie in einem antiken Spa. In Hamburg hatte sie nur eine Dusche, dabei liebte sie es, stundenlang im heißen Wasser zu liegen und ihren Gedanken nachzuhängen. Und oft kamen ihr dabei gute Ideen.

So auch heute. Während sie mit der Hand leicht über die Wasseroberfläche strich und dabei den Duft des Thymians aufsteigen ließ, dachte sie an die Milch und dass sie ja jetzt Strom hatte.

Mit frisch gewaschenen Haaren und nach Kräutern duftend machte sie sich auf den Weg nach Montbolo. Die Werkstatt von Oscar Poulenc lag gleich am Ortseingang links. Heute trug er keinen Makler-Anzug, sondern einen Blaumann und war über einen Motorraum gebeugt.

»Guten Morgen, Monsieur. Ich brauche ein Auto.«

Er richtete sich auf und wischte sich mit einem strahlenden Lächeln die ölverschmierten Hände an einem Tuch ab. Wahrscheinlich freute er sich auf ein weiteres Geschäft mit dieser Deutschen.

»Da sind Sie bei mir goldrichtig. Was haben Sie sich denn vorgestellt?«

»Da muss ein Kühlschrank reinpassen. Ich hab nämlich seit gestern Strom!«, fügte sie stolz hinzu.

Er kratzte sich am Kopf.

»Also dieser hier ist wie neu, ich habe ihn gerade durchgecheckt. Und günstig ist er auch.« Er wies mit der Hand auf den kleinen Peugeot, dann stutzte er. »Sie werden doch wohl ein französisches Modell kaufen, wo Sie doch jetzt eine von uns sind?« Er sah sie fast ängstlich an.

Darüber hatte Miriam sich noch keine Gedanken gemacht, aber wo er es sagte …

»Natürlich. Aber da passt kein Kühlschrank rein«, gab sie zu bedenken. Das sah man auf den ersten Blick, dass dieses Auto zu klein war, um irgendetwas zu transportieren, das größer war als eine Kiste Bier oder vielleicht zwei. Aber es gefiel Miriam, gerade weil es so schön klein und handlich war. Und wann transportierte man schon mal einen Kühlschrank?

»Ich fahre Sie! Wir besorgen Ihnen einen schönen Kühlschrank, die sind gerade im Sonderangebot bei Monsieur Bricolage …«

»Monsieur Bricolage?«, fragte Miriam dazwischen.

Er nickte heftig. »So heißt unser Baumarkt. Sehr gut sortiert, den müssen Sie sich merken. Also, wir fahren dahin und kaufen einen Kühlschrank und liefern ihn bei Ihnen zu Hause ab, und dann kommen Sie mit hierher und fahren mit Ihrem neuen Auto nach Hause, was meinen Sie?«

Miriam ging um den Wagen herum und betrachtete ihn von allen Seiten. Ihr waren Merkmale wie Modelle oder PS oder so etwas völlig egal. Zuverlässig musste er sein. Und nett aussehen. Und dieser himmelblaue Wagen sah definitiv nett aus. »Ist er teuer?«

»Ach was. Der Wagen ist schon fünfzehn Jahre alt, aber top gepflegt. Er hat Madame Gravelotte aus dem Ort gehört, wissen Sie, die reizende alte Dame, die Frau unseres Tierarztes?«

Miriam schüttelte den Kopf. Dieser Madame Gravelotte war sie noch nicht begegnet. Aber als Oscar erwähnte, dass ihr das Haus mit den wunderschönen Mimosenbäumen gehörte, die gerade in verschwenderischer Fülle gelbe Farbe und intensiven Duft über ganz Montbolo verbreiteten, wusste sie, wer gemeint war. »Ach so. Dieses Gelb vor dem knallblauen Himmel hab ich schon ein paarmal bewundert. Das macht einen ja fast besoffen, so schön ist das.«

Oscar nickte. »Ihr Mann ist schon lange tot, und sie fährt auch kein Auto mehr. Der Wagen hat fast nur rumgestanden. Für eins fünf gehört er Ihnen.«

»Tausendfünfhundert? Mit Garantie?«

Oscar legte die Hand aufs Herz. »Was denken Sie denn?«

»Und Sie fahren mit mir zu Monsieur Bricolage?«

»Mach ich.«

»Gut. Und dann lade ich Sie zu einem Bœuf bourguignon im Café du Cèdre ein.«

Ein paar Stunden später räumte Miriam Joghurt, Käse, Eier, Salat und Gemüse und noch ein paar Dinge, zu denen ein riesiges, wunderbar marmoriertes Steak und eine Flasche Pommery-Champagner gehörten, in den neuen Kühlschrank, der damit gut gefüllt war. Heute Abend würde sie den Erwerb ihres Hauses und den Beginn ihres neuen Lebens gebührend feiern. Das musste sein, sonst brachte es kein Glück. Sie wollte Steak und Salat essen und mit Champagner anstoßen. Sie hatte zwar schon zu Mittag reichlich gegessen und sich dabei angeregt mit Monsieur Poulenc unterhalten, aber das machte nichts.

Allerdings gab es da ein Problem: Sie hatte keinen Herd, wenn man von dem Trumm in der Küche absah. Aber bevor sie den in Betrieb nahm, würde sie sich damit beschäftigen müssen, wie er funktionierte. Und für ein einziges Steak war der Aufwand vielleicht ein bisschen hoch.

Sie überlegte, was es vor dem Abendessen noch zu erledigen gab. Das zweite Zimmer müsste noch geschrubbt werden, aber das könnte sie auch morgen tun. Draußen war so wunderbar mildes Wetter, und nach dem Gedränge und den nervigen Lautsprecherdurchsagen bei Monsieur Bricolage zog es sie ins Freie. Sie würde einen Spaziergang durch den Garten machen und sich einen Überblick verschaffen. Sie hatte sich noch keine Gedanken gemacht, wie sie dort vorgehen wollte, was zuerst zu tun war und ob sie Hilfe benötigen würde. Außerdem musste sie ohnehin Holz sammeln, weil ihr die Idee gekommen war, ihr Steak auf einem improvisierten Grill zu braten.

In der Auffahrt stand ihr neues Auto. Die Jungfernfahrt war nur kurz gewesen, einmal von Poulencs Werkstatt ins Café du Cèdre, dann bis hierher und dann noch einmal eine kleine Runde, weil es so schön war. Im Radio war ein Sender für Chansons aus den Sechzigern eingestellt, und sie hörte *Nathalie* von Gilbert Bécaud und hatte laut mitgesungen, die

Fenster heruntergelassen und den Fahrtwind gespürt. Dann war sie mit Schwung auf ihre Auffahrt gefahren, und der Sand hatte unter den Rädern geknirscht.

Miriam nahm den kleinen Weg, der durch das führte, was früher mal ein gepflegter Gemüsegarten gewesen sein musste. Sie bückte sich und hob einen Johannisbeerstrauch an, weil sie etwas Weißes darunter aufblitzen sah. Gaston hatte tatsächlich zu beiden Seiten des Weges runde weiße Steine aus dem Fluss als Begrenzung verlegt. Das war wunderschön, aber leider sah man die Steine kaum noch, weil sie überwuchert waren wie der halbe Weg. Ihre Beine streiften Pflanzen und Kräuter. Der intensive Geruch von marokkanischer Minze stieg ihr in die Nase. Die Pflanze hatte einen Großteil des Beetes eingenommen. Das würde ein Stück Arbeit werden, sie einzudämmen und die unterirdischen Ausläufer auszureißen. Miriam ging weiter und roch Dill. Und was war das? Liebstöckel, den liebte sie so. Sie riss ein paar Blätter ab und zerrieb sie zwischen den Fingern, damit der Maggiduft aufstieg. Rosmarin gab es natürlich auch in riesigen Büschen, die ihr bis an die Hüfte reichten. Was da sonst noch alles in der Erde schlummerte, würde sie mit einem Spaten erkunden müssen. Sie stöhnte bei dem Gedanken auf, dass sie dazu wohl oder übel noch mal zu Monsieur Bricolage fahren und Gartengeräte kaufen müsste. Sie war am Ende des Gemüsegartens angekommen, wo ein struppiger Rasenstreifen diesen Teil von den Kirschbäumen abtrennte. Miriam blieb stehen und zählte ihre Bäume: zwölf in einer Reihe und sieben Reihen hintereinander, die sich den Hang hinunterzogen. Bereits von hier aus konnte sie sehen, dass einige Bäume tot waren. Sie trugen kein Laub, die Äste ragten kahl in den Himmel. Langsam ging sie durch die Reihen bergab. Am unteren Ende ihres Grundstücks standen noch ein großer Mirabellenbaum, ein Maulbeerbaum und ein paar Apfel- und Birnbäume. Ob sie vom Ertrag dieser Bäume leben könnte? Sie hörte zwar das Summen der Bienen, die sich in den Blüten tummelten. Über eine Bestäubung musste sie sich wohl keine Sorgen machen. Aber aus der Nähe sahen ihre Bäume lange nicht so gesund aus wie von ihrer Terrasse, wo sie nur den Blick auf das rosafarbene Blütenmeer hatte. Wenn sie ehrlich war, wirkten ihre Kirschbäume kümmerlich und ungepflegt. Viele vertrocknete Äste saßen noch auf den Bäumen, die unbedingt beschnitten und ausgelichtet werden mussten. Die Bäume hatten zwar massenhaft Blüten angesetzt, aber sie bezweifelte, dass sie genügend Kraft haben würden, um alle zu Kirschen auszutragen. Unter den Bäumen war überall hohes Unkraut. Sie stolperte über einen großen abgeknickten Ast und sah nach oben. An der Bruchstelle war die Rinde offen, das blanke Holz splitterte. Die Wunde musste behandelt werden, damit keine Parasiten in den Stamm gerieten. Wenn es dafür nicht schon zu spät war. Miriam legte die Hände an die Rinde. Das Holz war warm und fühlte sich rau und kratzig an. Sie stellte sich vor, wie die Säfte hindurchgingen bis in die Blüten und dort Früchte bildeten, und der Gedanke tröstete sie. Ein Sonnenstrahl fing sich in einer pflaumengroßen Harzbeule, die golden leuchtete wie Bernstein. Miriam berührte die kleine Wunde im Stamm mit der Fingerspitze und roch den kräftigen Duft. Sie würde diese Stellen regelmäßig kontrollieren müssen. Sie löste ihre Hände wieder und sah nach oben in die weiß schäumenden Blüten. »Ich werde mich um euch kümmern, das verspreche ich euch«, sagte sie leise.

Sie sammelte einen Armvoll dünne Zweige und pflückte auf dem Weg zum Haus noch ein paar Zweige Rosmarin für ihr Abendessen. Sie war so darauf konzentriert, dass sie sogar schon Knoblauch und gebratenes Fleisch roch. Sie schnupperte gierig. Dann fiel ihr auf, woher der Geruch kam: Ihr Nachbar hatte den Grill angeworfen. Sie folgte dem Duft bis zur Straße. Hinter dem Haus ihres Nachbarn stieg eine kleine

Rauchsäule auf. In diesem Augenblick kam er mit einer Flasche Wein um die Hausecke. Neben ihm ging eine Frau, die ziemlich blond und ziemlich hübsch und ziemlich gut angezogen war. Aus dem Haus erklang Musik. *Street Legal* von Dylan. Dieser Philippe hatte Geschmack. Wenn sie ein Mann wäre und jemanden verführen wollte, dann würde sie eines der melancholischen Liebeslieder von Bob Dylan auflegen. Ihr Nachbar sah zu ihr herüber, grinste und machte eine Bewegung, als würde er sich das Gesicht waschen. Miriam kam sich vor wie ein Zaungast. Sie winkte zurück, was bestimmt ungeschickt aussah, weil sie das Reisig auf dem Arm hatte.

Was der kann, kann ich auch, dachte sie, und legte ein paar Feldsteine in einem Rund auf. Sie schichtete das trockene Holz in ihrem improvisierten Grill auf. Es brannte sofort, wie sie stolz feststellte. Während das Kleinholz brannte, trug sie einen dickeren Ast herbei und legte ihn in die Flammen. In der Küche schnitt sie Tomaten und Brot und füllte Oliven in ein kleines Schälchen. Sie hatte sich für die kleinen grünen Picholines mit Kern entschieden. Auf den hiesigen Märkten konnte man zwischen zig Sorten wählen, aber diese waren ihr am liebsten. Auf einen Teller gab sie einen Schuss von Oscars Olivenöl, um das Brot darin einzutunken. Sie setzte sich auf die Bank, wartete, bis das Feuer heiß genug für ihr Steak war, und nippte an ihrem Champagner. »Prost, Miriam«, sagte sie laut. »Auf die beste Entscheidung, die du je in deinem Leben getroffen hast.«

Das Feuer hatte sich inzwischen in heiße Glut verwandelt, heiß genug für das Steak. Bei dem Gedanken an Entrecôte auf Kirschholz gegrillt lief ihr das Wasser im Mund zusammen. Es zischte, als sie das Fleisch auf den Rost legte, für den sie ein Backgitter aus dem Küchenherd umfunktioniert hatte, und sofort stieg ein betörender Geruch in die Luft. Meine Güte, hatte sie eine Lust auf dieses Essen! Als sie den ersten Bissen nahm, war sie sicher, niemals in ihrem Leben etwas Köstlicheres gegessen zu haben.

Später sah sie träge in die Glut, die die Hauswand und den Garten in hellrotes Licht tauchte. Miriam war satt und beschwipst von dem Champagner, ein herrliches Gefühl. Sie hätte ewig hier sitzen und in die Nacht schauen können. Wenn jeder Abend hier so friedlich wäre, hätte sie ihr Paradies gefunden.

Von der anderen Straßenseite drangen Stimmen und Lachen herüber, dann fuhr ein Auto davon. Sie schloss für einen Moment die Augen und merkte, wie müde sie war.

Als sie ein Rauschen über ihrem Kopf hörte, rührte sie sich nicht, weil sie die Eule nicht erschrecken wollte. Miriam öffnete wieder die Augen und sah, wie das Tier zwischen den Kirschbäumen niederging. Es gab ihr ein gutes Gefühl, dass dieser Vogel sich ausgerechnet ihren Garten ausgesucht hatte. Von ihrem Steak war noch ein kleines Stück übrig, das sie beim besten Willen nicht mehr geschafft hatte. Sie warf es ein Stück weit von sich, vielleicht würde die Eule es finden.

Mitten in der Nacht ließ sie ein Geräusch hochschrecken. Die Laute kamen von oben, aus dem Dachgeschoss. Was konnte das sein? Sie musste in jedem Fall nachsehen. Noch etwas benommen stand sie auf. Oben gab es keine Lampen, also stellte sie ein Teelicht in das Weckglas und stieg vorsichtig die Treppe hinauf. Da! Etwas raschelte, und dann waren so etwas wie trippelnde Schritte zu hören. Vorsichtig drückte sie die Klinke zu dem Zimmer über ihrem Schlafzimmer herunter und schob die Tür auf. Miriam atmete erleichtert aus, als sie die Eule dort auf einem der Stützbalken sitzen sah. Es war ein Vogel, kein Einbrecher! Das Tier drehte den weißlichen Kopf zu ihr und sah sie wieder erstaunt und leicht missbilligend an. Dann schloss es die Lider und öffnete sie wieder, wie um festzustellen, ob Miriam inzwischen gegangen war. Ich glaube, du bist ein Steinkauz, dachte Miriam. Die Augen waren intensiv gelb, so etwas hatte sie noch nie gesehen, und über den Augen hatte der Vogel weiße Färbungen, die wie Augenbrauen aussahen. Miriam hielt die Luft an und betrachtete fasziniert die Schönheit des Tieres. Sie drehte vorsichtig den Kopf nach rechts und links und war entzückt, als die Eule es ihr nachmachte. Sie flog nicht weg, fixierte sie nur aus ihren riesigen ockergelben Augen. »Ist ja gut, ich geh ja schon«, flüsterte Miriam. Die Eule zuckte beim Laut ihrer Stimme zusammen, blieb aber auf ihrem Platz sitzen und starrte sie unverwandt an. Dann erst erhob sie sich und hüpfte auf die Fensterbank. Durch das offene Fenster flog sie davon.

Vorsichtig stieg Miriam die dunkle Treppe wieder hinunter und legte sich ins Bett. Ich glaube, ich habe einen Mitbewohner, dachte sie. Und ich glaube, er oder sie hat einen anderen Tagesrhythmus als ich. Wir werden uns vertragen müssen. Und vielleicht sollte ich mir einen Namen für die Eule ausdenken. Von der anderen Straßenseite hörte sie schwach die näselnde Stimme von Bob Dylan, der gerade *Sara* sang. Über ihr blieb alles still.

Sie dachte an den nächsten Tag. Morgen wäre sie eigentlich zurück nach Hause geflogen. Sie war so froh, dass sie es nicht musste. Stattdessen würde sie morgen mit der Arbeit im Kirschhain beginnen.

Allroundhandwerker,
zuverlässig und erfahren.
Übernehme auch Gartenarbeiten.
Tel. 0444234317

Der Deckel des alten Briefkastens, der am Zaun zur Straße hin angebracht war, stand hoch. Sollte Miriam etwa Post bekommen haben? Sie ging nachsehen und nahm das lokale Käseblatt, das hauptsächlich aus Kleinanzeigen bestand, heraus. Kein Brief. Wer sollte ihr auch schreiben? Die einzige Sendung, die sie bisher erhalten hatte, war vor einigen Tagen eine Rechnung der EDF für die Neuinstallation des Stromanschlusses in Höhe von 381,65 Euro gewesen. Dennoch gab ihr die Zeitung ein bisschen das Gefühl, dazuzugehören. Wenn man Post im Briefkasten hatte, dann wussten die Leute doch, dass man hier wohnte. Während sie ihren Morgenkaffee vor dem Haus trank, blätterte sie durch die *Gazette de Montbolo*. Auf einem Foto erkannte sie Monsieur Frochot, wie er den neuen Pétanqueplatz vor der Mairie einweihte. Er trug wieder stolz seine Schärpe. Eine ganze Seite war voll mit Sonderangeboten, die Carrefour diese Woche im Sortiment hatte, dann kam die Seite mit Kleinanzeigen, und auf der letzten Seite ging es um das jährliche Kirschenfest in Montbolo Ende Mai, für das Freiwillige gesucht wurden. Da war von Tänzen und von traditioneller Musik die Rede. Und es wurden Frauen gesucht, die Kirschkuchen buken. Die Leute von Montbolo fangen aber früh an mit dem Organisieren, dachte sie. Und dann wurde ihr auf einmal ganz schlecht. Sie ließ die Zeitung sinken und sah auf ihre Kirschbäume. Bis Ende Mai waren es noch genau zwei Monate. Wie sollte sie es schaffen, dass ihre Kirschen bis dahin reiften? Auf diesen Bäumen? Entmutigt ließ sie die Schultern hängen.

Sie fuhr mit den Fingerspitzen über ihre zerkratzten Hände und Unterarme. Zwischen Daumen und Zeigefinger der linken Hand hatte sich eine große Blase gebildet, die ziemlich wehtat. Kein Wunder, denn sie war seit Tagen von morgens bis abends im Kirschhain, riss mit beiden Händen das Unkraut aus und schleppte es auf große Haufen, um es später zu verbrennen. Dann grub sie die grob gerodeten Flächen um, damit sie auch die Wurzeln des Unkrauts zu packen bekam. Wenn sie dann die Fläche um einen Baum herum einigermaßen sauber hatte, nahm sie sich den Baum selbst vor: Sie schnitt verdorrte Äste ab, bestrich verharzte Wunden mit einer Lösung und lichtete die Kronen aus, was sehr schwierig war, weil sie oft ganz oben nicht herankam. Sie war ja auch keine Expertin im Beschneiden von Obstbäumen und war sich nicht sicher, ob es richtig war, was sie tat. In jedem Fall brauchte sie für einen Baum mindestens einen halben Tag und fiel abends total erschöpft ins Bett, um am nächsten Morgen mit Muskelkater aufzuwachen und weiterzumachen. Wenn sie in diesem Tempo weiterarbeitete, konnte sie sich ausrechnen, dass sie beim letzten Baum angelangt sein würde, wenn die Ernte anfing. So ging das nicht weiter. Sie schaffte es nicht allein. Sie brauchte Hilfe. Zumindest für diesen Teil der Arbeit.

Nachdenklich stand sie auf und ging in den Garten hinunter, um sich die Arbeit der letzten Tage anzusehen. Es war genauso, wie sie es befürchtet hatte: Unter den Bäumen zeigte sich eine zartgrüne Schicht von frisch gekeimter Vogelmiere und anderen Unkräutern. Die Anstrengungen der letzten Tage waren praktisch umsonst gewesen. Miriam hätte hier sofort wieder eingreifen müssen, um die neu keimenden Pflänzchen auszuziehen, aber sie musste sich doch um die anderen Bäume kümmern, die sie noch gar nicht bearbeitet hatte. »So ein verdammter Mist!«, entfuhr es ihr. Zu ihrem Entsetzen stellte sie fest, dass ihr die Tränen kamen. Erst wollte sie sie zurückhalten, aber dann dachte sie, dass sie in den letzten Tagen genug gekämpft hatte. Sie ließ sich auf einer der halb eingefallenen Trockenmauern nieder – auch etwas, das sie unbedingt reparieren musste –, presste die Hände vor das Gesicht und weinte hemmungslose Tränen der Enttäuschung und der Mutlosigkeit.

Es tat gut, alles einmal rauszulassen, aber nach ein paar Minuten fasste sie sich wieder. Sie wischte sich mit dem Handrücken über die Augen. Dabei ging ihr Blick zum Haus ihres Nachbarn hinüber. Hoffentlich hatte er sie nicht weinen sehen. Es war ja gut möglich, dass er zu denjenigen gehörte, die glaubten, sie würde es hier nicht schaffen. Solche Leute gab es in Montbolo, das hatte Paulette durchblicken lassen, ohne Namen zu nennen. Aber Miriam wollte ihnen auf keinen Fall eine Gelegenheit zur Schadenfreude geben. Na gut, gerade eben war sie für einen Moment schwach geworden. Aber der Moment des Zweifels hatte ihr geholfen, eine Entscheidung zu treffen. Sie schniefte laut, dann stand sie auf und marschierte zurück zum Haus. Ihr war die Annonce eingefallen, die sie gerade überflogen hatte. Ein Mann bot seine handwerkliche Hilfe an. Sie schlug die Zeitung wieder auf, da stand es: *Übernehme auch Gartenarbeiten*. Und darunter war eine Telefonnummer angegeben.

Miriam griff zum Telefon. Dieser Mann war genau, was sie brauchte. Es war einfach zu viel Arbeit für eine einzige Person, den Kirschhain nach Jahren der Vernachlässigung auf Vordermann zu bringen. Hätte sie mehr Zeit gehabt, wäre das vielleicht kein Problem gewesen, aber die Bäume mussten jetzt gepflegt werden, wo sie Blüten und Früchte ansetzten, wenn Miriam im Sommer ernten wollte. Was hieß hier Sommer! Die Kirschen von Montbolo waren offensichtlich schon Ende Mai reif, warum sollte sonst um diese Zeit das Kirschfest gefeiert werden? Selbst wenn ihre Kirschen später dran waren, viel Zeit hatte sie nicht mehr. Sie musste sofort etwas unternehmen. Während es am anderen Ende der Leitung klingelte, überschlug sie, wie viel es sie kosten mochte, wenn sie jemanden einstellte für, sagen wir, ein oder zwei Wochen. Sie musste mit ihrem Geld haushalten und sich die Ausgaben genau überlegen. Aber diese Investition musste sein. Es klingelte immer noch, aber sie legte nicht auf.

Zu ihrem Glück hatte sie heute Empfang. Das war immer ein Glückspiel. Nach ihren Erfahrungen hatte es etwas damit zu tun, ob Wolken am Himmel waren oder ob es windig war. Manchmal riss ein Gespräch mittendrin ab. Noch etwas, worum sie sich kümmern müsste …

»Hallo?« Die Stimme war kräftig und ein bisschen ungehalten.

»Hallo? Ich habe Ihre Anzeige in der *Gazette de Montbolo* gelesen. Ich brauche Hilfe in meinem Garten.«

»Wo und wann?«

»In Montbolo. Und sofort.«

»Sie sind die Deutsche.«

Miriam schluckte. War das jetzt gut oder schlecht?

»Dann weiß ich, wo das ist. Ich komme vorbei.«

Miriam wollte noch fragen, wann er kommen würde, aber da hatte er schon aufgelegt.

Sie streifte die derben Schuhe und die Gummihandschuhe über und machte sich an die Arbeit.

»Haben die da oben in diesem Hamburg überhaupt so was wie Sommer?«, flüsterte die ältere Dame gut hörbar. »Hat unser Bürgermeister nicht gesagt, sie käme aus Hamburg?«

»Hat er«, kam die Antwort von ihrem Begleiter. »Und ich glaube, Hamburg liegt kurz vor Grönland. Viel zu kalt. Und wenn, dann haben die bestimmt nicht so was wie unsere Kirschen. Ich bin mal gespannt, wie lange die durchhält. Wär ja nicht die Erste, die glaubt, hier bei uns ein neues Leben anzufangen, und dann merkt, dass bei uns die Tauben auch nicht auf den Bäumen wachsen.«

»Nee, Tauben nicht, aber Kirschen schon.«

»Ein bisschen was sieht man schon. Guck mal, sie hat Gardinen vor die Fenster gehängt.«

»Die Jüngste ist sie auch nicht mehr, hat Olivia gesagt.«

Miriam entschied, dass es jetzt reichte, und tauchte zwischen den mannshohen Johannisbeersträuchern auf, die sie gerade beschnitt.

»Bonjour«, sagte sie betont fröhlich über den Zaun.

Die Frau stieß ihren Mann mit dem Ellenbogen in die Seite, und beide sagten wie aus einem Munde:

»Einen schönen guten Tag, Madame!« Es schien ihnen aber nicht besonders peinlich zu sein, dass Miriam ihr Gespräch belauscht hatte.

Miriam erkannte die beiden, es war das Ehepaar, das sie mittags schon häufiger im Restaurant von Charles de Maistre gesehen hatte. Als sie mit Oscar Poulenc dort zu Mittag gegessen hatte, waren den beiden fast die Augen aus dem Kopf gefallen.

»Ist das auch Ihr Spazierweg hier? In der letzten Zeit kommen viele Leute aus dem Ort hier vorbei«, sagte sie. Dabei sah sie die beiden freundlich an. »Wenn jetzt auch noch alle kommen, die bettlägerig sind, dann waren wirklich sämtliche Einwohner Montbolos hier, um nach dem Rechten zu sehen.«

Die beiden warfen sich vielsagende Blicke zu. Ein knappes »Bonne journée«, und sie machten, dass sie weiterkamen. Die Frau hatte sich bei ihrem Mann untergehakt, der besser zu Fuß war, und ließ sich von ihm den Weg hinunter zum Dorf ziehen.

Miriam beugte sich wieder über die Johannisbeersträucher. Es war schon ein Kreuz mit den Leuten von Montbolo. In den letzten beiden Wochen waren sie alle gekommen, hatten so getan, als würden sie spazieren gehen oder als sei ihnen just vor ihrem Haus ein Schnürsenkel aufgegangen. Einige blieben auch einfach ungeniert stehen und starrten herüber. Sie war die Attraktion des Ortes. Eine Deutsche, die von Tuten und Blasen keine Ahnung hatte, sich aber hier ein altes Haus und einen Kirschhain gekauft hatte.

Miriam konnte sie sogar ein Stück weit verstehen. Sie hatte bisher noch niemanden getroffen, der sie offen ablehnte, aber die Leute waren reserviert. Sie hatten wahrscheinlich schon häufiger erlebt, dass da Zugereiste kamen und hier leben wollten, und dann hielten sie es höchstens eine Saison aus, bis sie merkten, dass das Leben hier anstrengend und einsam war, und verschwanden wieder.

Von Miriam dachten viele sicher genauso. Sie gehörte nun mal nicht zur Gemeinschaft im Dorf, obwohl es einige dort gab, die ihr wohlgesonnen waren. Monsieur Frochot zum Beispiel, auch wenn er Hintergedanken hatte, Oscar Poulenc und natürlich Paulette Delbas.

»Ich werde es ihnen schon zeigen«, sagte Miriam finster. Sie schnitt einen dicken Ast ab, und der Duft von Schwarzen Johannisbeeren stieg ihr in die Nase. Es gab kaum eine Pflanze, die sich so über ihren Duft verriet, lange bevor Blätter oder Blüten zu sehen waren. Der Gedanke brachte sie schon wieder zum Lächeln.

»Na, jetzt waren wohl alle da. Normalerweise kommt hier kaum einer vorbei.«

Miriam sah sich um. Schon wieder Besuch? Was war denn heute los? Aber die Stimme kannte sie.

Auf der anderen Seite des Zauns stand ihr Nachbar und lächelte sie an. Miriam fuhr sich unbewusst mit der Hand über das Gesicht.

Philippe wies auf die Straße, wo die beiden Alten gingen. »Das sind Bernadette und François. Sie hatten früher mal den Lebensmittelladen von Montbolo. Als es den noch gab. Alte

Tratschmäuler.« Er zwinkerte ihr zu. »Glückwunsch. Sie sind diesen Monat Dorfgespräch.«

Miriam zuckte mit den Schultern. »Na ja, sonst gibt's hier ja auch nicht viel zu reden. Passiert ja nichts.« Dass im Dorf auch über Philippe getuschelt wurde, erwähnte sie nicht. Das wusste er bestimmt selbst.

»Unterschätzen Sie nicht unsere abendlichen Pétanquerunden.«

»Und das Kirschenfest wirft auch seine Schatten voraus. Haben Sie heute schon die Zeitung gelesen? Schon siebenunddreißig Kirschkuchen sind angemeldet. Es fehlen nur noch dreizehn, bis der neue Rekord erreicht ist.«

Er lachte. »Ich bin mit Jacques in dieselbe Klasse gegangen, er hat damals schon maßlos übertrieben.«

»Jacques?«

»Jacques Audibert-Trion. Er gibt die *Gazette* heraus.« Er beugte sich verschwörerisch vor. »Er weiß alles. Über jeden. War er noch nicht hier?«

»Hier waren in den letzten Tagen einige Leute, aber sie haben sich nicht vorgestellt.«

»Sie haben sich da ganz schön was vorgenommen.« Er machte eine Handbewegung in Richtung des Gartens.

Sie stöhnte. »Ganz ehrlich, ich wusste nicht, wie viel Unkraut hier wächst.«

Philippe lachte. »Warten Sie ab, bis es richtig heiß wird, dann kommen noch andere Unkräuter dazu. Und die lassen sich noch schwerer ausziehen, weil die Erde dann hart wie Zement ist. Bleiben Sie lange?« Ein tiefer Blick aus dunklen Augen.

»Ich lebe hier.«

Er hob abwehrend die Hände.

»Also zumindest habe ich das vor.«

»Allein?«

»Sehen Sie jemanden?«

»Sie sind ganz schön kratzbürstig.«

»Na ja, jeder hier scheint besser zu wissen als ich, was ich kann oder nicht kann oder wie lange ich bleibe.« Das klang schärfer, als sie beabsichtigt hatte.

»Okay, okay. Entschuldigen Sie. Ernsthaft. Sollen wir uns nicht vertragen? Immerhin sind wir weit und breit die einzigen Nachbarn.« Er hielt ihr die Hand über den Zaun hin.

Miriam schlug ein und spürte seine glatte Haut. Der sanfte Druck war sehr angenehm.

»Wie heißen Sie?«

»Miriam Richard.«

»Oh, Mir-jam. Was für ein schöner Name. Passt zu Ihnen.«

Er sprach ihren Namen mit einem weichen J und Betonung auf der letzten Silbe aus. Das hörte sich viel eleganter an als auf Deutsch. Bevor Mir-jam sich Gedanken darüber machen konnte, ob er jetzt seinen Frauenversteher-Modus angeworfen hatte, sagte sie:

»Und Sie sind Philippe Grandjonc.«

Er lachte wieder. »Kann ich mir denken, dass man Sie im Dorf vor mir gewarnt hat. Geben Sie nichts drauf. In Wirklichkeit bin ich ganz anders.«

»Ich auch. Sie züchten auch Kirschen …?«

»Stimmt, ich habe ein paar Bäume. Aber ich habe nicht den Ehrgeiz, dass sie im Élysée-Palast landen. Und ganz ehrlich, meine Bäume sind über die Jahre gut gepflegt worden.«

»Warum hat sich niemand um meinen Garten gekümmert? Warum hat das Haus so lange leer gestanden?« Das hatte sie sich schon häufiger gefragt.

»Es hat natürlich einige Interessenten gegeben. Gastons Kirschen waren immer die besten der Gegend. Als er gestorben ist, wollten viele Leute die Bäume übernehmen. Es gab

Streit deswegen, und deshalb hat Alicia gar nicht verkauft. Und so eine Kirschplantage muss gepflegt werden, sonst verkommt sie.«

Miriam sah ihn fragend an.

»Alicia ist Gastons Tochter. Haben Sie sie nicht kennengelernt? Sie wohnt im Norden, in Annecy.«

»Nein, ich hatte nur mit Oscar Poulenc zu tun.«

Philippe zuckte mit den Schultern. »Sie kommt nicht mehr oft hierher. Sie ist über Nacht gegangen, so weit weg, wie sie nur konnte.«

Miriam durchzuckte der Gedanke, ob Philippe etwa der Grund für ihr Verschwinden gewesen war, aber das fragte sie natürlich nicht. »Sie haben gesagt, meine Kirschen waren die besten von Montbolo?«

»Die Betonung liegt auf *waren*. Die Qualität leidet schnell, wenn sie vernachlässigt werden.«

Miriam straffte sich. »Jetzt bin ich ja da.«

»Dann sind wir Konkurrenten.« Wieder zwinkerte er ihr zu. Sein Blick war absolut aufrichtig, als er hinzufügte: »Wenn Sie einen Rat brauchen, dann melden Sie sich. Einen schönen Tag noch.«

Damit drehte er sich um und ging über die Straße zu seinem Haus.

Miriam sah ihm nach. Sie hätte gern noch länger mit ihm geredet. Über alles Mögliche.

Den Rest des Nachmittags verbrachte sie in ihrem Garten. Ab und zu horchte sie, ob ein Auto kam. Dieser Gärtner wollte doch kommen. Als es dunkel wurde, ging sie ins Haus und ließ sich ein Bad ein. Das hatte sie sich verdient.

Während sie in der Wanne lag und sich den Dreck abwusch, rumorte über ihr die Eule. Miriam hörte ihre kleinen Schreie und fragte sich, was das für Rufe waren. Dienten sie zur Warnung, oder sollten sie einen Partner anlocken? Vermisste der kleine Vogel vielleicht Gesellschaft? Wollte er womöglich eine Familie gründen?

Und wie war das bei ihr? Manchmal wünschte sie sich, jemanden an der Seite zu haben, mit dem sie alles besprechen könnte. Zum Beispiel diese Frage, ob sie einen Gärtner beauftragen sollte oder nicht und ob sie sich das leisten konnte. Nein, dachte sie dann und tauchte behaglich in der Wanne unter, bis nur noch ihr Gesicht aus dem Wasser ragte. Ich bin unglaublich stolz darauf, meine Entscheidungen allein zu treffen. Ich genieße es, allein mit mir zu sein. Das kommt so selten vor. Es mag zwar manchmal anstrengend sein, aber es macht mich auch stark und gibt mir ein gutes Gefühl.

In den Jahren ihrer Ehe mit Gerhard hatte es diesen Partner an ihrer Seite gegeben. Zumindest in den allerersten Jahren waren sie ein gutes Team gewesen. Sie hatten Merle bekommen und waren glücklich gewesen, sie hatten sich gegenseitig gestützt und die guten Zeiten gemeinsam genossen und die schlechten Zeiten zusammen durchgestanden. Aber das war nicht immer so geblieben, und am Ende ihrer Ehe war sie nur froh gewesen, wieder allein zu sein.

Miriam gab noch ein paar Tropfen des sündhaft guten Badeöls ins heiße Wasser und nahm den Duft von Orangenblüten und Bergamotte wahr. Das war so viel lohnender, als über ihren Ex-Mann zu grübeln.

Am nächsten Morgen wachte sie sehr früh auf. Sie öffnete die Terrassentür weit und trat in den Garten hinaus. Diese Stimmung am frühen Morgen mochte sie besonders gern. Die Luft war noch kühl und frisch, die Landschaft glänzte in scharf umrissenen Konturen. Dünne Nebelschwaden hingen in den Kirschbäumen. Miriam sah ihnen dabei zu, wie sie wie kleine Geister nach oben entschwebten und sich in der kräftiger werdenden Sonne auflösten.

Ich habe Lust auf frische Buttercroissants, dachte sie. Heute gönne ich mir mal etwas. Sie zog sich schnell eine Jeans und ein T-Shirt an und setzte sich in ihr Auto, bog rechts in die Straße ein und fuhr hinunter nach Montbolo. Über den Dächern des Dorfes unter ihr hielt sich noch der Frühdunst. Lediglich einzelne Schornsteine lugten daraus hervor. Als sie vor der Boulangerie aus dem Auto stieg, fröstelte sie leicht, aber der Duft nach frischem Brot und Gebäck wärmte sie.

»Guten Morgen.« Paulette strahlte sie an und packte ihr ungefragt zwei Croissants ein. Sie trug heute einen sonnengelben Minirock mit einem grünen Oberteil. Ihr stand das.

»Guten Morgen. Und noch ein Campagne, bitte.« Pain de Campagne, Landbrot, so hieß das etwas schärfer gebackene Baguette mit einem Anteil von dunklem Mehl.

»Das kommt grade aus dem Ofen. Ich sehe mal nach, ob ich es schon anfassen kann.«

Sie ging in die Backstube, in die man bei geöffneter Tür hineinsehen konnte. Miriam hörte, wie ihr Name genannt wurde, dann kam ein Mann aus der Backstube in den Laden. Er hatte einen ziemlich dicken Bauch und nicht viel mehr als einen weichen Kinderflaum auf seiner Glatze. Er reichte ihr eine mehlbestäubte Hand, die groß wie eine Bratpfanne war.

»Jetzt will ich mir doch mal unsere neue Einwohnerin ansehen. Guten Tag, Madame Richard. Ich bin Jean-Marie Boucher. Ja, ja, lachen Sie nur, ein Bäcker, der Schlachter heißt. Den Witz lassen wir schon seit Generationen über uns ergehen, denn mein Vater und mein Großvater haben auch schon diese Bäckerei geführt. Und? Werden Sie von unserer Paulette immer gut bedient?« Dabei hob er mahnend den dicken Zeigefinger in Paulettes Richtung, die gerade mit einem Korb voll frischer Brote in den Laden kam und mit keinem Wimpernzucken auf seinen Scherz reagierte. »Ich muss dann mal wieder. So ein Bäckerleben lässt keine Zeit für einen Plausch. Ja, ja, unsere Paulette hat es da besser. Auf Wiedersehen, Madame Richard. Und probieren Sie unbedingt meine Apfeltarte. Ich habe heute ein wenig Lavendel an den Teig gemacht. Man muss ja auch ab und zu etwas ändern, immer nur Routine, das geht nicht …« Damit war er wieder in seiner Backstube verschwunden, ohne Miriam auch nur die leiseste Chance auf eine Erwiderung zu geben.

»Äh, auf Wiedersehen, hat mich gefreut«, sagte sie lahm. Sie starrte die Tür zur Backstube an.

»Machen Sie sich nichts draus. Er redet den ganzen Tag, auch wenn keiner da ist. Ich höre das schon gar nicht mehr.«

»Das ist Ihr Chef?« Irgendwie hatte Miriam geglaubt, Paulette würde der Laden gehören, aber wie sollte das gehen? Backen und gleichzeitig im Laden stehen und verkaufen. »Ist das hier ein Familienbetrieb?«

Paulette schüttelte den Kopf. »Nein, ich arbeite hier nur. Schon seit zehn Jahren. Gleich nach der Schule hab ich angefangen. Wie läuft's bei Ihnen?«, fragte sie dann und reichte ihr die in dünnes Papier gewickelten Gebäckstücke über den Tresen.

»Ich komme gut voran, aber für mich allein ist das zu viel Arbeit. Ich werde mir jetzt jemanden nehmen, der mir hilft, zumindest für den Anfang und für die groben Sachen.«

»Ich weiß«, sagte Paulette und lächelte. Dabei zeigte sie ihre Zahnlücke.

Miriam sah sie fragend an.

»Sie haben Sebastiá angerufen.«

»Sebastiá?«

»Er ist mein Bruder. Er hat mir gestern erzählt, dass Sie auf seine Anzeige geantwortet haben.«

Hier in Montbolo blieb aber auch nichts verborgen. »Ja, aber er hat nicht gesagt, wann er kommt. Bisher war er noch nicht da. Ich muss auch gleich zurück, um ihn nicht zu verpassen.« Sie zögerte. »Er ist Ihr Bruder?«

Paulette nickte.

»Sebastiá ist ein ungewöhnlicher Name.«

»Wir sind Katalanen. Unsere Großeltern sind aus Spanien gekommen. Ich rufe ihn gleich an und sag ihm, dass er in einer halben Stunde bei Ihnen sein soll. Dann können Sie noch in Ruhe Ihr Croissant essen. Wär doch schade drum.«

»Danke«, sagte Miriam.

»Und was ist mit dem Apfelkuchen? Der ist wirklich gut. Mit Lavendel.«

Miriam kaufte eine der kleinen Tartes, die fast nichts wogen, so locker und leicht war der Blätterteig. Auf der Rückfahrt duftete ihr Auto so verführerisch nach Lavendel, dass sie schon während der kurzen Fahrt anfing zu essen.

Sie hatte ihr Auto kaum abgestellt und kaute noch an dem letzten Bissen, als ein Pritschenwagen hinter ihr auf den Hof fuhr. Ein Mann stieg aus, ein wahrer Hüne. Breitbeinig kam er auf sie zu. Miriam ging ihm entgegen und sah, dass er eine große Lücke zwischen den Schneidezähnen hatte.

»Bonjour. Sie müssen Sebastiá sein. Wir haben telefoniert.«

»Bonjour. Um was geht es denn?«

Sehr zugewandt ist er nicht gerade, dachte Miriam, eher kurz angebunden, aber das macht nichts. Er soll arbeiten, nicht plaudern.

Sie ging mit ihm in den Kirschgarten hinunter und erklärte ihm, was zu tun sei. Er ging um einzelne Bäume herum und besah sich die Kronen, befühlte einige Stämme und zog ein paar Äste zu sich heran. Dabei schüttelte er ab und zu missbilligend den Kopf. Miriam glaubte ihn »Pfusch!« brummen zu hören. Schließlich wandte er sich zu ihr herum und begann zu sprechen.

Allerdings verstand Miriam nur höchstens die Hälfte von dem, was er sagte. Hatte Paulette nicht gesagt, er sei Katalane? Sie hatte davon gehört, dass hier noch viele Menschen Dialekte sprachen, Katalanisch oder Okzitanisch.

»Können Sie langsamer sprechen, bitte? Ich verstehe Sie nicht«, unterbrach sie ihn.

Er brummte etwas, und wieder verstand sie nicht, was er sagte. Die Worte kamen in einer unglaublichen Geschwindigkeit und voller unbekannter Laute aus seinem Mund.

»Wie bitte?«, fragte sie nach.

Er wandte sich ihr zu und sagte sehr laut und deutlich: »Ich fange morgen früh an und bringe noch jemanden mit.«

Ich bin ja nicht schwerhörig, dachte Miriam und sah ihm nach, wie er zu seinem Auto ging, wobei er sich am Hintern kratzte, und dann in halsbrecherischem Tempo davonfuhr.

Das schien eine seltsame Angewohnheit dieses Sebastiá zu sein, dass er ein Gespräch einfach abbrach, auch wenn noch Fragen offen waren. Sie hatten noch nicht über Geld gesprochen. Irgendwie war Miriam dieser Mann unsympathisch. Aber er war Paulettes Bruder, und die war in Ordnung. Außerdem brauchte sie ihn. Sie beschloss, den morgigen Tag abzuwarten. Sie würde ja sehen, wie er sich machte.

Am Nachmittag bezog sich der Himmel, und es wurde innerhalb kürzester Zeit empfindlich kühl. Wind kam auf, der immer böiger wurde. Miriam bemerkte das anfangs gar nicht. Wenn sie in ihrem Garten arbeitete, vergaß sie die Welt um sich herum. Sie sah dann immer nur die nächste Aufgabe vor sich, und die forderte ihre ganze Energie. Irgendwann fröstelte sie dann aber doch. Sie sah in den Himmel und ging ins Haus, um sich einen Pullover überzuziehen. Dann arbeitete sie weiter, aber jetzt fing es auch noch an zu nieseln, und kurze Zeit später war sie bis auf die Knochen durchnässt. Sie musste wohl oder übel für heute Schluss machen. Sie klemmte sich die Gartengeräte unter den Arm und ging ins Haus. Als sie die Tür hinter sich schloss, schauderte sie. Hier drinnen war es noch kälter als draußen! Es zog durch die Ritzen an Fenstern und Türen.

Hm, dachte sie. Da muss ich etwas tun, wenn ich hier nicht erfrieren oder den ganzen Tag in der heißen Badewanne liegen will. Obwohl auch das keinen Spaß machte, wenn es ringsum eiskalt war.

Sie stellte sich vor den großen Herd in der Küche.

»Ich habe mir ja schon gedacht, dass du nicht umsonst hier stehst, aber jetzt glaube ich, den Grund zu kennen«, sagte sie zu dem Trumm. »Aber wie funktionierst du?«

Ein lautes Klappern ließ sie zusammenzucken. In der allerersten Schrecksekunde durchzuckte sie der Gedanke, der Ofen würde tatsächlich auf ihre Frage antworten. Dann erkannte sie, dass das Geräusch aus ihrem Schlafzimmer kam. Sie rannte hinüber. Die Fensterläden aus Holz wurden vom Wind wie wild gegen die Rahmen geschlagen. Sie versuchte, die Holzläden zu schließen, aber von innen hatte sie keine Chance, der Wind riss sie ihr einfach aus den Händen. Sie lief hinaus und versuchte, von außen die Läden zuzudrücken, aber sie flogen immer wieder auf, weil sie sie von außen nicht verriegeln konnte. Einer traf sie an der Schulter, und sie schrie vor Schmerz auf. Der Wind heulte um sie herum, Regen prasselte auf sie nieder. Sie wusste nicht mehr, was sie tun sollte, gegen diesen Sturm kam sie einfach nicht an. Doch plötzlich ging es ganz leicht, und sie fühlte, wie jemand von hinten seine Arme um sie legte.

»Gehen Sie rein! Ich drücke die Volets zu, und Sie schieben von innen die Riegel vor.«

Es war Philippes Stimme. Er stemmte sich gegen die Läden und umarmte sie dabei halb.

Miriam raste zurück ins Haus, und zu zweit sicherten sie alle Fenster. Dann ging sie in die Küche und schaltete das Licht ein, weil es auf einmal völlig dunkel war.

Es klopfte an der Haustür. Philippe stand draußen.

»Lassen Sie mich rein?«

Sie machte einen Schritt zur Seite. Sie standen sich in der Küche gegenüber, beide schlotterten vor Kälte. Aus seinen dunklen Haaren tropfte ihm das Wasser ins Gesicht. Er schüttelte sich und rieb sich mit den Händen die Oberarme.

»Hab ich mir gedacht«, sagte er dann mit Blick auf den Ofen, »dass Sie ihn nicht anhaben. Diese Öfen haben alle ihr Geheimnis. Sie anzufeuern ist nicht ganz leicht. Das sind kleine Diven. Ich helfe Ihnen.« Er sagte das ganz ohne Wertung, sie hörte keinen Vorwurf heraus, in der Art von: Ja, ja, hätte ich mir ja denken können, dass Sie davon keine Ahnung haben. Obwohl es ja stimmte.

Er sah sich suchend um.

»Ich …« Jetzt ahnte sie auch, wozu der Platz zwischen Herd und Wand da war. Dort wurde Holz gestapelt, damit es schön trocken war, wenn man es brauchte, um den Herd anzufeuern. Hätte sie doch bloß in den letzten Tagen vorgesorgt! Aber wer konnte denn mit einem derartigen Temperatursturz rechnen? Ihre Kirschen fielen ihr ein. Oh Gott, und wenn die zarten Blüten Schaden nahmen? In ihrem Kopf drehten sich die Gedanken, während sie vor sich hin fror. Sie war ganz durcheinander.

»Sie haben nicht mit einer Tramontane gerechnet. Ich habe noch nie eine Rauchsäule über dem Haus gesehen, seit Sie hier wohnen. Sie haben gedacht, Sie brauchen die Diva nicht.«

Miriam senkte den Blick.

»Okay, wo finden wir jetzt Holz? Ich nehme an, Sie haben keine Briketts vorrätig?«

»Äh, nein? Vor dem Haus hab ich ein bisschen was liegen, für den Grill. Und im Garten liegt allerhand Holz von den Kirschbäumen herum.«

»Dann los.« Ohne ihre Antwort abzuwarten, öffnete er die Haustür, die vom Wind mit einem Krachen gegen die Wand befördert wurde. Miriam folgte ihm.

Als sie wieder hereinkamen, tropften sie den Terrazzoboden voll. Philippe zog die nasse Jacke aus, aber der Regen war durch den Stoff gedrungen und hatte sein T-Shirt an den Schultern durchweicht. Er nahm die *Gazette* vom Tisch, knüllte das Käseblatt zusammen und stopfte es in den Ofen. Darauf schichtete er Holz in einer komplizierten Reihenfolge. Miriam reichte ihm die Streichhölzer. Ihre Hände zitterten vor Kälte. Er hielt die Flamme an die Zeitung, dann betätigte er die Lüftungsklappen, eine am Herd, die zweite am aufsteigenden Rohr. Miriam passte gut auf, allein hätte sie das nicht gewusst.

»So sind sie offen, so geschlossen. Aber jetzt müssen sie ganz weit auf, aber nur, bis das Feuer angefacht ist, sonst bläst Ihnen der Wind alles wieder aus. Mal sehen, ob du immer noch so gut funktionierst wie früher«, sagte er zu dem Ofen. »Jetzt komm schon.«

Er sah den Flammen zu, die größer wurden, dann regelte er noch einmal die Lüftungen.

»Ich hole mal ein Handtuch«, sagte Miriam, die ihm zugesehen und mit ihm gehofft hatte, dass der Ofen richtig ziehen würde. In ihrem Schlafzimmer zog sie den nassen Pullover aus und einen trockenen an. Über ihr machte sich die Eule mit lang gezogenen flötenartigen Tönen bemerkbar.

»Das ist nur die Tramontane, du weißt schon, dieser Wind aus den Bergen. Du musst keine Angst haben.«

»Ist es schon so schlimm, dass Sie mit sich selbst reden?«, hörte sie Philippes Stimme hinter sich. Sie fuhr herum, und er grinste sie an. Sie reichte ihm ein Handtuch, und er rubbelte sich die Haare trocken. Sie schluckte, als sie seinen durchtrainierten Oberkörper sah, der sich durch sein feuchtes T-Shirt, das an ihm klebte, abzeichnete. Das und die zerzausten Haare sahen ziemlich anziehend aus.

»Aber nein, ich rede mit meiner Eule. Ich erzähle ihr alle meine Geheimnisse. Und im Übrigen haben Sie eben mit dem Ofen gesprochen. Das habe ich genau gehört.«

Philippe sah nach oben und gluckste vor Vergnügen. »Wenn

Sie alles mit Ihrer Lebensgefährtin besprochen haben, können Sie mir in der Küche helfen.«

Miriam folgte ihm.

»Ihr größter?«, fragte er und hielt einen Topf hoch.

»Mein einziger. Wofür brauchen Sie den?«

»Für heißes Wasser.«

»Das kommt bei mir aus dem Hahn.«

»Wir kochen eine Suppe. Damit uns wieder warm wird.«

»Ich glaube, ich habe nichts im Haus für eine Suppe.«

»Lassen Sie mich mal machen.« Er öffnete den Kühlschrank, beugte sich vor und sah hinein. Für ein paar Sekunden konnte Miriam seinen wohlgeformten Hintern begutachten. Ohne dass sie es wollte, kam ihr die ziemlich sexy Szene aus *The Big Easy* in den Sinn. Dort steht der Bruder von Detective Remy McSwain auf ebendiese Art vor dem geöffneten Kühlschrank, und die unnahbare Staatsanwältin Anne Osborne, die gerade eine Liebesnacht mit Remy hinter sich hat, kann nicht widerstehen und haut ihm auf den Hintern. Und merkt dann, dass sie den Falschen getroffen hat.

Miriam schluckte, als Philippe sich wieder erhob. Sein Blick glitt über die Lebensmittel, die auf der einen Hälfte des großen Tisches standen, die Miriam nicht brauchte.

»Übersichtlich«, stellte er fest.

»Sag ich doch«, gab sie zurück.

Sie sah ihm zu, wie er Wasser in den Topf füllte und ihn auf den Herd stellte. Dann legte er eine halbe Knoblauchknolle, Thymian, Salbei und Lorbeerblätter auf einen Haufen. »Sie putzen das Gemüse, ich kümmere mich ums Feuer. Das darf man nicht unbeaufsichtigt lassen.«

»Arbeitsteilung wie in der Steinzeit«, sagte Miriam, und beide grinsten.

»Wenn Sie Suppe wollen, dann tun Sie, was ich Ihnen sage«, erwiderte er mit gespielter Strenge.

»Ja, Chef«, antwortete Miriam.

Fünf Minuten später stieg ihr der betörende Duft von Knoblauch und Lorbeer in die Nase, und sie spürte die Wärme, die der Ofen abstrahlte. Sie streckte sich wohlig.

»Wein werden Sie doch haben? Wir sind hier schließlich in Frankreich«, unterbrach Philippe ihre Gedanken.

»Ja, hab ich.«

»Dann schenken Sie uns doch schon mal ein. Die Suppe ist in ein paar Minuten fertig.«

»Das mit dem Wein mache ich gern. Aber die Suppe ... also, die riecht wirklich ganz fantastisch, aber das ist doch nur heißes Wasser mit ein paar Kräutern.«

Philippe drehte sich zu ihr herum und sagte in gespielter Empörung: »Das ist Aigo buido. Oder kochendes Wasser. Ein provenzalisches Nationalgericht mit Wundergarantie. Aber wenn Sie es gern üppiger haben ...« Er ging zum Kühlschrank und entnahm ihm fünf Eier und ein Stück Parmesan. »Aber erst stoßen wir an.«

Miriam reichte ihm ein Glas Rotwein, und sie prosteten sich zu. Dann ging Philippe wieder an den Herd hinüber und schlug geschickt die Eier auf, um sie zu trennen. Die Eigelbe rührte er vorsichtig in die Suppe.

»Sie schneiden Brot und legen je eine Scheibe in einen Teller«, sagte er.

Miriam tat, was er verlangte, sah aber weiterhin neugierig zu, was er mit diesem Kräuterwasser anstellte. Die Suppe war durch die Eigelbe schön sämig geworden und roch noch verführerischer, wenn das überhaupt möglich war. Jetzt rieb er Parmesan hinein. Dann füllte er jedem von ihnen Suppe in den Teller und gab noch einige Tropfen Olivenöl und ein wenig Pfeffer darüber.

»Das war's?«, fragte sie.

»Das war's. Probieren Sie. Dann wird Ihnen gleich wieder richtig warm.«

Miriam nahm einen Löffel und schloss verzückt die Augen. Philippe hatte nicht zu viel versprochen. Diese Suppe hatte Zauberkräfte. Cremig und leicht scharf rann sie durch ihren Körper und wärmte ihn. Als sie die Augen wieder öffnete, hatte er sein Glas erhoben und prostete ihr zu.

Beim Essen, während der Sturm ums Haus heulte und an den Läden rüttelte, redeten sie über alles Mögliche, insbesondere über die Einwohner von Montbolo. Philippe kannte sie natürlich alle und gab einige Anekdoten zum Besten. Ab und zu legte er Holz im Ofen nach, und inzwischen war es in der Küche so warm, dass Miriam heiße Wangen bekam.

»Wenn ich meinen Freunden erzähle, dass ich zum Abendessen heißes Wasser mit Eigelb und Parmesan hatte, erklären die mich für verrückt. Tun sie ohnehin schon«, sagte sie nach dem zweiten Teller Suppe.

»Weil Sie jetzt hier wohnen?«, fragte Philippe.

Sie nickte. »Erzählen Sie mir von diesem Haus«, bat sie.

»Ich weiß nicht viel. Ein halbes Jahr, nachdem ich eingezogen bin, ist Gaston gestorben, und das Haus stand leer. Aber er soll die besten Kirschen der Gegend gehabt haben.«

»Was war er denn für ein Mann? Er hatte auf jeden Fall einen guten Geschmack, was die Fliesen für die Fußböden angeht.«

Er zuckte mit den Schultern. »Vielleicht sollten Sie Micheline Guilmette fragen.«

»Madame Guilmette? Wer ist das? Und warum soll ich sie fragen?«

»Ich habe da so was gehört, aber viel weiß ich auch nicht.« Er grinste sie an. »Sie sind ganz schön neugierig.«

»Finden Sie?«, fragte sie.

Philippe sah auf die Uhr, dann trank er sein Glas aus und stand auf. »Ich muss gehen, ich habe noch eine Verabredung.«

»Oh«, sagte Miriam. Das kam jetzt aber plötzlich. Sie hatte gehofft, sie würden einfach am Tisch sitzen bleiben und den Abend verplaudern. »Das war sehr nett von Ihnen, dass Sie mir geholfen haben. Morgen versuche ich mich an dem Ofen.«

Philippe stand schon an der Tür. »Passen Sie auf, dass er Ihnen heute Nacht nicht ausgeht. Das wird noch ganz schön ungemütlich werden. Aber morgen Vormittag legt sich der Sturm wieder. Trotzdem sollten Sie in Zukunft Holz vorrätig haben.«

»Versprochen. Und noch mal danke!«

Sie reichte ihm die Jacke, die über der Stange am Ofen gehangen hatte und inzwischen fast trocken war. Sie fand es schade, dass er schon ging.

Auch Philippe schien zu zögern. Er drehte sich noch einmal zu ihr herum. »Das nächste Mal kochen Sie für mich. Bei Ihnen gibt es doch auch bestimmt komische Gerichte.« Er näherte sich ihrem Gesicht und küsste sie auf beide Wangen.

»Mach ich«, sagte Miriam. Dann schloss sie die Tür hinter ihm und setzte sich wieder an den Tisch. Sie streckte die Beine aus und nippte an ihrem Wein, während in ihrem Rücken der Ofen bollerte und der Duft von Knoblauch und Thymian in der Luft hing.

Aus dem Gartentagebuch von Gaston Bonnefoi

12. März

Ich habe heute den Graben für die Trockenmauer ausgeschachtet und mit Sand verdichtet. Morgen fange ich mit der ersten Steinreihe an. Ausgesucht habe ich die Steine schon. Auch Ankersteine liegen bereit. Ich hoffe, in zwei, spätestens drei Tagen mit der Mauer fertig zu sein. Dann werde ich dort Steinkräuter und ein paar Waldreben setzen. Aber ich fürchte, dass ich noch eine zweite Mauer setzen muss. Das Gelände ist einfach zu abschüssig.

Austern und Wein am Vormittag. Der Markt von Montbolo zieht viele Besucher an

Als Miriam am nächsten Morgen aufwachte, war es noch sehr früh. Aber irgendetwas hatte sie beunruhigt und aus dem Schlaf gerissen. Jetzt fiel es ihr wieder ein: der Sturm! Wie hatten die Kirschen ihn überstanden? Sie sprang aus dem Bett und streifte schnell einen Pullover über ihr Nachthemd.

Oh, es hat geschneit, dachte sie verblüfft, als sie vor das Haus trat. Erst auf den zweiten Blick sah sie, dass es Abertausende von winzigen Blütenblättern waren, die die Erde bedeckten. Der Sturm hatte sie in der Nacht von den Bäumen gerissen. Jetzt war der Himmel aber wieder blau, die Luft war kristallrein, alle Konturen waren glasklar. Sie fröstelte, aber als sie ein paar Schritte in den Garten machte und aus dem Schatten trat, spürte sie die wärmenden Strahlen der Sonne auf dem Rücken. Sie wanderte durch ihren Kirschhain und sah besorgt nach oben. Hatten der Sturm und die Kälte Schaden an ihren Bäumen angerichtet? Sie zog einige Äste zu sich heran und begutachtete die zarten Fruchtstände. Waren die Blütenblätter zu früh vom Sturm abgerissen worden? Eigentlich sah alles ganz normal aus, und die Wärme der Sonne müsste den Bäumen doch guttun, oder nicht?

Langsam ging sie zum Haus zurück. In der Küche standen noch die Weingläser vom Vorabend. Miriam lächelte bei dem Anblick. Es war ein schöner Abend gewesen. Sie hatte schon immer gern Gäste gehabt. Freunde im Haus und die Erinnerungen an schöne Stunden im eigenen Wohnzimmer machten eine Wohnung doch erst zu einem Heim. Sie konnte sich nicht vorstellen, in einem Haus glücklich zu sein, in dem sie keine schönen Erlebnisse mit anderen hatte. »Danke, Philippe«, sagte sie leise. »Sie haben mir mein Haus ein Stückchen nähergebracht.«

Sie räumte ihre Küche auf, was wirklich nicht besonders lange dauerte, und kochte sich einen Kaffee.

Dann wartete sie auf Sebastiá, der doch kommen wollte. Als es neun Uhr war, wurde sie ungeduldig. Was dachte dieser Mann sich eigentlich?

Um zehn gab sie auf. Sie brauchte ohnehin frisches Brot. Französisches Baguette schmeckte zwar himmlisch, wenn es frisch und duftend aus dem Ofen kam, sobald es aber länger als ein paar Stunden herumlag, wurde es trocken und zäh.

Am Ortseingang parkten Autos rechts und links an der Straße, und Miriam musste sich mit ihrem Wagen durch die enge Gasse schlängeln. Sie fuhr auf den Dorfplatz, wo die Bäckerei, das Café und die Kirche im Schatten einer riesigen Zeder lagen. Normalerweise stellte sie hier ihr Auto ab, aber heute waren unter der großen Zeder kleine Stände aufgebaut, neben denen weiße Kastenwagen parkten. Es war Markttag. Miriam fuhr um den Platz herum und bemerkte eine ältere Dame, die ihr lebhaft zuwinkte. Miriam winkte zurück, ohne zu wissen, wer das war. Sie fand eine Lücke vor der Pension von Monsieur Frochot und lief den Weg zurück. Bisher hatte sie nicht gewusst, dass Montbolo einen Markt hatte, aber sie fand das toll. Heute war richtig was los, auf jeden Fall für die Maßstäbe von Montbolo. Ungefähr ein Dutzend Marktstände, und vor jedem standen ein oder zwei Kunden. Und die Terrasse des Café du Cèdre war gut besucht. Ihr lief das Wasser im Mund zusammen, denn außer ihrem Kaffee und einem schon ziemlich harten Stück Baguette hatte sie noch nicht gefrühstückt, und das vergebliche Warten auf Sebastiá hatte sie hungrig gemacht.

Auf provisorischen Tischen oder gleich aus dem Kofferraum heraus verkauften Händler ihre Waren. Ein alter Mann mit sehnigen Waden und runden Knien, der so aussah, als hätte er noch nie in seinem Leben eine lange Hose getragen, verkaufte weiße faustgroße Laibe aus Ziegenkäse in allen Stadien der Reife, von ganz frisch und cremig bis hart und würzig. Daneben stand sein Kollege, ebenso alt und knorrig, und verkaufte die gleiche Ware aus Kuhmilch.

»Probieren Sie, Madame«, rief der Mann mit dem Ziegenkäse und hielt ihr ein Stück vor die Nase.

Miriam ließ sich nicht bitten und genoss den frischen Käse auf der Zunge. Er war weich und sahnig und schmeckte weniger nach Ziege, als sie erwartet hatte. Sie kaufte einen und stellte sich schon vor, wie sie ihn zum Mittag mit Öl und Kräutern aus ihrem Garten essen würde. Weil ein Laib Käse zu wenig war und sie den Vergleich haben wollte, kaufte sie am Nachbarstand ein fast gleich aussehendes Stück, diesmal aber aus Kuhmilch.

Sie verstaute die Köstlichkeiten in ihrer Tasche und schlenderte weiter. Hinter einem altmodischen hölzernen Karren, der über und über mit Blumensträußen vollgestellt war, stand die ältere Frau, die ihr vorhin zugewinkt hatte. Sie hielt ihr eine orangenfarbene Paste hin und forderte sie auf zu probieren.

»Sie haben doch mein Auto gekauft«, rief sie mit einem Lächeln.

Miriam blieb stehen. »Ach, dann sind Sie Madame Gravelotte? Mein Name ist Miriam Richard.«

»Weiß ich doch«, entgegnete die Dame mit einem verschmitzten Lächeln. »Hier bei uns bleibt nichts geheim.«

Miriam wollte jetzt nicht darüber nachdenken, ob das gut oder schlecht war. Aber diese Madame Gravelotte hatte sie noch nicht spionierend vor ihrem Haus erwischt, das sprach für sie. Sie nahm das Probierstückchen, das sie ihr immer noch hinhielt, und schmeckte augenblicklich intensive Frucht und

Süße, die ein wenig herb daherkam. Ein bisschen wie ganz feste Marmelade oder Geleefrüchte. »Das ist …«, überlegte sie, dann fiel es ihr ein. »Das ist Quitte. Herrlich!«

Madame Gravelotte nickte. »Das ist meine Pâte de coing, meine Quittenpaste. Die müssen Sie zu Ihrem Käse essen. Ein Traum.«

»Und die schönen Sträuße! Ich habe schon die Mimosen in Ihrem Garten bewundert. Sie haben ein Händchen für Blumen.« Miriam steckte ihre Nase in einen riesigen Strauß aus Rosen, den allerersten Hortensien und Bougainvilleen, in die Madame Gravelotte Dill und Majoran gebunden hatte. Der Strauß duftete wie ein ganzer Sommergarten.

»Hmmmmh!«, machte Miriam, während Madame Gravelotte heftig nickte.

Sie kaufte den Strauß Blumen und ein handtellergroßes Stück von der Quittenpaste.

»Wie fährt denn mein Auto?«, fragte Madame Gravelotte.

»Oh, sehr gut.« Miriam überlegte eine Sekunde, dann fragte sie: »Wie kommen Sie denn jetzt nach Ceret oder wo immer Sie hinmüssen?«

»Ach, ich bin nicht oft weg. Und wenn, dann nehme ich den Bus oder ein Taxi.«

»Ich würde Sie gern mal fahren, wenn Sie keine andere Möglichkeit haben«, sagte Miriam.

Madame Gravelotte reichte ihr die Hand. »Das ist mal ein Angebot. Passen Sie auf, dass ich nicht darauf zurückkomme.« Wieder dieses verschmitzte Lächeln.

Miriam gab das Lächeln zurück und ging zum nächsten Stand. Sie dachte nicht länger darüber nach, ob sie vielleicht viel zu viel einkaufte; die Lebensmittel hier sahen so frisch und unverfälscht aus und dufteten so verführerisch, dass sie bedenkenlos zugriff. Sie kaufte noch einen Armvoll Lauch, die einzelnen Stangen waren noch ganz jung und weiß, dazu einen ganzen geflochtenen Strang Knoblauch, nur weil er sich so gut über ihrem Herd machen würde. Und für das Aigo buido brauchte man ja schließlich mindestens neun Zehen. Am Nebenstand erstand sie die ersten winzigen Kartoffeln und stellte sich schon vor, wie sie die mit der Schale essen würde. Und dazu ein Quark mit frischen Kräutern! Quark wie in Deutschland gab es hier nicht, dafür aber den wunderbar cremigen Fromage blanc in Ein-Pfund-Töpfen. Bei dem Gedanken leckte sie sich die Lippen. Als sie weiterging und die groben Würste sah, wurde sie noch mal schwach. Sie kaufte bei dem jungen Mann, der aussah wie ein kraftstrotzender Biobauer aus einem Modekatalog, scharfe Saucisson catalan, katalanische Wurst und sogar eine dieser kleinen groben Blutwürste, die hier Boudin noir hießen und die in der Pfanne gebraten wurden.

Neugierig sah sie sich um. Was gab es denn noch? War das da drüben etwa ein Austernstand? Warum eigentlich nicht, das Meer war nicht weit, höchstens vierzig Kilometer. Aber Austern, hier, quasi in den Bergen? Sie ging näher. Eine dicke Frau in einer Plastikschürze öffnete die Schalen mit zupackenden Handgriffen und legte jeweils sechs oder zwölf auf einen großen Teller mit den passenden Vertiefungen. Ein Schnitz Zitrone dazu, fertig war die kleine Köstlichkeit. Vor ihrem Stand warteten einige Leute, unter ihnen auch Odette de Maistre vom Café du Cèdre. Sie ließ sich sechs Teller voller Austern übereinanderstellen und trug sie hinüber in ihr Restaurant. Andere nahmen ihre Teller selbst mit auf die Terrasse des Cafés und bestellten ein Glas trockenen Weißen dazu.

Das mache ich auch, dachte Miriam begeistert. Bei ihr zu Hause wartete zwar viel Arbeit, aber so ein kleines Vergnügen musste einfach zwischendurch sein. Sie stellte sich in die Schlange und ließ sich sechs Austern öffnen.

»Die sind klein, ich gebe Ihnen zwei extra«, sagte die Frau

in einem Akzent, den Miriam hier immer wieder hörte, den sie aber immer noch kaum verstand. »Das macht fünf Euro.«

Mehr nicht? Für das Geld bekam sie in Hamburg höchstens zwei! Miriam nahm ihren Teller und balancierte ihn vorsichtig, damit die Flüssigkeit nicht kleckerte, hinüber zum Café.

Odette stellte ungefragt einen kleinen Ballon Weißwein vor sie auf den Tisch. »Guten Appetit«, wünschte sie.

»Danke«, sagte Miriam aus vollem Herzen. Sie lehnte sich auf ihrem Stuhl zurück. Ich bin wirklich dankbar, dachte sie. Für alles. Für diesen Moment. Sie löste die erste Auster aus der Schale und schlürfte sie, wie es alle an den umliegenden Tischen taten. Es schmeckte am Anfang ziemlich salzig, aber dann kam der frische, leicht herbe Geschmack der Auster dazu. Ein Schluck eiskalten Wein, und sie hatte einen weiteren Grund, um zutiefst dankbar zu sein.

Sie sah sich um. Alle Tische auf der Terrasse des Cafés waren besetzt. Die Menschen von Montbolo nahmen sich einfach die Zeit für einen Moment der Muße, vor sich ein paar Austern und ein Gläschen Wein. Auf dem Markt packten die Händler bereits wieder zusammen. Sie sah auf die Uhr und stellte fest, dass es kurz vor Mittag war. Wo war ihr Vormittag geblieben? So langsam sollte sie wohl wieder nach Hause fahren und anfangen zu arbeiten. Sie hatte genügend zu tun, auch wenn dieser Gärtner nicht kam. Am anderen Ende des Marktes gab es einen Stand mit Stoffen, die in sommerlichen Farben leuchteten. Miriam sah neugierig hinüber und stellte sich vor, wie sich diese bunten Kissen auf ihrer Bank vor dem Haus machen würden. Das hat keine Eile, dachte sie dann. Die kann ich mir auch nächsten Dienstag ansehen. Und dann stellte sie fest, wie glücklich sie dieser Gedanke gerade machte. In Hamburg hätte sie keine Ruhe gehabt, bis sie auch den letzten Stand angesteuert hätte, immer in der Angst, etwas zu verpassen. In ihrem neuen Leben gab es diesen Drang nicht. Es fühlte sich so gut an, hier einfach nur entspannen zu können. Müßiggang, dachte sie. Das ist das passende Wort. Ich werde mir vornehmen, solche Momente der Muße in Zukunft bewusst zu zelebrieren. Sie atmete tief ein und aus und lehnte sich noch einmal auf ihrem Stuhl zurück, um dem Treiben um sie herum zuzusehen.

Dann zahlte sie, und als sie auf dem Weg zu ihrem Auto war, fiel ihr ein, dass sie gar kein Brot gekauft hatte. Dafür war sie doch eigentlich erst losgefahren. Also kehrte sie um.

Paulette freute sich, sie zu sehen. »Na, heute ist aber mal was los bei uns«, sagte sie.

»Ich wusste nicht, dass es einen Markt gibt.«

»Pfft, was heißt schon Markt. Da müssen Sie mal den in Ceret sehen. Das ist ein Markt! Da kommen die Händler bis aus Spanien. Aber ich bin ja froh, dass überhaupt mal was passiert.«

»Ist das jeden Dienstag?«, fragte Miriam.

Paulette nickte und reichte ihr das Baguette über den Tresen.

»Passen Sie auf, dass Sie nicht überfahren werden. Bei dem Verkehr draußen …«

Sie mussten beide lachen.

Während sie gut gelaunt die Kurven zu ihrem Haus nahm, verströmten die guten Sachen, die auf dem Beifahrersitz lagen, ihren Duft, und Miriam dachte darüber nach, wie es wäre, wenn sie selber einen Stand auf dem Markt hätte. Sie könnte doch ihre Kirschen verkaufen. Und was noch? Etwas typisch Deutsches? Sehr experimentierfreudig kamen ihr die Leute aus Montbolo nicht vor, sie aßen bestimmt gut, aber eher bodenständig und die Dinge, die sie kannten. Und ob Touristen den Weg hierher finden würden, müsste sich erst herausstellen. Um diese Jahreszeit ließen sie sich hier jedenfalls noch nicht blicken. Bis auf einige Wanderer, die sich nicht mit unnötigem Gepäck belasteten, hatte sie noch keine gesehen. Vielleicht kamen sie im Sommer und würden ihre hausgemachten Brotaufstriche kaufen? Die sie aber erst erfinden und ausprobieren müsste. Oder etwas mit Kirschen?

Sie war so in ihre Geschäftsidee verstrickt, dass sie fast an der Auffahrt zu ihrem Haus vorbeigefahren wäre. Im letzten Moment riss sie das Steuer herum und musste scharf bremsen. Auf ihrer Auffahrt parkte ein Toyota-Pritschenwagen. Also war Sebastiá doch noch gekommen.

Als sie ausstieg, entdeckte sie Philippe auf der anderen Straßenseite.

»Hallo, Herr Nachbar!«, rief sie übermütig und kicherte. Nach dem gemeinsamen Abend fühlte sie sich ihm nahe, so als wären sie gute Freunde.

Aber er winkte wenig enthusiastisch zurück. Hinter ihm tauchte plötzlich eine junge Frau in einem knappen Kleid auf und tätschelte ihm den Hintern.

Da habe ich mich wohl getäuscht, sagte sich Miriam. Okay, kein Wein mehr am Vormittag.

Sie räumte rasch ihre Einkäufe aus, dann machte sie sich auf die Suche nach Sebastiá.

Er war ganz unten in ihrem Kirschhain beschäftigt. Sie hörte die Motorsäge jaulen. Neben ihm arbeitete ein zweiter Mann.

»Da sind Sie ja endlich«, grummelte Sebastiá zur Begrüßung. Es klang wie ein Vorwurf.

»Sie waren heute Morgen nicht da. Ich habe auf Sie gewartet«, gab Miriam zurück.

Der andere Mann war entschieden freundlicher und reichte ihr die Hand. »Guten Tag, Madame. Ich bin Paul. Wir haben einfach schon mal angefangen.«

Miriam hätte es besser gefunden, wenn sie oben am Haus begonnen hätten, aber sie sagte nichts. Die beiden Männer waren beim dritten Baum angelangt. Sie lichteten die Kronen massiv aus. Miriam tat es fast weh, ihre Bäume so gerupft zu sehen.

»Meinen Sie nicht, dass Sie da etwas zu viel wegnehmen? Die Bäume sollen doch noch tragen, und wenn Sie alle Äste abschneiden …«

Sebastiá drehte sich langsam zu ihr herum. »Hören Sie mal, wir machen das schon seit Jahren und kennen uns aus. Aber wenn Sie meinen …« Er tat so, als würde er sein Werkzeug zusammenräumen.

»Nein, nein, ist ja schon gut«, lenkte sie ein, sah aber trotzdem sorgenvoll auf die vielen Äste, die mitsamt den Blüten am Boden lagen. »Also gut, was kann ich tun?«, fragte sie dann.

»Das hier ist Männerarbeit«, sagte Sebastiá und setzte die Kettensäge über seinem Kopf an. Ein armdicker Ast fiel krachend zu Boden.

Auf dem Weg zurück zum Haus schäumte Miriam vor Wut. Männerarbeit? Und was hatte sie dann in den letzten Wochen getan? Warum hatte sie nicht gleich etwas gesagt? Immerhin war sie diejenige, die hier bezahlte. Aber vielleicht hatten die Männer ja recht und wussten genau, was sie taten, und sie stand nur im Weg herum? Ich warte bis heute Abend, dann sehen wir weiter, beschloss sie. Aber sie war voller Sorge, ob es vielleicht schon zu spät im Jahr war, um ihre Bäume zu beschneiden. Und wenn sie gar nicht trugen, weil Sebastiá alle Fruchtstände mit den Ästen absägte? Ein ganzes Jahr ohne Ernte konnte sie sich nicht leisten. Oh Gott, hoffentlich machte sie hier nicht einen Riesenfehler.

Um fünf Uhr packten die Männer ihr Werkzeug zusammen und fuhren davon. Sebastiá ging ohne Gruß, Paul winkte schüchtern. Miriam war fast erleichtert. Langsam durchschritt sie ihren Kirschhain. Die ersten beiden Reihen hatten die Männer geschafft. Fünf Bäume hatten sie jedoch ausgelassen. Was hatte das zu bedeuten? Blieben noch fünf Reihen. Miriam rieb sich die schmerzenden Oberarme. Sie hatte den ganzen Nachmittag die großen Äste den Hang hinaufgeschleppt und war völlig erschöpft. Ihre Beine zitterten und wollten sie kaum noch tragen. Der Haufen, den sie zusammengetragen hatte, war hüfthoch und ziemlich ausladend. Was sie damit machen wollte, würde sie sich später überlegen. Sie könnte die Äste zersägen, von den kleinen Ästen befreien und als Feuerholz nutzen. Aber das würde noch mehr Arbeit bedeuten. Sie kam an einem Baum vorbei, der praktisch nur noch aus dem Hauptstamm und zwei Nebenästen bestand. Wie sollte so ein Baum Früchte tragen? Noch etwas nagte an ihr. Sie hatte den ganzen Nachmittag wie eine Verrückte geschuftet, aber die Arbeit brachte ihr keine Befriedigung wie sonst. Das lag eindeutig an Sebastiá. Er hatte kaum ein Wort mit ihr gesprochen, und wenn, dann hatte er sie barsch zurechtgewiesen, weil sie ihm im Weg stand oder nicht schnell genug war. Paul hatte sie ab und zu aufmunternd angelächelt, aber auch er hatte bei seinem Chef nicht viel zu melden. Einmal hatte er Sebastiá gefragt, ob sie wirklich diesen ganzen Ast abnehmen sollten, und Sebastiá hatte ihn angefahren, er solle den Mund halten und seine Arbeit machen, sonst könne er nach Haus gehen.

Miriam lag die gleiche Frage auf der Zunge, aber sie traute sich nicht, sie zu stellen. Sebastiá hatte eine herrische, beinahe brutale Art, und sie hatte zu wenig Ahnung, um ihn zurechtzuweisen. Zumal sie nach wie vor Mühe hatte, ihn zu verstehen. Er sprach in seinem komischen Dialekt, dazu ratterte er die Wörter heraus. Sie vermutete, dass er sich keine Mühe gab oder sogar absichtlich so sprach, dass sie ihn nicht verstand.

»So ein Arsch!«, schimpfte sie laut vor sich hin, als sie zurück zum Haus ging.

Abends saß sie draußen auf ihrem Lieblingsplatz, aber sie war nicht so unbeschwert wie an den anderen Abenden. Etwas sagte ihr, dass Sebastiá es nicht gut mit ihr meinte. Aber was sollte sie tun?

Am nächsten Tag wiederholte sich das Ganze. Die beiden Männer kamen gegen zehn, Sebastiás Laune war noch schlechter als am Tag zuvor. Er fuhrwerkte in den Bäumen herum, dass es Miriam beim Zusehen wehtat. Zum Mittagessen fuhren sie weg, ohne ein Wort zu sagen, und Miriam sah ihnen vor Wut bebend nach. Würden sie am Nachmittag wiederkommen, oder nicht? Sollte sie hier auf sie warten?

»So geht das nicht«, sagte sie.

Sie sah zum Haus von Philippe hinüber. Er hatte doch auch Kirschbäume. Und wenn sie ihn um Rat fragte? Immerhin hatte er ihr mit dem Ofen geholfen, und bei der Gelegenheit war er sehr nett und zugewandt gewesen.

Bevor sie es sich anders überlegen konnte, marschierte sie über die Straße und stand vor seiner Tür. Wo sie schon einmal hier war, sah sie sich um. Das Haus ihres Nachbarn war um einiges größer als ihres. Es gab auch noch ein Nebengebäude, vor dem zwei üppige Feigenbäume aufragten. Sie setzen sogar schon Früchte an, dachte Miriam. Ich werde ihn fragen, woher er die Bäume hat. Dafür wäre bei mir auch Platz. Vor dem Haus, wo am längsten die Sonne scheint. Sie liebte Feigen, aber wo bekam man die schon in Hamburg frisch vom Baum, noch warm von der Sonne? Die seitliche Begrenzung des Grundstücks war von einer Hecke aus Feigenkakteen bewachsen. Alles sah ein wenig nachlässig aus, aber dennoch auf eine Art, dass man die regelmäßige Pflege sah. Der Garten ist wie Philippe selbst: perfekt auf nachlässig getrimmt, dachte sie.

Sie besann sich wieder auf den Grund, der sie hergeführt hatte. Es gab keine Klingel, also klopfte sie laut an die Haustür.

Eine Frau öffnete. Sie gähnte und fuhr sich mit der Hand durch die vom Schlaf verstrubbelten Haare.

»Äh, ist Philippe da?«, fragte Miriam.

»Philippe!«, rief die Frau und ging ohne ein weiteres Wort wieder ins Haus.

Er erschien kurz darauf. Auch er sah aus, als würde er gerade aus dem Bett kommen. Dabei war es schon ein Uhr durch. »Hallo«, sagte er.

»Ich will nicht stören, aber Sie haben doch gesagt, wenn ich eine Frage hätte, und da dachte ich … Aber ich kann auch gern ein anderes Mal wiederkommen.«

»Äh …«

»Tut mir leid, das war wohl ein Fehler. Sorry.« Mit diesen Worten drehte sie sich um. Sie war zutiefst enttäuscht. Sie hatte Philippe für nett gehalten.

»Jetzt warten Sie doch mal. Was ist denn? Muss es jetzt sofort sein?«

Sie wandte sich wieder zu ihm herum. »Meine Bäume. Ich weiß auch nicht … Ich bräuchte mal jemanden, der die anschaut.«

»Philippe? Was ist denn?«, hörten sie die gedehnte Stimme der Frau.

Philippe steckte die Hände in die Taschen seiner Jeans. »Gut. Ich trinke schnell einen Kaffee, dann komme ich rüber.« Damit machte er die Tür wieder zu. »Ich komme ja schon, Suze«, rief er nach drinnen.

Auweia, da war sie aber unpassend aufgetaucht. Warum war sie auch immer so spontan? Sie hätte doch auch warten können, bis sie Philippe zufällig im Garten sah. Aber nein, Miriam hat eine Idee, und schon setzt sie sie in die Tat um, ohne zu überlegen. Langsam ging sie zurück zu ihrem Haus. Hinter sich hörte sie Philippe und die Frau streiten.

Von der Straße aus konnte man noch viel besser die gerupften Bäume sehen. Die ersten drei Reihen, die Sebastiá beschnitten hatte, wirkten wie amputiert. Sie erinnerten Miriam an die Kopfweiden, die es auf den Wiesen rund um Hamburg gab. Da wurde auch regelmäßig die komplette Krone abgesägt, und übrig blieb nur ein kurzer Stamm. Der Anblick versetzte ihr einen Stich.

Sie ließ sich auf die Bank vor dem Haus fallen und wartete.

Philippe erschien eine Viertelstunde später. Sie sah ihn ihre Auffahrt hinaufkommen und beobachtete seinen schlendernden Gang. Er war groß und schlank, und Jeans und T-Shirt passten perfekt zu ihm. Auf seinen Wangen lag ein dunkler Schatten, er hatte sich heute offensichtlich noch nicht rasiert.

»Tut mir leid, ich wollte wirklich nicht stören«, sagte Miriam. »Brauchen Sie noch einen Kaffee?«

Er sah sie überrascht an, dann schüttelte er grinsend den Kopf, und plötzlich war er wieder der charmante Philippe, den sie kannte und mochte. »Sehe ich so aus? Es war spät gestern.«

Miriam wollte gar nicht wissen, warum es so spät geworden war.

»Es geht um Ihre Kirschbäume?«

Sie nickte. »Sie sind ja jahrelang nicht beschnitten worden, und jetzt habe ich einen Gärtner beauftragt, aber ich habe das Gefühl, der ruiniert sie mir. Er nimmt viel zu viel ab. Die Bäume werden nicht tragen. Nicht in diesem Sommer.«

Sie gingen hintereinander in den Hain hinunter, denn für zwei war der Weg zu schmal. Miriam ging voraus und fühlte seinen Blick in ihrem Nacken.

»Sie haben Sebastiá angestellt. Ausgerechnet«, sagte Philippe, nachdem er sich umgesehen hatte.

Als Miriam ihn fragend ansah, ergänzte er: »Ich habe seinen Wagen auf der Auffahrt gesehen.«

Miriam runzelte die Stirn. »Klar kennen Sie ihn. Hier kennt ja jeder jeden. Bloß ich kenne keinen. Aber wieso sagen Sie ›ausgerechnet‹?«

»Sebastiás Vater und der alte Gaston, dessen Haus Sie gekauft haben, hatten eine jahrelange Fehde, wer die besseren Kirschen hat. Die konnten sich keine Meile gegen den Wind riechen. Und ausgerechnet Sebastiá kümmert sich jetzt um Ihre Bäume?«

Jetzt verstand Miriam.

»Dann würden Sie also auch sagen, dass die Bäume, die er beschnitten hat, in diesem Jahr nicht mehr tragen werden?«

»Also, groß wird die Ernte bestimmt nicht. Und ich bin mir nicht sicher, ob diese Bäume im nächsten Jahr tragen werden. Zum Glück hat er noch nicht den ganzen Hain bearbeitet. Sie sollten mit ihm reden.« Er zögerte, und Miriam glaubte in seinen Augen zu lesen, dass er ihr das nicht zutraute.

Sie war den Tränen nahe. Ihre Bäume! Ihre Kirschen. Die wollte sie doch verkaufen und davon leben!

Warum hatte Paulette eigentlich nichts gesagt? Sie war doch immer so nett zu Miriam. Und sie schickte ausgerechnet ihren Bruder zu Miriam, damit der sich um ihren Garten kümmerte? Sie hätte sie warnen müssen! Ihr wurde schmerzhaft bewusst, dass es in Montbolo jahrzehntealte Verbindungen und Feindschaften gab, von denen sie als Fremde nie etwas erfahren würde. Würde es ihr jemals gelingen, wirklich Teil dieser kleinen Gemeinschaft zu werden?

In diesem Augenblick fühlte sie nagende Zweifel, ob es richtig gewesen war, dieses Haus zu kaufen und hier ein neues Leben beginnen zu wollen. Sie atmete tief durch.

»Danke, dass Sie mir das erzählt haben«, sagte sie zu Philippe. Sie wollte jetzt unbedingt allein sein und nachdenken.

Er sah sie besorgt an. »Sebastiá ist nicht Montbolo. Er ist ein unangenehmer Typ. Ich zum Beispiel mag Sie. Obwohl …«

Sie sah ihn fragend an.

»… obwohl ich das schon ein bisschen blauäugig finde, was Sie hier vorhaben. Wenn man keine Ahnung hat …« Er sah den

Widerspruch in ihren Augen und ruderte zurück. »Gleichzeitig ist es aber auch mutig. Den Mut muss man erst mal haben. Na ja, ich geh dann mal wieder rüber.«

Stunden später hackte Miriam immer noch wie eine Verrückte den verkrusteten Boden des Gemüsebeets auf. Ihre Unterarme waren inzwischen komplett von Disteln und Brennnesseln zerkratzt, und in der einsetzenden Dämmerung machten sich die Mücken über sie her. Trotzdem hörte sie nicht auf. Sie war dabei, sich körperlich völlig zu verausgaben, um ihrer Frustration Luft zu machen. Sebastiá und Paul waren nach dem Essen einfach nicht wieder aufgetaucht, und sie war sich wie bestellt und nicht abgeholt vorgekommen. Bei jedem Spatenstich dachte sie sich ein Schimpfwort aus, mit dem sie abwechselnd Sebastiá und sich selbst belegte. Macho! Idiotin! Holzklotz! Blauäugige Kuh!

Hatte sie sich das alles zu leicht vorgestellt? Philippe hatte vorhin angedeutet, sie habe keine Ahnung. Aber sie hatte ihr ganzes Leben lang mit Pflanzen gearbeitet! Nur nicht gerade als Obstbäuerin, dachte sie dann kleinlaut. Und vielleicht brauchten Obstbäume hier doch andere Pflege als im Alten Land?

Dann begann ihre Wut langsam zu verrauchen, und sie stellte sich ein paar nüchterne Fragen. Was hatte sie denn gedacht? Dass alle hier sie mit offenen Armen empfangen würden? Warum denn? Hatte sie denn schon jemals einer neuen Nachbarin Blumen gebracht oder sich dafür interessiert, wie es ihr ging? Und einige Menschen in Montbolo waren doch wirklich nett zu ihr. Nur über Paulette war sie enttäuscht. Auch wenn die Bäckerin von der Art sich zu kleiden eher nicht zu Miriam passte, so hatte sie doch gedacht, sie wären sich sympathisch. Und dann ließ sie ihren Bruder in Miriams Garten, damit der ihn verwüstete! Bevor sie wieder zornig wurde, dachte sie lieber an ihre Kirschen. Es waren immer noch genügend Bäume übrig. Sie würde Klartext mit Sebastiá reden und ihn zur Räson rufen. Zur Not würde sie mit Geldscheinen wedeln. Schließlich war sie diejenige, die zahlte.

Und, mal ganz ehrlich, ganz ohne Schwierigkeiten ein neues Leben aufbauen, das wäre doch wohl auch eher langweilig, oder? Als sie so weit mit ihren Überlegungen gekommen war, war es zu dunkel, um weiterzumachen. Sie schob die letzte Schubkarre, die bis obenhin voller Unkraut und abgestorbener Pflanzen war, zu den Resten der Kirschbäume. Dafür müsste sie bald eine Lösung finden, sonst wäre ihr ganzer Hof demnächst ein einziger Komposthaufen. Sie verschob den Gedanken auf morgen.

Völlig außer Atem ließ sie sich auf ihre Bank fallen. Das harte Holz traf schmerzhaft auf ihre Oberschenkel. Sie stand wieder auf, um sich wenigstens die Hände und die Arme zu waschen und sich ein Glas Rotwein zu holen. Das hatte sie sich verdient.

Vom Sonnenuntergang war noch ein leuchtend rotes Wolkenband am Himmel zu sehen. Rundherum war schon alles in Blauschwarz getaucht. Das umgegrabene Beet glänzte dunkel vor dem helleren Himmel. Das Licht in diesem Moment hatte etwas Magisches.

Miriam lehnte sich zurück, um das Naturschauspiel zu genießen. Langsam kehrte ihre innere Ruhe zurück. Das hatte bestimmt auch damit zu tun, dass es um sie herum absolut still war. Keine Autos, keine Martinshörner, keine Menschen wie in Hamburg, wo immer von irgendwoher Krach kam. Nur das Zirpen der Grillen, das leise Rauschen der Blätter und darüber das Plätschern des Baches. Ihr Blick blieb an dem sauberen Beet hängen. Das habe ich heute gemacht. Dieses Beet ist jetzt so weit, dass ich dort etwas pflanzen kann. Dort kann Gemüse wachsen. Oder Blumen, die mein Auge erfreuen werden.

Na gut, ich habe heute einen Rückschlag erlitten, und es wird bestimmt nicht der letzte sein, dachte sie. Aber solange es Momente wie diese gibt, die alles wiedergutmachen, kann ich damit umgehen.

Wie um ihr beizupflichten, tauchte aus dem Nichts die Eule auf. Miriam sah aus den Augenwinkeln, wie sie ihren Schlafplatz im Dach verließ. Sie segelte dicht über Miriams Kopf hinweg und drehte vor dem helleren Himmel eine Runde. Dann setzte sie sich in den höchsten Baum, der auf ihrem Grundstück stand, den alten Mirabellenbaum, und beobachtete das umgegrabene Stück Land.

»Du scheinst dich hier ja sehr wohlzufühlen. Vielleicht sollte ich mir ein Beispiel an dir nehmen.«

Sie stand wieder auf, wobei ihr der Schmerz in die müden Beine fuhr, um ihr Handy zu holen. Heute Abend hatte sie Glück, sie hatte Empfang und googelte nach Eulenvögeln. Nach ein paar Klicks wusste sie, dass ihr Vogel ein Steinkauz war, ein kleiner Verwandter der Eule. Und auf einmal wusste sie auch, wie sie den Vogel nennen wollte, denn einen Namen brauchte er doch wohl, jetzt, wo sie wusste, was er für einer war.

»Gute Nacht, Lilly«, sagte sie in Richtung des Mirabellenbaums, wo sie den Kauz immer noch vermutete, aber nicht länger sehen konnte, denn inzwischen war es dunkel geworden.

Von umstürzendem Baum erschlagen: Frau findet toten Handwerker im Garten

Miriam hatte wie ein Stein geschlafen. Sie wehrte sich gegen das Aufwachen, weil jeder Muskel ihres Körpers höllisch wehtat. Aber dann konnte sie das ohrenbetäubende Rumpeln nicht länger ignorieren. In Panik setzte sie sich auf. Ihr kleines Haus vibrierte. Was war das? Ein Erdbeben?

Sie sprang auf und stürzte zum Fenster, um nachzusehen, was los war. Sie erblickte Sebastiá, der auf einem Baufahrzeug saß und damit über ihr frisch umgegrabenes Beet in Richtung des Kirschhains rumpelte.

Miriam hatte sich noch nie so schnell in ihrem Leben eine Jeans angezogen. Sie fing bereits an zu schreien, als sie noch auf der Schwelle ihres Hauses stand.

»Sind Sie komplett verrückt geworden? Was machen Sie denn da?«

Sie rannte zu dem Bulldozer, aber Sebastiá hörte sie nicht oder tat zumindest so. Er fuhr einfach weiter. In einem Anfall von Todesmut rannte sie an dem Fahrzeug vorbei und stellte sich mit ausgebreiteten Armen davor. Mit einem Ruck, der ihn nach vorn schleuderte, brachte Sebastiá das Gerät zum Stehen.

»Sind Sie verrückt geworden?«, brüllte er.

»Das Gleiche habe ich Sie gerade gefragt. Was machen Sie denn da?«

Er machte keine Anstalten auszusteigen, sondern fing an, ihr etwas zu erzählen. Aber Miriam verstand kein Wort, weil der Motor noch lief. Auf ihr Zeichen hin stellte er den Motor ab und wiederholte offensichtlich, was er vorher schon gesagt hatte, aber Miriam verstand immer noch nicht, denn Sebastiá redete wieder in seinem Dialekt. Einzelne Satzfetzen drangen zu ihr durch: »Die spinnt doch … ich bin hier der Fachmann … was will die denn von mir … lebensmüde!« Dabei sah er so wütend und wild entschlossen aus, dass Miriam nicht wagte, ihren Platz zu verlassen, weil sie fürchtete, er könnte einfach weiterfahren.

»Sebastiá, vielleicht steigst du erst mal ab, und wir reden über alles.« Das war Paul, der schwer atmend hinter dem Bagger auftauchte.

»Was hab ich mit der Frau zu reden!«

Miriam holte tief Luft, um ihm ihre Meinung zu sagen, aber Paul schnitt ihr das Wort ab.

»Wir sollten das klären.«

»Genau«, sagte Miriam zu Paul. »Vielleicht können Sie mir sagen, was Ihr Kollege hier vorhat?«

»Wir wollten … er wollte die Kirschbäume roden.«

Miriam war fassungslos. »Er wollte … was?«

»Die Bäume roden. Die sind hin, sagt Sebastiá.«

»Und Sie? Sagen Sie auch mal was?«

»Er ist der Chef.«

Sebastiá begann wieder in seiner unverständlichen Sprache herumzuschreien und ließ den Motor an.

Miriam hatte endgültig genug. »Sie sind gefeuert!«, schrie sie. »Glauben Sie nur nicht, dass Sie meine Kirschbäume einfach umfahren können. Bloß weil Sie Angst haben, dass meine Kirschen besser sind als Ihre!«

Als er das hörte, schnaubte Sebastiá und ließ den Motor aufheulen. Aber er legte den Rückwärtsgang ein und fuhr zum zweiten Mal über ihr frisch angelegtes Beet. Dann machte er Anstalten, den Bagger wieder auf den Anhänger zu verfrachten, den er hinter seinen Kastenwagen gespannt hatte. Er setzte mit Vollgas vor und zurück und grub dabei tiefe Rinnen in ihre Auffahrt.

Miriam kochte inzwischen vor Wut. Nach »Sie sind gefeuert!« sagte sie noch etwas, wovon sie nie geglaubt hätte, dass es ihr über die Lippen kommen würde. »Sie betreten mein Grundstück nie wieder!« Aber sie meinte ihre Worte todernst und fand sie in diesem Augenblick kein bisschen albern.

»Schicken Sie mir Ihre verdammte Rechnung«, brüllte sie hinter ihm her, als er schon von der Auffahrt fuhr.

»Worauf Sie sich verlassen können!«

Unter Flüchen fuhr er davon und hätte dabei beinahe Paul vergessen, der hinter dem Auto herrannte.

Als sie wieder allein war, ließ Miriam sich zitternd auf die Bank fallen.

Das war ja gerade noch einmal gut gegangen. Dieser Verrückte hätte doch glatt ihre Kirschbäume abgeholzt. Aber wer sollte die Arbeit jetzt machen?

Sie saß immer noch vor dem Haus und schmiedete Mordpläne, in denen Handwerker vorkamen, als ein kleiner Citroën auf der Straße vor ihrem Haus anhielt. Ein Mann sprang heraus und kam auf sie zu.

»Die Post«, rief er gut gelaunt und reichte ihr einen Umschlag. »Schönen Tag noch!« Damit war er schon wieder weg.

Miriam sah auf den Umschlag. Er war von Frederike. Sofort stiegen ihr Tränen der Rührung in die Augen. Als hätte Fredo gewusst, dass es gerade nicht so gut lief und sie Trost brauchte.

In dem Umschlag war ein Notizbuch mit einem rot-weiß karierten Leinenumschlag. Neugierig schlug Miriam es auf. Auf die erste Seite hatte Fredo in ihrer schönsten Schnörkelschrift *Die Kirschrezepte von Madame Richard* geschrieben und darunter ein paar tanzende Kirschen gemalt. Auf den folgenden Seiten kamen Rezepte, die etwas mit Kirschen zu tun hatten. Es fing an mit einem Klassiker: mit einer Schwarzwälder Kirschtorte. Für die sehe ich hier angesichts meiner rudimentären Küchenausstattung eher schwarz, dachte Miriam. Sie hatte ja nicht mal einen Mixer, um Sahne zu schlagen oder einen Biskuitteig anzurühren. Sie blätterte weiter. Es folgten Kirschkuchen mit Baiserhaube vom Blech, ein Clafoutis, kleine Pancakes mit Kirschen gefüllt, Wildschweinbraten mit Kirschen, Kirschmarmelade und -chutney, Kirschlikör ... Zu den meisten Rezepten hatte sie ihre witzigen Zeichnungen gemacht, die sie so gut beherrschte. Beim Kirschlikör zum Beispiel eine beduselte Frau. Die hinteren Seiten in dem Buch, etwas zwei Drittel, waren leer, es war klar, dass Fredo von ihr erwartete, sie mit eigenen Rezepten zu füllen.

Sie las die beigefügte Notiz.

Tut mir leid, dass ich so negativ war. Mach was aus deinem Traum! Ich sitz gerade an einer Riesensache, bei der ordentlich Geld rausspringt. Dann komme ich und gucke, was du so treibst! Fredo.

»Danke«, seufzte Miriam leise und strich über den Stoff, in den Fredo ihr Rezeptbuch eingeschlagen hatte. Ach, wie schön wäre es, wenn ihre älteste und beste Freundin jetzt hier neben ihr sitzen könnte! Frederike arbeitete in einem sehr stressigen Beruf als freie Texterin und Grafikerin, bei ihr war das Geld oft knapp, zumal sie sich strikt weigerte, etwas für Zeiten ohne Aufträge zurückzulegen. Sie gab ihr Geld immer mit vollen Händen und mit Lust aus, das war einer der Gründe, warum Miriam sie so mochte. Mit Fredo konnte man wunderbar alles hinter sich lassen und sich amüsieren. Sie kannten sich schon fast zwanzig Jahre, seit Merle und Fredos Tochter Nina in denselben Kindergarten gegangen waren. Sie hatten sich beinahe täglich gesehen, wenn sie ihre Töchter abholten oder brachten. Irgendwann waren sie einen Kaffee trinken gegangen, und Fredo hatte Miriam unter Tränen erzählt, dass ihr Mann sich gerade von ihr getrennt hatte. In den folgenden Wochen hatten sie ab und zu etwas mit den Kindern unternommen, und irgendwann waren sie richtig beste Freundinnen geworden. In der letzten Zeit hatten sie sogar immer mal wieder darüber gesprochen, wie es wäre, wenn sie sich im Alter zusammen eine Wohnung nehmen würden, damit keine von ihnen allein wäre. Auch Merle und Nina verstanden sich gut und hatten gemeinsame Freunde.

Miriam überkam plötzlich ein schlechtes Gewissen. Natürlich! Deshalb war Fredo am Anfang so aufgebracht gewesen. Sie hatte die Pläne für einen gemeinsamen Alterswohnsitz ernster genommen als Miriam und fühlte sich jetzt übergangen. Und wenn sie ehrlich mit sich war, dann musste Miriam zugeben, dass sie nicht an Fredo gedacht hatte, als sie dieses Haus gekauft hatte. Darüber musste sie unbedingt mit ihrer Freundin reden. Fredo war ihr viel zu wichtig, als dass sie etwas Unausgesprochenes zwischen sich geduldet hätte, das ihre Freundschaft gefährdete.

In Gedanken an ihre Freundin blätterte Miriam noch einmal durch das Buch. Es war mit Liebe gestaltet, und Fredos kreatives Talent zeigte sich auf jeder Seite, besonders in den witzigen Vignetten, die Kirschen mit einem Wurm, Kirschen in Würfelform mit Zahlen drauf, Gucci-Pumps mit Kirschbommeln und Kirschmacarons zeigten. Miriam drückte es an ihr Herz, dann brachte sie es ins Haus und legte es auf den Nachttisch neben ihr Bett. Sie würde heute Abend noch einmal darin lesen. Und vielleicht fiel ihr ja sogar ein eigenes Kirschrezept ein.

Dann ging sie in ihren Garten, um das Gemüsebeet wieder herzurichten.

Fredos Brief hatte etwas damit zu tun, dass Miriam am nächsten Morgen in die Bäckerei marschierte, um mit Paulette über den Streit mit ihrem Bruder zu sprechen. Miriam war schon immer der Meinung gewesen, dass es besser war, Missverständnisse und Streitigkeiten offen anzusprechen. Solche Dinge sollte man nicht auf sich beruhen lassen, und Miriam wollte wissen, woran sie bei Paulette war. Sie musste mit offenen Karten spielen, wenn sie hier in Montbolo, wo jeder jeden kannte, ankommen wollte. In der Boulangerie waren keine anderen Kunden, und sie kam gleich zur Sache. Paulette wollte ihr die üblichen Croissants und ein Baguette einpacken, doch Miriam hielt sie mit einer Geste auf und erzählte ihr, dass sie Sebastiá nur mit Mühe davon abgehalten hatte, ihre Kirschbäume zu roden.

»Warum haben Sie mich nicht vor Ihrem Bruder gewarnt? Sie mussten doch wissen, dass er etwas dagegen hat, dass ich Kirschen züchte. Da gab es diesen Streit zwischen Ihrer Familie und der von Gaston, wer die besseren Kirschen hat.«

Paulette war ehrlich entsetzt. »Ach, du meine Güte. Das wusste ich nicht, das müssen Sie mir glauben. Die Sache mit den Kirschen ist doch längst vorbei. Aus Gastons Garten kommen doch schon seit Jahren keine Kirschen mehr!«

»Aber bald wieder!«, warf Miriam ein, »und das scheint ihm nicht gepasst zu haben.«

Paulette überlegte. »Na, dem werde ich aber was erzählen! Wie kann er nur? Aber wissen Sie was? Ich bin mir nicht sicher, ob es Sebastiá um die Kirschen geht. Er kann es einfach nicht ertragen, wenn eine Frau eigene Ideen hat und selbstständig ist«, schimpfte sie. »Er benimmt sich wie ein Neandertaler. Und seitdem diese Volksabstimmung drüben in Katalonien geplant ist, dreht er völlig durch.«

»Wie meinen Sie das?«

Sie stemmte die Hände in die Hüften. »Pfft! Sebastiá hat seine katalanischen Wurzeln entdeckt, seit es in Spanien Bestrebungen für eine Unabhängigkeit gibt. Er fährt ständig rüber, zu irgendwelchen Versammlungen und Demonstrationen. Darüber ist er total verbittert geworden. Ich erkenne ihn kaum wieder.«

»Warum lebt er denn hier in Frankreich, wenn er sich als Spanier fühlt?«

Paulette stieß heftig die Luft aus. »Nicht als Spanier, sondern als Katalane, das ist ein Riesenunterschied für jemanden wie meinen Bruder. Die ganze Gegend beidseits der Grenze war mal eine eigenständige Region, nämlich Katalonien«, sagte sie. »Im 17. Jahrhundert haben Spanien und Frankreich Krieg geführt, und Spanien musste den nördlichen Teil Kataloniens an Frankreich abtreten, das restliche Katalonien verlor seine Unabhängigkeit und kam zu Spanien.«

Miriam hatte natürlich auch von den Unabhängigkeitsbestrebungen der Katalanen gehört. Über die Demonstrationen wurde immer mal wieder im Fernsehen berichtet. Aber ihr war nicht klar gewesen, wie dicht sie hier an diesen Ereignissen war. Und dann fiel ihr ein, dass auf den Ortsschildern hier immer zwei Namen standen, der französische und der katalanische. So hieß beispielsweise der Nachbarort Amélie-les-Bains auf Katalanisch Els Banys. Trotzdem. »Aber das ist doch schon fünfhundert Jahre her!«, wunderte sie sich. »Und außerdem ist das doch nur die Sache der Spanier, oder nicht?« Sie sah Paulette unsicher an. Hätte sie sich diese Bemerkung lieber verkneifen sollen? Es ging sie schließlich nichts an, was Sebastiá für eine politische Meinung hatte, und sie wusste nicht, wie Paulette dazu stand.

»Wenn es um die Heimat geht, dann ist es egal, wie lange etwas her ist. Das sagt Sebastiá immer. Ein Stück weit kann ich ihn verstehen, aber er wird immer verbohrter.«

»Ich habe ihn rausgeworfen, als er meine Kirschbäume roden wollte«, sagte Miriam.

Zu ihrem Erstaunen fing Paulette an zu lachen. »Das kann ich gut nachvollziehen. Das haben Sie richtig gemacht. Wir dürfen uns doch nicht alles gefallen lassen.«

Miriam atmete erleichtert aus. »Ich bin sehr froh, dass Sie

nicht böse mit mir sind. Sie sind meine einzige Freundin hier, wissen Sie das?«

Paulette reichte ihr die Hand über den Tresen. »Dann sollten wir uns duzen.«

Miriam schlug ein. »Geben Sie mir … gibst du mir Pauls Telefonnummer?«

An diesem Abend entdeckte sie weitere Hausbewohner. Nach getaner Arbeit saß sie auf ihrer Bank und sah zu, wie die Dämmerung kam. Das Licht wurde diffus, die Konturen verschwammen. Plötzlich nahm sie eine Bewegung in der Luft um sie herum wahr. Erst glaubte sie, es sei Lilly, doch dann entdeckte sie winzige Wesen, die sie aufgeregt umschwirrten. Es waren Fledermäuse, die im Garten ihre Kreise zogen. Aber woher kamen sie? Da flatterte schon wieder eine! Sie schienen direkt aus dem Haus zu kommen. Miriam verfolgte den Flug der Tiere. Sie stand auf und entdeckte einen schmalen Spalt, kaum zwei Zentimeter breit, zwischen der Hauswand und einem Querbalken, an dem früher wohl mal eine Markise befestigt gewesen war. In unglaublicher Geschwindigkeit schossen die Tiere aus ihrem Tagquartier, um in der Dämmerung zu jagen.

»Hier wohnt ihr also«, sagte sie. Jetzt fiel ihr auch ein, dass sie an dieser Stelle manchmal ein zartes Zwitschern gehört und sich gefragt hatte, von wem es wohl kam.

Aber wie vertrugen sich die kleinen Fledermäuse mit ihrem Steinkauz? Waren Fledermäuse nicht die Hauptnahrung dieser Vögel? Sie nahm sich vor, das weiter zu beobachten.

Von Philippes Haus hörte sie eine Autotür klappen, dann ertönte Musik. Sie wollte lieber nicht wissen, wer da zu ihm gekommen war. Bestimmt wieder diese Frau.

Sie ertappte sich bei dem Gedanken, dass sie gern die Frau gewesen wäre, die diesen lauen Abend bei einem Glas Wein auf seiner Terrasse verbrachte. Einfach nur mit jemandem reden … Zum Beispiel darüber, dass die Frist abgelaufen war, innerhalb derer sie vom Kaufvertrag hätte zurücktreten können. Jetzt war es definitiv zu spät, um ihre Unterschrift rückgängig zu machen. Und das war gut so! Oscar Poulenc hatte ihr einen Notar in Ceret empfohlen, der den endgültigen Kaufvertrag aufsetzen sollte. Der Termin für die Überschreibung war in einigen Wochen. Das ließ ihr genügend Zeit, um mit ihrer Bank den Transfer des Geldes zu regeln.

Sie stand auf und holte sich einen Pulli, denn sie fröstelte. Ihre Bewegung störte die Fledermäuse, die wie die Verrückten um ihren Kopf herumschwirrten. Miriam setzte sich wieder still hin und sah ihnen zu, bis es zu dunkel wurde.

Wegen des strengen Winters: Abfuhr von Holzschnitt und Kompost um eine Woche verschoben

Eine Woche später war es tagsüber sommerlich warm. Miriam und Paul schwitzten schon seit Stunden, während sie die Kirschbäume bearbeiteten. Miriam machte eine Pause und verschnaufte einen Moment. Paul war zwei Reihen oberhalb mit dem allerletzten Baum beschäftigt. Sie hatte ihn nach dem Streit mit Sebastiá kurzerhand angerufen und ihn gefragt, ob er nicht allein weitermachen wollte. Er wollte. Und jetzt standen ihre Kirschen in Reih und Glied und hatten Knospen angesetzt. Paul war fast liebevoll zu ihren Bäumen gewesen und hatte manchmal minutenlang vor einem Baum gestanden, ihn von jeder Seite begutachtet und überlegt, ob er diesen oder einen anderen Ast wegschneiden sollte. In seiner behutsamen Art hatte er das Beste für die Kirschen getan. Einen Bulldozer hatte er dafür nicht gebraucht.

»Das war's«, sagte er eine halbe Stunde später zu ihr, nachdem sie die letzten Abschnitte und das tote Holz hinter das Haus geschleppt hatten. Dort türmte sich inzwischen ein ziemlich großer Haufen. »Alles erledigt.«

Sie sahen auf den Kirschhain vor ihnen. Miriam erkannte an seinem zufriedenen Blick, dass Paul fast ebenso stolz auf die geleistete Arbeit war wie sie selbst.

»Was hätte ich bloß ohne Sie gemacht?«, fragte Miriam.

Paul zuckte mit dem Schultern. »Es bleibt noch genug zu tun. Aber ich glaube, den größten Brocken haben Sie hinter sich.«

Er war nett und gutmütig, und er hatte ohne Unterlass geackert. Gemeinsam mit Miriam. Sie war bei Sonnenaufgang in ihren Garten gegangen und hatte die Hacke erst fallen lassen, als es zu dunkel war, um weiterzumachen. Sogar am Sonnabend hatte sie gearbeitet! Die Kirschen blühten ja bereits, und sie durfte keinen Tag verlieren. Abends war sie regelmäßig draußen auf ihrer Bank eingenickt vor lauter Erschöpfung. In den letzten beiden Wochen war sie weder auf dem Markt gewesen noch hatte sie im Café du Cèdre gesessen. Sie war einmal in der Woche schnell zu Carrefour gefahren, um wenigstens die nötigsten Lebensmittel im Haus zu haben. Von den Annehmlichkeiten eines Lebens in Südfrankreich hatte sie nichts gespürt. An den ersten Tagen war ihr Muskelkater richtig übel gewesen, aber inzwischen hatte sich ihr Körper an die schwere Arbeit gewöhnt. Sie war drahtig geworden und hatte muskulöse Oberarme bekommen. Ihre Haut war gebräunt, weil sie fast nur draußen war, und ihre Hände sahen aus wie die einer Gärtnerin. Aber jetzt war der schwierigste Teil geschafft! Ab jetzt konnte sie es langsamer angehen lassen, so hoffte sie. Und die Arbeit hatte sich gelohnt. Miriam war Paul unendlich dankbar. Aber genauso stolz war sie auf sich selbst. Noch nie in ihrem Leben hatte sie so hart gearbeitet. Sie hatte aber auch noch nie in ihrem Leben ein Ziel derart hartnäckig verfolgt. Neben Stolz fühlte sie Glück. Und sie war fast ein bisschen traurig, dass die Tage der gemeinsamen Arbeit nun vorüber waren.

»Es war eine gute Entscheidung, Sie anzurufen. Die beste seit meinem Entschluss, dieses Haus zu kaufen.«

»Haben Sie echt vor, hierzubleiben? Ich meine, auch im Winter?« Er runzelte die Stirn. Es war ihm anzumerken, dass ihn diese Frage schon länger umtrieb. Sie waren vor das Haus gegangen, saßen nun nebeneinander auf der Bank, die Beine von sich gestreckt, und tranken ein Bier zum Feierabend. Eigentlich mochte Miriam Bier nicht so gern, aber nach einem langen Arbeitstag in der Hitze löschte es einfach am besten den

Durst. Außerdem war das Heineken, das es hier gab, nicht so bitter wie Jever.

»Was reden denn die Leute im Dorf so?«, fragte Miriam und sah dabei vorsichtig zu ihm hinüber.

»Ach, darauf dürfen Sie nichts geben. Es gibt die, die glauben, dass Sie das nicht durchhalten …«

»Sebastiá, nehme ich an …«

Paul grinste. »Der ist stinksauer, dass Sie ihn rausgeworfen haben. Er lässt sich von Frauen nicht so gern was sagen. Aber es gibt auch einige, die sehr froh darüber sind, dass hier wieder Leute herziehen. Und damit meine ich nicht nur den Bürgermeister.« Er grinste noch breiter. »Ich stamme ja aus Lieu-dit-le-Bout-du-Monde …«

Miriam lachte laut heraus. »Woher kommen Sie?« Übersetzt hieß das nämlich der Ort am Ende der Welt.

Paul nickte bekümmert. »Ich kann ja auch nichts dafür. Hier in der Gegend findet man häufig solche Bezeichnungen. Die Weiler sind zu klein für einen richtigen Ortsnamen, also werden sie nach Bewohnern oder geografischen Gegebenheiten oder so benannt. Wie dem auch sei, wir in Lieu-dit-le-Bout-du-Monde haben seit Jahren einen Wettstreit mit den Leuten aus Montbolo. Montbolo ist ja nun auch nicht gerade überfüllt, aber es geht darum, wer die meisten Einwohner hat. Die Leute gehen einfach von hier weg. Keine Arbeit, zu einsam …«

Miriam kamen die Schilder in den Sinn, die vor einigen Häusern hier in der Gegend standen: *A vendre. Zu verkaufen.* »Ach, deshalb war Monsieur Frochot so glücklich, dass ich hergezogen bin. Wie viele Einwohner hat denn Ihr Lieu-dit-le-wie auch immer?«

»Lieu-dit-le-Bout-du-Monde«, wiederholte Paul geduldig. »Wir haben einhundertsiebenunddreißig Einwohner. Aber eine Frau ist schwanger. Ich glaube, alle hoffen auf Zwillinge.« Er hob seine Flasche und prostete ihr zu, wobei er sein breites jungenhaftes Lächeln zeigte, über das Miriam sich in den letzten Tagen immer wieder gefreut hatte.

»Vielleicht sollten Sie heiraten und Kinder kriegen, obwohl, bis Sie auf die Einwohnerzahl von Montbolo kommen …« Sie lachte.

Paul blieb ernst. »Ich mag ja Paulette gern. Sie wissen schon, Paulette aus der Bäckerei.«

»Tatsächlich?« Die beiden würden bestimmt gut zusammenpassen, dachte Miriam. Paulette mit ihrem Frohsinn und den hippen Klamotten und Paul in seiner geduldigen Gutmütigkeit. Mal ganz abgesehen von den Namen: Paul und Paulette. »Aber?«

Paul schüttelte den Kopf. »Ich glaub, sie sieht mich gar nicht. Und dann ist da noch Sebastiá …«

»Sie meinen doch nicht ernsthaft, dass er was dagegen hätte? Und wennschon!«

»Sie kennen Sebastiá nicht.«

»Mag sein«, knurrte Miriam, »aber das, was ich von ihm kenne, reicht mir.«

Er nahm den letzten Schluck von seinem Heineken, wischte sich über den Mund und stand auf.

»Vielen Dank für alles«, sagte Miriam zum Abschied. Irgendwie war es komisch, dass er morgen nicht wiederkommen würde. »Ich überweise Ihnen Ihr Geld gleich am Montag.«

»Das ist gut.«

Dann sagte sie, was ihr schon die ganze Zeit auf der Zunge lag: »Vielleicht laden Sie Paulette zum Essen ein? Oder zu einem Picknick irgendwo, wo es richtig schön ist? Oder Sie lassen sich etwas Romantisches einfallen, um ihr zu zeigen, dass Sie sie mögen. Vielleicht schreiben Sie ihr einen richtigen Liebesbrief?«

Er sah sie zweifelnd an. »Meinen Sie«, fragte er dann. »Ich habe sie mal ins Kino eingeladen, ein Actionfilm, aber der Film hat ihr nicht gefallen.«

»Vielleicht mag sie keine Actionfilme?«

Er zuckte mit den Schultern. »Wenn Sie mich brauchen, melden Sie sich.« Er öffnete die Fahrertür seines Wagens, dann drehte er sich noch einmal zu ihr herum. »Ach ja, ich wollte noch sagen, dass es auch Leute gibt, die Sie gern hier haben und auf die Sie zählen können. Ihr Nachbar zum Beispiel.«

»Philippe? Philippe Grandjonc?« Damit hätte sie nicht gerechnet. Sie hatte ihn in den letzten Tagen nur ein paarmal aus der Ferne gesehen, weil sie viel zu beschäftigt gewesen war. Und nachts hatte sie vor Erschöpfung so tief und fest geschlafen, dass sie auch nichts von irgendwelchen Festen nebenan mitbekommen hatte.

»Er hat in der Coopérative über Sie gesprochen.«

»Coopérative?«

»Die gibt es hier in jedem kleinen Dorf, ein Zusammenschluss der Bauern. Es hat einige Vorteile, wenn man Mitglied ist. Gemeinsame Nutzung von Maschinen, Hilfe bei der Ernte, bei rechtlichen Fragen und so. Vor allem aber gemeinsame Vermarktung der Ernte. Das ist viel rationeller, als wenn jeder Einzelne sein Obst zum Markt trägt.«

»Und wie wird man dort Mitglied?«

»Na ja, einfach eintreten kann man nicht. Man braucht Fürsprecher.« Er kratzte sich am Kopf. »Ich muss dann mal … Auf Wiedersehen.« Er stieg in sein Auto, setzte auf der Auffahrt zurück und fuhr in Richtung Montbolo davon.

Miriam blieb nachdenklich zurück. Das waren ja Neuigkeiten. Es gab eine Kooperative, Philippe hatte sich für sie eingesetzt, und Paul war in Paulette verliebt.

Das Wichtigste war aber, dass ihre Kirschen endlich in Ruhe Früchte ansetzen konnten.

Sie ging relativ zeitig zu Bett. Als sie die Tür schloss, die wie immer mit einem ächzenden Geräusch in den Scharnieren knarrte, hörte sie von draußen Flügelschlagen. Sie sah nach und entdeckte Lilly, die einige Meter entfernt auf dem Boden saß und zu ihr herübersah. Miriam hatte das schon häufiger bemerkt. Lilly schien das Ächzen der Tür mit etwas zu verbinden, das sie neugierig machte. Sie flatterte oft herbei, wenn sie es hörte.

»Hallo«, meinte sie, »ich geb dir nichts zu fressen. Ich habe nämlich inzwischen nachgelesen, dass man euch nicht füttern darf, weil ihr von Fleisch vom Schlachter richtig krank werdet. Und deine Mäuse fängst du dir bitte schön selbst.«

Bald Zustände wie in Neapel: Müllabfuhr nur noch alle zwei Wochen!

Es war inzwischen Ende April geworden.

Fast sechs Wochen dauerte Miriams neues Leben in Frankreich jetzt. Von diesen sechs Wochen hatte sie die ersten beiden Ferien gemacht, dann hatte sie das Haus gekauft und nur noch geschuftet. Aber heute nahm sie sich frei. Am frühen Sonnabendmorgen zog sie endlich mal etwas anderes an als ihre dreckige Arbeitshose und fuhr auf den Markt in Ceret. Bisher hatte sie von der quirligen Kleinstadt nur den Supermarkt und den Baumarkt gesehen, die an den Ausfallstraßen lagen. Heute steuerte sie das alte Stadtzentrum an.

Sie stellte ihr Auto auf der Place de la République ab. Vor ihr lag der Boulevard Maréchal Joffre, die Hauptstraße des alten Ceret, mit wunderschönen klassizistischen Bürgerhäusern. Die breite Straße war von sehr alten Platanen begrünt, die die Straße majestätisch überdachten und die Stände der Händler beschatteten. Zwischen zwei mittelalterlichen Rundtürmen führte ein Torbogen in die Nebengassen. Die Straßen wirkten alt, sie waren nicht geteert, sondern mit Katzenköpfen gepflastert.

Miriam wunderte sich über die vielen Menschen, die ihr, mit großen Markttaschen bewaffnet, riesige Blumenbouquets im Arm, entgegenkamen. Seit sie hier war, war sie es nicht mehr gewohnt, dass sie Menschen ausweichen musste.

Die gute Laune und der Genuss, mit dem die Menschen hier auf dem Markt einkauften, waren spürbar und nahmen sie gleich für die Stadt ein. Überall ein Hallo, Küsschen zur Begrüßung, gut gelaunte Händler, die die Vorübergehenden ansprachen und ihnen allerlei Leckeres zum Probieren vor die Nase hielten. Und die Gerüche! Miriam schnupperte gierig und ließ sich von den Düften anziehen. Austern und Zitronen waren das Erste, was sie roch, aber dafür war es ihr noch zu früh am Morgen. Da waren ihr die Stände mit frischem Brot lieber. Und nebenan duftete es nach Käse, nach Thymian und Schinken. An vielen Ständen wiesen Schilder darauf hin, dass alles bio oder regional war. In einer riesigen Pfanne schmurgelte eine Paella vor sich hin. Miriam zögerte, aber dann überfiel sie die Lust, selbst zu kochen, ein richtig gutes, selbst gekochtes Essen. Dafür war in den letzten Wochen nie Zeit gewesen. Und hier war sie genau richtig! Sie kaufte einen Braten, der in ein Netz eingewickelt war, dazu Kartoffeln, Gemüse und Kräuter. Vorher würde sie sich einen Salat machen, mit warmem Ziegenkäse, Walnüssen und Honig. Sie ging einmal an allen Käseständen vorüber, dann kaufte sie bei einer Bäuerin.

Als sie über den Markt und wieder zurückgeschlendert war, quoll ihre große Tasche fast über und war beinahe zu schwer. Wein oder einen Kuchen zum Nachtisch konnte sie unmöglich noch tragen. Aber für dieses kleine Stück Pâte de coing fand sich noch eine Lücke. Sie wollte ausprobieren, ob diese Quittenpaste ebenso gut schmeckte wie die von Madame Gravelotte, die sie längst aufgegessen hatte. Bei derselben Bäuerin kaufte sie noch ein kleines Glas Feigenmarmelade und ganz am Schluss noch eine Flasche, die eine sympathische Händlerin anpries. Es war eine Art Sirup aus Thymian und Ingwer und sollte Wunder wirken … Am Ende hatte sie zusätzlich zu ihrer Tasche noch einige Tüten zu schleppen, die schmerzhaft in ihre Handflächen schnitten. Oh, da verkaufte jemand diese üppigen Blumen! Pfingstrosen mit apfelsinengroßen Köpfen von Weiß bis ganz Dunkelrot. Bedauernd ging Miriam an dem Stand vorbei, obwohl die Bäuerin ihr einen riesigen Strauß hinhielt. Sie konnte unmöglich noch mehr tragen. Sie sah in ihre Tasche und fragte sich, wann sie das alles bloß essen sollte. Außerdem war es mühselig, sich derart bepackt einen Weg durch die dichte Menge zu bahnen. Auf dem Weg zu ihrem Auto kam sie an einem der Austernstände vorbei, an denen sie bereits am Anfang vorübergegangen war. Vielleicht jetzt …? Nein, entschied sie, sie hatte ohnehin schon viel zu viel gekauft. In ihrem Kopf ging sie schon mal verschiedene Rezepte durch. Bei dem Gedanken lief ihr das Wasser im Mund zusammen.

Auf dem Rückweg lockte sie eines der vielen Cafés, wo dicht gedrängt die Leute saßen. Das war ja auch ein schöner Abschluss für einen Markttag: im Café sitzen, einen Kaffee oder einen eiskalten Weißwein mit Austern genießen und dem Markttreiben zusehen.

Sie blieb unschlüssig stehen. Wenn sie nicht so beladen wäre … Aber sich mit ihren vielen Taschen durch die eng gestellten Tische quetschen? Sie überlegte noch, da rief jemand ihren Namen.

»Mir-jam!«

Auf diese Art sprach nur Philippe ihren Namen aus. Sie folgte der Stimme und entdeckte ihn. Er saß mit einigen Leuten um einen Tisch herum und winkte ihr zu. Miriam zögerte.

»Hallo, Miriam! Setzen Sie sich doch zu uns!«

In diesem Augenblick streifte ein anderer Marktbesucher mit seinem Korb ihre Plastiktüten. Eine riss, und Kartoffeln und rote Zwiebeln kullerten um sie herum auf das Pflaster.

»So ein Mist!«, schimpfte sie und wollte ihre Sachen aufheben. Das war aber gar nicht so leicht, denn sie hatte in jeder Hand weitere Taschen.

Im Nu war Philippe bei ihr. »Lange nicht gesehen.« Er bückte sich nach ihren Sachen, hob sie auf, und gemeinsam verteilten sie alles auf die anderen Taschen. Dabei berührten sich zwangsläufig ihre Hände. »Wollen Sie das alles allein essen?«, fragte er, nachdem sie sich wieder aufgerichtet hatten. Sie standen mitten auf der Straße, und weil sich die Leute an ihnen vorüberschoben, rückten sie immer näher zueinander. »Oder haben Sie etwa eine Pension aufgemacht? Das wird Monsieur Frochot aber nicht gefallen. Er achtet sehr darauf, dass es keine Konkurrenz zu seinem Hotel gibt. Hm, wenn ich das hier so sehe, das könnte zu einem richtig guten Essen werden. Für vier!«

Miriam musste lachen. »Ich glaube tatsächlich, dass ich mich von dem Angebot habe erschlagen lassen. Und dabei habe ich noch nicht mal einen richtigen Herd.«

Er sah sie aus seinen dunklen Augen an. »Wie geht es Ihnen denn? Ich habe Ihren Kirschhain gesehen. Alle Achtung! Dass Sie das geschafft haben.«

»Danke.« Sein Lob freute sie aufrichtig.

»Darf ich mal rüberkommen und mir alles ansehen?« Dabei sah er auf ihre Einkäufe.

»Sehr gern.« In ihr blitzte der Gedanke auf, ihn zum Essen einzuladen. Das hatten sie doch ohnehin abgemacht, als er für sie die Suppe gekocht hatte. Eigentlich machte Kochen doch nur richtig Spaß, wenn man es für Gäste tat und später in Gemeinschaft aß. Bei der Gelegenheit könnte sie ihn dann auch nach dieser Kooperative fragen …

»Philippe, unser Essen ist da. Jetzt komm schon.« Die Frau an seinem Tisch winkte ihm ungeduldig mit beiden Armen.

Der Moment war vorüber. An seinem Tisch riefen seine Freunde durcheinander und gestikulierten. Miriam verstand nur die Hälfte und dachte zum wiederholten Mal, dass sie unbedingt ihr Französisch aufpolieren müsste. Die wichtigen Dinge verstand sie ja, aber auf die Feinheiten des Gesagten kam es schließlich an.

In Philippes Gesicht zeigte sich ein Ausdruck des Bedauerns. »Setzen Sie sich doch zu uns. Wir haben uns gerade eine Planche mixte bestellt. Dafür ist dieses Café bekannt«, sagte er dann.

Miriam sah das Holzbrett, das die Kellnerin gerade auf dem Tisch abgeladen hatte. Darauf türmten sich verschiedene Vorspeisen und Dips. Es sah ziemlich lecker aus.

»Philippe! Nun komm schon!« Wieder winkte die Frau ihm zu.

Miriam sah ihr an, dass sie bestimmt keine Lust auf eine andere Frau an ihrem Tisch hatte. »Ich muss los, bevor mir noch eine Tasche reißt«, sagte sie rasch.

»Schade«, erwiderte er. »Dann aber am nächsten Sonnabend.«

»Bestimmt.«

Im Auto fragte sie sich, ob sie seiner Einladung doch hätte folgen sollen. Statt im Café zu plaudern, saß sie jetzt allein im Auto. Sie hätte ihn wenigstens zum Essen einladen sollen.

Aber als sie zu Hause ihre Einkäufe verstaute, an jeder Zwiebel und an den Kräutern roch, war sie wieder versöhnt. Ich kann Philippe ja immer noch zum Essen einladen, dachte sie.

Aus dem Gartentagebuch von Gaston Bonnefoi

In diesem Jahr blüht die purpurfarbene Kletterrose vor dem Haus zum ersten Mal. Wenn sie noch ein bisschen größer wird, erreicht sie die Tür und wird uns den Weg aus dem Haus versperren. Ich will sie aber nur ungern schneiden, weil ich ihre Blütenfülle und den Duft so sehr mag. Wenn ich unter der Rose auf der Bank sitze, wird mir fast schwindlig von dem Duft und dem Gesumme der Hummeln. Ich freue mich jetzt schon auf die Zeit, wenn die Blütenblätter abfallen und einen roten Blütenteppich bilden.

Spanische Separatisten schüren Unsicherheit

Sonntag! Miriam wollte den Tag mit einem langen, langen Frühstück beginnen, und dazu gehörten natürlich frische Buttercroissants. Doch vor ihrer Auffahrt parkte ein fremdes Auto, sie kam mit ihrem Wagen nicht hinaus. Jetzt erinnerte sie sich auch, dass sie mitten in der Nacht von Musik und Gelächter wach geworden war. Bei Philippe war es gestern Abend wohl wieder hoch hergegangen. Was trieb ihr Nachbar da bloß immer? Sie überlegte, ob sie sich ärgern sollte. Nein, sagte sie sich dann. Es ist sowieso viel schöner, an diesem herrlichen Morgen zu Fuß zu gehen. Gesünder und besser für die Umwelt ist es auch.

Fünfzehn Minuten später kam sie in der Bäckerei an. »Guten Morgen, Paulette«, sagte sie.

»Hallo, Miriam.« Paulette strahlte und zeigte ihre Zahnlücke. »Ein Croissant und ein Baguette, wie immer?« Sie hatte noch bessere Laune als üblich.

»Nein, heute nehme ich zwei Croissants. Weil Sonntag ist. Ist irgendetwas? Du strahlst so.«

Paulette griff in die Tasche ihrer Schürze und hielt ihr eine Postkarte hin. »Die steckte heute Morgen in meinem Briefkasten. Kam aber nicht mit der Post.«

Die Karte zeigte auf der Vorderseite ein Herz aus Blütenblättern. Auf die Rückseite hatte jemand geschrieben: *Heute trage ich das Lächeln, das du auf mein Gesicht gezaubert hast.*

»Oh, wie schön!«, rief Miriam. »So eine würde ich auch gern mal bekommen. Von wem ist die denn?«

Paulette zuckte mit den Schultern. »Keine Ahnung. Wie du

siehst, steht kein Absender drauf. Aber ist das nicht eine tolle Geste? Und der Spruch passt doch auf mich, ich mit meinem Zahnlückenlächeln!«

»Da hat sich jemand wirklich Gedanken gemacht.« Miriam musste an ihr Gespräch mit Paul denken. Ob er …? Zuzutrauen war es ihm, er war ein Mann, der keine Angst hatte, seine Gefühle zu zeigen, und er war sehr einfühlsam, was seine Mitmenschen anging. »Hast du denn keine Vermutung, keine vage Idee, wer in dich verliebt sein könnte?«, fragte sie.

Paulette schüttelte den Kopf, und Miriam bewunderte die Art, wie ihr blondes Haar sich in weichen Wellen bewegte. »Ich würde mir ja wünschen, dass es Philippe ist. Aber ich bin wohl nicht sein Typ.«

»Was haben denn alle bloß mit ihm? Ich meine, er ist charmant und sieht gut aus, aber … Und er ist doch nicht der einzige Junggeselle in Montbolo.« Während sie das sagte, merkte Miriam, dass sie nicht ganz aufrichtig war. Philippe war nicht der einzige Mann in Montbolo, aber er war bestimmt einer der attraktivsten. Ein Lächeln ging über ihr Gesicht, als sie daran dachte, wie er ihr schon zweimal geholfen hatte und wie nahe sie sich beide Male gekommen waren. Aber das war ja Quatsch! Philippe hatte genügend Angebote von Frauen. Und er feierte die Nächte mit ihnen durch. Wer weiß, wer jetzt gerade neben ihm im Bett lag.

»Stimmt. Da wäre noch mein Bruder.« Paulettes Stimme drang wieder an ihr Ohr. »Der ist gestern mit einem blauen Auge nach Hause gekommen. Er ist in Perpignan auf einer Demonstration für die Unabhängigkeit Kataloniens marschiert.«

»In Perpignan?«, fragte Miriam. Die Stadt lag immerhin ungefähr vierzig Kilometer in Richtung Norden.

»Die Stadt heißt auf Katalanisch Perpinyá la Catalana. Man sagt, dass jeder Zweite dort Katalanisch spricht.«

»Aber Sebastiá ist auf jemanden aus der anderen Hälfte getroffen«, meinte Miriam sarkastisch.

Paulette nickte. »Und längst nicht alle, die Katalanisch sprechen, sind für eine Angliederung an Spanien oder die Unabhängigkeit oder so einen Unsinn.«

Miriam wollte auf etwas anderes hinaus. »Hm, Sebastiá können wir wohl als Absender dieser Liebesbotschaft ausschließen. Abgesehen davon, dass er dein Bruder ist, passt so etwas Feinsinniges wohl nicht ganz zu ihm. Wer käme denn noch infrage?« Sie sah Paulette fragend an und wartete darauf, den Namen Paul zu hören. Miriam hatte plötzlich das sichere Gefühl, dass er der Absender war. Aber auf den Gedanken kam Paulette nicht.

»Vielleicht kommt da ja noch mehr«, sagte sie. »Ist ja niedlich, aber irgendwie auch kindisch. Warum schreibt er denn nicht seinen Namen dazu?«

»Also ich finde das nicht kindisch, sondern romantisch«, erklärte Miriam mit Nachdruck. »Dazu gehört doch auch Mut. Und Einfühlungsvermögen.«

Eine andere Kundin hatte inzwischen die Bäckerei betreten und rückte immer näher an Miriam heran, wohl weil es ihr zu lange dauerte.

»Bonjour, Bernadette«, begrüßte Paulette sie.

Jetzt erkannte Miriam die Frau, die neulich mit ihrem Mann vor ihrem Zaun gestanden und sich über Zugereiste aus Hamburg ausgelassen hatte.

»Bonjour, Madame«, sagte sie freundlich.

Bernadette nickte nur in ihre Richtung.

»Macht zwei achtzig«, sagte Paulette schließlich.

Miriam bezahlte, nahm ihre Croissants und ging.

»Woher kennst du die denn?«, hörte sie Bernadette im Rausgehen fragen. Sie gab sich wirklich keine Mühe, ihre Neugierde zu verbergen.

Nach dem Frühstück machte Miriam einen Spaziergang durch den Garten und blieb bei fast jedem ihrer Kirschbäume stehen, als wollte sie ihn persönlich begrüßen. Sie strich über Rinden, um die Maserung und die kleinen Verdickungen zu spüren, und zog Äste zu sich heran. Nanu, was war das denn? Sie entdeckte doch tatsächlich die allerersten winzigen Fruchtstände! Die Mühe schien sich gelohnt zu haben, ihre Kirschen würden tragen! Zufrieden ging sie zurück zum Haus und setzte sich mit einem Buch davor und las. Irgendwann stand sie wieder auf und sah an ihrem Bach nach dem Rechten. Sie hielt eine Hand ins Wasser, es war immer noch eiskalt, obwohl die Luft sommerlich war. Wahrscheinlich würde das Wasser hier nie Badetemperatur haben, und man kühlte sich dort nur in der allergrößten Hitze mal kurz ab. Hatte Oscar Poulenc nicht davon gesprochen, dass sie einen Pool brauchen würde? Nun, daran war jedenfalls nicht zu denken. Dafür hatte sie kein Geld. Aber wie wäre es mit einer dieser alten Viehtränken, die aus einem ausgehöhlten Stein gemacht waren? Sozusagen eine Badewanne im Freien? Darüber würde sie nachdenken. Sie hatte diese Dinger schon ab und zu ungenutzt herumstehen sehen. Man müsste sie nur irgendwie in ihren Garten transportieren.

Am späten Nachmittag bekam sie Hunger und stellte sich in ihre Küche, um zu kochen.

Sie hätte gern Musik dabei gehört, aber sie hatte keine Möglichkeit dazu. Wie auf Bestellung wurde drüben bei Philippe die Musik lauter gedreht, die Töne wehten bis zu ihr herüber. Es war schnelle Musik, die in Richtung Techno ging. Wahrscheinlich hatte er Besuch, und der hatte die Musik ausgewählt. Philippe hatte mehr ihren Geschmack. Mit ein paar Tanzschritten holte sie ihren Braten aus dem Kühlschrank und bestrich ihn mit einer Paste aus Senf, klein gehackten Kräutern und Knoblauch, damit er schön saftig blieb. Den Herd hatte sie wohlweislich schon am Morgen angefeuert, er war jetzt richtig schön heiß. Allerdings war es dadurch auch im Haus sehr warm. Auf die Dauer würde sie sich wohl doch einen Elektroherd zulegen müssen. Aber heute fand sie das abenteuerlich. Als der Braten im Ofen war und anfing, seinen Duft zu verströmen, machte sie sich an das Gemüse. Sie pulte die giftgrünen Erbsen aus ihren Schoten und putzte den Salat. Sie tänzelte um ihren Tisch herum und öffnete eine Flasche tiefroten Corbières. Eigentlich sollte er nur schon mal atmen, aber dann dachte sie, dass Kochen mit einem Glas Wein viel mehr Spaß machte. Von drüben hörte sie nun Eminem, dann brach die Musik ab, und … Zucchero sang *Ho bisogno di Amore*. Miriam erkannte das Gospel-Intro sofort, dann folgte der Bass-Rhythmus, der einfach nur Spaß machte und in die Beine ging. Sie hatte dieses Lied schon seit Ewigkeiten nicht mehr gehört, aber das gute Gefühl, das sie damit verband, war sofort wieder da: durchtanzte Nächte, wildes Geknutsche, das Gefühl, unbesiegbar und wunderschön zu sein. Ihre Laune wurde noch besser. Leider wurde die Musik drüben wieder leiser gestellt. Offensichtlich konnten sich Philippe und seine Gäste nicht einig werden, was sie hören wollten. Miriam sang den Rest des Liedes allein weiter.

Sie war gerade dabei, die frischen Erbsen, die sie nur kurz gegart hatte, mit einer Gabel zu zerdrücken, denn sie wollte sie als Püree essen. Einen Zauberstab hatte sie nicht, sie hatte ja noch nicht mal einen Mixer. Aber frische Minze, die sie vorhin voller Besitzerstolz aus ihrem Garten geholt hatte. Sie rührte sie unter das fertige Püree. Am Schluss gab sie noch zwei, drei hauchdünne Scheiben gerösteten Knoblauch darüber. Da hörte sie jemanden rufen.

»Hallo? Madame Richard? Sind Sie zu Hause?«

Wer konnte das sein? Sie legte die Gabel weg und trat vor die Tür. Auf der Straße stand eine ältere Frau, die, als sie sie sah, ihr mit der rechten Hand zuwinkte. In der anderen trug sie einen riesigen Strauß Blumen.

»Da sind Sie ja, *ma petite*. Darf ich näher kommen?«

Miriam kannte die Frau nicht, aber sie fand es einfach nett, dass sie sich bemerkbar machte und nicht hinter dem Zaun stand und spionierte.

»Äh, ja … Kommen Sie doch!«

Waren das etwa Pfingstrosen, die die Besucherin da im Arm hatte? Der Strauß war mindestens so groß wie der, den sie gestern beinahe auf dem Markt gekauft hätte. Miriam war jetzt richtig neugierig auf die Unbekannte, die mit raschen Schritten und einem herzlichen Lächeln auf sie zukam.

»Entschuldigen Sie, dass ich erst jetzt komme.«

Erst jetzt? dachte Miriam.

»Ich bin Micheline Guilmette. Ich wohne ein Stück den Berg hinauf. Es gehört sich doch, dass man neue Nachbarn begrüßt, aber ich hatte so viel um die Ohren.«

Miriam glaubte zu wissen, welches Haus gemeint war. Es stand in einer Kurve. Von der Straße aus konnte man blaue Fensterläden und Kaskaden von pinkfarbenen Bougainvilleen erkennen, sie sich an uralten Maronenbäumen emporwanden. Madame Guilmette war eine gepflegte Frau um die siebzig und eine auffallende Erscheinung. Sie hatte halblanges schwarzes Haar und einen geraden, sehr kurzen Pony. Unter riesigen dunklen Augen leuchtete ein knallrot geschminkter Mund. Sie trug eine weite bunte Hose und ein weißes Hemd und eine Kette aus riesigen Bernsteinkugeln, um die Miriam sie sofort beneidete. Sie starrte die alte Dame unverblümt an. Wie kommt eine solche Frau nach Montbolo? dachte sie. Sie sieht aus wie eine Spanierin, wie diese Schauspielerin, diese … Rossy de Palma, genau!

Rossy de Palma alias Micheline Guilmette hielt ihr den Strauß Pfingstrosen hin.

»Für mich?«, fragte Miriam.

»Für wen denn sonst?« Ihre Antwort kam in einem Ton, als würde sie einem Kind geduldig zum x-ten Mal das Einmaleins erklären. »Warten Sie, ich habe da noch etwas …« Madame Guilmette zog ein liebevoll eingepacktes kleines Päckchen aus ihrer Tasche. »Hier. Bitte sehr. Zum Einzug.«

Miriam nahm ihr das Päckchen ab, konnte es aber nicht auspacken, weil sie die Blumen in der anderen Hand hatte.

»Kommen Sie doch rein.«

»Darf ich? Ich würde so gern gucken.«

Wieder verblüffte sie Miriam. Denn in Frankreich war es absolut nicht üblich, einfach so das Haus von Fremden zu betreten. Bevor man irgendwo eingeladen wurde, war ein kompliziertes, über Wochen sich hinziehendes Prozedere erforderlich, das für Deutsche nur schwer zu durchschauen war. Und diese Madame Guilmette fragte nicht mal, ob sie eventuell stören würde, sondern betrat das Haus. Miriam folgte ihr und stellte fest, dass sie diese Frau, die ihr Herz auf der Zunge trug, auf Anhieb mochte.

Micheline Guilmette stand in ihrer Küche und sah sich um.

»Oh«, sagte sie.

Miriam blickte sie verwundert an und rechnete damit, dass sie spätestens jetzt wieder gehen würde, weil sie sah, dass Miriams Essen fertig auf dem Tisch stand.

»Sie haben nichts verändert«, sagte sie stattdessen.

»Äh, nein.«

»Der alte Küchenherd …« Sie ging darauf zu und fuhr mit der Hand an der Messingstange entlang. »Wie kommen Sie denn mit ihm zurecht? Er ist bisweilen ein wenig kapriziös.«

»Inzwischen geht es. Ich habe gerade zum ersten Mal den Backofen ausprobiert.«

»Dem Geruch nach ist es Ihnen gelungen.« Wieder sah sie sich um, offenbar ganz in Gedanken versunken.

Miriam suchte inzwischen nach etwas, das sie als Vase für die prachtvollen Pfingstrosen benutzen könnte. Es waren mindestens zwei Dutzend mit dicken Köpfen. Sie musste sich mit einem Eimer begnügen, aber der Strauß war so üppig, dass er darunter verschwand. Weil Madame Guilmette immer noch guckte, packte sie das Päckchen aus. Es enthielt einen Bol, den man in Deutschland für Müsli benutzen würde, aus der die Franzosen aber gern ihren Kaffee tranken. Sie war alt, das sah sie auf den ersten Blick. Das helle Porzellan war an einigen Stellen nachgedunkelt. Aber darauf prangten die schönsten Kirschen, die Miriam je gesehen hatte. Man wollte am liebsten hineinbeißen. Der Rand war gewellt, so als würde man in eine Blüte sehen.

»Oh, ist die aber schön!«, rief sie aus.

»Nicht wahr? Sie hat mal in diese Küche gehört. Sie stand immer auf einem Regal neben dem Herd, damit man sie zur Hand hatte. Und ich dachte, ich bringe sie Ihnen jetzt zurück.«

»Die hat mal in diese Küche gehört?«

»Ja, das ist eine längere Geschichte. Soll ich sie Ihnen erzählen?«

Miriam wollte sie unbedingt hören, außerdem fand sie diese Frau so interessant, dass sie sie nicht gehen lassen wollte.

»Ich habe gerade gekocht, viel zu viel für eine Person. Essen Sie doch mit mir.«

Jeder andere hätte abgelehnt, weil man nicht einfach so bei wildfremden Menschen zum Essen blieb. Aber Madame Guilmette lächelte und sagte: »Sehr gern. Haben Sie denn einen zweiten Stuhl? Oder setzen wir uns nach draußen? Die Bank steht ja auch noch da.«

»Hier drinnen ist es ohnehin viel zu warm«, sagte Miriam.

Gemeinsam trugen sie Teller, Besteck, die Weingläser und das Essen nach draußen. Auf dem kleinen Fass war nicht genügend Platz für alles, und Miriam stellte den Stuhl dazu, auf dem sie den Fleischteller und die Schalen mit dem Gemüse abstellte. Das Erbsenpüree hatte Miriam in die kleine Kirschschale gefüllt, weil sie nichts anderes hatte, und stellte fest, dass das Giftgrün der Erbsen sich ganz wunderbar mit dem Rot der Kirschen vertrug.

Der Braten war, mit einem Wort, perfekt. Das Fleisch schmeckte ganz anders als sonst, es hatte viel mehr Geschmack, und die Kruste war kräftig und knackte ein bisschen, wenn man hineinbiss. War das jetzt der Ofen oder die Qualität der französischen Schlachter oder beides? Miriam war es egal, sie nahm sich ein zweites Stück und tat auch Madame Guilmette noch einmal auf. Das Erbsenpüree hatte noch kleine Stückchen, aber besser hatte sie es mit einer Gabel einfach nicht hinbekommen. Zusammen mit der Minze und dem Knoblauch schmeckte es halb süß, halb herb, genauso, wie Miriam es am liebsten mochte. Die Kartoffeln waren goldgelb und winzig. Miriam hatte sie in der Schale gekocht, so schmeckten sie intensiver. Sie streute ein paar Flocken Fleur de Sel darüber, tunkte die Kartoffel in das Erbsenpüree, öffnete den Mund und schloss genießerisch die Augen.

Auch Madame Guilmette schmeckte es. »Ich habe selten etwas so Gutes gegessen, *ma petite*. Wenn das hier nichts wird, können Sie überall als Köchin anfangen. Aber Sie haben etwas anderes vor, wenn ich mich nicht irre.« Sie nahm noch einen Schluck Rotwein und ließ sich ausführlich von Miriam erzählen, was sie mit dem Garten und den Kirschen vorhatte.

»Schön, dass hier endlich wieder Leben reinkommt«, sagte sie. »Sie müssen sich aber beeilen, das Gemüse zu säen, sonst wird es zu spät. Ich könnte Ihnen Ableger geben, wenn Sie wollen. Himbeeren, Stockrosen, Sie müssen mal vorbeikommen, dann sehen wir, was Sie brauchen können.«

Sie lehnten satt an der Wand und genossen die Sonne. Sie waren sich während des Essens so nahegekommen, dass Miriam sich traute zu fragen: »Wieso hat diese Schale mal in meiner Küche gestanden?« Bei den Worten wies sie auf die kleine Schale mit den Kirschen.

Madame Guilmette drehte sich halb zu ihr herum, und ihre schönen grauen Augen wurden eine winzige Spur dunkler.

»Gaston war meine große Liebe.«

»Ach, deshalb interessiert Sie dieses Haus so. Sie haben hier mit ihm gewohnt«, rief Miriam aus.

»Nein«, antwortete Madame Guilmette. »Gaston hat hier gewohnt, mit Lisette, seiner Frau. Ich durfte ihn nicht haben.«

Sie sah Miriam lange an, dann begann sie zu erzählen.

Gaston war groß und schlank mit einem dunklen Schnauzbart. Er war einer der schönsten Männer im Dorf, dabei immer gut gelaunt und freundlich. Aber was Micheline besonders anzog, war seine Belesenheit. Obwohl er ein Bauer war, standen in seinem Wohnzimmer viele Bücher. »Das Wohnzimmer ging damals von dem kleinen Flur ab. Von dort konnte man auf eine überdachte Terrasse treten«, sagte Madame Guilmette und wies mit der Hand um die Ecke des Hauses, wo Miriam jetzt ihr Schlafzimmer hatte.

Gaston las Romane und Bücher zur Geschichte. Micheline war als Lehrerin ins Dorf gekommen. Es war ihre zweite Stelle, nach der Universität war sie erst in Ceret gewesen, dann hatte man sie hierher versetzt, und sie bezog das Haus, das den Hang hinauf oberhalb von Montbolo lag.

Sie verliebte sich unsterblich in Gaston, der im Haus unterhalb von ihrem wohnte. Wenn der Wind günstig stand, konnte sie sogar seine Stimme hören, die von unten heraufschallte. Irgendwann war klar, dass auch Gaston Gefühle für sie hatte. Aber er war verheiratet. Er hatte seine Jugendliebe Lisette Gardanne geheiratet, deren Vater als Advokat in Montbolo arbeitete. Seit der Hochzeit waren zehn Jahre vergangen, es war beiden klar, dass zwischen ihnen schon lange keine Liebe mehr war. Lisette war vom Leben enttäuscht, aber sie hätte sich niemals von ihm getrennt. Sie hatte ihn geheiratet, und das galt in guten und in schlechten Zeiten, bis dass der Tod sie trennen würde.

Gaston und Micheline begannen sich heimlich zu treffen. Wenn sie ihre gemeinsamen gestohlenen Stunden hatten, dann war alles gut. Sie liebten sich, und manchmal wagten sie Pläne für eine gemeinsame Zukunft zu schmieden, aber sie ahnten beide, dass es dazu nicht kommen würde.

Wie oft musste Micheline in den folgenden Jahren zusehen, wie Lisette an seiner Seite war, auf dem Bouleplatz oder beim jährlichen Kirschenfest. Gaston war dann immer zu ihr genauso freundlich wie zu allen anderen, während Michelines Herz wehtat vor Schmerz.

Jedes Jahr im Mai war Gaston auf einer Landwirtschaftsmesse in Argelès. Micheline besuchte ihn dann in seinem Hotel, und sie erlaubten sich den Luxus einer gemeinsamen Nacht. Tagsüber waren sie am Meer südlich von St. Cyprien, auf dem schmalen Landstreifen, der den Ozean und das Binnengewässer voneinander trennte. Eine enge Straße führte dort entlang, die Landzunge war nur wenige Hundert Meter breit. Micheline mochte diese Gegend. Um diese Jahreszeit waren nur einige frühe Touristen hier. Sie stellten das Auto an der Straße ab, gingen durch den schmalen Dünenstreifen und hatten den kilometerlangen Strand fast für sich allein. Das war wichtig, denn niemand, der sie kannte, durfte sie zusammen sehen. Sie legten sich in den Sand, badeten und aßen später frische Meeresfrüchte in einem der kleinen Restaurants. Spätabends fuhr Micheline dann zurück nach Montbolo, sonnendurchglüht und gewärmt von Gastons Küssen und Umarmungen, während hinter den Bergen die Sonne unterging.

»Die Nächte nach diesen Tagen mit Gaston waren für mich immer besonders schwer. Ich habe mich in meinem Bett gewälzt und ihn vermisst«, sagte Micheline, und Miriam konnte ihre Trauer immer noch spüren.

Irgendwann beschlossen sie, dass es genug sei. Gaston wollte mit Lisette reden und sich von ihr scheiden lassen. Es war Mitte der Achtzigerjahre, in Montbolo gab es bereits zwei oder drei andere geschiedene Ehen.

»Aber wenn Gaston sich von seiner Frau getrennt hat, dann hätten Sie beide doch …«, begann Miriam.

Micheline schüttelte den Kopf. »An dem Abend, noch bevor Gaston mit Lisette reden konnte, sagte sie ihm, dass sie schwanger sei. Nach zwanzig Jahren Ehe!« Micheline schien das immer noch fassungslos zu machen. »Damit waren unsere Pläne hinfällig geworden. Er konnte sich doch nicht scheiden lassen, wenn seine Frau das erste Kind erwartete.«

»Das war Alicia, nicht wahr?«

»Ja.«

»Aber hätten Sie nicht …? Ich meine, als Alicia älter war?«

»Es war das Kirschfest 1994. Alicia war damals neun Jahre alt. Gaston und ich haben unsere Liebe weiterhin heimlich gelebt …« Sie schnaubte. »Was heißt schon *gelebt*! Können Sie sich vorstellen, wie schwierig es ist, in einem kleinen Ort wie diesem einen verheirateten Liebhaber zu haben? Es gab schon Gerüchte, die Leute haben getuschelt. Und auf diesem Kirschfest hat Lisette uns erwischt, als wir uns geküsst haben, in einer dunklen Ecke des Festplatzes. Es war schrecklich! Sie hat geschrien und das ganze Dorf zusammengerufen. Sie wollte uns an den Pranger stellen. Alle sollten hören, dass Gaston sie betrog. Sie selbst wusste wohl schon die ganzen Jahre über Bescheid, und ich habe sie im Verdacht, dass sie damals nur schwanger geworden ist, weil sie ahnte, dass Gaston sie verlassen wollte. Er hat das übrigens auch geglaubt.«

»Und wie ist es weitergegangen?«

»Gar nicht. Wir haben uns nicht mehr gesehen, also, nicht

mehr allein. Auch unsere Wochenenden am Meer haben wir aufgegeben. Ich habe damals mit dem Gedanken gespielt, Montbolo zu verlassen. Lisette ist einige Jahre später gestorben, aber für Gaston und mich war es zu spät. Am meisten von uns allen hat vielleicht Alicia gelitten. Ihre Mutter hat ihr alles erzählt, und Alicia hat die Gegend verlassen, sobald sie konnte. Sie hasst mich.« Sie holte tief Luft. »Und nun ist Gaston auch schon über zehn Jahre tot.«

»Das tut mir leid. So viele Jahre, in denen Sie vergebens geliebt haben!«

»Was heißt vergebens? Die Gefühle waren ja da, auf beiden Seiten. Und die kann mir niemand nehmen.« Sie erhob sich und sah sich um. »Ich bin damals ab und zu in diesem Haus gewesen, wenn Lisette nicht da war. Bei einer dieser Gelegenheiten habe ich die Schale mit den Kirschen mitgenommen. Ich wollte etwas haben, was Gaston gehörte, was er täglich in seinen Händen hatte. Es ist schön, wieder hier zu sein. Ich freue mich, dass wieder Leben in diesem Haus ist.« Sie strich noch einmal sacht über die Messingstange vor dem Ofen. »Ich gehe dann mal wieder. Aber es war wunderbar, Sie kennenzulernen. Und das Essen war köstlich.«

Miriam hielt sie auf. »Darf ich Sie etwas fragen?«

»Was denn?«

»Sie waren doch Lehrerin. Könnten Sie sich vorstellen, mir Französischunterricht zu geben? Ich komme zwar zurecht, aber wenn ich hier wirklich ankommen will, dann muss ich besser verstehen und vor allem sprechen.«

»Sie meinen so etwas wie einen Konversationskurs?«

Miriam nickte. »Vielleicht auch ein paar Ausdrücke auf Katalanisch?«

Micheline Guilmette hielt ihr die Hand hin. »Abgemacht. Kommen Sie doch nächsten Sonntagabend bei mir vorbei. Um sieben? Dann koche ich für Sie.«

Miriam sah ihr nach, wie sie mit schnellen Schritten zur Straße ging und sich nach links wandte. In diesem Augenblick tauchte Philippe vor seinem Haus auf. Micheline blieb stehen, und die beiden redeten miteinander, aber Miriam konnte nicht verstehen, worum es ging.

Miriam hoffte, die folgende Woche würde etwas leichter, was die Arbeit anging. Sie hatte sich die beiden Trockenmauern vorgenommen, die den oberen Teil des Gartens über die gesamte Breite ihres Grundstücks vom Kirschhain trennten. An zwei Stellen war eine rustikale Treppe aus Flusssteinen eingebaut, über die sie weiter nach unten gelangte. Hier hatte Sebastiá ein Werk der Zerstörung hinterlassen, als er mit seinem Bulldozer einfach darüber hinweggefahren war. Aber auch an anderen Stellen waren die Mauern nach unten weggesackt, wahrscheinlich durch starke Regenfälle, die den Hang einfach mitgerissen hatten. Trockenmauern mussten ständig gepflegt und ausgebessert werden, wenn sie halten sollten. Ihr war klar, dass sie etwas tun musste, sollte ihr Garten nicht eines Tages ins Tal gespült werden. Sie fing damit an, die weggerissenen Steine im Erdreich zu suchen, nach Größe zu sortieren und neben der alten Trockenmauer aufzustapeln. Einige größere Steine legte sie extra, sie würden später quer zur Mauerrichtung gesetzt werden, um die Mauer mit dem dahinterliegenden Erdreich zu verzahnen. Am nächsten Tag karrte sie Erde und Schotter heran. Damit würde sie den rückwärtigen Teil der Mauer auffüllen, um für Stand zu sorgen. Das Fundament war zum großen Teil noch vorhanden, hier musste sie nur an einigen Stellen ein neues anlegen.

Zum Glück wusste sie, wie man eine Trockenmauer setzte. Sie war früher, als Merle noch klein gewesen war, Mitglied im Kleingartenverein Borgweg in Hamburg gewesen und hatte in ihrem Schrebergarten eine Trockenmauer errichtet. Einfach, weil sie die so schön fand und ihr der Aufbau imponierte. Sie wollte auf der kleinen Mauer sitzen und die Ritzen bepflanzen. Leider war ihre Idee beim Verein nicht so gut angekommen. »Passt nicht ins Landschaftsbild und ist laut Satzung verboten«, hieß es, und am Ende des Sommers hatte sie die Mauer wieder abbauen müssen. Sie war dann gleich aus dem Verein ausgetreten. Aber jetzt hatte sie Gelegenheit, diese frühere Leidenschaft wieder aufzunehmen. Nur war diese Mauer viel, viel länger und bedeutete viel mehr Arbeit.

Während sie Steine sortierte und aufstapelte, hatte sie genügend Muße zum Nachdenken und zum Träumen. Immer wieder dachte sie daran, was Micheline Guilmette ihr erzählt hatte. Manchmal stellte sie sich vor, wie sie und Gaston genau an der Stelle, an der sie sich gerade befand, auf der Mauer gesessen und miteinander geredet hatten. Sie freute sich auf den Sonntag, an dem sie zu Madame Guilmette gehen würde. Immerhin war das ihre erste Einladung hier in Montbolo. Wenn man Philippes Aufforderung, nach dem Markt am Sonnabend mit ins Café zu gehen, nicht mitzählte.

Diese Arbeit ist die reinste Meditation, dachte sie am Mittwoch, während sie einzelne Steine in der Hand wog, um abzuschätzen, ob sie in die Lücke passten. Sie hatte die erste Hälfte der oberen Mauer geschafft und wollte ein paar lose Steine neu einsetzen, als ihr ein Teilstück, das sie gerade aufgerichtet hatte, einstürzte. Erschrocken machte sie einen Satz zur Seite, damit die Steine nicht ihre Füße trafen. Sie war tief in Gedanken gewesen und hatte vergessen, die Quersteine zu setzen.

»So ein verdammter Mist«, fluchte sie und begann wieder von vorn.

Als die Dämmerung einsetzte, hörte sie von gegenüber Musik und Gelächter. Sie richtete sich auf und hielt sich den schmerzenden Rücken. Musste dieser Mann denn nie arbeiten? Wo blieb denn da die Ernsthaftigkeit? Und hatte er nicht

Zweifel daran geäußert, dass sie durchhalten würde? Ich arbeite dreimal so viel wie du, Philippe Grandjonc, dachte Miriam und seufzte. Sie wäre schon ganz gern einmal bei einem seiner Feste dabei. Aber sie hatte ja schon eine Einladung. Wieder freute sie sich auf den Sonntag. Als sie sich erneut ihrer Mauer zuwendete, sah sie Lilly, die sich in sicherer Entfernung ins Gras gesetzt hatte und sie scheinbar gleichmütig beobachtete.

»Guck du nur und warte ab. Bald ist das hier ein Paradies«, sagte Miriam.

Sie nahm sich einen weiteren Stein und drehte ihn hin und her, um zu prüfen, wie er am besten neben die anderen passte.

»Wie lange wollen Sie denn noch so weitermachen?«, hörte sie plötzlich jemanden sagen.

Sie schreckte auf. Ebenso wie Lilly, die flügelschlagend die Flucht ergriff. Vor ihr stand Philippe, und sie wurde rot, was natürlich Quatsch war, denn woher sollte er wissen, dass sie gerade noch an ihn gedacht hatte?

»Hallo«, sagte sie und schirmte ihre Augen mit der Hand ab, weil die Abendsonne sie blendete.

»Hallo, Frau Nachbarin«, erwiderte er. Er hatte die Sonne im Rücken, und im Gegenlicht hatte seine Haut einen Goldton, seine Locken umstanden sein Gesicht. »Trockenmauern aufrichten ist nicht so leicht, wie es aussieht.« Er begutachtete ihre Arbeit.

»Och, wissen Sie, macht nichts, wenn die wieder zusammenfallen. Für mich ist das wie Yoga.«

Er grinste. »Sieht aber gut aus. Wo haben Sie das gelernt?«

»In Hamburg.«

Er sah sich um. »Hier tut sich echt was.«

»Ja, ich habe leider keine Zeit, um jeden Abend eine Fete zu geben.« Kaum hatte sie das gesagt, ärgerte sie sich über ihre Kratzbürstigkeit.

»Würde Ihnen vielleicht ganz guttun, oder? Sie sind hier in Südfrankreich. Hier arbeitet man, um zu leben. Nicht umgekehrt.«

Miriam ruderte zurück. »Weiß ich doch. Aber ich muss meinen Garten in Schuss bringen, damit ich ernten kann. Von irgendwas muss ich schließlich leben.«

Er sah sie an, und seine dunklen Augen funkelten amüsiert. »Ich habe gesehen, dass Micheline bei Ihnen war. Sie ist ziemlich lange geblieben. Herzlichen Glückwunsch. Sie ist nämlich die einzige Frau hier, die wirklich Herz und Verstand hat. Kein Wunder, dass ihr beide euch mögt.«

»Wir haben zusammen zu Abend gegessen. Wie Sie sehen, habe ich sehr wohl soziale Kontakte.« Miriam fragte sich, ob Philippe von der verbotenen Liebesgeschichte zwischen Micheline und Gaston wusste.

Philippe hob abwehrend die Hände. »So meinte ich es doch gar nicht. Ich finde nur, dass das Leben zu schön ist, um sich nicht zwischendurch mal zu amüsieren.« Er schob die Hände in die Taschen seiner Jeans. »Morgen soll es noch mal schön werden, dann kommt die Tramontane zurück.«

»Was? Oh nein. Woher wissen Sie das?«

»Wenn Sie länger hier leben, lernen Sie das auch. Ich will morgen in die Berge und wollte Sie fragen, ob Sie nicht mitkommen wollen. Wie gesagt, immer nur Arbeit ist auch nichts.«

Miriam sah auf ihre halb fertige Mauer.

»Keine Sorge, die steht fest. Die übersteht auch ein bisschen Wind. Na los. Ich hole Sie um halb neun ab.«

»Also gut. Gern.« Ein strahlendes Lächeln breitete sich in ihrem Gesicht aus. »Um halb neun.«

»Um etwas zu essen kümmere ich mich. Bis morgen. Ich geh dann mal wieder. Meine Gäste warten.«

Als er weg war, fragte sich Miriam, was er mit »in die Berge gehen« meinte. Eine Hochgebirgstour? Oh Gott, sie würde sich doch nicht irgendwo abseilen müssen? Sie war Hamburgerin, sie kam von der See. Berge waren noch nie ihr Ding gewesen. Dann dachte sie, dass Philippe nicht der Typ Mann war, der eine Frau mit einer strapaziösen Tour in Verlegenheit brachte, weil er ihr etwas beweisen musste.

Von drüben wehte Gelächter herüber.

Außerdem ist es gut möglich, dass er morgen früh einen Kater hat, dann bin ich im Vorteil, dachte sie.

Was zog man eigentlich für eine Bergtour an? Miriam hatte keine Ahnung, also schlüpfte sie am nächsten Morgen in ihre Jeans und zog die Turnschuhe an. Das waren die bequemsten und festesten Schuhe, die sie hatte. Pünktlich um halb neun hörte sie Philippe nach ihr rufen.

Sie ging nach draußen und war beruhigt. Auch er trug Jeans, dazu allerdings kompakte Wanderschuhe.

»Nehmen Sie einen Pullover mit. Da oben kann es ganz schön kalt werden«, riet er ihr, und sie lief zurück ins Haus, um einen Pulli und ein Tuch zu holen.

Sie setzte sich auf den Beifahrersitz seines Volvo, und sie fuhren los. Philippe fuhr hinunter ins Tal und folgte dann der Straße, die den Tech entlangführte, ins Landesinnere. Immer wieder tauchte der Fluss neben ihnen auf, aber er veränderte sein Aussehen, je weiter sie fuhren. Er wurde immer wilder und stürzte sich manchmal in schäumenden Kaskaden über Gestein. Die Dörfer wurden immer kleiner, die Häuser klebten oberhalb des Flusses an den Felsen. Nach einer guten halben Stunde hatten sie Prats de Mollo erreicht.

»Hier endet das Tal«, sagte Philippe.

»Es ist schön hier«, erwiderte Miriam, als sie rechts durch ein Tor in einer Stadtmauer den Ortskern mit kleinen Gassen und Treppen sah.

»Hier gab es mal ein richtiges Grandhotel, wo die Leute gekurt haben. Und sehen Sie, da oben …« Miriam folgte seinem Arm mit dem Blick, »da steht noch eine alte Festung.«

Kurz hinter dem Ortskern überquerten sie den Tech, und die Straße wand sich steil in die Berge hinauf.

Miriam war fasziniert von dieser Landschaft, die ihr in ihrer wilden Unberührtheit ans Herz ging. Aber sie fühlte sich auch ein wenig mulmig. Je steiler es hinaufging, umso schärfer wurden die Kurven, und sie wurde immer wieder in Richtung des Fahrersitzes gedrückt. Es ließ sich nicht vermeiden, dass ihr Oberarm ab und zu den von Philippe berührte. Da vorn kam schon wieder eine Rechtskurve! Miriam klammerte sich an den Griff in der Autotür, um nicht wieder an ihn gepresst zu werden. Sie hatte einfach keine Übung mehr darin, mit einem attraktiven Mann, den sie kaum kannte, allein zu sein.

»Jetzt seien Sie doch nicht so verkrampft«, sagte er mit einem Lächeln zu ihr. »Lassen Sie sich fallen. Ich beiße nicht. Und ich finde das auch ganz angenehm.«

Miriam mochte diese zufälligen Berührungen auch, aber das hätte sie niemals zugegeben. Sie ertappte sich sogar bei dem Gedanken, dass sie gern seine sehnigen gebräunten Unterarme gestreichelt hätte. Sie räusperte sich.

Bisher hatten sie ein paar freundliche Worte gewechselt, aber meistens einfach geschwiegen. Für Miriam fühlte sich das in Ordnung an. Aber langweilte sie Philippe womöglich, weil sie kaum etwas sagte?

»Mögen Sie die Berge? Mir fällt auf, wie vertieft Sie in den Anblick der Gegend sind. Sie haben wenigstens Augen für die Schönheit der Landschaft«, sagte Philippe, als hätte er ihre Gedanken erraten. »Trotzdem würde ich gern wissen, wie es Ihnen geht. Ich meine, man zieht ja nicht jeden Tag in ein fremdes Land.«

Aber vorerst begann er von sich zu erzählen. Er hatte Geologie studiert und lange in Paris gelebt. Vor einigen Jahren war er wieder in seine Heimat Montbolo zurückgekehrt. Er arbeitete für ein Institut in Perpignan und machte Studien. In den Pyrenäen gab es haufenweise interessante Vorkommen, Höhlen und Schluchten, die die Flüsse in Jahrtausenden in die Berge gespült hatten und von denen einige noch nicht erforscht waren. Daneben kümmerte er sich um seine kleine Landwirtschaft.

»Und Sie feiern gern«, entfuhr es Miriam.

»Störe ich Sie? Bin ich zu laut?«

»Nein, so meinte ich es nicht«, wehrte sie ab. »Ich habe nicht die Möglichkeit, Musik zu hören, und meistens finde ich es ganz angenehm. Wir haben offensichtlich denselben Musikgeschmack.«

»Warum kommen Sie denn nicht einfach rüber? Bei mir können Sie die Musik besser hören.«

Meinte er das ernst? Er wollte, dass sie dabei war, wenn er mit seinen Frauen …? Sie antwortete nicht.

Sie fuhren inzwischen durch dunkle Wälder. An den Abhängen leuchteten weiße Birkenstämme vor grünem Moos. Ab und zu öffnete sich der Wald für eine Wiese.

»Hier sieht es echt aus wie im Allgäu«, rief sie. »Fehlen nur noch die Kühe und Glockengebimmel.«

Er lachte. »Warten Sie's ab.«

Und tatsächlich. Nach der nächsten Kurve sahen sie erst ein Schild, das vor Kühen auf der Straße warnte, dann tatsächlich braunes Milchvieh mit großen Glocken um den Hals.

»Das gibt es ja nicht!«

»Die Bauern lassen ihr Vieh hier oben weiden. Wir werden nachher welche aus nächster Nähe sehen. Hier ist übrigens die Grenze. Ziemlich unspektakulär. Also die Grenze.«

Das stimmte. Außer einem Schild, auf dem *España* stand, und einem geschlossenen Restaurant wies nichts darauf hin. Sie fuhren über den kahlen Pass. *1513 Meter* stand auf einem anderen Schild. Miriam fragte sich, ob sie jemals in so großer Höhe gewesen war. Auf der anderen Seite des Passes konnte sie weit nach Süden sehen. Überall Grün und Wälder und dahinter hohe Berge. Irgendwann bog Philippe ab, und sie kamen auf eine Schotterpiste, auf der sie ziemlich lange im Schritttempo fuhren. Neben der Straße gab es verlassene Häuser und Kapellen, die halb eingestürzt waren. Linker Hand lag ein Gebirgsfluss, der sich immer wieder in kleine Wasserfälle stürzte, überall umgestürzte Bäume und Moosteppiche, auf denen es weiß blühte. Die Landschaft sah völlig unberührt aus. Hier lebten bestimmt nicht viele Menschen. In jeder Rechtskurve wurde sie gegen Philippe gedrückt, und sie bildete sich ein, die Haut an ihrem linken Oberarm würde schon heftig kribbeln.

Die nächste Serpentine nahm er mit zu viel Schwung, und Miriam wurde ziemlich unsanft gegen ihn geschleudert. Sie musste sich an seinem Oberarm festkrallen, um ihm nicht ins Steuer zu fallen, und spürte die festen Muskeln. Ihre Anspannung entlud sich in einem wahren Lachanfall.

»Sorry«, sagte sie und musste immer noch kichern. »Wenn Sie auch so fahren!«

»Ist schon okay«, erwiderte er mit einem Grinsen und rieb sich den schmerzenden Arm.

Nach der nächsten Kurve ging es plötzlich nicht mehr weiter. Eine Schranke versperrte den Weg, dahinter lagen nur noch grüne Weiden, mit weißen Felsbrocken und durchsetzt von ein paar vom Wind zerzausten krüppeligen Kiefern.

»Wir sind da«, sagte Philippe. »Das ist unser Ziel.« Er wies auf einen kahlen Berg mit einer runden Kuppe ziemlich weit über ihnen.

Der Aufstieg sah ganz bequem aus, stellte Miriam erleichtert fest. Die Flanke des Berges schien sanft und gleichmäßig anzusteigen. Wie im Allgäu, dachte sie wieder.

Sie stiegen aus. Nur zwei andere Autos parkten noch auf dem Randstreifen. Viel mehr Platz wäre dort auch nicht gewesen.

»Wollen wir gleich los?«, fragte Philippe. »Das ist der Costabona. Rund zweitausendfünfhundert Meter hoch. Wollen Sie mal gucken?« Er reichte ihr ein Fernglas, und Miriam suchte den Gipfel. Durch das Glas konnte sie ganz oben drei Personen erkennen. Sie sahen aber ganz schön klein aus.

»Und wie hoch sind wir jetzt gerade?«, fragte Miriam und reichte ihm das Glas zurück. Bei näherer Betrachtung sah das doch sehr hoch und weit aus bis zum Gipfel.

»Auf tausendneunhundert Metern.«

»Okay, dann los.« Plötzlich packte sie eine unbändige Lust, diese Herausforderung anzunehmen. Außerdem wollte sie sich auf keinen Fall eine Blöße geben.

Der erste Teil des Weges war gut zu gehen. Sie hielten sich an einem Zaun, der gerade nach oben führte. Zu ihren Füßen blühten faustgroße lila Disteln und Kräuter in Teppichen von winzigen gelben Blüten. Dazwischen lagen malerisch einzelne Kühe und käuten wider. Miriam stellte sich vor, wie wohl die Milch und der Käse schmecken mussten, die von hier kamen.

»Sehen Sie mal hoch«, forderte Philippe sie auf.

Miriam hielt den Atem an. Über ihr kreisten fünf große Vögel.

»Das sind Geier.«

»Ist das ein schlechtes Omen?«, fragte sie grinsend. »Bin ich zu langsam?«

Er lachte, und wieder sah sie die Fältchen, die seine Augen umkränzten. »Die haben es doch auch geschafft.« Er zeigte auf drei Wanderer, die ihnen entgegenkamen. An der roten Jacke des einen erkannte Miriam die Gruppe vom Gipfel. Die waren aber schnell vorangekommen, so schlimm konnte es also nicht sein, dachte sie beruhigt. Sie marschierte weiter und ließ immer wieder den Blick nach rechts und links schweifen, um die Landschaft in sich aufzusaugen. Die Sonne ließ die Felsen auf dem grünen Gras leuchten, die Disteln setzten lila Kontrapunkte.

Sie gingen ziemlich zügig weiter, und Miriam merkte, wie gut ihr die Anstrengung tat. Durch die Gartenarbeit der letzten Wochen war sie wirklich sportlich geworden. Sie begann, den Anstieg richtig zu genießen, setzte einen Fuß vor den anderen und atmete tief die saubere, klare Luft ein. Der Himmel über ihnen strahlte in einem tiefen Blau, und langsam wurde ihr warm. Philippe blieb stehen und zog seinen Pullover aus. Miriam konnte seine Figur unter dem weißen T-Shirt sehen. Das Shirt rutschte mit dem Pullover hoch und zeigte einen Bauch, der noch ganz gut in Form war. Sie schluckte. Ihr war auch warm, und sie fing an, umständlich den Pulli über den Kopf zu ziehen, wobei sie darauf achtete, dass ihr T-Shirt auf keinen Fall ihren Bauch freigab. Philippe beobachtete sie, schüttelte den Kopf und trat auf sie zu, um das T-Shirt festzuhalten. Die Nähe zu ihm machte sie so nervös, dass sie sich in ihrem Pullover verhedderte. Sie brauchte eine gefühlte Ewigkeit, um ihn endlich auszuziehen. Danach räusperte sie sich und band ihn sich um den Bauch.

Nebeneinander gingen sie weiter, und Miriam fiel auf, wie gut sich ihre Schritte einander anpassten. So als würden sie zusammengehören. Das fühlte sich schön an. Ein Mann und eine Frau im Gleichschritt. Das kannte sie auch anders. Mit einigen Menschen war es unmöglich, neben ihnen zu spazieren. Ihre Schritte waren zu kurz oder zu lang, zu schnell oder zu abgehackt. Sie ging gern eingehakt mit ihrer Begleitung, und spätestens dann wurde es zu einem Desaster. Ständig versuchte sie ihre Schritte an ihren Nebenmann oder die Nebenfrau anzupassen und machte dabei wohl eher eine weniger gute Figur. Außerdem musste sie sich dann so darauf konzentrieren, dass sie dem Gespräch nicht folgen konnte.

Mit Philippe war das anders. Sie wanderten im Gleichschritt nebeneinanderher, als hätten sie das schon hundertmal vorher getan.

Sie redeten nicht mehr viel, denn der Anstieg wurde jetzt doch ein bisschen anstrengend. Ungefähr nach der Hälfte des

Wegs gab es eine Fläche mit sehr vielen fast mannshohen Felsen. Dazwischen wuchsen, geschützt vor zu viel Wind, Blumen und kleine Kiefern. Es roch würzig nach Harz – und ab und zu auch nach den Hinterlassenschaften der Rinder.

»Wollen wir eine Pause machen?«, fragte Philippe, »bevor wir auf den Gipfel gehen?«

Sie setzten sich in eine Mulde, und er packte seinen Rucksack aus. Zum Vorschein kamen reichlich belegte Sandwiches, Pastete mit Gurke und Käse mit getrockneten Tomaten.

Miriam wusste das zu schätzen, denn normalerweise bekam man in Frankreich zwar supergutes Brot für seine Sandwiches; wenn man sie fertig kaufte, fand man aber meistens nur eine Scheibe gekochten Schinken auf einer Spur Butter darin. Philippe hatte sich mehr Mühe gegeben.

»Oliven«, stöhnte sie, als sie sah, dass er ein kleines Glas öffnete. Neben ihren geliebten Picholines erkannte sie kleine schwarze und große grüne Oliven mit Sardellen gefüllt, außerdem winzige Zwiebeln.

»Probieren Sie die mal«, sagte er und hielt ihr einen kleinen roten Peperoncino vor die Lippen. Einfach so. Er fand es augenscheinlich völlig normal, dass sie ihm aus der Hand aß. Miriam stutzte, dann öffnete sie den Mund und ließ sich das Stück auf die Zunge legen. Dabei berührte er mit den Fingerspitzen ihre Lippen. Eine heiße Welle durchfuhr sie. War das jetzt die Schärfe der Paprika oder weil sie die Situation so erotisch fand? Philippe blickte sie die ganze Zeit an, und sie konnte sehen, dass er Sommersprossen auf der Nase hatte. Irgendwie rührend, ein erwachsener Mann mit Sommersprossen, dachte sie.

»Ganz schön scharf, oder?«, fragte er.

Sie schluckte. »Aber lecker. Die machen richtig Appetit.« Sie wurde rot und nahm sich schnell ein Sandwich. Er schien überhaupt nichts dabei zu finden, ihr so nahe zu kommen. Eben mit dem Pulli und jetzt schon wieder.

Nach dem Essen wurde sie schläfrig, vielleicht kam das auch von der Höhenluft. Sie lehnte sich zurück und schloss für einen Moment die Augen, bis Philippe sagte: »Wir sollten weitergehen.«

Der Rest des Weges wurde dann ziemlich kräftezehrend. Sie orientierten sich immer noch an dem Viehzaun, aber der Weg war viel steiler als am Anfang. Philippe war solche Märsche definitiv besser gewöhnt als sie, und sie war ziemlich außer Atem, als sie den Gipfel erreichten. Aber sobald sie hier oben stand, waren alle Strapazen vergessen. Gleich drei Gipfelkreuze aus Metall standen hier, die Wanderer oder Pilger aufgestellt hatten. Irgendein Witzbold hatte zwischen zwei der Kreuze eine Leine gespannt. Bunte Stofffetzen flatterten im Wind. Der Blick von hier oben war atemberaubend. Die umliegenden Bergkuppen lagen rund unter ihnen wie die Rücken von Riesenkühen. In der Ferne waren Wege auszumachen, und ganz weit unter ihnen konnte Miriam den Parkplatz ausmachen.

»Das ist toll!«, rief sie gegen den Wind, der hier oben ziemlich kräftig blies. »Ich habe noch nie einen Berg bestiegen!«

»Auf dieser Seite ist Spanien«, Philippe drehte sich um, »und dort, hinter der nächsten Kuppe, liegt Prats de Mollo, wo wir vorhin durchgefahren sind. Der Tech fließt in diese Richtung, und dahinten ist das Meer.«

»Und was ist das?« Miriam zeigte auf einen Berg, der ihr noch höher vorkam als der Costabona und auf dem tatsächlich Schnee lag.

»Das ist der Canigou. Da kommt man aber nicht so leicht hinauf.«

Miriam war ganz versunken in die Landschaft und in dieses Erlebnis. Sie setzte sich auf einen Steinhaufen, drehte sich langsam um die eigene Achse und sah. Der Anblick der Berge ließ sie nicht wieder los.

»Danke«, sagte sie schließlich.

»Wofür?«

»Hierfür.«

Eine Gruppe Jugendlicher kam hinter ihnen auf den Gipfel. Miriam hatte sie schon von hier oben gesehen. Sie waren tatsächlich gejoggt, nicht gewandert! Lärmend und lachend posierten sie vor den Kreuzen, einer kletterte sogar hinauf, und sie machten Selfies. Die Ruhe war dahin.

»Wir machen uns besser auf den Rückweg. Es bewölkt sich.« Philippe begann ihre Sachen einzusammeln.

Tatsächlich. Auf der spanischen Seite bildeten sich erstaunlich schnell Wolken, die von unten in Fetzen zu ihnen heraufzogen. Noch ein magischer Anblick!

»So etwas habe ich bisher nur aus dem Flugzeug gesehen, wenn man über den Wolken fliegt. Ich bin absolut begeistert!«

»Dann machen wir das noch mal, aber jetzt müssen wir. Man weiß nie, was das Wetter hier bringt.«

Miriam stand auf und spürte, wie träge die Muskeln in ihren Oberschenkeln und im Po auf einmal waren. Sie musste erst einige Schritte machen, um wieder in ihre Bewegung zu finden. Philippe hatte den Rucksack schon wieder aufgesetzt und war ein Stück vor ihr.

Sie beeilte sich, ihm zu folgen.

Der Abstieg ging dann erstaunlich schnell. Unterwegs wurden die Wolken dichter, sie umschwebten sie wie Engel oder Geister, waren aber nie so dicht, dass sie den Weg nicht mehr erkennen konnten. Nach einer guten Stunde waren sie wieder am Auto.

»Philippe, das war toll. Ich danke Ihnen. Ich bin richtig geflasht!«

»Okay, dann tut ein Schluck Weißwein ja vielleicht ganz gut.«

Sie sah ihn fragend an.

»Das macht man so. Bergtaufe!« Er ging zum Kofferraum

und holte eine Flasche Wein und zwei richtige Gläser heraus. »Hm, der ist sogar noch einigermaßen kühl.« Er goss ein und reichte ihr ein Glas. »Auf Ihre erste Gipfelbesteigung. Und wollen wir nicht Du sagen?«

»Immerhin sind wir Nachbarn«, bekräftigte sie und prostete ihm zu.

»Philippe«, sagte er und sah sie dabei nachdenklich an.

Miriam hatte plötzlich das Gefühl, als wollte er sie küssen.

»Miriam«, sagte sie schnell und reichte ihm die Hand.

Er nahm sie und drückte sie lange. Dann beugte er sich zu ihr und küsste sie leicht auf beide Wangen.

Sie nahm einen Schluck Wein und wusste bei dem ersten Tropfen, der ihren Gaumen kitzelte, dass ihr noch nie ein Wein so gut geschmeckt hatte. Egal, woran es lag. An der Höhenluft, an ihrer Erschöpfung oder daran, dass sie ihn mit Philippe trank. Sie nahm gleich einen weiteren Schluck.

Sie fuhr sich mit der Zunge über die Lippen und schmeckte Salz und Wein.

Auf der Rückfahrt lehnte sie sich in ihrem Sitz zurück und ließ sich in jeder Kurve gegen Philippe fallen, weil sie in einem Zustand seliger Geborgenheit war. Sie war völlig schlaff, so, als hätte sie keine Knochen im Körper. Die Sonne kam wieder heraus, als sie weiter in Richtung Tal fuhren, und die Wärme machte sie noch schläfriger, als sie nach der körperlichen Anstrengung und dem Wein ohnehin schon war. Für einen kurzen Moment schloss sie die Augen.

Sie wachte erst wieder auf, als Philippe ihr sanft über den Arm strich. Sie rückte von ihm ab und sah, dass sie vor seiner Haustür hielten.

»Aufwachen! Wir sind zu Hause.«

Miriam brauchte einen Moment, um sich zurechtzufinden. Es begann schon zu dämmern. Sie wischte sich mit der Hand über den Mund.

»Oh, ich habe den ganzen Rückweg verschlafen. Schade.« Dann sah sie Philippe an. »Danke für den schönen Tag.«

»Noch ein Glas Wein?«, fragte er mit einem winzigen Lächeln.

Miriam zögerte. An seinem Lächeln konnte sie sehen, wo dieser Abend enden würde, wenn sie blieb. Wollte sie das? Sie fühlte sich sehr von Philippe angezogen, ihre linke Seite war noch ganz warm von ihm, weil sie im Schlaf gegen ihn gerutscht sein musste. Sie hätte die vertraute Zweisamkeit gern noch länger genossen. Es musste himmlisch sein, sich von ihm umarmen zu lassen. Nachdenklich fuhr sie mit der Hand über ihren Oberarm, so wie Philippe es gerade getan hatte, um sie zu wecken. Er schien davon auszugehen, dass sie auch die Nacht miteinander verbrachten, das war wohl nicht mehr als das zwangsläufige Ende eines gemeinsam verbrachten Tages und gehörte einfach zu seiner Masche. Aber sie wollte keine seiner vielen Frauen sein. Wenn sie jetzt nachgab, würde das ihr Leben hier ziemlich verkomplizieren.

»Mir-jam?« Er sah sie fragend an. »Ist meine Frage so ungewöhnlich, dass du dich nicht entscheiden kannst?«

Miriam seufzte.

»Lieber nicht«, sagte sie dann. Sie las ehrliches Bedauern in seinem Blick und dachte kurz daran, doch zu bleiben. Aber dann stieg sie aus und ging hinüber zu ihrem Haus.

Als die Tür beim Öffnen ihr Geräusch machte, kam Lilly angeflogen und setzte sich in einiger Entfernung ins Gras.

»Heute Nacht kannst du Krach machen, so viel zu willst. Ich werde schlafen wie ein Stein.« Miriam wankte in ihr Schlafzimmer, verstreute ihre Sachen einfach auf dem Boden und fiel ins Bett.

Wetterfühligkeit: Depressionen kündigen die Tramontane an

Am nächsten Morgen wachte Miriam mit einem Lächeln im Gesicht auf. Das musste an dem Gefühl der Geborgenheit liegen, das sie nach dem Tag mit Philippe immer noch einhüllte. Der gestrige Tag mit ihm war einfach perfekt gewesen. Sie rief sich noch einmal das Gefühl in Erinnerung, als sie sich während der Autofahrt berührt hatten, und sah sein Lächeln vor sich. Sie meinte den Hauch seiner Fingerspitzen zu spüren, als er ihr die Peperoni in den Mund gelegt hatte. Sie wusste selbst nicht genau, was das alles zu bedeuten hatte. Meine Güte, wie lange war das her, dass ein Mann sie interessierte, dass sie sogar Lust bekam, ihn zu berühren? Sie seufzte. So lange, dass sie es schon gar nicht mehr vermisst hatte. Philippe hatte da etwas in ihr ausgelöst, und das gefiel ihr. Ja, sie genoss es, an ihn zu denken und ihn sich vorzustellen. Sie war noch nicht zu alt, um einen Mann neugierig anzusehen und sich am Spiel seiner Muskeln zu freuen. Es war schön, wenn der Anblick eines knackigen Pos oder sehniger Männerarme sie zum Träumen brachte. Aber mehr auch nicht! Es war richtig gewesen, dass sie am Vorabend allein ins Bett gegangen war. Männer machten doch alles nur kompliziert, das wusste sie aus leidiger Erfahrung. Bevor die Erinnerungen zu schmerzhaft wurden, schob sie sie zur Seite. Sie hatte hier wirklich andere Dinge zu tun. Außerdem war Philippe mindestens dreimal vergeben. Wohlig reckte sie sich, und dabei bekam sie einen Krampf in der Wade. Obwohl es wehtat, musste sie in sich hineinlächeln. Es gab also noch Muskelgruppen in ihrem Körper, die nicht durch die Gartenarbeit trainiert waren! Sie streckte sich noch einmal, um den Krampf zu vertreiben, dann stand sie auf. Barfuß ging sie in die Küche hinüber. Vom Dachboden hörte sie Lilly, die sich nach einer hoffentlich erfolgreichen Jagd zum Schlafen legte. Miriam horchte auf das leise Rascheln von oben, das jetzt verstummte. Sie stutzte. Etwas war anders an diesem Morgen. Sie hielt inne, dann fiel es ihr ein: Philippe hatte doch gesagt, die Tramontane würde wiederkommen. Jetzt wusste sie auch, was anders war. Draußen war es still, stiller als sonst. Kein einziger Vogel war zu hören. Sie rieb ihre Füße an den Waden und stellte fest, dass sie auf den Fliesen eiskalt geworden waren. Über Nacht musste es sich empfindlich abgekühlt haben. Sie hatte inzwischen gelernt, dass ihr altes Haus die Außentemperaturen eins zu eins abbildete. Der Gedanke, wie das im Winter werden sollte, bereitete ihr nicht zum ersten Mal Unbehagen. Vielleicht sollte sie Teppiche kaufen. Oder Schaffelle. Jetzt bekam sie auch eine Ahnung, warum es bei Carrefour Elektroöfen in allen Größen gab. Dann hörte sie den Wind, der sich erhoben hatte. Sie öffnete die Haustür, um hinauszusehen. Der Himmel war dunkel, am Horizont fast schwarz, von dem leuchtenden Blau der letzten Tage war nichts mehr zu sehen. Ihre Kirschbäume neigten sich im Wind. Das helle Grün leuchtete vor den grauschwarzen, tief hängenden Wolken. Schön, dachte Miriam, obwohl es sie auch beunruhigte. Schon wieder ein Sturm, bei dem ihre Bäume Schaden nehmen konnten. Sie fröstelte und schloss die Tür wieder, gerade rechtzeitig, bevor erste Regentropfen dagegen klatschten. Sie machte einen Rundgang durchs Haus: Alle Fensterläden waren geschlossen und verriegelt. Der Sturm konnte kommen.

Zurück in ihrer Küche dachte sie an Kaffee und dann an ein heißes Bad. Wie lange hatte sie eigentlich geschlafen? Sie sah auf die Uhr. Es war schon zehn durch. An anderen Tagen hätte sie sich über die verpasste Zeit geärgert, aber heute würde sie wohl nicht im Garten arbeiten können. Wie zur Antwort fing draußen der Regen an zu rauschen. Ein eiskalter Hauch, der durch die Ritzen im Fenster hereinwehte, traf sie. Ich muss als Erstes den Ofen anheizen, dachte sie. Das hatte sie inzwischen ganz gut im Griff, aber wenn der Wind so auf den Schornstein drückte wie jetzt, war es doch ganz schön schwierig. Zum Glück hatte sie vorgesorgt und genügend Holz in der Nische zwischen Herd und Wand aufgestapelt. Sie freute sich, als ihr Herd gut zog. Die Flammen schlugen ziemlich hoch, als sie die Herdklappe öffnete.

Eine gute Stunde später hatte sie alles erledigt, was es an einem Regentag in diesem Haus zu tun gab. Sie hatte gefrühstückt und gebadet und war erneut durchs Haus gegangen, um zu sehen, ob es gut gegen den Sturm gesichert war. Jetzt hatte sie nichts mehr zu tun und setzte sich an den Tisch. Was sollte sie mit ihrem Tag anfangen? Seit sie hier war, hatte sie ununterbrochen im Haus oder in ihrem Garten geschuftet, es war immer mehr zu tun gewesen, als sie an einem Tag schaffen konnte. Sie war ja kaum zum Nachdenken gekommen. Nachdenklich nippte sie an ihrem Tee. Sie war gern mit sich allein, hing gern ihren Gedanken nach und mochte die Aussicht auf lange Stunden vor sich, in denen sie nichts tun, an nichts denken musste. In Hamburg waren solche Momente höchst selten vorgekommen. Hier in Montbolo, in ihrem neuen Leben, würden sie häufig sein. Nicht im Sommer, aber bestimmt im Winter, wenn draußen nichts zu erledigen war. Wie würde sie dann ihre Tage verbringen? Denn dass sie nicht den ganzen Winter auf diesem Stuhl sitzen und nachdenken würde, das war ja wohl klar.

Was machten die Leute hier, wenn sie an ihre Häuser gefesselt waren? Was würde *sie* dann machen? Sie würde sich etwas einfallen lassen müssen, um im Winter nicht vor Einsamkeit und Langeweile umzukommen.

Sie holte die *Gazette de Montbolo* aus dem Karton, in dem sie alte Zeitungen zum Anfeuern des Ofens aufbewahrte, und studierte den Veranstaltungskalender. Die wöchentlichen Lustbarkeiten reichten von Pétanquerunden und Stricknachmittagen bis zu Sitzungen des Gemeinderates. Resigniert seufzte sie auf.

Dann machte sie sich daran, endlich das zweite Zimmer gründlich sauber zu machen. Als der Boden glänzte und die Wände staubfrei waren, sah sie sich um. Der Raum war anheimelnd. Sie mochte quadratische Räume. Sie stellte sich vor, hier in einem gemütlichen Sessel oder auf einem Sofa zu sitzen, draußen würde der Wind heulen wie jetzt, und sie würde in eine warme Decke gekuschelt, mit einer Tasse Tee in Reichweite, lesen. Oder Rezepte heraussuchen. Musik hören und dazu tanzen wäre auch nicht schlecht …

Also gut, dachte sie, ich werde eine weitere Investition tätigen und mir einen Internetanschluss legen lassen.

Ihr fiel auf, dass es draußen windstill geworden war. Sie öffnete die Fensterläden und stellte erstaunt fest, dass es nicht mehr regnete und sich am Himmel schon wieder die ersten Sonnenstrahlen zeigten. Die Stunden waren wie im Flug vergangen.

Na also, dachte sie.

Monsieur Frochot freute sich außerordentlich, als Miriam am Montagmorgen bei ihm klingelte.

»Madame Richard, was für eine nette Überraschung. Bitte kommen Sie doch herein!«, forderte er sie auf.

»Ich will Sie wirklich nicht stören, aber ich war schon in der Mairie, und da sagte man mir, ich soll es hier versuchen.«

»Das haben Sie ganz richtig gemacht. Hier bei uns halten wir uns nicht so streng an die Bürokratie. Dazu sind wir zu klein.«

Miriam sah sich in dem wohnzimmerähnlichen Raum um, der in der Pension als Rezeption diente und den sie von ihrer Zeit her kannte, als sie hier gewohnt hatte. Hinter dem Schreibtisch an der Wand hingen ein Kalender und einige Postkarten, wohl von ehemaligen Gästen. Sie waren allerdings schon älter, wie man an den Motiven sehen konnte. Hinten im Raum ging es die Treppe zu den drei Zimmern hinauf. Miriam hatte das erste rechts bewohnt.

»Ich habe eine Bitte an Sie als Bürgermeister«, begann sie.

Er rieb sich die Hände. »Aber immer. Ich bin schließlich für meine Bürger da. Was kann ich für Sie tun?«

»Sie waren doch bei meinem Einzug so schnell mit dem Mann von der EDF bei mir …«

»Sie meinen Rachid? Rachid Chapelure?«

»Ja. Ich brauche einen Internetzugang. Ich komme gerade von France Télécom in Ceret. Sie meinen, in meinem Haus müsste ein Anschluss liegen, aber ich weiß nicht, wo.«

»Rachid kennt sich da aus. Der macht bei uns im Ort alles, was mit Telekommunikation und Strom zu tun hat. Soll ich ihn schnell anrufen?« Dabei griff er schon zum Telefon. »Rachid? Ja, hier ist Antoine, ja, es geht um die junge Dame, die neu hier ist, ja genau, Madame Richard. Sie braucht Internet, so schnell wie möglich …« Er hörte einen Augenblick lang zu, dann fragte er Miriam: »Passt Ihnen morgen, so gegen zehn?«

Miriam nickte. Sie wunderte sich gerade ein bisschen, dass Monsieur Frochot einen Vornamen hatte. Antoine …

»Ja, geht in Ordnung. Ich verlasse mich auf dich«, sagte er nun in den Hörer. Dann strahlte er Miriam an. »Geht in Ordnung. Morgen früh um zehn.«

»Vielen Dank, Monsieur Frochot. Die von der France Télécom wollten noch die alte Telefonnummer wissen, also die von Gaston.«

»Ach, das ist doch schon über zehn Jahre her. Aber ich kann mal in den alten Telefonbüchern nachsehen. Die liegen allerdings in der Mairie. Oder Sie gehen selbst schnell noch mal rüber und fragen Olivia, meine Sekretärin.«

Miriam hatte Olivia Ramis vor einer halben Stunde kennengelernt, eine ältere Frau mit einer strengen Frisur und einem bunten Seidenschal, der zu einer Schleife über ihrer Bluse gebunden war.

»Ach was«, sagte Monsieur Frochot und griff wieder zum Telefon. Nach einem kurzen Telefonat mit Madame Ramis gab er Miriam einen Zettel mit der Nummer. »Bitte sehr! Machen Sie sich keine Sorgen. Rachid kriegt das morgen hin. Philippe hat ja auch Internet, da muss also schon eine Leitung liegen.«

»Ich glaube, Sie sind ein guter Bürgermeister. Vielen Dank.«

Er freute sich sichtlich über das Lob. »Na, das will ich doch hoffen! Madame Richard?«

»Ja?«

»Ein Ort wie unserer funktioniert nur deshalb so gut, weil wir alle zusammenhalten.«

»Ja?« Miriam wusste nicht, worauf er hinauswollte.

»Sie sind doch bei unserem Kirschfest dabei? Ich zähle auf Sie. Haben Sie sich schon angemeldet und gesagt, wie viele Kuchen Sie backen werden? Wir wollen in diesem Jahr einen Rekord aufstellen. Mit Ceret werden wir natürlich nicht mithalten können, aber wir haben Großes vor.«

»Natürlich bin ich dabei. Verlassen Sie sich auf mich.« Sie wandte sich zum Gehen.

»Ach, da fällt mir noch etwas ein. Unser Journalist, Monsieur Audibert-Trion, würde Sie gern den Lesern unserer Zeitung vorstellen. Damit auch alle Bescheid wissen, dass Sie ab sofort Bürgerin von Montbolo sind. Die Leute wollen doch wissen, mit wem sie es zu tun haben. Darf ich ihn morgen um kurz nach zehn zu Ihnen schicken, da sind Sie ja zu Hause, wegen Rachid.« Er sah sie so treuherzig an, dass Miriam nicht Nein sagen konnte. Obwohl sie sicher war, dass bereits alle Bürger von Montbolo über sie Bescheid wussten. Schließlich hatten sie alle schon vor ihrem Haus gestanden.

Zwei Tage später hatte sie tatsächlich gut funktionierendes Internet, und auch ihr Handy lief jetzt tadellos. Als Erstes rief sie Fredo und Merle an, um ihnen zu sagen, dass sie ab sofort erreichbar sei.

»Mama, ich bin so stolz auf dich. Ich finde es toll, was du da tust«, rief Merle ins Telefon.

»Bedauerst du denn gar nicht, dass ich so weit weg bin?«

»Ach, das ist doch egal, ob ich jetzt nach Hamburg oder nach Frankreich komme, um dich zu besuchen.«

Das meinte sie wirklich so. Für Merle spielten Entfernungen keine Rolle. Und ganz ehrlich, so oft war sie in der letzten Zeit tatsächlich nicht zu Besuch gewesen. Seit Miriam hier wohnte, hatten sie häufiger miteinander telefoniert als sonst. Miriam wusste sogar besser Bescheid darüber, was Merle machte und wie es ihr ging als vorher.

»Und jetzt können wir immer skypen oder über WhatsApp schreiben, das ist doch super«, sagte Merle.

»Findest du es denn nicht merkwürdig, dass ich von heute auf morgen ausgewandert bin? Fredo hat mir bittere Vorwürfe gemacht und mich für verrückt erklärt.«

»Aber Mama, du bist doch nicht aus der Welt! Ich finde es richtig, dass du dir deinen Traum erfüllst. Alle reden doch immer nur davon, aber du hast den Mut gehabt, das wirklich durchzuziehen. Wahrscheinlich ist Fredo insgeheim ein bisschen neidisch. Und für dich war das vielleicht die letzte Gelegenheit.«

Miriam sagte nichts dazu, dass ihre Tochter sie mal wieder für steinalt hielt. Das musste wohl so sein, wenn man selbst fünfundzwanzig und die eigene Mutter fast fünfzig war. Wenn Miriam sie fragte, wie sie das meinte, beteuerte Merle immer, Miriam sei für ihr Alter doch noch sehr jugendlich. Ganz anders als die Mütter ihrer Freundinnen.

»Mama, ich freue mich wirklich für dich«, sagte sie jetzt gerade. »Du bist doch glücklich da unten, oder nicht?«

»Doch, das bin ich«, antwortete Miriam aus voller Überzeugung.

»Du meinst, ich kann dich anrufen, wann immer ich will, und muss mir keine Sorgen mehr machen?«, fragte Fredo.

»So, als würde ich wie früher einfach zwei Straßen weiter wohnen«, antwortete Miriam.

»Und? Wie geht es dir?«

»Gut. Ich habe mich eingelebt, und was das Wichtigste ist: Mein Kirschhain ist in Ordnung. Jetzt muss ich nur noch hoffen, dass die Bäume auch genügend tragen.«

»Und dass die Kirschen schmecken.«

»Davon gehe ich aus. Sie bekommen hier so viel Sonne …«

Fredo stöhnte. »Soll ich dir sagen, wie oft ich heute nass geworden bin? Hier regnet es ununterbrochen. Du hast es echt gut.«

»Sag ich doch.«

»Ich bin fast fertig mit meinem Projekt …«

»Dann komm! Ende Mai ist hier das Kirschfest, das Ereignis des Jahres!«

»Soll ich? Ich habe auch schon daran gedacht. Ich vermisse dich, und ich will sehen, wie du jetzt lebst.«

»Fredo, ich bitte dich. Ich würde mich so freuen. Du kannst das zweite Zimmer haben. Dann kaufe ich vorher ein Sofa, das hatte ich ohnehin vor. Da kannst du dann schlafen. Du kannst hier sogar arbeiten. Ich habe ja jetzt Internet.«

»Abgemacht. Ich buche sofort einen Flug.«

»Und ich hole dich in Perpignan am Flughafen ab. Ach, Fredo, das wird wunderbar! Ich schick dir vorher noch eine Liste mit ein paar Dingen, die du mir mitbringen kannst. Sommerkleider und so.«

»Dann komme ich und sehe nach dem Rechten.«

Heureka! Vor zweiundfünfzig Jahren kam Dalí nach Ceret!

»Oh nein, es heißt *prendre une photo*, nicht *faire*, *ma petite*.« Micheline Guilmette hob den Zeigefinger und drohte ihr spielerisch.

Miriam stöhnte. Sie saß schon zum zweiten Mal in dem großen Wohnzimmer ihrer Nachbarin und ließ sich von ihr in die Feinheiten der französischen Sprache einweihen. Micheline hatte ihr bereits einen Vortrag über die Bildung des Passé composé mit *être* gehalten und kurz die Fallstricke des Subjonctif gestreift, mit dem der Sprecher eine Möglichkeit, einen Wunsch oder ein Gefühl ausdrücken konnte. *»Je veux qui'il m'embrasse«*, sagte sie gerade. »Ich möchte, dass er mich küsst.«

Miriam schweifte kurz ab. Woher wusste Micheline, dass sie sich das manchmal wünschte und dabei an Philippe dachte?

»Wobei bei den regulären Verben die Form von Subjonctif und Indikativ dieselbe ist. Aber bei *je veux que tu t'en ailles*, ich will, dass du jetzt gehst, hört sich das schon anders an. Hören Sie mir zu?«

Miriam nickte. Sie hatte das alles in der Schule gelernt, im Französisch-Leistungskurs, aber das war schon ganz schön lange her. Sie konnte sich im Alltag gut verständigen, und in den Gesprächen mit Philippe reichte es ja sogar bis zu kleinen Witzen und Kabbeleien, aber die Feinheiten fehlten dann doch. Allerdings merkte sie zu ihrer Freude, wie ihre Kenntnisse schnell wieder da waren, wenn Madame Guilmette sie ihr ins Gedächtnis rief.

»Aber was ist mit den Dialekten? Mit Katalanisch oder Okzitanisch?«, fragte sie.

»Machen Sie sich darüber keine Sorgen. Stellen Sie sich vor, Sie würden aus Hamburg nach, sagen wir, Oberbayern oder Schwaben ziehen. Da würden Sie doch auch am Anfang vieles nicht verstehen.«

»Ich sage nur: Sebastiá. Er hat mir wer weiß was erzählt und mich dastehen lassen wie eine Idiotin.« Miriam wurde immer noch wütend, wenn sie an den Handwerker dachte.

Micheline lachte. »Sebastiá? Den nehmen Sie doch nicht etwa ernst? Der ist ein Macho und macht ständig nur Ärger.«

»Aber warum mag er mich nicht? Ich habe ihm doch nichts getan. Im Gegenteil, ich habe ihm einen Job gegeben.«

»Vielleicht müssen Sie sich von der Vorstellung verabschieden, dass jeder hier Sie mag. Einige Leute in Montbolo haben Angst vor Veränderungen. Sie wollen keine Fremden hier. Aber das ist uns doch egal, oder, *ma petite*?«

»Paulette ist mit diesem Bruder wirklich geschlagen. Und dabei ist sie so nett.«

»Finden Sie das auch? Ich meine, dass Paulette nett ist?«, fragte Micheline und nahm sich noch eine von den Crevetten, um sie in die Knoblauchmayonnaise zu tunken. Das Essen, gekochte Garnelen ohne Schale, Mayonnaise und grünen Salat, hatte sie auf die freie Hälfte ihres Esstisches gestellt. »Wenn sie doch endlich einsehen würde, dass sie und Paul perfekt zusammenpassen.« Sie schob sich die Garnele in den Mund.

Miriam horchte auf. »Sie meinen Paul, den Gärtner? Ich glaube, der ist in sie verliebt. Er hat so etwas angedeutet.«

Micheline winkte ab. »Das weiß doch jeder hier! Paulette bekommt in letzter Zeit anonyme kleine Liebesgaben. Erst heute Morgen hat sie mir glückstrahlend einen Stein gezeigt, der aussieht wie ein Herz. Aber nicht einen dieser gekauften, sondern einen, den derjenige offensichtlich irgendwo gefunden hat.«

Miriam seufzte. »Ich weiß. Das hat sie mir auch erzählt. Wie romantisch!«

Im Stillen hoffte sie, dass Paul ihren Rat beherzigt hatte und dass er der Mann mit den Liebesbotschaften war. Paulette hatte ihr erzählt, dass nach dem ersten Gedicht beinahe täglich etwas vor ihrer Tür lag. Paulette war schon ganz kribbelig. Sie hatte sich sogar auf die Lauer gelegt, um den Überbringer der kleinen Nachrichten, Süßigkeiten und Blumen auf frischer Tat zu überraschen, es war ihr bisher nicht gelungen. Aber sie war verändert, aufgeblüht und noch fröhlicher als sonst.

»Ich wäre auch dankbar, wenn mir jemand jeden Tag seine Liebe erklären würde«, sagte Micheline gerade und griff nach einer weiteren Garnele. »Mein Gott, diese Dinger schmecken köstlich!«

Miriam nahm die letzte Crevette vom Teller. Sie aßen sie einfach mit der Hand und wischten sich die Finger in tischtuchgroßen Stoffservietten mit Leopardenmuster ab. »Ich auch«, sagte sie dann. »Wer wäre das nicht?«

Bevor sie sich wieder an die unregelmäßigen Verben machten, ließ sie ihren Blick durch den Raum schweifen. Diese leer geräumte Hälfte des Esstisches war wirklich der einzige freie Platz, um etwas abzustellen. So etwas hatte Miriam noch nicht gesehen. Als sie Michelines Haus zum ersten Mal betreten hatte, war sie wie erschlagen gewesen, und auch jetzt staunte sie wieder. Jeder Raum war vollgestopft mit Reiseandenken und Souvenirs aus der ganzen Welt. Überall Teppiche, Fotos, Keramiken, blank polierte Figuren aus Holz, Elefanten, Nilpferde und afrikanische Masken, ein durchsichtiges Teegeschirr aus Asien, Artikel aus Bambus, bunte Stoffe ... Jeder Platz an der Wand, jedes Regalbrett, sogar die vielen kleinen Tische waren vollgestellt. Auf dem winzigen WC musste sie die Knie anziehen, denn sogar zwischen der Toilettenschüssel und der Wand stand noch ein kleiner Tisch, auf dem ein Haufen Bücher und ein verblichenes Parteibuch der Kommunistischen Partei Frankreichs lag. Das WC schien der Ort der politischen Erinnerungen zu sein, die Wände waren gepflastert mit antifaschistischen Plakaten aus den Dreißigerjahren des letzten Jahrhunderts. Das berühmte rote Plakat, das Affiche Rouge, hing hier, mit dem die Vichy-Regierung sich 1944 mit der Erschießung von dreiundzwanzig Partisanen gebrüstet hatte.

Das ganze Haus war wie ein schlecht geführtes Volkskundemuseum. Und mittendrin thronte Micheline auf einem großen Stuhl mit dunklen Armlehnen, über den sie eine Art Kelim geworfen hatte. Als sie zum ersten Mal hier gewesen war, hatte Miriam ihre Tasse einfach auf den Boden vor sich gestellt, denn auf den Tischen oder Regalen war kein Platz. Da muss man ja fürchten, dass man seine eigene Kaffeetasse nicht wiederfindet, hatte sie mit einem Grinsen gedacht.

Nun brach Miriam ein Stück Brot ab und tunkte es in die Soße. Zum Glück saßen sie heute am Tisch, sonst wäre es mit dem Essen schwierig geworden. Garnelen vom Fußboden essen ... Wieder staunte sie über das wilde Durcheinander, das hier herrschte. Sie ließ ihren Blick durch den Raum schweifen und entdeckte eine Fotografie, die neben der Tür zu Michelines Schlafzimmer hing. Der Mann mit dem charakteristischen Bart in der Form von Kuhhörnern und dem diabolischen Lächeln war unzweifelhaft Salvador Dalí in einem schneeweißen Paradeanzug. Und wer war das neben ihm auf dem Foto? Das gab's doch nicht. Das war Micheline als junge Frau von vielleicht zwanzig, eine betörende Schönheit. Aber ja, das war sie! Sie und Dalí lächelten sich an, und der Maler hatte seinen Arm um sie gelegt.

»Was ist das denn?«, begann sie. »Sie und Dalí?« Sie zeigte auf das Foto.

»Ach, das ist auch so eine Erinnerung.«

»Erzählen Sie sie mir?«, fragte Miriam.

»Aber ja! Dalí kam 1965, genauer am 27. August 1965, nach Ceret, auf den Spuren von Picasso. Sie wissen doch, dass Ceret Anfang des vorigen Jahrhunderts eine ganze Reihe von Malern angezogen hat? ›Mekka der Kubisten‹ wurde die Stadt genannt. Die Künstler haben hier das helle und gleichzeitig fast brutale Licht des Südens gesucht. Und die einfachen würfelförmigen Häuser unter den alten Platanen kamen ihrem Sinn für geometrische Figuren entgegen. Sie kamen in Wellen, die ersten waren noch nicht so bekannt, aber sie haben ihre Freunde und Kollegen vom Montparnasse nachgeholt, Georges Braque und Juan Gris, Max Jacob, Moïse Kisling. Das war noch vor dem Großen Krieg.«

Der Große Krieg, so nennen die Franzosen den Ersten Weltkrieg, dachte Miriam.

»Ihnen folgten weitere: Chaim Soutine, Marc Chagall, Tristan Tzara und Matisse. Und dann der allergrößte: Picasso. Er hat der Stadt und dem Museum viele Kunstwerke geschenkt. Sie sollten sie sich ansehen, es lohnt sich.«

»Das mache ich«, versprach Miriam. »Aber was war mit Ihnen und Dalí?«, fragte sie neugierig.

Micheline strich sich eine Strähne ihres Haars hinter das Ohr. »Er und seine Frau Gala sind damals in einer offenen Kutsche durch die Stadt gefahren, ihnen folgten die versammelten Stadtvertreter, die Feuerwehr und eine Blaskapelle. Auf der Place Picasso hat er dann eine Rede gehalten, neben ihm stand ein lebensgroßes Rhinozeros aus Pappmaschee. Damals hat er seine Heirat mit Gala bekannt gegeben. Und dann folgte eine irre Veranstaltung, eine Art Wiederauferstehungszeremonie inmitten von überlebensgroßen Marienkäfern und Schmetterlingen und einem Skelett, das Rosen verteilte und aus dessen Brustkorb ein Mädchen stieg. Es war das Verrückteste, das ich je gesehen habe. Ceret war völlig aus dem Häuschen.«

»Aber Sie …?«

Michelines Blick bekam etwas Träumerisches. »Ich habe mich sofort in ihn verliebt. Er hatte eine Präsenz, die ich nie wieder bei einem anderen Menschen erlebt habe. Und natürlich war er berühmt. Er hat mich angesehen, und ich glaubte zu versengen. Natürlich wusste ich, dass es nie mehr geben würde als eine Stunde oder einen Kuss, aber ganz ehrlich, das war mir in dem Augenblick egal.«

»Sie haben, ich meine, Sie und Dalí …« Miriam wusste nicht weiter.

Micheline lachte. »Jetzt seien Sie doch nicht so! Ich war jung, und Dalí hat es gefallen. Mir übrigens auch.«

»Erzählen Sie! Bitte!«

»Ich war damals junge Lehrerin in Ceret. Als Dalí sich ansagte, mussten alle städtischen Angestellten helfen. Ich war jung und hübsch, also sollte ich in seiner Nähe bleiben und dafür sorgen, dass es ihm und Gala an nichts fehlte. Ich war dabei, als wir sie am Bahnhof abgeholt haben. Meine Güte, es müssen Tausende Menschen gewesen sein. Er war damals ja auf dem Zenit seines Ruhms …«

»Aber wie konnten Sie denn allein mit ihm sein, wenn ständig so viele Menschen um ihn herum waren?«

»Er ist von Ceret aus weiter nach Perpignan gefahren, mit dem Zug. Er hat mich gefragt, ob ich mitfahren wollte, ich habe Ja gesagt, er hat gesagt, ich soll in einem bestimmten Abteil auf ihn warten, was ich getan habe, und dann, na ja …«

Miriam ließ sich auf ihrem Stuhl zurückfallen. »Also, das ist ja vielleicht …!«

Micheline lächelte verträumt. »Dieser Mann hatte eine Art, mit Frauen umzugehen, die ich nie wieder erlebt habe. Ich habe mich gefühlt wie eine Göttin. Er hat mich angebetet, auf Knien, er hat mir Gedichte rezitiert, mich gezeichnet, mich geküsst … Es war die außergewöhnlichste Nacht meines Lebens.« In Erinnerung daran schloss sie die Augen.

»Und … hat denn niemand etwas bemerkt? Seine Frau Gala?«

Michelines Stimme wurde wieder fest. »Ich weiß es nicht, und es war mir auch egal. Ich war nicht die erste und bestimmt nicht die letzte Frau, die er neben Gala hatte.«

»Und nach Dalí kam Gaston?«

»Sie finden, die beiden Männer passen nicht zusammen? Stimmt. Sie waren total unterschiedlich. Ich glaube, Dalí hat mich gar nicht als Frau aus Fleisch und Blut gesehen. Für ihn war ich so etwas wie Teil seiner Selbstinszenierung. Ich hätte es wahrscheinlich nicht viel länger als eine Nacht an seiner Seite ausgehalten. Ich bin doch kein Kunstwerk! Gaston war da ganz anders. Er hat mich mit Haut und Haaren geliebt, so wie ich war, und hätte am liebsten sein ganzes Leben mit mir verbracht.«

Miriam wedelte mit den Händen. »Also, Sie hatten echt ein außergewöhnliches Liebesleben. Erst Dalí und dann Gaston, den Sie nicht haben durften.«

»Was heißt hier hatte?« Micheline lachte. »Ich habe immer noch ein Liebesleben. Und wenn ich Ihnen einen Rat geben darf: Nehmen Sie es, wie es kommt. Machen Sie sich keine Gedanken. Denken Sie nicht an die Folgen. Wenn Sie lieben, dann lieben Sie. So, das war jetzt zwar kein Unterricht in Französisch, aber ich glaube, für heute reicht es.«

Sie stand auf, und Miriam folgte ihr zur Tür.

Auf dem Weg den Berg hinunter dachte Miriam an Michelines Worte. Die Liebe nehmen, wie sie kommt? Bei dem Gedanken sah sie, ohne dass sie es gewollt hätte, Philippes Lächeln und seine Augenfältchen vor sich.

In der folgenden Woche erschien der Artikel in der *Gazette*. Jacques Audibert-Trion hatte Miriam in seinem halbseitigen Artikel als kosmopolitische Großstädterin vorgestellt, die auf der Suche nach Ruhe und ihrer Mitte im schönen Montbolo eine neue Heimat gefunden habe. Er hatte sie nach ihrem bisherigen Beruf gefragt, und Miriams Antwort, dass sie Sachbearbeiterin in der Verwaltung des Hamburger Großmarktes gewesen sei, hatte er etwas ausgeschmückt. Sie sei eine Expertin für Gartenbau, stand es nun da. Und am Schluss des Artikels wies er darauf hin, dass sie eine erwachsene Tochter habe und eine Frau im besten Alter und alleinstehend sei.

»Das hört sich an wie die Bewerbung für ein Singleportal, als wollte er dich verschachern. Bauer sucht Frau!« Fredo lachte sich halb tot, als Miriam ihr den Artikel am Telefon übersetzte. Sie waren über Skype verbunden.

Miriam schnaubte. »Hätte ich das gewusst! Fehlt nur noch, dass er meine Körbchengröße angegeben hätte! Dabei hättest du den mal sehen sollen: eine riesige Knollennase über einem seidenen Halstuch. Leider war es nicht groß genug, um den abgewetzten Hemdkragen zu verbergen.«

Fredo prustete los. Sie wusste, dass für Miriam Seidentücher bei Männern absolut daneben waren.

»Der Mann sieht aus wie ein verhinderter Dandy. Kam hier doch in einem Tweedanzug an, bei dieser Hitze!«

»Und? Stehen die einsamen Männer schon Schlange bei dir?«, fragte Fredo.

»Nein. Aber weil jetzt alle wissen, dass ich in dem Haus von Gaston wohne, rufen hier Leute an, die einen Tipp von mir wollen, was sie gegen die braunen Blätter ihres Ficus unternehmen sollen oder wie sie die Wühlmäuse aus ihrem Garten verbannen.«

»Vielleicht kannst du damit Geld verdienen?«, stichelte Fredo.

Miriam seufzte. »Erinnere mich nicht daran.«

Auf Fredos Stirn zeigten sich Sorgenfalten, das sah Miriam sogar auf dem kleinen Bildschirm. »Was meinst du?«

»Ach, ich kann einfach noch nicht abschätzen, wie viel Geld ich mit meinen Kirschen verdienen kann. Und im Moment habe ich ziemlich große Ausgaben, bis ich alles angeschafft habe, was ich brauche ...«

»Jetzt warte erst mal ab, was diese Ernte bringt. Dann siehst du weiter. Zum Glück hast du deine Wohnung noch. Und einen neuen Job findest du in Hamburg auch. Als Expertin für Gartenbau ...«

»... mit internationaler Erfahrung!«, fügte Miriam hinzu.

Fredo fing schon wieder an zu lachen. Dann fragte sie: »War denn ein Foto von dir in der Zeitung?«

»Was denkst du denn? Monsieur Audibert-Trion ist nicht nur ein Journalist mit Edelfeder, sondern auch ein begabter Fotograf. Warte mal ...« Sie hielt den Artikel in die Kamera. Das Foto zeigte sie auf ihrer Bank vor dem Haus sitzend, mit einer Rosenschere, die sie in die Kamera hielt.

»Na, dann wissen die heiratswütigen Bauern der Gegend wenigstens, dass du dich zur Not wehren kannst. Und nächste Woche bin ich ja da. Dann pass ich auf dich auf und helfe dir, sie zu vertreiben.«

»Ich freu mich schon. Dann muss ich nicht allein auf das Kirschfest. Und du kannst mir beim Backen helfen.«

»Du weißt, dass ich eine miserable Köchin bin.«

»Dann malst du eben nette Schildchen und streichst mein Haus.«

Aus dem Gartentagebuch von Gaston Bonnefoi

Clafoutis mit Kirschen

Lisette nimmt für meinen Lieblingskuchen am liebsten die Napoleon-Kirschen von dem Baum neben der Mirabelle.

600 g Kirschen, entsteint
40 g gesalzene Butter (das ist der Clou bei diesem Rezept)
4 Eier
200 ml Milch
100 g Mehl
20 g Puderzucker
1 Päckchen Vanillezucker
1 Prise Salz
Puderzucker zum Bestreuen

Den Ofen auf 210 Grad vorheizen.

Die Butter in einem Topf mit dickem Boden schmelzen. In einer großen Schüssel Mehl, Puderzucker, Salz und Vanillezucker vermengen. Die Eier nach und nach unterrühren. Am Schluss die warme Butter einrühren.
Eine Form dick mit Butter ausstreichen, die Kirschen darin verteilen und die Masse darüber geben.

10 Min bei 210 Grad, dann weitere 20 Min bei 180 Grad backen.

Nach dreissig Jahren: Erschütternder Liebesbrief aufgetaucht!

An den folgenden drei Tagen strich Miriam die Fensterläden in einem fröhlich leuchtenden Blau. Sie hatte ihren Vorschlag, dass Fredo ihr Haus streichen sollte, nicht nur so dahingesagt. Die Buntheit in Michelines Garten hatte sie dazu inspiriert. Aber sie wollte nicht auf Fredo warten. Sie fuhr zu Monsieur Bricolage, wo man sie inzwischen kannte und freundlich grüßte, kaufte Schleifpapier, um die alte Farbe, einen Ton, der sie an Maronen erinnerte, herunterzuholen, einen Eimer Farbe, einen dicken und einen dünnen Pinsel und machte sich an die Arbeit. Als sie das erste Fenster fertig hatte, trat sie zurück und betrachtete ihr Werk. Was so ein bisschen Farbe doch ausmachte! Das Haus wirkte sofort viel freundlicher, und die Farbe passte perfekt zu den hellen Steinen und dem dunklen Schieferdach. Am besten gefiel ihr der Kontrast zum Laub der Walnussbäume, die seitlich vom Haus standen. Sie ging zur Vorderseite und blieb vor der alten Eingangstür stehen. Die würde sie als Nächstes streichen. Die Haustür war schließlich so etwas wie eine Visitenkarte. Sie machte sich an die Arbeit und warf dabei immer wieder Blicke auf ihre Gartenbank. Auch die würde einen neuen Anstrich bekommen. Und ein paar bunte Kissen.

Wenn es in der Sonne zu heiß wurde, suchte sie im Internet und in alten Büchern, die sie aus der winzigen Bibliothek in Montbolo ausgeliehen hatte, nach Rezepten für Kirschkuchen und probierte sie aus. Sie musste dafür eingemachte Kirschen aus dem Supermarkt nehmen, denn bis in ihrem Garten die Kirschen reif wären, würde es noch Wochen dauern. Dann wäre das Kirschfest schon vorüber. Aber die Bäume hatten gut angesetzt, zumindest die, die Sebastiá nicht komplett heruntergeschnitten hatte. Jedes Mal, wenn sie an ihn dachte, überkam Miriam wilde Wut auf diesen Berserker.

Gerade saß sie in der Küche und schrieb ihr definitives Lieblingsrezept für Waffeln mit heißen Kirschen in das Notizbuch, das Fredo ihr geschickt hatte. In den letzten Tagen hatte sie immer neue Rezepte für die Waffeln ausprobiert, mit Dinkelmehl, vegan, mit einer Spur Apfelmus im Teig oder mit Kokosblütenzucker. Die Waffeln buk sie in einem gusseisernen Waffeleisen, das sie in einem kleinen Antiquitätengeschäft in Ceret entdeckt hatte. Das Eisen funktionierte einwandfrei, die Waffeln wurden locker, mit einer zarten Kruste. Allerdings musste sie sehr aufpassen, dass sie nicht verbrannten, denn das altmodische Gerät stellte sich nicht von selbst ab. Ihr Lieblingsrezept für Waffeln war klassisch, mit Eiern und Butter, die für ihren Geschmack ohnehin an jedes Essen gehörte. Und Zimt musste an den Teig, wenn auch nur in winzigen Portionen. Wer ihre Waffeln aß, der sollte sich fragen, was für ein Gewürz das war, das den Teig so besonders machte, ohne gleich daraufzukommen. Als sie alles in das Buch geschrieben hatte, überkam sie die Lust, ihr Rezept zu illustrieren. Sie kritzelte mit dem Bleistift einige Schnörkel, aber dann ließ sie es sein. Zeichnen konnte sie nicht, darum würde sie Fredo bitten, wenn sie kam.

Über sich hörte sie auf einmal typische Geräusche.

»Nanu, was ist denn mit dir los? Normalerweise schläfst du doch um diese Zeit«, sagte sie mit Blick an die Zimmerdecke.

Oben rumorte es ziemlich heftig. Wie konnte ein so kleiner Vogel nur so laut sein? Das fragte sie sich zum wiederholten Mal. Als der Lärm nicht aufhörte, beschloss sie nachzusehen.

Die hölzerne Treppe, die auf den Dachboden führte, war steil und ausgetreten. Vielleicht müsste ich da mal etwas unternehmen, dachte Miriam. Das könnte doch ein Projekt für den langen Winter sein. Oben angekommen, öffnete sie vorsichtig die Tür, aber Lilly hatte sie natürlich längst gehört. Sie saß in einer Ecke auf dem Boden vor einem großen Pappkarton, an dem sie offensichtlich herumgepickt hatte. Bräunliche Fetzen waren überall verteilt. Der Vogel hatte die Flügel leicht ausgebreitet und sah sie von unten aus seinen gelben Augen an.

»Was machst du denn hier?«, fragte Miriam leise. »Bist du etwa ein Weibchen und willst dir ein Nest bauen? Ist es dafür nicht schon viel zu spät im Jahr?«

Lilly machte einen kleinen Piepser, dann flog sie auf einen Dachsparren und starrte misstrauisch auf sie herunter.

Miriam sah auf den Karton. An dem seitlichen Aufdruck konnte sie erkennen, dass er mal für einen Fernseher gedacht gewesen war. In der hintersten Ecke des Dachbodens, unter der Schräge, entdeckte sie einen weiteren Karton. Sie machte vorsichtig einen Schritt in die Richtung, und Lilly flatterte nervös auf und schlug mit den Flügeln. Sie war zwar klein, aber Miriam wollte dennoch nicht das Risiko eingehen, dass sie mit ihren zweifellos scharfen Krallen auf sie losging.

»Ist ja schon gut. Ich komme heute Abend wieder, wenn du ausgeflogen bist.«

Rückwärts ging sie zur Tür.

»Schlaf gut«, sagte sie zu dem Steinkauz, bevor sie die Tür hinter sich schloss.

Am Abend, kurz bevor es dunkel wurde, ging sie wieder auf den Boden hinauf. Sie wollte unbedingt wissen, was in diesen Kartons verborgen war. Den ganzen Nachmittag über hatte sie immer wieder daran denken müssen. Warum hatte Gastons Tochter sie nicht mitgenommen? Hatte sie nicht von ihnen gewusst? Bestimmt war nur belangloses Zeug darin, aber nachsehen wollte sie in jedem Fall. Geschichten von spektakulären Dachbodenfunden gingen ihr durch den Kopf. Rembrandts auf der Rückseite von Birkenlandschaften, Goldmünzen und so weiter. Sie gab sich diesen Tagträumen hin, sie hatte ja schließlich Zeit. Aber glauben tat sie nicht daran.

Vorsichtig öffnete Miriam die Tür und vergewisserte sich, dass Lilly ausgeflogen war. Dann betrat sie den Dachboden. Hier oben war es heiß und stickig. Kein Wunder, die Sonne hatte den ganzen Tag über auf dem flachen Dach gestanden. Mit einem energischen Ruck zog sie erst den einen, dann den anderen der beiden schweren Kartons unter der Schräge hervor und bugsierte sie in die Mitte des Raumes, wo es mehr Tageslicht gab. Staub wirbelte auf und kitzelte sie in der Nase. Als Erstes öffnete sie den Karton, an dem Lilly herumgepickt hatte. »Oooch!« Ein lang gezogener Laut der Enttäuschung entfuhr ihr. In dem Karton lagen nur alte Zeitungen. Sie nahm sie trotzdem einzeln heraus, um nachzusehen, ob vielleicht irgendetwas Interessantes darunterlag. Aber mehr als ein altes Foto von Monsieur Frochot auf der Titelseite einer *Gazette de Montbolo* von 1998 war nicht dabei. Warum hatte Gaston oder wer auch immer das bloß aufgehoben? Sie legte alles wieder zurück und zog den zweiten Karton zu sich heran. Auch er enthielt Zeitungen und Magazine. Sie wollte den Deckel gerade wieder unwillig schließen, als sie ganz unten ein in dickes Packpapier eingeschlagenes Paket entdeckte. Sie hob das Paket heraus und wickelte es vorsichtig aus. Zum Vorschein kam eine Kladde mit schwarz marmoriertem Einband, so wie in ihrer Kindheit die Schul- oder Bürohefte gewesen waren. Miriam pustete den Staub herunter. Zwischen den Seiten ragten Ausrisse aus Magazinen hervor … Damit sie nicht herausfielen, war die Kladde mit einer Kordel zusammengebunden. Der abgegriffene Einband war an einigen Stellen geklebt, das Klebeband löste sich bereits. Miriam öffnete die Schleife und begann zu blättern. Sie war augenblicklich entzückt. Gleich auf den ersten Seiten entdeckte sie verblasste Buntstiftzeichnungen, die … sie überlegte, sah noch einmal hin, dann war sie sich sicher: Die Zeichnungen zeigten ihren Garten mit der Anlage der einzelnen Areale und Beete. Allerdings in einem sehr frühen Stadium. Auf einem der ersten Blätter war lediglich das unbebaute Grundstück zu sehen, dann folgten Pläne für die Anlage der Trockenmauern und danach die ersten Kirschbäume, die nicht viel mehr als Setzlinge waren. Jeder einzelne Baum war eingezeichnet. Sie blätterte weiter. Und hier war ihr Haus zu sehen! Miriam presste das Heft an die Brust und schloss die Augen. Also hatte sie doch einen veritablen kleinen Schatz gefunden, nämlich die Vergangenheit ihres Hauses. Ihr gefiel dieser Gedanke. Sie war schon immer an der Geschichte von Dingen interessiert gewesen, weil sie eine besondere Verbindung zur Gegenwart schufen und ihren eigenen Platz darin verankerten. So dachte sie zum Beispiel jedes Mal, wenn sie das Schälchen mit den Kirschen benutzte, an die Liebe zwischen Micheline und Gaston und wie es in ihrem Haus früher gewesen sein mochte. Sie sah noch einmal in den Karton, aber mehr war da nicht. Sie legte die anderen Sachen zurück, klappte den Deckel des Kartons wieder zu und schob ihn zu dem anderen zurück in die Ecke. Dann nahm sie das Buch und ging nach unten.

Draußen war es inzwischen zu dunkel geworden, um zu lesen, also setzte sie sich an ihren Küchentisch und fing wieder an zu blättern. Auf der ersten Seite stand ein Name: Gaston Bonnefoi. Also hatte er dieses Buch angelegt, und daneben hatte er das Datum geschrieben: 1. Januar 1964. War 1964 nicht das Jahr, in dem er Lisette geheiratet hatte? Wahrscheinlich waren die beiden damals hierhergezogen und hatten begonnen, den Garten anzulegen oder umzugestalten. Sie schlug die Seite um und sah die erste Zeichnung des Grundstücks. Das Haus stand schon, aber der Garten war eine Wildnis. Miriam blätterte durch die Seiten. Gaston hatte die Namen und Preise aller Pflanzen aufgelistet, die er gekauft hatte, und ihren Platz im Garten markiert. Einige hatte er gezeichnet. Hier zum Beispiel eine üppig blühende Hortensie in leuchtendem Rot. Auf mehreren Seiten waren Standort und Aufbau der Trockenmauern genau beschrieben. Schade, dass sie das nicht früher gesehen hatte, die Notizen wären ihr bei der Wiederaufrichtung sicher hilfreich gewesen. Für den Sommer 1968 fand sie den Eintrag, dass er tagelang nach gleich großen Steinen am Fluss gesucht hatte, um die Beete im Gemüsegarten damit zu umranden. Zwischen die Seiten hatte er manchmal die Samentüten gelegt, manchmal auch eine einzelne gepresste Blüte. Miriam roch an einem Lavendelzweig und bildete sich ein, er würde noch duften. Auf einigen Seiten stand nur ein einzelner Satz wie dieser: *Mirabellensetzling von Madame Gravelotte bekommen, ans untere Ende des Grundstücks setzen!* Oder hier, unter den Einträgen für das Jahr 1968: *13. März. Erbsen eingesät. Zu früh! Im nächsten Jahr näher an den Zaun!* Was meinte er damit? War der Winter in jenem Jahr noch einmal zurückgekommen und hatte die Pflanzen erfrieren lassen?

Voller Ungeduld blätterte sie vor, um Hinweise auf die Kirschbäume zu bekommen. »Gaston, du hast doch bestimmt Jahr für Jahr die Menge der Ernte notiert oder wie und wann du die Bäume beschnitten hast, nicht wahr?« Aber außer ein paar Eintragungen, etwa, dass ein Baum gefällt werden musste, weil der Sturm ihn umgerissen hatte, oder dass er einen Baum an Alicias Geburtstag gepflanzt hatte, fand sie keine Hinweise darauf. Sie legte den Finger zwischen die Seiten und dachte nach. Wozu diente dieses Buch? Als Gedächtnisstütze? Hatte Gaston es geschrieben und gezeichnet, weil es ihm Freude gemacht hatte? Weil er einen Ausgleich zur körperlichen Arbeit brauchte? Weil ihm im Winter langweilig war? Micheline hatte doch gesagt, er sei ein sehr belesener Mann gewesen. Aus diesem Grund hatte sie sich ja auch in ihn verliebt. Einige Seiten sahen aus wie kleine Kunstwerke. Mit einem Rahmen könnten sie durchaus eine Wand schmücken. In jedem Fall zeigte dieses Kleinod, wie sehr er sich mit diesem Stück Land verbunden gefühlt hatte und dass es ihm Heimat war.

»Ich weiß nicht genau, warum du dir diese Arbeit gemacht hast, aber sie ist in jedem Fall wunderschön«, sagte Miriam leise zu sich selbst. Morgen würde sie mit dem Buch in der Hand durch ihren Garten gehen. Es wäre schön nachzulesen, wann die großen Johannisbeerbüsche gepflanzt worden waren oder was sich aus den Knollen entwickeln würde, die sie in einem der Gemüsebeete gefunden hatte. Und vielleicht könnte sie auch einen Hinweis auf das Alter der drei Walnussbäume finden, die auf der Rückseite des Hauses standen.

Dieses ganz besondere Buch würde einen Ehrenplatz bekommen. Sollte sie es weiterschreiben? Sie überlegte kurz, dann entschied sie sich dagegen. Dies hier war Gastons Buch. Für ihre Einträge war das Buch von Fredo. Dorthinein würde sie ihre Erfahrungen mit dem Garten schreiben. Und sie würde Fredo bitten, eine aktuelle Ansicht des Gartens hineinzuzeichnen.

Ein anderer Gedanke kam ihr. Sollte sie Gastons Tochter Alicia davon erzählen und es ihr geben? Wusste sie überhaupt davon? Sie wollte das alte Gartentagebuch schon zuklappen, als sie einen Brief bemerkte, der ganz hinten zwischen die noch leeren Seiten geschoben war.

»M« stand in der bereits bekannten Schrift vorne drauf. Trotzdem verglich Miriam den Buchstaben mit Gastons Aufzeichnungen im Heft. Sie fand einen Eintrag über Mohnblumen und war sicher, dass Gaston diesen Brief geschrieben hatte. M ist Micheline, dachte sie. Sie hatte einen Liebesbrief von Gaston an Micheline gefunden! Aber warum lag er hier und nicht bei ihr, der Adressatin? Hatte Gaston ihn nicht abgeschickt? Sie war schon dabei, den Brief aus dem Umschlag zu nehmen, um ihn zu lesen, dann entschied sie sich anders.

Das wollte sie ihrer Freundin nicht antun, es wäre ein Vertrauensbruch.

Miriam streckte sich und merkte, dass ihr kühl geworden war. Die Tage waren heiß, aber in den Nächten kühlte es zum Glück immer noch empfindlich ab. Das war gut für die Bäume. Es war schon Mitternacht durch, die Zeit mit dem Buch war wie im Flug vergangen. Sie strich noch einmal zärtlich über den Einband, legte den Brief wieder an seinen Platz und ging schlafen.

Nach geologischen Funden in den Pyrenäen: Die Geschichte unserer Erde muss neu erzählt werden!

Am Sonnabend fuhr Miriam nach Ceret. Sie hatte Lust, über den Markt zu schlendern, aber vorher besichtigte sie das Museum, das direkt an der Marktstraße lag. Dort gab es tatsächlich Werke all der Maler zu sehen, von denen Micheline gesprochen hatte. Besonders gut gefielen ihr zwei Ansichten von Ceret von Auguste Herbin. Sie zeigten Häuser und die Platanen und waren in leuchtende geometrische Figuren zerlegt, trotzdem war die besondere Stimmung des Ortes zu erkennen. Miriam betrachtete die Bilder lange, dann spazierte sie in den Trakt des Gebäudes hinüber, der Dalí gewidmet war. Bilder, Skulpturen, Collagen, Bücher und Briefe. Die Stadt war wirklich stolz auf den spanischen Maler und hatte eine beachtliche Sammlung zusammengetragen. Ein ganzer Raum war Dalís Besuch im Jahr 1965 gewidmet. Sie betrachtete Dalí und seine Gala, beide in großer Robe und Geste. Auch das Rhinozeros war auf einem Foto zu sehen. Sie ging dicht an die Fotos heran, die damals aufgenommen wurden und die auch die unüberschaubare Menge zeigten, die das Paar begrüßte. Auf einem meinte sie im Hintergrund Micheline zu erkennen. Sie machte ein Foto mit ihrem Handy und beschloss, sie danach zu fragen.

Nach einer guten Stunde zog es sie nach draußen. Auf der Marktstraße vor dem Museum empfingen sie strahlender Sonnenschein und das Stimmengewirr und Gedränge der Marktbesucher. Es war merklich lebendiger als noch vor zwei Wochen. Die ersten Touristen waren eingetroffen. Miriam hörte Englisch und Deutsch. Sie erledigte ihre Einkäufe und ging dann zu dem Café, in dem sie bei ihrem letzten Marktbesuch Philippe getroffen hatte. Es war komisch mit diesem Mann: Die Zeit, die sie mit ihm verbrachte, so wie bei ihrer ersten Tramontane oder auf der Bergwanderung, erlebte sie ganz intensiv, aber dann sah sie ihn tagelang gar nicht. Sie wollte ihn nach der Coopérative fragen. Paul hatte ihr doch erzählt, Philippe habe sich dort für sie eingesetzt. Hoffentlich ist er da, dachte sie, als sie sich der Terrasse näherte. Fast alle Tische waren besetzt, aber Philippe war nicht zu sehen. Enttäuscht ging sie weiter in die Richtung des Parkplatzes. Sie war gerade wieder vor dem Museum angelangt, als sie seine Stimme hörte.

»Mir-jam!«

Sie drehte sich um.

Er stand direkt hinter ihr und beugte sich vor, um sie auf beide Wangen zu küssen. Sie konnte sein Aftershave riechen. Frisch rasiert sah er womöglich noch besser aus. Vom Mund bis zur Nase zog sich eine Linie, die sie schon immer sehr männlich gefunden hatte.

»Wir haben uns lange nicht gesehen«, sagte er. »Hast du Zeit für einen Kaffee?« Im flirrenden Halbschatten der Platanen hatte sein Gesicht etwas besonders Anziehendes.

»Gern. Waren wir nicht sogar verabredet?«

Er steuerte einen freien Tisch an und winkte dem Kellner.

»Wie geht es dir? Du hast die Fensterläden gestrichen. Das sieht schön aus. Das Haus wirkt viel jünger.« Dabei sah er sie lange an.

»Du warst lange nicht da«, sagte sie statt einer Antwort.

»Ich war einige Tage in den Bergen. Wir untersuchen einen alten Steinbruch, weil ein paar Bauern dort besondere Gesteine gefunden haben.«

»Besondere Gesteine?«

»Ach, das ist Geologenkram. Aber in dieser Gegend lässt sich an den Steinen viel ablesen. Es gibt sehr viele Höhlen, unterirdische Flussläufe und so weiter.« Er stützte die Ellenbogen auf den Tisch, legte die Handflächen zusammen und sah sie an. »Aber ich will eigentlich wissen, wie es dir geht.«

Miriam dachte kurz nach. Dann sagte sie: »Es geht mir gut. Ich liebe mein neues Leben. Und die Arbeit.«

»Ich mochte unsere Wanderung neulich. Dass du neben mir eingeschlafen bist, fand ich toll.«

»Ach, ich war einfach nur müde.«

Aber sie wussten beide, dass es von besonderem Vertrauen sprach, wenn man neben jemandem einschlief, den man noch gar nicht richtig kannte. Miriam dachte an das Ende des Abends, als sie seine Einladung auf einen Wein abgelehnt hatte. Sie hatte sich inzwischen mehrfach gefragt, ob sie einen Fehler gemacht hatte.

»Wir hätten doch noch einen Wein trinken sollen«, sagte er, als hätte er ihre Gedanken erraten. »Wir sollten das bald nachholen.«

Miriam sah ihn an. An seinem Lächeln erkannte sie, dass er es ernst meinte. Er beugte sich leicht über den Tisch in ihre Richtung, als wollte er ihr näher sein. Oder sie sogar küssen?

Gerade jetzt kam der Kellner an ihren Tisch und unterbrach ihre Zweisamkeit. »Salut, Philippe. Bonjour, Madame. Was darf es sein?«

Philippe sah sie wieder an. »Ein Glas Crémant? Auf unser Wiedersehen?«

Ein Glas Crémant mit Philippe an diesem Tisch unter den Platanen, um sich herum den Trubel der gut gelaunten Marktbesucher. »Sehr gern!«

Doch kaum hatte der Kellner die beiden hochstieligen Gläser gebracht, da wurden sie wieder gestört.

»Philippe!« Zwei jüngere Männer und die Frau, die sie neulich bei ihm gesehen hatte, zogen sich freie Stühle von den Nachbartischen heran, ohne zu fragen, ob sie vielleicht störten.

»Hallo«, sagte er, und es klang etwas lahm. »Das ist Miriam, meine Nachbarin. Und das sind François, Ludovic und Marie-Claire.«

Die drei reichten ihr die Hand, und dann redeten sie nur noch mit Philippe. Es ging um Gesteinsproben, Untersuchungsergebnisse und so etwas wie ein neues Wundermikroskop, das sie für ein Institut anschaffen wollten. Ludovic versuchte zweimal Miriam in das Gespräch einzubeziehen und nannte sie dabei immer »Madame«. Sie begann sich unwohl zu fühlen.

Ihr entging nicht, dass Marie-Claire, die höchstens dreißig war und in ihrem bunten Kleid mit Spaghettiträgern hinreißend aussah, Philippes Nähe suchte. Sie legte mehrfach besitzergreifend die Hand auf seinen Arm, wenn sie etwas sagte, und lachte laut über seine Worte.

Das nennt man wohl *anhimmeln*, dachte Miriam.

Philippe schien das kein bisschen unangenehm zu sein, er lächelte Marie-Claire an und rückte sogar seinen Stuhl näher an ihren heran. Dennoch beteiligte er sich nur halbherzig an dem Gespräch und suchte immer wieder Miriams Blick.

Miriam saß stumm daneben, denn die Unterhaltung war ihr zu technisch, sie verstand nur die Hälfte. Außerdem war ihr die Situation unangenehm. Philippe hatte offensichtlich überhaupt keine Mühe, zwei Frauen gleichzeitig zu umgarnen.

Jetzt hob er sein Glas, um ihr zuzuprosten.

»Was trinkt ihr denn da? Crémant? Ich will auch einen. Monsieur!«, rief Marie-Claire dem Kellner zu und zeigte mit der Hand auf sein Glas. »Noch drei.«

Miriam trank ihr Glas aus und stand auf. »Ich muss dann mal wieder«, sagte sie lahm.

Philippe hob die Brauen. »Das ist schade. Bis später«, sagte er dann.

Was hat er damit gemeint? fragte sie sich während der Rückfahrt leicht frustriert. Sie fühlte sich um einen schönen Moment betrogen. Wer war diese Marie-Claire? Was hatte sie mit Philippe zu tun? Und wie schaffte er es, Miriam das Gefühl zu geben, sie sei die einzige Frau auf der Welt, mit der er an einem Caféhaustisch sitzen wollte, und dann kam eine andere Frau, und der gab er genau das gleiche Gefühl? Wie machte dieser Mann das?

Zum Glück bin ich neulich Abend nicht schwach geworden, dachte sie. Die Vorstellung, neben ihm zu sitzen und an seiner anderen Seite saß diese Marie-Claire und er hätte mit ihnen beiden ... Bei diesem Gedanken schlug sie mit der flachen Hand auf das Lenkrad. »Wieso wohnt ausgerechnet der neben mir?«, rief sie sich im Spiegel zu.

Am Nachmittag rührte sie noch einmal ihren Waffelteig an, weil sie für das Kirschenfest üben wollte. Außerdem war sie immer noch nicht mit ihren heißen Kirschen zufrieden, und die waren ja schließlich die Hauptsache bei »Madame Richards Waffeln mit Kirschen«, wie sie sie insgeheim nannte. Aber diese Kirschen! Es lag definitiv am Herd, der sich einfach nicht richtig regulieren ließ. Sie lief nur einmal ganz kurz in den Garten, um ein paar zarte Minzblätter zu holen. Als sie wieder in die Küche kam, roch es verbrannt, und das Kirschkompott spritzte in dicken Tropfen aus dem Topf. Es war in einer daumendicken Schicht auf dem Boden angebrannt, und sie beförderte es mit Schwung in den Mülleimer.

Seufzend stellte sie den Topf in die Spüle, bis er abgekühlt war, dann schrubbte sie ihn mit aller Kraft, wobei sie wieder einmal feststellte, dass Eau de Javel wirklich jede Verschmutzung wegbekam, und probierte es noch einmal. Diesmal setzte sie den Topf mit den Kirschen allerdings in ein Wasserbad, damit er nicht wieder überkochte und anbrannte. Das dauerte zwar sehr viel länger, war aber sicher.

»Ich frage mich, wie ich hier Kirschmarmelade einkochen soll«, sagte sie zu sich selbst. Dabei kam es doch darauf an, die Früchte mit dem Gelierzucker genau vier Minuten lang sprudelnd zu kochen, damit die Marmelade fest, aber nicht zu fest wurde. Wie sollte das mit diesem vorsintflutlichen Trumm von Herd gehen? Ganz abgesehen davon, dass sie gar nicht wusste, ob es in Frankreich überhaupt Gelierzucker gab.

Nach getaner Arbeit saß sie wie üblich vor dem Haus, als sie auf der anderen Straßenseite Philippe entdeckte. Er winkte, und jetzt machte er den Eindruck, als wollte er zu ihr herüberkommen. Er trug eine Flasche unter dem Arm. Und tatsächlich, er überquerte die Straße und kam ihre Einfahrt hinaufgeschlendert.

Miriam räusperte sich und sah ihm entgegen, bis er vor ihr stand.

»Hallo. Störe ich dich bei irgendetwas?«

Miriam schüttelte den Kopf.

»Das ist gut. Ich fühle mich nämlich um unser Gespräch von heute Morgen betrogen«, begann er.

Komisch, genau das hatte sie doch auch gedacht, als sie nach Hause gefahren war. Es war nicht das erste Mal, dass sie eine solche Verbindung zwischen ihnen spürte. Aber sie äußerte ihre Gedanken nicht laut.

Er hielt die Flasche Wein hoch. »Ich habe einen Pouilly Fumé mitgebracht, er ist eiskalt. Ein Freund von mir macht ihn.«

»Pouilly Fumé?«, fragte Miriam. »Woher kommt der?«

»Von der Loire.« Er lächelte. »Es ist sozusagen der Wein zu meinem Beruf. In der Gegend des Anbaugebiets kommen Feuersteine vor, die beim Zusammenschlagen Funken und Rauch entwickeln. Bei exzellenten Weinen wie diesem«, er hob die Flasche an und ließ sie das Etikett lesen, »schmeckt man diesen Anklang heraus. Hast du Lust?«

Ohne zu überlegen, sprang sie auf. »Und wie! Ich hole Gläser!«

In der Küche stützte sie die Hände auf den Tisch und atmete einmal tief ein und aus. Philippe war da, na gut. Diesen Abend würde sie nicht allein verbringen, sondern mit ihrem Nachbarn. Als sie die Tüte Cracker partout nicht aufbekam und hektisch an der Verpackung riss, merkte sie, wie kribbelig sie war. Es war eben nicht nur irgendein Nachbar, sondern Philippe, der draußen auf der Bank saß. Wenn er ihr zu nahe kommen sollte, würde sie ihn nach Hause schicken. Sie griff nach der Schere und schnitt die Tüte mit den Crackern auf, um sie in die Kirschenschale von Micheline zu legen. Ein paar fielen daneben. »Verflixt und zugenäht!«, entfuhr es ihr. Sie sammelte sie ein und holte einen der kleinen Ziegenfrischkäse aus dem Kühlschrank.

»Kann ich dir helfen?«, sagte er plötzlich dicht hinter ihr.

Sie hatte sein Näherkommen nicht bemerkt und drehte sich abrupt um. Dabei berührte sie ihn fast, und sie nahm seinen Duft nach Sonne und Erde über dem Aftershave wahr. Das nächste Mal in der Parfümerie versuche ich herauszubekommen, was er benutzt, dachte sie.

»Nein, nein, alles gut. Nimmst du den Korkenzieher mit?«, fragte sie.

»Was riecht hier denn so gut?«, fragte er und sah sich um.

»Ich habe heute Nachmittag mein Waffelrezept perfektioniert. Waffeln mit heißen Kirschen. Vor allem die Kirschen. Für das Fest. Willst du? Es sind noch welche da.«

»Unbedingt.«

Sie legte die schönste Waffel auf einen kleinen Teller und gab etwas Kirschkompott darüber, das sie mit einer Spur dunklem Kakao gewürzt hatte.

Sie setzten sich vor das Haus, er öffnete die Flasche und schenkte ihnen beiden ein. Es war der gleiche Wein, den er auch auf ihrer Bergtour dabeigehabt hatte. Und wieder war der erste Schluck eine Offenbarung für Miriam. Sie leckte sich genießerisch die Lippen und meinte, tatsächlich so etwas wie eine Rauchnote zu schmecken. Ihr Wissen über diesen Wein machte ihn in ihren Augen noch besser.

Philippe tat es ihr gleich, nachdem er die Waffeln probiert hatte. »Das schmeckt köstlich«, sagte er. »Dabei fällt mir ein, dass ich noch ein Essen bei dir guthabe. Du scheinst gut zu kochen.«

»Das hat Micheline auch gesagt.«

Er schlug sich mit den Händen auf die Oberschenkel. »Ich frage mich immer noch, wie sie es geschafft hat, dass du für sie gekocht hast.«

»Du warst nicht da. Deine Läden waren immer geschlossen.«

»Ich habe doch gesagt, dass ich auf einer Expedition war. Mit Marie-Claire und den beiden Jungs«, fügte er hinzu und sah sie dabei lange an.

»Marie-Claire? Ich habe sie schon häufiger bei dir gesehen.«

»Sie ist eine Studentin, genau wie François und Ludovic.«

»Nicht ganz, immerhin ist sie eine Student*in*«, sagte Miriam und ärgerte sich gleich darauf über ihre Bemerkung.

»Ich lasse sie bei mir wohnen, wenn wir in der Gegend zu tun haben. Mein Haus ist groß, und ich habe gern Gäste.«

»Du feierst gern.« In ihrer Stimme schwang eine Frage mit. Oder eine Spur Ärger.

»Ja. Aber lieber noch mit Leuten, die ich selber auch mag. Womit ich nicht sagen will, dass ich meine Studenten nicht mag, aber sie sind nicht ganz, wie soll ich sagen, uneigennützig. Und sie sind Studenten, die meine Kinder sein könnten.«

»Bist du Professor?«

Er warf sich in einer gespielten Geste in die Brust. »Professor Philippe Grandjonc vom IMAGES an der Université Perpignan.«

»Images? Was heißt das?«

»Institut de Modélisation et d'Analyses en Géo-Environnements Marins et de Santé. Wir Franzosen haben eine verrückte Liebe für Abkürzungen, die kein Mensch versteht.«

»Das stimmt absolut«, gab Miriam zurück und fiel in sein Lachen ein. »Ich forsche zu den Auswirkungen menschlichen Handelns auf die Umwelt, um es mal ganz allgemein zu sagen. Aber darüber will ich heute Abend wirklich nicht reden.« Sein aufmerksamer Blick traf Miriam, und sie wusste nicht wohin mit ihren Händen.

Doch ihre Unsicherheit legte sich bald. Die erste Flasche Wein hatten sie über ihrer Plauderei ziemlich schnell ausgetrunken. Miriam berichtete noch einmal von ihrem Ärger mit Sebastiá und dann von Gastons Gartentagebuch, das sie gefunden hatte. Philippe ging zu sich hinüber, um neuen Wein zu holen. Miriam überlegte ganz kurz, ob sie ihn fragen sollte, ob sie mitgehen dürfte. Sie wollte zu gern wissen, wie er wohnte. Bisher kannte sie nur das Haus von Micheline und ihr Gästezimmer im Hotel von Monsieur Frochot. Es interessierte sie, wie die Franzosen ihre Häuser einrichteten. Sie wollte ihm nachgehen, dann ließ sie sich wieder auf die Bank zurücksinken, sie war viel zu träge, um aufzustehen. Sie sah ihm nach. Sie mochte seinen leicht schlendernden Gang. Ich mag ihn überhaupt, dachte sie. Er ist ein unglaublich attraktiver Mann. Kein Wunder, dass seine Studentinnen was von ihm wollen.

Während sie ihren Gedanken nachhing, kam Lilly aus ihrem Loch geflogen und verschwand in Richtung des Kirschhains.

»Du musst keine Angst vor ihm haben«, sagte sie.

»Um Himmels willen, nein! Du musst doch keine Angst vor mir haben!«

Sie hatte nicht gehört, dass Philippe schon wieder da war. »Ich habe mit der Eule geredet«, sagte sie und kicherte. Der Wein begann ihr in den Kopf zu steigen. Sie rückte ein wenig zur Seite, damit Philippe sich wieder neben sie setzen konnte. »Lieben wäre jetzt nicht schlecht«, sagte sie, dann bemerkte sie ihren Fehler. »Ich meine natürlich Liegen«, verbesserte sie sich. »Dann könnten wir die Sterne sehen. Guck mal, wie viele da oben sind. Ich bin sicher, du kennst jeden einzelnen.«

Er sah sie nachdenklich an, wieder mit diesem Blick, der sie nervös machte.

»Lass das«, drohte sie ihm.

»Was denn?«, fragte er unschuldig.

»Diesen Blick. Den kannst du dir für deine Studentin aufheben.«

Er tat so, als sei er zerknirscht. »Warte«, sagte er dann und ging wieder zu sich nach drüben. Er brachte eine gesteppte Decke, eine Art Quilt in den Farben der Provence, wie sie im Halbdunkel erkennen konnte, und ein paar Kissen mit. Er breitete sie im Gras aus und lud sie mit einer Handbewegung ein, Platz zu nehmen.

Miriam ging zu ihm hinüber und ließ sich auf den Boden gleiten. Er schenkte ihr Wein nach und legte sich neben sie auf die Decke.

»Wie heißt eigentlich deine Lebensgefährtin?«, fragte er, als Lilly eine Runde über ihnen drehte und dann in der Dunkelheit verschwand.

»Lilly«, gab sie zurück.

»Ist alles in Ordnung zwischen euch?«

»Mhm.«

Sie lehnte den Kopf auf das Kissen und sah in den Himmel, an dem die Sterne standen.

Für einen Augenblick lagen sie nebeneinander, nippten an ihrem Wein und hingen ihren Gedanken nach.

Miriam wusste nicht, woran Philippe dachte, aber sie dachte an ihn. Daran, dass sie sich gerade eine Decke teilten und wie dicht sie nebeneinanderlagen. Sie genoss die Nähe zu diesem

Mann, den sie attraktiv und sympathisch und vor allem witzig fand. Sie hatte den Unterarm unter den Kopf gelegt und nahm ihn jetzt weg, weil sie ihr Glas ergreifen wollte. Dabei berührte sie seine Schulter. Er legte seinen Arm unter ihren Kopf, und sie lehnte sich zurück. Jetzt lag ihr Kopf an seiner Schulter. Miriam wagte kaum zu atmen.

»Bequem so?«, fragte er, und seine Stimme klang zärtlich.

»Mhm«, machte Miriam wieder, aber sie musste an seinen Oberschenkel denken, der schon die ganze Zeit an ihrem ruhte. Ihre Haut kribbelte, als die Härchen sich aufstellten.

»Ich finde dich interessant. Du ziehst mich an. Und ich bewundere deinen Mut. Du bist anders als andere Frauen.« Er hatte sich auf die Seite gedreht, um ihr ins Gesicht sehen zu können.

»Ich weiß nicht. Findest du?«

»Finde ich«, murmelte er und küsste sie sanft auf die Wange. Miriam hatte das Gefühl, als würden Ameisen über ihren Nacken krabbeln. Sie drehte ihren Kopf zu ihm, und ihre Lippen fanden seinen Mund.

Sein Kuss fühlte sich so gut an, dass sie ihn auch erwidert hätte, wenn er ihr gesagt hätte, dass er ein Frauenmörder war.

Sie stöhnte auf und öffnete ihre Lippen. Darauf schien er nur gewartet zu haben. Seine Küsse wurden heftiger. Er begann sie mit seiner freien Hand zu streicheln, erst das Haar und den Nacken, und als er ihre Brust berührte, brachen in ihr alle Dämme. Sie knutschten wie wild herum, und Miriam fuhr mit der Hand in sein Hemd. Sie wollte seine Haut spüren. Sie war warm und weich, und sie wollte mehr davon. Philippe zog ihr das T-Shirt über den Kopf und presste seinen Körper an sie. Er schob ein Bein zwischen ihre und legte sich halb auf sie. »Mirjam«, stöhnte er zwischen zwei Küssen.

Miriam dachte an nichts mehr, nur noch, dass sie ihn wollte. In diesem Augenblick war es ihr egal, ob ihr Bauch vielleicht zu dick war oder ob ihre Beine rasiert waren. Sie drängte sich an ihn und streichelte seinen Rücken. Sie gab sich ihrer Lust hin. Um sie herum waren nur die samtige Dunkelheit und der Gesang der Zikaden.

Nach einer gefühlten Ewigkeit, die zu einer Sekunde zusammengeschmolzen war, lösten sie sich völlig verschwitzt voneinander, um wieder zu Atem zu kommen. Miriam setzte sich auf, und Philippe setzte sich hinter sie, damit sie sich anlehnen konnte, Miriam mit dem Rücken an Philippes Bauch gelehnt. Sie waren nackt. Wieder schob Miriam den Gedanken, ob ihr das peinlich sein sollte, von sich. Es fühlte sich einfach gut an. Philippe breitete den einen Zipfel der Decke über sie, weil die kühle Nachtluft unangenehm wurde, und sie sahen lange in die Sterne, die über ihnen funkelten.

»Meine wunderschöne sexy Nachbarin«, flüsterte er in ihr Ohr. »Du glaubst nicht, wie lange ich auf diesen Moment gewartet habe.«

Sie drehte den Kopf über die Schulter, um ihn zu küssen, und erneut flammte die Leidenschaft zwischen ihnen auf. Zweimal Liebe hintereinander! Wann hatte sie dieses Glück zum letzten Mal erlebt? Das musste Jahre her sein. Und dann auch noch in der freien Natur! Sie schlang die Arme um Philippe und zog ihn an sich.

Aus dem Gartentagebuch von Gaston Bonnefoi

Heute ist Lisettes 3. Todestag. Ich habe ihr zu Ehren die etwas divenhafte Pompondahlie »Rokko« in Dunkelviolett gepflanzt. Ich weiß ja, dass Lisette die perfekt geformten Blütenbälle mit ihren dicht beieinanderstehenden eingerollten Blütenblättern geliebt hat. Daneben habe ich eine anemonenblütige Sorte in Hellrosa gepflanzt. Ich hoffe sehr, dass Lisette dieses Nebeneinander von unterschiedlichen Blütenformen und Farben gefallen hätte.

Morgen werde ich Kompost besorgen, damit sie gut anwachsen können.

Chansonwettbewerb in Amélie. Siegertitel: Je ne regrette rien!

Miriam erwachte, weil ein Sonnenstrahl sie im Gesicht kitzelte. Sie brauchte einen Moment, um sich zurechtzufinden. Wo war sie? Und warum zwitscherten die Vögel so laut um sie herum? Sie sah an sich herunter und stellte fest, dass sie in Philippes Quilt eingekuschelt war. Die vergangene Nacht fiel ihr wieder ein. Sie und Philippe hatten sich stundenlang geliebt. Und es war sein Arm, der um ihren Bauch geschlungen war. Und sein warmer Atem, den sie zwischen ihren Schulterblättern spürte. Sie drehte leicht den Kopf und sog seinen unvergleichlichen Duft ein. Vorsichtig machte sie sich frei, um ihn nicht zu wecken, und drehte sich zu ihm herum. Sie wollte ihn ansehen. Er schlief noch, einzelne Strähnen seines Haars waren ihm in die Stirn gefallen. Sie konnte den dunklen Schatten seines Barts sehen und die feinen Linien um seinen Mund. Ihr Blick blieb an seinen vollen Lippen hängen und wanderte weiter zu der kleinen Kuhle zwischen Schlüsselbein und Hals, die sie schon immer bei einem Mann gemocht hatte. Sie spürte das Pochen, das sich in ihrem Unterleib regte. Als würde er merken, dass sie ihn ansah, bewegte er sich leicht. Er tastete im Schlaf nach ihr und legte seine Hand auf ihre Hüfte.

Sie stützte sich auf einen Ellenbogen. In ihrem Rücken wurde es kalt, sie vermisste ihn jetzt schon mit ihrem ganzen Körper. Sie sah an sich herunter und stellte fest, dass sie immer noch nackt war. Bei der Erinnerung an die vergangene Nacht spürte sie ihre Lust wiederkehren. Sie musste sich zusammenreißen, um nicht die Hand auszustrecken und ihn zu streicheln oder mit den Lippen über seine Haut zu streifen.

Stattdessen setzte sie sich auf und schlang die Arme um ihre Knie. Nein, du wirst nichts dergleichen tun! befahl sie sich selbst. Sie und Philippe hatten eine märchenhafte Nacht miteinander verbracht. Das war's dann aber auch. Philippe war nicht der richtige Mann für eine Beziehung. Sie hatte überhaupt keine Zeit für eine Affäre. Und sie war auch nicht gerade die Richtige für einen stadtbekannten Casanova und Herzensbrecher.

»Nehmen Sie die Liebe, wie sie kommt.« So etwa hatte Micheline es doch formuliert. Genau das hatte Miriam getan. Sie hatte eine rauschhafte Nacht mit Philippe erlebt, die ihr niemand nehmen konnte, ebenso wenig wie die glückliche Gewissheit, dass sie für solche Gefühle noch nicht zu alt war. Bei dem Gedanken, dass sie sich sogar zweimal geliebt hatten, musste sie kichern, zärtlich und leidenschaftlich, dann wieder zärtlich … Sie spürte ein Kribbeln wie eine Gänsehaut zwischen den Schulterblättern. Sie schüttelte es ab. Bei dieser einen Nacht würde es bleiben. Man sollte schließlich immer aufhören, wenn es am schönsten war, ging ihr noch durch den Kopf.

Sie legte sich noch einmal zurück und sah in den Himmel. Über ihr kreisten die Schwalben, der Duft des Sommers umgab sie. Hatte sie überhaupt schon einmal unter freiem Himmel geschlafen? Sie konnte sich nicht daran erinnern, aber dieses Erwachen lohnte sich in jedem Fall. Es würde nicht das letzte Mal sein, nahm sie sich vor. Auch ohne vorherige Liebesnacht.

»Danke, Philippe«, flüsterte sie.

Vorsichtig schälte sie sich aus der Decke, um ihn nicht zu wecken, und ging eilig hinüber ins Haus, immerhin hatte sie nichts an. Unter der Dusche überfiel sie schon wieder die Erinnerung an Philippes Berührungen. Während sie sich einseifte, meinte sie seine Hände wieder auf sich zu spüren, und hielt inne, um sich dem Gefühl hinzugeben.

Träumen durfte sie ja wohl noch, aber sie musste aufpassen, sich keine Hoffnungen zu machen.

Als sie aus der Dusche kam, stellte sie die Espressomaschine auf den Herd. Einen Kaffee können wir noch zusammen trinken, dachte sie. Da ist nun wirklich nichts dabei.

Aber als sie mit zwei Bechern in der Hand zur Haustür hinaussah, waren Philippe und sein Quilt verschwunden. Sie spürte, wie alle Kraft aus ihr wich, so als würde man die Luft aus einem Ballon lassen.

Sie machte einen Schritt in den Garten und hörte nebenan Stimmen. Philippe hievte eine schwere Tasche in sein Auto. Marie-Claire und die beiden anderen saßen bereits im Wagen. Ludovic winkte ihm ungeduldig zu. »Komm schon. Wir sind spät dran«, rief er.

Philippe sah zu ihrem Haus herüber und entdeckte sie. Ein freudiges Lächeln erschien auf seinen Lippen. Er gab den anderen ein Zeichen und setzte sich in ihre Richtung in Bewegung. Dabei warf er sein Schlüsselbund kurz in die Luft und fing es wieder auf.

Plötzlich stand die Zeit still. Miriam erstarrte in ihrer Bewegung. Ihr Lächeln gefror. Fast hätte sie die beiden Kaffeetassen fallen lassen. Dann fasste sie sich und rannte fast zurück zum Haus.

Sie hörte noch, wie er ihren Namen rief, hatte aber nicht die Kraft zu reagieren. Kurze Zeit später wurde der Motor gestartet.

»Ich geh noch mal weg. Warte nicht auf mich.« Dazu dieses klickende Geräusch, wenn er die Autoschlüssel hochwarf und sie wieder auffing. Dieses Geräusch, das sie noch mehr hasste als seine Worte. Beide Hände ausgestreckt, die Handflächen nach oben, die eine Hand warf, die andere fing auf, eine Geste, die keinen Widerspruch duldete, die jedes Gespräch verstummen ließ, die sie wieder zum Kind werden ließ.

»Aber ... Wohin willst du denn jetzt noch? Es ist doch schon spät!« Sie versuchte es trotzdem.

Gerhard sah sie mit kalten Augen an, dann schlug die Haustür hinter ihm zu.

Miriam blieb zurück. Sie ging zum Fenster und sah auf die Straße hinunter. Gerhard stieg in sein Auto. Sie wusste, dass er den ganzen Abend nur darauf gewartet hatte. Während ihre Geburtstagsgäste noch da gewesen waren. Miriam pustete die Kerzen aus und begann den Tisch abzuräumen. Sie stellte das übrig gebliebene Essen in den Kühlschrank, das schmutzige Geschirr in den Spüler. Dann legte sie sich ins Bett und wartete darauf, bis Gerhard wiederkam.

Miriam kam nur langsam wieder zu sich. Sie saß immer noch bewegungslos auf der Bank vor dem Haus und hielt zwei Kaffeebecher in den Händen. Der Kaffee war längst kalt geworden.

»Warum muss ich denn ausgerechnet jetzt wieder daran denken?«, fragte sie sich und wischte sich die Tränen aus dem Gesicht.

Sie hasste diese Erinnerung. Es war demütigend, an Gerhard zu denken, an ihren Mann, der sie jahrelang betrogen hatte, offen, vor ihren Augen. Der abends immer öfter einfach gegangen war, zu der anderen Frau. Heute konnte Miriam nicht mehr verstehen, warum sie sich das so lange hatte gefallen lassen. Aber nach jenem Geburtstag hatte sie endlich den Mut gehabt, ihm die Tür zu weisen. Als er in der Nacht wiedergekommen war, hatte sie nur einen Satz gesagt: »Morgen ziehst du aus.« Er hatte nicht widersprochen. Das Ganze war schon Jahre her, Merle war damals dreizehn gewesen.

Und heute kam diese Erinnerung wieder, weil Philippe diese Geste gemacht hatte, weil er seine Autoschlüssel von der einen Hand in die andere geworfen hatte und weil er in das Auto gestiegen und weggefahren war.

»Das ist doch völlig bescheuert. Ich werde mich davon nicht unterkriegen lassen. Ich bin nicht mehr die Frau von damals, und Philippe ist nicht Gerhard!« Aber ich werde nicht zulassen, dass noch mal ein Mann mein Leben so bestimmt, dachte sie dann. Auch nicht, wenn es Philippe ist. Außerdem habe ich ja schon heute Morgen beschlossen, dass das mit uns nur ein Ausrutscher war. Sie schüttelte sich. »Und jetzt mache ich mir einen frischen Kaffee.«

Sie stand unschlüssig vor ihrer Kaffeemaschine. Ich muss heute etwas Besonderes tun, dachte sie. Ich kann nicht einfach zur Tagesordnung übergehen. Sie holte Gastons Gartenbuch, das wie immer auf dem Stuhl in ihrem Schlafzimmer lag, und nahm es mit in den Garten. Ihr war etwas eingefallen, was sie dort gelesen hatte. Sie blätterte und fand die Seite. Hier war es, die Dahlien! Sie sah sich suchend um, um Gastons Zeichnung zu verorten. Hier gleich neben dem Zaun zur Straße musste die Stelle sein, an der er eine seltene Dahlie gesetzt hatte. *3. Todestag von Lisette*, hatte er in seiner selbstbewussten, schwungvollen Schrift danebengeschrieben. Miriam nahm sich vor, Micheline bei Gelegenheit nach dem Datum zu fragen. Sie ging zurück ins Haus, trank ihren Kaffee aus, dann holte sie einen Spaten und eine Harke und begann vorsichtig an der Stelle zu graben. Sie fand die Knollen ziemlich schnell. Sie waren in keinem guten Zustand, ein großer Haufen miteinander verwachsener fingerförmiger Wurzeln. Üblicherweise überwinterten Dahlienknollen in einem frostfreien Keller und wurden im Frühling wieder eingepflanzt, damit sie im Sommer blühten. Um diese Exemplare hatte sich in den letzten Jahren niemand gekümmert. Einzelne Wurzelteile waren völlig vertrocknet, angefressen oder angefault. Miriam grub das ganze Wurzelpaket aus und entfernte vorsichtig tote und beschädigte Teile. Sie füllte einen Eimer mit Wasser, und während sie die Knollen wässerte, lockerte sie die Erde und vermengte sie mit Hornspänen und Sand, denn Dahlien mochten keine stehende Nässe. Dann setzte sie die Wurzeln an ihrem alten Platz wieder ein. Sie klopfte die Erde an und strich sie glatt.

»So, jetzt könnt ihr wachsen«, sagte sie und dachte dabei an die unglückliche Lisette und an Gaston und Micheline, die ja auch nicht gerade Glück in der Liebe gehabt hatten.

Am Nachmittag warf sie eines ihrer wenigen Weingläser herunter. Es zersprang auf dem Küchenboden in tausend winzige Scherben. Als sie sie aufkehrte, schnitt sie sich in die Fingerkuppe. »Verdammter Mist!«, schrie sie, und Wut und Frustration lagen in diesem Schrei. Sie hatte sich den ganzen Tag über beschäftigt und Pläne gemacht, als ob alles in Ordnung wäre, aber im Grunde hatte sie immer wieder an Philippe denken müssen; er blockierte sie, er hinderte sie daran, ihren Tag ruhig angehen zu lassen wie immer. Sie war ungeschickt, ließ Dinge fallen, stolperte. Sie kam sich vor wie ein verliebter Backfisch.

»Schluss jetzt!«, rief sie. »Ich will das nicht! Ich bin hier, um meine Ruhe zu finden. Nicht um an einen Mann zu denken, der nicht zu mir passt!«

Sie feuerte den Lappen, den sie gerade in der Hand hielt, in die Spüle und stürmte aus dem Haus. Was auch immer das mit Philippe gewesen war, es war vorbei. Wenn er das nächste Mal kam, würde sie ihn wie eine nette Nachbarin begrüßen, mehr würde sie nicht zulassen.

Auf dem Weg in die Boulangerie ein paar Tage später hatte sie einen merkwürdigen Einfall: Montbolo schien der Ort der unglücklich Verliebten zu sein – Micheline und Gaston, Paulette und ihr unbekannter Verehrer, Philippe und ich … Sie schnaubte. Da könnte sie ja gleich noch Monsieur Frochot dazuzählen, der in sie verliebt war.

Sie war so in ihre Gedanken vertieft, dass sie schon fast an der Bäckerei vorbeigefahren war, als sie ihren Fehler bemerkte und scharf abbremste.

»Na, du hast es heute ja eilig«, begrüßte Paulette sie. Sie trug ein pinkfarbenes Minikleid mit einem breiten roten Gürtel und sah wie immer hinreißend aus.

Betty Blue, dachte Miriam, natürlich! Wieso ist mir das nicht schon früher eingefallen? Sie sieht aus wie Betty Blue in dem gleichnamigen Film aus den Achtzigern, und genauso kleidete sich Paulette. Inzwischen fand Miriam, dass sie Stil hatte. »Bonjour, Paulette. Das Übliche, bitte.«

Paulette raschelte mit dem Papier, und Miriam beugte sich über den Tresen. »Und? Was gibt es Neues von deinem Verehrer?«

Paulette lächelte in sich hinein, während sie das Wechselgeld abzählte. Die Münzen lagen in ungeordneten Haufen vor ihr auf dem Ladentisch, und sie zählte sie mit Zeige- und Ringfinger in ihre Hand. »Er ist einfach süß. Ich habe schon ein ganzes Regal voller Herzen zu Hause, aus Stein, aus Holz, gebacken … Heute war es aus Schokolade. Aber am liebsten sind mir seine Gedichte. Ich glaube, er denkt sie sich selbst aus, ich habe die Zeilen gegoogelt und nichts gefunden.«

»Und? Wer ist es?«

Darüber machte sich inzwischen ganz Montbolo Gedanken, seit Jacques Audibert-Trion vor zwei Tagen einen Artikel in der *Gazette* veröffentlicht hatte. *Wer ist der geheimnisvolle Cyrano von Montbolo?* fragte er darin und stellte Mutmaßungen an.

»Glaub bloß nicht, dass ich ihm das erzählt hätte. Ich erzähle Jacques grundsätzlich nie etwas. Ich bin doch nicht verrückt! Er muss die Geschichte von jemand anderem erfahren haben.«

»Unter dem macht er es ja nicht«, sagte Miriam und kicherte. »*Der Cyrano von Montbolo* … Der Mann hat Nerven.«

»Der hat zu viel Fantasie, das ist alles«, knurrte Paulette. »Aber davon abgesehen finde ich, dass mein Verehrer sich so langsam zu erkennen geben könnte. Was nützt mir ein Verehrer, wenn ich ihn nicht kenne? Vielleicht würde ich ihn ja sogar mögen.«

»Ich glaube, du magst ihn jetzt schon«, gab Miriam zurück. »Und du hast wirklich keine Ahnung?«

Paulette schüttelte den Kopf, und dabei flogen ihre riesigen Kreolen um ihr Gesicht herum. »Eine Zeit lang habe ich gehofft, es wäre Philippe, aber …«

»Philippe?« Miriam zuckte zusammen.

»… aber der passt sowieso nicht zu mir. Der würde viel besser zu dir passen.«

»Ach, Quatsch!«, widersprach Miriam. »Philippe glaubt doch, er würde zu jeder Frau passen.«

Paulette lachte dreckig. »Das mag stimmen. Aber wer ist es dann?«

Miriam war froh, das Thema wechseln zu können. »Wie könnte man das denn rausbekommen?«, fragte sie rasch.

»Keine Ahnung.«

»Vielleicht gibt er sich beim Kirschenfest zu erkennen?«

Paulette zwinkerte ihr zu. »Ich werde die Augen offen halten.«

»Und alle anderen auch, darauf kannst du Gift nehmen.«

»Er muss jetzt bald handeln, sonst wird die ganze Sache lächerlich.« In Paulettes Stimme schwang Ärger mit.

Das fand Miriam auch. Ihre Freundin bekam diese kleinen Liebesgaben jetzt lange genug, irgendwann mussten Taten folgen.

»Gib ihm Zeit bis zum Kirschenfest, das ist in zwei Wochen.«

Paulette seufzte. »Und wenn er nur ein Witzbold ist? Jemand, der sich einen Spaß mit mir macht?«

Miriam schüttelte den Kopf. »Dafür steckt er zu viel Energie in die Sache. Das tut nur jemand, der es ernst meint. Und außerdem kann der Mann, der dich kriegt, sich glücklich schätzen. Salut, bis morgen.«

Zehn Minuten später stand sie versonnen vor ihrem Haus, ihr Brot noch in der Hand, und betrachtete die geschlossenen Läden bei Philippe. Der Anblick tat ihr weh. Es war komisch, wenn er nicht da war. Sie vermisste ihn. Sie mochte das Gefühl, ihn in ihrer Nähe zu wissen. Er war schon ein paar Tage weg. Er fehlt mir, dachte sie. Auch wenn wir neulich Nacht zu weit gegangen sind.

»Hallo, Miriam!«

Miriam drehte sich um und sah Micheline auf sie zukommen.

»Was starren Sie denn da so rüber?«, fragte Micheline, als sie vor ihr stand. Sie hielt ihr die Wange für einen Begrüßungskuss hin. »Ich will runter ins Dorf und einkaufen.«

»Hallo, Micheline. Wissen Sie, wo Philippe ist? Ich habe ihn schon seit Tagen nicht mehr gesehen.«

»Hat er Ihnen das nicht gesagt?«

Nein, hat er nicht, dachte Miriam angriffslustig. Wieso sollte er auch?

»Er ist in einer Höhle unterhalb des Canigou. Aber er wollte spätestens am Wochenende zurück sein.«

Miriam begann zu rechnen. Heute war Donnerstag, dann musste er bald wiederkommen. »Ach, das wusste ich nicht. Und er ist mir ja schließlich auch keine Rechenschaft schuldig.« Es sollte harmlos klingen, aber Miriam war sich nicht sicher, ob ihre Stimme nicht doch ein bisschen aufgeregt geklungen hatte.

»Normalerweise sagt er mir, wenn er für ein paar Tage wegmuss. Aber beim letzten Mal hat er gesagt, dass er auch Ihnen Bescheid geben wollte, damit Sie sich keine Sorgen machen.«

»Echt?« Miriam wurde rot.

»Hat er wohl vergessen.«

Miriam überlegte, ob es das war, was er ihr sagen wollte, bevor er in das Auto gestiegen war. »Wollen Sie nicht reinkommen? Ich mache Ihnen einen Kaffee. So macht man das bei uns in Deutschland.«

»Sonst immer gern, aber ich muss den Bus in Montbolo kriegen. Ich habe einen Friseurtermin.«

»Ich finde, Sie sehen klasse aus!«, entfuhr es Miriam. Das stimmte. Micheline war eine unerhört attraktive Frau.

Jetzt lächelte sie verschwörerisch. »Ich will mir die Haare nachfärben lassen. Beim Kirschenfest will ich gut aussehen. Man weiß ja nie ... Ich geh dann mal. Wir sehen uns am Sonntag wie üblich.«

»Moment, ich fahr Sie schnell. Ich habe gerade Lust aufs Meer bekommen. Da kann ich Sie doch in Ceret absetzen.«

»Das ist aber nett! Das Angebot nehme ich an.«

»Ich hole nur meine Tasche. Bevor ich es mir anders überlege und womöglich irgendetwas finde, das ich tun müsste ...«

Sie setzten sich in Miriams kleinen Peugeot und fuhren den Berg hinunter. Miriam bog am Ortseingang von Ceret von der Umgehungsstraße ab, um Micheline an der Place de la République abzusetzen. Dann fuhr sie weiter. Der Weg durch die Stadt war zwar eng und kurvenreich, aber er führte an der mittelalterlichen Teufelsbrücke vorüber. Micheline hatte ihr während der Fahrt erzählt, warum sie so hieß: Im 14. Jahrhundert sollte ein Ingenieur eine Steinbrücke über dem Fluss errichten, weil die alte Holzkonstruktion bei den vielen Hochwassern immer wieder einstürzte. Als das Ende der Bauzeit kam und die Brücke noch nicht fertig war, machte der Teufel dem Ingenieur einen Vorschlag: Er würde die Brücke bis Mitternacht errichten, dafür müsste der Ingenieur ihm das erste lebendige Wesen übergeben, das sie überquerte. Der Ingenieur überlegte, was zu tun sei, und kam schließlich auf die Idee, eine Katze, der er einen Topf an den Schwanz gebunden hatte, um Punkt Mitternacht vor der Brücke aus einem Sack zu lassen. Die Katze lief über die Brücke, der Teufel war betrogen worden ...

Inzwischen war die Teufelsbrücke zu alt und zu schmal für den Verkehr, neben ihr waren gleich zwei weitere Brücken errichtet worden, ebenfalls einbogige Steinbrücken, die dicht hintereinander lagen und oft fotografiert wurden.

Miriam schaltete das Radio ein und fuhr über eine der neuen Brücken aus Ceret heraus. Heute brauchte sie einen Tapetenwechsel, um nicht ständig an Philippe zu denken. Und Micheline hatte ihr so von den Stränden und den Orten an der Côte Vermeille, der Purpurküste, vorgeschwärmt, dass sie jetzt auf dem Weg dorthin war.

In Le Boulou nahm sie die Brücke über die Autobahn, die nach Spanien führte, und fuhr einfach weiter geradeaus, bis sie in Collioure landete. Von dem Ort hatte sie schon gehört, viele Touristen kamen hierher. Als sie ausstieg, verstand sie, warum das so war. Der Ort war malerisch, in engen Gassen, die zum Hafen hinunterführten, standen bunte, liebevoll herausgeputzte Häuser. Überall waren schöne Geschäfte für Mode, Souvenirs, Einrichtung und gutes Essen. Bei der Herfahrt war sie an der Fabrik für Anchovis, für die Collioure unter anderem bekannt war, vorbeigekommen. Jetzt sah sie überall die blauen Konservendosen im Retrolook. Sie kaufte eine Dose Fisch in Öl. An jeder Straßenecke gab es ein Café oder eine Galerie. Collioure schien für Touristen und Flaneure gemacht, nicht für Einheimische. Miriam folgte dem Strom der Menschen und fand sich am Hafen wieder. Eine halbrunde Mauer umgab ihn, an dessen Ende ein alter Wehrturm stand. Zur Wasserseite hin lag ein geschützter Streifen weißen Strandes. Miriam gefiel die Idee, sich einen Kaffee zu holen und die nackten Füße in den Sand zu bohren. Genau das tat sie und genoss das Panorama. Collioure war wirklich hübsch, aber ihr fehlten die Ruhe und die Beschaulichkeit von Montbolo oder auch Ceret. Die kleine Stadt war ihr zu sehr auf Touristen ausgerichtet. Sie beschloss, dass es ihr hier zu voll war, und ging zurück zu ihrem Auto. Auf dem Parkplatz standen die Autos inzwischen dicht an dicht. Sie fuhr weiter auf der kurvigen Straße in Richtung Süden. Rechts erhoben sich die Ausläufer der Pyrenäen. Jeder verfügbare Fleck war mit Weinstöcken bepflanzt, die sich teilweise atemberaubend steil die Abhänge hinaufwanden, und links glitzerte immer wieder das Meer. Die Landschaft war zerklüftet, überall kleine felsige Buchten, darüber der ockerfarbene Stein und das Grün der Pinien und der Weinberge. Ab und zu sah sie kleine runde Schutzhütten aus Feldsteinen, die den Weinbauern als Unterstand dienten. Sie merkte, wie ihre gute Laune wiederkehrte. An einer einsamen Stelle hielt sie in einer Parkbucht und sah auf das Meer unter sich. Ein paar Spaziergänger und Muschelsucher waren am Strand unterwegs. Linker Hand lag Collioure, das sie an seinem Wehrturm und dem halbrunden Strand gut erkennen konnte. Von hier oben hatte der Ort wirklich etwas Malerisches, und sie konnte sehen, wie klein er im Grunde war.

Gegen vier Uhr nachmittags machte sie sich auf den Rückweg. Sie kam an einem Schild vorüber: *Vide grenier – aujourd'hui*, heute Flohmarkt. Sie reckte den Hals und konnte durch ein Tor gerade noch alte Möbel und Stände sehen. In Frankreich war diese Art des Handels sehr verbreitet, und sie war schon ein paarmal an solchen Schildern vorübergefahren. Aber heute würde sie sich Zeit nehmen. Sie hielt bei nächster Gelegenheit, wendete den Wagen und fuhr durch das Tor auf den Parkplatz. Es musste sich um ein Weingut handeln, sie sah die Presse und Holzfässer in den Hallen. Davor war der Flohmarkt aufgebaut.

Sie schlenderte an den Waren vorbei, nahm hier eine alte Tasse in die Hand, begutachtete dort ein Bild.

In einer Ecke stand ein Stuhl, der ihr gefiel. Er stammte wohl aus den Fünfzigerjahren, mit Stahlbeinen und einer breiten Sitzfläche aus blank gescheuertem Holz. Er sah bequem aus.

»Darf ich?«, fragte sie den Händler. Der machte eine einladende Bewegung, und sie setzte sich.

Der Stuhl war so bequem, wie er aussah, und er würde von der Farbe des Holzes gut in ihr Gästezimmer passen, in dem bisher noch gar nichts stand. In Gedanken stellte Miriam ihn vor das Fenster, nein, lieber doch in die Ecke neben der Tür. Da würde er noch schöner aussehen, und Fredo könnte ihre Sachen darauf ablegen oder einfach dasitzen und aus dem Fenster sehen.

»Fünfzig Euro«, sagte der Händler zu ihr.

»Dreißig«, gab Miriam zurück und zwinkerte ihm zu. Eigentlich handelte sie nur ungern, aber dies hier war schließlich ihr neues Leben, und sie musste mit ihrem Geld haushalten.

Zu ihrer großen Überraschung nickte der Händler. Sie bezahlte, ließ den Stuhl aber noch stehen. Sie würde ihn später abholen. Vielleicht fand sie ja noch eine passende Lampe? Vielleicht die da? Eine Stehlampe mit einem geblümten Schirm in Sonnengelb, herrlich altmodisch und gemütlich. Die Händlerin zeigte ihr einen Ballen Stoff im Muster der Lampe. Würde das nicht schöne Gardinen abgeben? Oder ein Kissen oder einen Bettüberwurf? Beides war spottbillig, und Miriam kaufte es.

Sie erstand eine Karaffe mit *Ricard*-Aufdruck, ein kantiges Modell aus den Fünfzigern in Knallgelb. Früher waren sie Standard in allen Cafés gewesen, in ihnen wurde das Wasser zum Alkohol ausgeschenkt. Der Händler hatte auch eine alte Fleischplatte mit Blumenmuster im Angebot, die sie an ihre

Kirschenschale erinnerte. Bei seiner Kollegin am Nebenstand kaufte sie noch zwei zusammenpassende Kuchenplatten mit einem Schmuckrand aus gemalten Blumen. Die eine hatte einen leichten Sprung in der Glasur, aber sie sahen immer noch wunderschön aus, und sie musste ja irgendwie ihre Kuchen für das Kirschfest dekorieren. Bei einem alten Drahtkorb mit Holzgriff, in dem man früher wohl Eier transportiert hatte, wurde sie noch einmal schwach. Sie sah ihn schon vor ihrer Haustür neben der Bank stehen, gefüllt je nach Jahreszeit mit Blumen, Obst oder Walnüssen.

So, jetzt reicht es aber, dachte sie. Schließlich ist hier überall irgendwo Flohmarkt. Aber nicht so ein schöner, dachte sie dann und entschied sich noch für einen Satz dicker Gläser mit Stiel, aus denen man Wasser oder Wein trinken konnte. Für zehn Euro sagte sie nicht Nein.

Sie hatte Mühe, alles in ihrem kleinen Peugeot zu verstauen, besonders der Stuhl machte ihr Mühe. Sie bekam kaum die Heckklappe zu, aber dann fuhr sie beschwingt nach Hause.

Es wurde schon dunkel, als sie auf ihre Auffahrt fuhr. Bei Philippe war immer noch niemand zu sehen. Aber Lilly saß neben der Bank.

»Hallo«, sagte Miriam leise, »hast du auf mich gewartet? Das ist aber nett.«

Als sie vorsichtig näher kam, flog die Eule auf und verschwand.

Miriam räumte die Sachen aus dem Auto. Sie wollte wissen, ob der Stuhl und die Lampe wirklich so gut in ihr Gästezimmer passten, wie sie es sich vorstellte. Sie rückte die Sachen hierhin und dorthin und probierte aus, wo sie am besten zur Geltung kamen. Den bunten Stoff legte sie vorerst über den Stuhl, sie würde morgen entscheiden, was sie damit tun würde. Zufrieden sah sie sich um. Das zweite Zimmer strahlte jetzt schon Gemütlichkeit aus, obwohl noch nicht einmal ein Bett darin stand. Fredo würde sich hier wohlfühlen.

Sie füllte die Karaffe mit Wasser, nahm eines der neuen Gläser und ließ den Tag auf ihrer Bank ausklingen.

Touristeninvasion zum Kirschenfest erwartet. Kein freies Bett mehr in Montbolo

Miriam stieg von dem Stuhl herunter und trat einen Schritt zurück, um zu begutachten, wie sich die Stoffbahn vor dem Fenster im Gästezimmer machte. Sie zupfte noch ein bisschen daran herum, dann war sie zufrieden. Sie nannte diesen Raum ihr Gästezimmer, weil Fredo hier ab heute schlafen würde. Aber eigentlich stellte sie es sich als Winterzimmer vor. Sie sah sich hier an kühlen Tagen sitzen und lesen. Vielleicht würde sie einen kleinen Tisch als Schreibtisch hineinstellen. Sie trug den Stuhl, auf den sie eben geklettert war, wieder neben das Bett und stellte die große Vase mit den ersten Rosen auf den Fußboden daneben. So, jetzt war das Gästezimmer komplett. Sie sah auf die Uhr, es war Zeit, dass sie sich auf den Weg zum Flughafen machte, um Fredo abzuholen. Sie vergewisserte sich, dass sie nichts vergessen hatte. Nein, alles war perfekt: Ein nigelnagelneues Schlafsofa in einem zarten Grauton schmückte jetzt das Zimmer. Miriam hatte es in Ceret erstanden, und in dem Geschäft hatte man angeboten, es kostenfrei zu liefern. So musste sie nicht noch einmal Oscar Poulenc bitten. Den leuchtend gelben Stoffrest vom Flohmarkt hatte sie kurzerhand zu Gardinen und einem großen Kissen umfunktioniert. Das Gelb passte wunderbar zu dem eleganten hellen Sofa. Sie hatte zwei gewebte Teppiche mit roten und gelben Tupfern gekauft. Einen legte sie ins Gästezimmer, den anderen in ihr Schlafzimmer. Sie brachten Farbe in die Räume und ließen das Parkett im Sonnenlicht leuchten. Dazu gab es noch die Lampe und den Stuhl. Damit war Fredos Raum komplett möbliert. Es stand nicht viel darin, aber das gab dem Raum seine besondere Atmosphäre. Er sah aus, als könnte man gut darin nachdenken oder meditieren. Dann fiel ihr doch noch etwas ein, das fehlte. Miriam stellte eine Kerze in einem der alten Einmachgläser auf den Boden neben die Blumen. Dazu legte sie einen Stapel Bücher und Prospekte der Gegend. Damit Fredo sich abends im Bett informieren konnte. Einen Schrank gab es nicht, dafür müssten die Haken genügen, die an der Wand hingen. Aber sie selbst hatte ja auch keinen Kleiderschrank. Im Flur hatte sie einen Einbauschrank mit Einlegeböden, aber ohne Kleiderstange entdeckt. Er war mit Tapete überklebt gewesen, deshalb hatte sie ihn anfangs übersehen. Miriam hatte ihn von Staub und klebrigen Spinnweben befreit und ein duftendes Lavendelkissen hineingelegt. Der Schrank musste für sie beide reichen. Ein letztes Mal sah Miriam sich um. Sie war sicher, dass Fredo das Zimmer mögen würde. Es war klar und in schönen Farben gehalten, und es sah nach Sommer aus. Fredo könnte bei geöffnetem Fenster schlafen. Ihr Schlafzimmer in Hamburg ging auf eine Kreuzung hinaus, und der Verkehrslärm ließ sich nur bei geschlossenem Fenster ertragen.

Jetzt musste sie aber los, sonst kam sie zu spät. Sie setzte sich in ihr Auto. Während sie rückwärts die Auffahrt hinunterfuhr, warf sie wie immer einen Blick auf Philippes Haus. Er sollte doch am Ende der Woche wiederkommen, und heute war schon Sonnabend. Aber bei ihm war immer noch alles ausgestorben. Miriam vermisste die Musik, die von drüben kam. Aber Fredo würde ihre Bluetooth-Box mitbringen. Dann hätte sie endlich eigene Musik. Und wenn Fredo da war, musste sie auch nicht ständig zu Philippe hinübergucken.

Ihre Freundin kam mit der Air France über Paris und sollte um 13.20 Uhr landen. Diesmal fuhr Miriam in Le Boulou auf die Autobahn und wunderte sich, wie schnell die Fahrt verlief. Sie war schon um elf Uhr in Perpignan. Ihr blieb Zeit für einen

Spaziergang durch die Stadt. Sollte sie den Bahnhof anschauen, der ja angeblich das Zentrum der Welt sein sollte und der am Anfang ihrer Reise gestanden hatte? Ein Blick auf die Karte zeigte ihr, dass er für einen Spaziergang zu weit entfernt war. Also parkte sie das Auto und schlenderte die sehr gepflegte Uferpromenade des Têt entlang, dann machte sie einen Abstecher in die Altstadt mit den engen Gassen und den schönen Häusern. Der spanische Einfluss in der Architektur war unverkennbar, und ihr fiel ein, was Paulette über die Stadt gesagt hatte: dass sie Hauptstadt des Königreichs Mallorca gewesen war und dass jeder Zweite hier Katalanisch sprach.

Sie bog um eine Ecke und fand sich auf einem großen quadratischen Platz wieder, der von mehrstöckigen Bürgerhäusern umgeben war. Davor standen Stühle und Tische der Cafés. Sie überlegte noch, welches ihr am besten gefiel und von wo aus sie den besten Blick hätte, als sie plötzlich Philippes Parfum roch, diesen unvergleichlichen Duft nach männlich-herb und zitronig-frisch. Hektisch sah sie sich um. Er war doch nicht etwa hier? Ihr fiel ein, dass seine Universität in Perpignan lag. Ihr Herz begann schneller zu schlagen. Sie schnupperte in die Luft und roch wieder diesen Duft, der sie an die Nacht mit Philippe erinnerte. Die Ernüchterung kam schnell. Es war nicht Philippe, der den Duft verströmte, sondern ein fremder Mann, der vor ihr herging. Miriam verlangsamte ihren Schritt und kam aus dem Tritt. Sie stolperte.

Der Mann vor ihr hatte offensichtlich den kleinen Schreckenslaut gehört, den sie ausgestoßen hatte. Er drehte sich zu ihr herum.

»Kann ich Ihnen helfen?«, fragte er hoffnungsvoll.

Miriam schüttelte den Kopf. Als der Mann weiterging, lächelte sie. Sie wusste nicht genau, was los war, aber es fühlte sich gut an, dass ein Geruch solche Emotionen in ihr hervorrufen konnte. Plötzlich fühlte sie sich lebendig. Sie spürte eine gute Laune und eine Zufriedenheit wie schon lange nicht mehr. In diesem Moment war alles gut, ihr Leben war perfekt.

Sie kam an einem Geschäft mit Dessous vorüber. Niemand machte so schöne Dessous wie die Franzosen. Nichts machte Frauen schöner als Dessous aus Frankreich.

Sie sah auf die Uhr. Sie hatte noch eine halbe Stunde Zeit, bevor sie zum Flughafen musste. Sie betrat das Geschäft.

Dann wartete Miriam ungeduldig in der Ankunftshalle. Die Maschine aus Paris war pünktlich gelandet, aber Fredo war noch nicht zu sehen. Ach, da kam sie ja endlich! Sie schob einen bis oben bepackten Gepäckwagen und zog zudem einen Trolley hinter sich her. Miriam hatte augenblicklich ein schlechtes Gewissen, denn die meisten Sachen, die Fredo da schleppte, gehörten ihr. Sie hatte ihre Freundin gebeten, ihr einiges aus Hamburg mitzubringen. Inklusive des Läufers, der auf ihrem Flur in Hamburg gelegen hatte.

»Frederike!«, rief sie und winkte.

Sekunden später lagen sie sich in den Armen.

»Ich bin ja so froh, dich zu sehen. Wie war der Flug?«

»Alles in Ordnung. Ich freu mich auch, dich zu sehen. Immerhin bist du schon zwei Monate weg.«

»Komm, lass uns fahren. Ich will, dass du mein Haus siehst.«

»Erst mal will ich dich angucken«, sagte Fredo. »Du siehst fantastisch aus. So braun gebrannt. Du hast abgenommen. Aber deine Haare! Und deine Hände!«

»Ich arbeite im Garten, das weißt du doch! Und jetzt komm!«

Während der Autofahrt erzählte Fredo von Hamburg. Eine neue Baustelle in der Nähe des Stadtparks legte das halbe Viertel lahm, ihr Lieblings-Edeka hatte aufgegeben, eine gemeinsame Freundin hatte sich getrennt, eine andere war schwanger.

Irgendwann verstummte Fredo. Stattdessen sah sie aus dem Fenster. »Guck dir das an!«, sagte sie. »Ich fasse es nicht. Diese Farben, diese Sonne! Und dahinten die Gipfel der Pyrenäen! Und hier lebst du jetzt?« Die Sonne brannte durch die Windschutzscheibe, und sie holte ihre riesige Sonnenbrille aus der Handtasche. »Du ahnst nicht, wie ich mich darauf gefreut habe«, seufzte sie und hielt ihr Gesicht in die Sonne.

»Neu?«, fragte Miriam.

»Gucci«, sagte Fredo.

Als sie durch Ceret fuhren, erzählte Miriam von dem Markt und dem Museum und dass man hier die besten Austern der Gegend bekam.

Fredo sah sie hungrig an.

»Wollen wir hier anhalten und etwas essen? Oder bei mir?«

»Wir fahren zu dir«, sagte Fredo. »Ich will endlich das Haus sehen, das dich zu diesem verrückten Schritt veranlasst hat.«

Miriam lächelte in sich hinein. Fredo hatte recht. Es war das Haus, das sie dazu bewogen hatte, Hamburg den Rücken zu kehren und hier neu anzufangen. Und nicht Philippe, schickte sie stumm hinterher.

Kurz hinter Amélie nahmen sie die kurvige Steigung nach Montbolo hinauf.

»Viele Bäume«, sagte Fredo. »Ziemlich viel Natur.« Als der Wald sich lichtete und der Marktplatz vor ihnen lag, fragte sie: »Mehr ist hier nicht? Das erinnert mich an meine Geografielehrerin, die uns Kinder vom Dorf mal gefragt hat, wie wir uns eigentlich vermehren. Weil wir ja nie jemand anderen treffen.«

»Mein Haus liegt noch ein Stückchen außerhalb«, gab Miriam zur Antwort.

Fredo sah sie zweifelnd an. »Ach so.«

Vor der Bäckerei hielten sie kurz.

»Ich hol schnell frisches Brot zum Essen«, sagte Miriam.

»Ich will mit!«, erklärte Fredo und stieg ebenfalls aus. »Meine Güte, was riecht denn hier so gut?«

Miriam wusste nicht, ob Fredo die reine Luft mit dem Zedernduft meinte, weil sie unter dem riesigen Baum parkte, oder den Duft nach frisch gebackenem Brot und Apfeltarte, der aus der geöffneten Tür der Bäckerei herüberwehte.

»Salut, Paulette.«

»Salut, Miriam.« Paulette sah Fredo neugierig an.

»Das ist meine Freundin Fredo aus Hamburg. Sie besucht mich.«

»Hallo, dann sind Sie die Toursteninvasion!«, entfuhr es Paulette. Sie zeigte auf die Überschrift in der neuesten Ausgabe der *Gazette*.

»Kein freies Bett in Montbolo?«, fragte Miriam.

»Gibt ja auch nur drei«, erwiderte Paulette und kicherte. »Aber Sie wohnen ja sowieso bei Miriam?«, fragte sie dann Fredo.

Miriam verzichtete darauf, Fredo zu erklären, was Paulette meinte. Das könnte sie später tun. »Und? Gibt es was Neues von Cyrano?«, fragte sie stattdessen.

Paulette lächelte geheimnisvoll und zeigte dabei ihre Zahnlücke. »Hast du es noch nicht gesehen?«

»Was denn?«, fragte Miriam.

»Na, das Plakat vor der Mairie.«

Miriam schüttelte den Kopf. »Was steht denn da?«

Paulette wurde fast ein bisschen rot. »Da steht riesengroß: *Hier will ich mit dir hin, Paulette!* Verstehst du? In die Mairie! Dort finden doch die Trauungen statt.«

Fredo sah von Miriam zu Paulette, die heute ausnahmsweise eine Jeans trug, allerdings knalleng und zerrissen, dazu eine Bluse mit roten Polkadots, die sie vor dem Bauch geknotet hatte. »Ich versteh ja nicht so viel Französisch, aber ist das eine Art Heiratsantrag?«, fragte sie Miriam.

Miriam nickte. »Ich glaube schon. Mensch, Paulette, dein Cyrano ist wirklich was Besonderes. Wenn er sich doch endlich zu erkennen geben würde!«

Paulette rollte mit den Augen und stöhnte auf. »Ganz ehrlich, das hoffe ich. Ich habe mich doch tatsächlich in einen Mann verliebt, ohne ihn zu kennen.«

»Die ist nett. Aber auch ein bisschen ausgeflippt, oder?«, fragte Fredo, als sie wieder im Auto saßen. »Hast du ihre Klamotten gesehen?«

»Sie zieht sich ein bisschen schräg an, aber sie ist eine tolle Frau. Ich mag sie«, gab Miriam zurück.

»Und was ist das für eine Geschichte mit dem Plakat und Cyrano?«, fragte Fredo weiter.

»Erklär ich dir später. Wir sind nämlich da«, sagte Miriam und bog in die Einfahrt zu ihrem Haus.

Sie parkte und sah zu Fredo hinüber, bevor sie ausstieg. Würde es ihrer besten Freundin hier gefallen? Würde Fredo in diesem Haus dasselbe sehen wie sie selbst?

Fredo war schon ausgestiegen. Sie stand vor dem Haus, hatte die Arme ausgebreitet und drehte sich um sich selbst. »Miriam, das ist … das ist … fantastisch!«, rief sie dann. »Auf den Fotos sah das alles anders aus, unfertiger oder so. Einsam und ein bisschen runtergekommen. Aber …« Sie blieb stehen und sah Miriam an. »… aber einsam ist es schon, oder?«

»Wollen wir reingehen?«, gab Miriam zurück.

»Ich will auf der Stelle mein Zimmer sehen.«

In der nächsten halben Stunde packten sie Koffer aus. Miriam freute sich über die Kleider und die leichten Schuhe, die Fredo aus ihrer Wohnung geholt hatte.

»Aber was willst du mit dem Mixer?«, fragte Fredo und hielt ihr das Gerät unter die Nase, das sie gerade unten aus dem Koffer gezogen hatte.

»Brauch ich. Wirst du schon sehen.«

Miriam räumte die Messer und die Küchenwaage und noch ein paar Dinge, die sie in ihrer Küche schmerzlich vermisst hatte, in die Schränke. Natürlich hätte sie das alles auch neu kaufen können, aber sie liebte ihre tausendfach benutzten Geräte und wusste, dass sie funktionierten. Hier war auch der Teigschaber. Seit sie bei Carrefour einen gekauft hatte, wusste sie, dass es Teigschaber gab, die absolut unbrauchbar waren. Ebenso verhielt es sich mit Kuchenrollen und -formen. Von einem Kirschenentsteiner ganz zu schweigen. Triumphierend hielt sie ihn hoch. Sie hatte noch nicht herausfinden können, ob es so etwas in Frankreich überhaupt gab, aber nützlich würde er in jedem Fall sein, sobald die Kirschen reif wurden.

Fredo kam aus ihrem Zimmer in die Küche. »So, mein Zimmer ist fertig eingerichtet.«

»Gefällt es dir?«

Fredo kam auf sie zu und umarmte sie spontan. »Es ist wundervoll, weil es nichts Überflüssiges darin gibt und weil es die Sonne einfängt. Das mit den Farben hast du toll hinbekommen. Ich glaube, in diesem Zimmer könnte ich eine preisverdächtige Idee nach der anderen aushecken.« Sie hob das Gesicht und schnupperte. »Was riecht hier eigentlich so gut?«

»Ich habe eine Pizza in den Ofen geschoben, während du ausgepackt hast. Und zum Naschen gibt es Oliven und Baguette. Einen Schluck Wein?«

»Hallo? Fragst du das im Ernst?«

»Nimm mal die Flasche mit nach draußen, ich bring den Rest mit.«

Miriam öffnete die Ofentür und wedelte sich den Duft zu. Der Teig war hauchdünn und an den Rändern leicht gebräunt. Inzwischen kannte sie ihren Ofen ganz gut, und für Pizza war er perfekt. Sie hatte den Teig geknetet, bevor sie losgefahren war, und eben mit den Anchovis aus Collioure, Parmesan, viel

Knoblauch und frischen Cœur-de-Bœuf-Tomaten belegt. Die Pizza war so heiß, dass sie leise knisterte, als sie sie auf ein großes Brett gleiten ließ. Sie gab noch frisch gemahlenen Pfeffer und einen Schuss Olivenöl darüber.

Fredo machte große Augen, als sie das Brett auf den Tisch stellte. »Oh, Mann, riecht das gut.«

Miriam wandte sich ihr zu. »Prost. Schön, dass du hier bist.«

»Prost. Gib's zu, dass es hier ganz schön einsam ist.«

»Was du immer mit deiner Einsamkeit hast! Manchmal schon, aber das gefällt mir.«

Für einen Moment schwiegen sie beide und gaben sich der Aussicht hin. Die Dämmerung setzte gerade ein, die Wolken über dem Tal färbten sich in dramatischen Rosatönen. Die Kirschbäume standen dunkel vor dem hellen Horizont. In ihren Kronen konnte man mit ein bisschen Fantasie die Umrisse von Tieren oder Gegenständen erkennen. Die Zikaden begannen ihr Konzert. Eine musste ganz dicht bei ihnen sitzen und zirpte laut.

»Das ist magisch«, flüsterte Fredo, die sonst nicht so leicht zu beeindrucken war. »Das ist absoluter Balsam für meine gestresste Großstadtseele.«

»Die Franzosen haben einen Ausdruck für diese Stimmung: *entre chien et loup*, zwischen Hund und Wolf. Damit ist dieses Zwielicht gemeint, in dem die vertrauten Dinge plötzlich anders aussehen und alles möglich wird. Ich sitze hier fast jeden Abend …«

Ein Flügelschlagen war zu hören.

»Was ist das?« Fredo zog erschrocken den Kopf zwischen die Schultern.

»Das ist Lilly. Sie ist ein Steinkauz. Wobei, ich hab sie einfach mal Lilly genannt, weil ich davon ausgehe, dass sie ein Weibchen ist. Aber sicher bin ich mir nicht. Sie wohnt auf dem Dachboden. Habe ich dir noch nicht von ihr erzählt?«

»Nein, hast du nicht. Bevor da noch mehr komische Sachen kommen: Können wir jetzt anfangen zu essen?«, stöhnte Fredo.

»Ich bin eigentlich mit dem festen Vorsatz hierhergekommen, dich zu überreden, mit mir wieder nach Hamburg zu kommen«, sagte Fredo und leckte sich einen Tropfen Öl von der Fingerspitze. »Obwohl mich allein dieser Abend davon abhalten sollte.« Sie lehnte sich zurück und strich sich über ihren vollen Bauch. Sie hatten die ganze Pizza verputzt, und die Flasche Wein war auch alle.

Miriam rollte mit den Augen.

»Ganz ehrlich. Ich kann immer noch nicht begreifen, was dich da geritten hat. Alles aufzugeben! Von heute auf morgen! Für eine Pizza mit Wölfen und Hunden!«

Miriam musste lachen. Dann hob sie ihr Glas, um mit Fredo anzustoßen. »Weißt du was? Du bist doch grad erst angekommen. Morgen zeige ich dir den Garten und meine Kirschbäume. Am Sonnabend fahren wir nach Ceret auf den Markt, und dann ist das Kirschenfest. Dafür muss ich noch eine ganze Menge arbeiten, und du musst mir helfen. Ich brauche jede Menge Etiketten. Und vorher schläfst du erst mal hier, und ich meine: schlafen wie ein Baby. Und dann machen wir noch so einiges, danach können wir dieses Gespräch führen, aber vorher nicht. Kein Wort mehr darüber. Einverstanden?«

Fredo nickte. »Einverstanden.«

»Na dann, Prost.«

»Prost.«

Am nächsten Morgen hatte Miriam Durst, als sie aufwachte. Der Wein vom Vorabend und der Knoblauch waren schuld daran. Sie stand auf und ließ sich ein großes Glas Wasser einlaufen. Dann ging sie barfuß nach draußen, um ein paar Schritte durch das noch kühle Gras zu machen und ihren Garten zu begrüßen. Wenn es früh genug war, konnte sie die Fledermäuse beobachten, die von ihren Jagdausflügen nach Hause kamen und in halsbrecherischen Manövern den schmalen Spalt in der Hauswand ansteuerten.

Heute saß Fredo vor dem Haus. Sie dehnte die Arme, als sie Miriam sah. »Guten Morgen! Ich bin so früh aufgewacht, weil es so still ist. Ich sitze hier schon eine ganze Weile. Weißt du, dass bei dir im Haus nicht nur eine Eule, sondern auch jede Menge Fledermäuse wohnen?«

»Weiß ich, und ich frag mich, wie die sich miteinander vertragen.«

»Zeigst du mir alles?«

»Jetzt gleich?«

Fredo stand auf.

Die beiden wanderten durch den Garten und strichen mit der Hand an Minze und Rosmarin entlang. Fredo nahm eine frühe Lavendelblüte zwischen die Handflächen und rieb sie, bis der ölige Duft aufstieg.

»Riech mal«, sagte Miriam und brach einen frischen Zweig von einem der Johannisbeersträucher und hielt ihn Fredo vor die Nase.

»Ich rieche Gelee von Schwarzen Johannisbeeren, ganz deutlich«, murmelte Fredo. »Und was sind das für Blumen?« Sie zeigte auf die hellgrünen Triebe, die aus dem Boden ragten.

»Ich hoffe, das werden mal Dahlien. Sie haben eine Geschichte. Der Vorbesitzer hat sie in Erinnerung an seine verstorbene Frau gepflanzt.«

»Woher weißt du das?«

»Ich habe auf dem Dachboden ein altes Gartentagebuch gefunden. Das musst du dir unbedingt ansehen. Er hat es illustriert.«

»Will ich sehen. Aber was ist das …?«

Miriam erklärte ihr jede einzelne Pflanze, während sie quer zum Hang gingen. Sie kamen an den Bach und steckten die Füße in das eiskalte Wasser. Am Schluss landeten sie im Kirschhain.

»Das ist das Herzstück. Hier wachsen meine Kirschen.«

Sie zogen einzelne Äste heran und freuten sich an den winzigen Früchten, die in Trauben daran hingen. Aber sie waren noch giftgrün, nur ganz vereinzelt entdeckten sie eine Kirsche, die einen leichten hellroten Schimmer hatte.

»Wann ist dieses Kirschfest?«, fragte Fredo.

»In zwei Wochen.«

»Das schaffen deine Kirschen nie.«

»Ich weiß«, sagte Miriam mit einem Seufzer. »Es ist eine späte Sorte. Aber ich backe trotzdem Kirschkuchen! Und meine Waffeln.«

Sie gingen weiter zu den großen Obstbäumen am Ende des Grundstücks. Der Mirabellenbaum saß prall voller Früchte.

»Den hat Gaston von Madame Gravelotte geschenkt bekommen«, sagte Miriam.

Fredo blieb stehen und sah sie an. »Willst du mir erzählen, dass jeder deiner Bäume eine Geschichte hat?«

»Ich glaube schon.«

»Das ist unglaublich. Dass es so was gibt!«

»Hinter dem Haus wachsen Walnussbäume. Die zeige ich dir jetzt auch noch, und dann will ich frühstücken. Ich habe Hunger.«

Miriam war nur kurz hinter dem Haus gewesen, bei den Walnussbäumen, weil sie dort nach dem Rechten sehen wollte. Sie hatte in der Nacht etwas rascheln gehört und wollte nachsehen, welches Tier sich dort eventuell niedergelassen hatte. Sie ging unter den Bäumen umher und sah nach oben, konnte aber nichts entdecken. Als sie wieder nach vorn kam, war Fredo nicht da. Neben der Bank, wo sie eben noch gesessen hatte, lagen ihr Buch und die Gucci-Sonnenbrille.

»Fredo?«, rief sie. War sie vielleicht zum Bach hinübergegangen, um sich die Füße abzukühlen? Seitdem Fredo vor ein paar Tagen gekommen war, war es nämlich richtig heiß geworden, die Sonne schien mit aller Kraft vom Himmel. Nein, am Bach war sie auch nicht. Da hörte sie Stimmen von der Straße her. Philippes Auto stand in seiner Einfahrt, und da waren auch Fredo und Philippe und unterhielten sich angeregt. Also war er zurück. Seit wann? Das hatte sie gar nicht mitbekommen. So macht man das also, dachte sie dann. Einfach rübergehen und plaudern. Aber Fredo hatte sich in diesen Dingen schon immer leichtergetan als Miriam. Sie konnte einfach auf Fremde zugehen und ein unverfängliches, nettes Gespräch anfangen und einen guten Eindruck hinterlassen. Miriam sah sie drüben stehen und lachen. Sie trug ein luftiges Hippiekleid und hatte sich die Haare hochgesteckt. Sie sah garantiert besser aus als Miriam in ihren ewigen Jeans und den schwarzen Rändern unter den Fingernägeln.

Miriam überlegte, ob sie auch rübergehen sollte. Jetzt hatten die beiden sie entdeckt und winkten.

Bevor sie sich dazu durchringen konnte, kam Fredo schon zurück. »So einsam wohnst du hier ja gar nicht«, sagte sie. »Du hättest mir ruhig sagen können, dass Mr. Right nebenan wohnt. Er hat uns für heute Abend zu einem Glas Wein eingeladen.«

»Was?« Das hatte er doch noch nie gemacht. Wollte er sich an Fredo ranmachen? »Ich weiß nicht«, sagte Miriam lahm.

»Er hat gesagt, er hat dich lange nicht gesehen. Stimmt es, dass er irgendwas mit Höhlen oder so macht? Ich hab nicht alles verstanden. Er hat jedenfalls gesagt, wir sollen rüberkommen, wenn es dunkel wird. Er hat ein paar Leute eingeladen.«

Miriam sackte leicht in sich zusammen. Dann erzählte sie Fredo von ihrer Nacht mit Philippe. »Es war nur ein Ausrutscher.«

»Ach, du Schande«, entfuhr es Fredo.

»Ja, genau. Ich habe ihn seitdem weder gesehen noch gesprochen.«

»Du meinst, er ist der Typ Mann, der morgens klammheimlich verschwindet?« Fredos Stimme wurde kampfeslustig.

»Na ja, nicht ganz. Ich war aufgestanden und ins Haus gegangen. Ich wollte duschen …«

»Moment, wieso bist du ins Haus gegangen? Wo wart ihr denn?«

»Hier. Im Garten. Und als ich mit einem Kaffee wieder rausgekommen bin, war er weg, und dann musste er in diese Höhle.«

Fredo rollte mit den Augen. Dann nickte sie anerkennend. »Miriam, Miriam, das hätte ich dir gar nicht zugetraut. Aber dieser Philippe scheint mir jemand zu sein, für den man gern mal seine Prinzipien vergisst, oder?«

»Wie gesagt, es war nicht mehr als ein Ausrutscher. Und … ich weiß nicht, ob ich ihn sehen will.«

»Jetzt sei nicht albern! Ihr seid beide erwachsen. Du legst dich jetzt schön in die Badewanne, dann ziehst du einen von deinen Fummeln an, die ich mitgebracht habe, und dann gehen wir da rüber. Er ist dein Nachbar. Der einzige. Du musst mit ihm auskommen. Außerdem, wenn du ihn nicht willst, ich will schon!«

Als es dämmerte, gingen sie über die Straße. Vor Philippes Haus standen zwei Autos.

»Komm, wir gehen hinten rum«, schlug Fredo vor. Leise Gitarrenmusik und Stimmen waren aus dem Garten zu hören.

Miriam freute sich, Micheline zu sehen. Sie saß im Kreis von einigen anderen Leuten, die Miriam nicht kannte.

Fredo und sie traten dazu und stellten sich vor. Die anderen taten es ihnen nach: André und Delia aus Ceret und Stéphane aus Amélie. Fredo setzte sich gleich neben ihn und fing ein Gespräch an. Miriam blieb unschlüssig stehen. Wo war denn Philippe?

»Hallo, Mir-jam«, hörte sie seine Stimme hinter sich.

Sie drehte sich zu ihm herum und bemerkte seinen anerkennenden Blick auf ihr helles Sommerkleid, das um ihre Beine schwang. Sie hatte Lippenstift aufgelegt, und Fredo hatte darauf bestanden, ihr die Nägel zu lackieren.

»Wow, du siehst umwerfend aus«, sagte er und zog sie an sich, um sie auf beide Wangen zu küssen. Dann blieb er vor ihr stehen und sah sie an. Dabei hielt er immer noch ihre Hand. »Was hast du mit dir gemacht?«

»Hallo, Philippe«, erwiderte Miriam steif. Sie wollte nicht, dass er so nahe bei ihr stand, sie wollte seinen Duft nicht riechen, sie wollte diesem Blick nicht ausgesetzt sein.

»Wo warst du neulich morgens?«, fragte er. »Ich habe dich vermisst, als ich aufgewacht bin.«

»Ich habe Kaffee gekocht. Als ich wieder in den Garten gekommen bin, warst du weg.«

Er runzelte die Stirn. »Die anderen haben schon gewartet. Ich wollte nicht, dass sie was mitkriegen. Es tut mir leid. Ich hätte so wahnsinnig gern noch mal mit dir … dich in den Arm genommen.«

Er wollte nicht, dass Marie-Claire erfuhr, dass sie die Nacht gemeinsam verbracht hatten? Das sagte ja wohl alles. »Mach dir keinen Kopf. Die Nacht war schön, und das war's. Keine Verbindlichkeiten, bitte.« Damit entzog sie ihm ihre Hand und setzte sich zu Micheline. Sie sah gerade noch sein betroffenes Gesicht.

Philippe hatte ein Feuer entzündet, obwohl es dafür eigentlich viel zu warm war. Daneben lag eine große Platte mit frischen Sardinen, die er grillen wollte. Er kümmerte sich um das Feuer, aber Miriam fühlte immer wieder seinen Blick auf sich ruhen.

»Was ist denn mit euch beiden passiert?«, fragte Micheline. »Ist alles in Ordnung?«

»Was soll denn sein?« Miriams Stimme klang viel schärfer, als sie beabsichtigt hatte.

Micheline wechselte das Thema und fragte, wie weit Miriam mit den Vorbereitungen für das Kirschfest sei und wie es Fredo in Montbolo gefalle. Miriam antwortete einsilbig. Sie überlegte, Micheline von dem Brief und dem Gartentagebuch zu erzählen, dann verschob sie das auf später. Die anderen wurden immer fröhlicher, alle redeten durcheinander, tranken ordentlich Wein und naschten die Sardinen vom Grill. Miriam blieb still. Sie lehnte sich zurück, legte den Kopf in den Nacken und sah in den samtdunklen Himmel, in dem die Fledermäuse umherschwirrten. Einzelne Funken stiegen in den Himmel, die ersten Sterne gingen auf. Es war eine wunderschöne südliche Nacht, das Feuer prasselte und knackte, der Wein leuchtete in den Gläsern, es hätte einfach ein leichter romantischer Abend unter Freunden sein können. Aber Miriam konnte ihn nicht unbeschwert genießen. Sie spürte Philippes Nähe beinahe körperlich. Ohne hinzusehen, wusste sie, dass er sie mit einem nachdenklichen Blick beobachtete. Er saß ihr schräg gegenüber und unterhielt sich mit Fredo und Stéphane, sie konnte seine Stimme hören. Er hatte die Unterarme auf die Knie gestützt und die sehnigen Hände ineinandergelegt. Sein weißes Hemd schimmerte in der Dunkelheit. Der verglimmende Schein des Feuers tauchte die Szenerie in orangefarbenes Licht und machte die Gesichter weich.

»Lasst uns tanzen«, schlug Fredo vor. »Philippe, machst du uns Musik an?«

Philippe stand auf. Miriam sah ihm nach, wie er ins Haus ging. Kurz darauf hörten sie Musik, einen Musettewalzer mit schmelzendem Akkordeon unterlegt. Fredo forderte Stéphane auf, und Delia und André erhoben sich ebenfalls.

»Ich geh dann mal«, sagte Micheline. »Es ist spät geworden.« Sie beugte sich zu Miriam herüber und küsste sie zum Abschied auf die Wangen. »Einen schönen Abend noch«, sagte sie leise zu ihr.

»Soll ich Sie bringen?«, fragte Miriam.

»Damit Sie einen Grund haben, hier zu verschwinden? Das könnte Ihnen so passen. Ich finde den Weg allein. Den hab ich schon tausendmal gemacht.« Sie stand auf, nahm Philippe in den Arm, winkte den anderen zu und ging.

Miriam ahnte, was jetzt kommen würde. Philippe kam mit wiegenden Schritten zu ihr herüber und streckte ihr die Hand hin.

»Komm«, sagte er, und seine Stimme klang weich.

Miriam hätte nichts lieber gewollt, als wieder in seinen Armen zu liegen und sich an ihn zu schmiegen. Aber sie zögerte.

»Komm schon«, forderte er sie mit einem Lächeln auf. Er nahm einfach ihre Hand und zog sie hoch.

»Ich musste die ganze Zeit an dich denken«, murmelte er an ihrem Ohr, während sie sich langsam zur Musik bewegten.

Miriam spürte seine Hand auf ihrem Rücken. »Ich lag da in dieser kalten Höhle und hatte immer das Bild vor Augen, wie wir beide in deinem Garten ...« Dabei zog er sie noch ein bisschen dichter an sich heran. »Ich habe dich vermisst.«

Miriam wusste nicht, was sie tun sollte. Am liebsten hätte sie sich an ihn gelehnt, aber sie versteifte sich und stolperte über eine Unebenheit, und er lachte und hielt sie noch ein wenig fester. Er war nicht mehr ganz sicher auf den Beinen, sie hatten alle zu viel getrunken.

Miriam fing einen Blick von Fredo auf, die ziemlich eng mit Stéphane tanzte und ihr einen triumphierenden Blick zuwarf.

Sie fühlte, wie Philippe mit den Lippen ihre Wangen streifte. Sofort reagierte sie körperlich, die Haare im Nacken stellten sich auf, ihre Brustwarzen zogen sich zusammen. Wenn sie jetzt nicht aufhörte, wäre es zu spät. Abrupt blieb sie stehen.

»Ich glaube, ich geh rüber. Ich bin ziemlich fertig.«

Sie las die Enttäuschung und die Frage in Philippes Augen. »Mir-jam, bitte bleib«, bat er.

Aber sie drehte sich einfach um und gab Fredo ein Zeichen, dass sie schon mal vorging.

»Ich komme gleich nach«, sagte Fredo, aber sie sah nicht so aus, als ob sie das ernst meinte.

Am nächsten Morgen war Fredo nicht da. Miriams erster Gedanke war, dass sie und Philippe ... Nein, das war Blödsinn. Philippe hatte den ganzen Abend über nur Augen für sie gehabt, und Fredo hatte mit Stéphane getanzt. Sie sah zu seinem Haus hinüber. Ein fremdes Auto stand noch dort, sie hatten ja auch alle zu viel getrunken, um noch zu fahren.

Sie nahm gerade den letzten Schluck Kaffee, als Fredo kam, das Haar verwuschelt, leicht verkatert, aber ein seliges Grinsen im Gesicht.

»Ich fahr nie wieder zurück nach Hamburg«, sagte sie und

griff nach Miriams Kaffeetasse. Als sie sah, dass sie leer war, zog sie ein Gesicht und stellte sie wieder zurück.

»Ich mach dir einen«, sagte Miriam und stand auf.

Fredo folgte ihr in die Küche. »Bist du böse auf mich?«, fragte sie und lehnte sich an Miriams Rücken.

»Quatsch. Wieso denn?«

»Weiß ich eigentlich auch nicht. Ach, Miriam, ich bin ja so happy. Die ganze Nacht mit einem wildfremden Mann knutschen und fummeln. Es war herrlich! Irgendwann sind wir einfach am Feuer eingeschlafen.«

»Wieso denn auch nicht?«, fragte Miriam.

»Na ja, weil wir auf die fünfzig zugehen? Weil man das in unserem Alter nicht mehr macht? Weil in Hamburg Tobias auf mich wartet?«

Tobias war Fredos langjähriger Freund. Sie waren zwar nicht verheiratet, aber sie gehörten zusammen, das war beiden klar.

»Micheline sagt, man soll die Liebe nehmen, wie sie kommt. Außerdem ist hier Frankreich«, gab Miriam zurück.

»Daran muss es liegen. Aber warum bist du eigentlich so früh gegangen? Philippe hat dich mit den Augen verschlungen. Und er war ziemlich niedergeschlagen, nachdem du gegangen warst.«

»Das bildest du dir ein. Ich habe einfach rechtzeitig die Kurve gekriegt, bevor ich mich wieder auf ihn einlasse. Ich will das nicht. Das hat überhaupt keine Zukunft.«

»Muss es denn immer gleich Zukunft haben?«

Miriams Stimme wurde hart. »Nein, muss es nicht. Aber ich habe einfach keine Kraft für irgendwelche Liebesgeschichten, die zu nichts führen. Du hast Philippe doch gesehen, der hat an jedem Finger eine andere, und das will ich nicht. Außerdem schöpfe ich so viel Kraft aus meiner Arbeit hier, aus meinem Alleinsein. Ich will nicht, dass mir wieder ein Mann reinredet.«

»Aha, daher weht der Wind. Ich sage nur Gerhard …«

Miriam dachte an die Szene mit dem Schlüsselbund. Ja, Fredo hatte recht, sie hatte Angst davor, wieder an jemanden wie Gerhard zu geraten und sich verletzen zu lassen.

»Bist du sicher, dass du Philippe kein unrecht tust?«

Miriam drehte sich um und sah ihre Freundin mit gespielter Strenge an. »Bin ich. Willst du jetzt einen Kaffee, oder nicht?«

Damit war die Unterredung zu diesem Thema beendet.

Fredo trank noch zwei Tassen Kaffee und verschlang das Rührei, das Miriam für sie beide machte. Dann ließ sie sich ins Bett fallen. Sie war todmüde.

Miriam war nicht müde, sie war unglaublich wütend. Auf sich selbst und auf alle anderen. Auf die ganze Welt. Sie ging zum Bach, von wo aus sie die Straße und Philippes Haus nicht sehen konnte. Sie wusste, dass ihr Vorhaben komplett sinnlos war, aber es war genau richtig, um das Chaos in ihrem Kopf zu bekämpfen. Sie fing an, Steine aus dem Bach zu wuchten, weil ihr die Idee gekommen war, dort ein natürliches Schwimmbassin anzulegen. Es musste doch herrlich sein, sich hier nach der Arbeit abzukühlen. Sie nahm einen Stein von der Größe eines Fußballs und bugsierte ihn mit Mühe auf die Seite, dabei rollten drei andere Steine wieder zurück. Die Steine rollten immer wieder zurück, und es war klar, dass das kleinste Hochwasser ihre Arbeit zunichtemachen würde. Sie machte trotzdem weiter. Sie musste irgendwohin mit ihrer Frustration. Fredo hatte etwas gesagt, was sie getroffen hatte: Sie war nach Frankreich gekommen, weil sie ihr Leben leichter machen wollte, weil sie einige Dinge nicht länger an sich heranlassen wollte. Aber wenn es um Philippe ging, gelang ihr das nicht. Warum war sie immer so streng mit sich und allen anderen? Hatte Fredo recht, wenn sie meinte, sie würde Philippe unrecht tun? Sie wuchtete den nächsten Stein hoch. Am Ende waren ihre Hände voller Blasen, die aufplatzten, und ihre Schultern schmerzten so höllisch, dass sie die Arme nicht mehr heben konnte.

Sie stand mitten im Bach und richtete sich stöhnend auf.

»So, jetzt reicht es aber. Genug für heute. Ich weiß nicht, was du da tust, aber du hörst jetzt damit auf. Ich habe gekocht. In einer halben Stunde gibt es Essen.« Fredos Stimme ließ keinen Widerspruch zu.

Miriam nickte und registrierte das freche Grinsen in Fredos Augen. Dann sah sie fassungslos zu, wie Fredo in Klamotten zu ihr in das Wasser stieg und sich an ihren Hals hängte, bis sie beide im eiskalten Wasser landeten, wo Miriam tatsächlich so etwas wie eine Gumpe geschaffen hatte.

»Noch mal«, befahl Fredo, und sie tauchten kreischend ein weiteres Mal unter und gingen dann Arm in Arm ins Haus.

Aus dem Gartentagebuch von Gaston Bonnefoi

Sauerkirschen wachsen auf allen Böden, es sei denn, sie sind lehmig oder zu feucht. Wie die meisten Obstbäume vertragen sie einen Schnitt nur schlecht. Die sterilen Holztriebe können vorsichtig in jedem Jahr zwischen November und März entfernt werden. Einen Grundschnitt braucht die Kirsche nur etwa alle fünf bis zehn Jahre. Hierbei werden totes Holz, kranke Äste und alle Zweige, die ins Innere der Krone wachsen, gekürzt, damit mehr Licht an Äste und Zweige kommt und sich die Früchte näher an der Kronenmitte bilden. Nach dem Schnitt müssen die Schnittflächen mit einem Wundverschlussmittel bestrichen werden, um Gummifluss zu vermeiden, der den Baum schwächt. Im nächsten Jahr werde ich die Napoleon mit der Moreau veredeln. Das wird ein interessantes Experiment.

Dessous an der Wäscheleine: Auto kommt von der Strasse ab.

»Da ist jemand in deinem Garten«, sagte Fredo. Sie stand vor Miriams Bett und rüttelte sie wach.

Miriam hatte Mühe, aus dem Schlaf zu finden. Ihr ganzer Körper schmerzte von der Wuchterei der Steine am Vortag. Sie stöhnte. »Was sagst du?«

»Da ist einer im Garten. Ein Typ, sieht unangenehm aus.«

»Moment.« Miriam stand auf und verzog das Gesicht vor Schmerz. Sie schlüpfte in eine Jeans und zog ein T-Shirt über.

Als sie vor das Haus trat, traute sie ihren Augen nicht. Sebastiá stand in ihrem Kirschhain. Er hatte den Kopf in den Nacken gelegt, zog Zweige zu sich heran und rupfte Blätter und Früchte ab.

»He! Was machen Sie da? Sie haben hier nichts zu suchen! Gehen Sie!« Sie marschierte auf ihn zu und stemmte die Hände in die Hüften.

»Ich will mir nur ansehen, was Ihre verdammten Kirschen machen.«

»Wie kommen Sie dazu?«

Sebastiá drehte sich langsam zu ihr herum. Seine Haltung drückte Missachtung aus. »Ich darf das.«

Miriam wurde immer wütender. »Gar nichts dürfen Sie! Verlassen Sie sofort meinen Garten!«

»Jetzt regen Sie sich nicht so auf. Philippe Grandjonc hat den Antrag gestellt, dass wir Sie in die Coopérative aufnehmen. Ich persönlich finde es ja schade, dass es keine Vorschrift gibt, die die Aufnahme von Ausländern verbietet. Aber jetzt muss ich mir wenigstens ein Bild machen. Wir lassen ja nicht jeden rein.«

Miriam schnappte nach Luft. Philippe hatte sie vorgeschlagen? Ohne sie zu fragen oder auch nur zu informieren? Er behandelte sie im Grunde mit derselben Geringschätzung wie dieser Neandertaler Sebastiá.

»Ich weiß nichts von einer Coopérative. Und selbst wenn …«

»Ach, Sie wollen gar nicht? Na dann …« Er warf die abgerissenen Kirschzweige weg und machte Anstalten zu gehen.

Dabei musste er an der Wäscheleine vorbei, die Miriam vor der Trockenmauer gespannt hatte. Bevor Fredo gekommen war, hatte sie endlich eine einfache Waschmaschine gekauft. Die Handwäsche war ihr doch zu anstrengend geworden. An der Leine hingen neben T-Shirts und Sommerröcken zwei von Fredos Stringtangas und die Dessous, die Miriam in Perpignan gekauft hatte. Wenn man von den Kirschbäumen zum Haus wollte, konnte man sie nicht übersehen.

Sebastiá machte eine abfällige Handbewegung und stieß einen Fluch aus.

»Madame Richard hat nicht gesagt, dass sie kein Interesse hat.« Fredo tauchte hinter der Wäsche auf und mischte sich ein. Sie sprach mit ihrer Das-ist-jetzt-eine-Verhandlung-und-ich-nehme-hier-gar-nichts-persönlich-sondern-bleib-schön-professionell-Stimme. »Sie hat lediglich gesagt, dass sie von einem Antrag nichts weiß.«

Miriam sah Fredo dankbar an. Nach ein paar Seminaren zum Thema Preisverhandlungen und Körpersprache war sie ein Ass darin, ihre Ziele zu formulieren und durchzusetzen.

Sebastiá verdrehte entnervt die Augen. »Kommen da noch mehr von Ihrer Sorte?«

»Ich glaube, du gehst jetzt besser, Sebastiá.« Jetzt mischte sich auch noch Philippe ein. Er stand auf der Straße, auf der anderen Seite des Zaunes, und machte Anstalten, ihn zu überklettern.

»Äh …«, machte Miriam, der das alles zu viel wurde. So viele Leute waren noch nie gleichzeitig in ihrem Garten gewesen. Sie sah auf die Wäscheleine, die Philippe jetzt auch bemerkt hatte. Er pfiff leise durch die Zähne.

»Sebastiá?« Philippe war bei ihnen angekommen und machte eine Armbewegung zur Straße hin, wo Sebastiás Pritschenwagen stand. »Und das nächste Mal meldest du dich vielleicht besser an. Ich bring dich.«

Miriam sah zu, wie die beiden Männer den Abhang hinaufgingen und sich auf der Straße knapp verabschiedeten. Dann kam Philippe wieder.

»Was soll das mit dieser Coopérative?«, fragte Miriam kampfeslustig.

Philippe hob die Hände. »Ich wollte es dir schon die ganze Zeit sagen. Ich habe dich vorgeschlagen. Damit du Hilfe bei der Ernte hast und deine Kirschen an den Mann bringst.«

»Oder an die Frau«, mischte sich Fredo ein.

»Meinetwegen auch das.«

»Wieso tust du das? Du weißt doch gar nicht, ob ich Mitglied in eurer blöden Coopérative sein will. Hast du Sebastiá hergeschickt? Immerhin sind wir Konkurrenten, was die Kirschen angeht. Er hätte beinahe meine Bäume gefällt!«

»Mir-jam, jetzt bleib bitte sachlich. Ich wollte dir helfen …«

»Ich brauch deine Hilfe nicht.« Sobald sie das gesagt hatte, tat es ihr leid.

Fredo sah sie vorwurfsvoll an und tippte sich hinter Philippes Rücken mit dem Finger an die Stirn.

»Tut mir leid, das ist mir so rausgerutscht«, ruderte Miriam zurück. Verdammt! Was war denn nur mit ihr los?

»Ich geh schon mal«, sagte Fredo.

Miriam wollte ihr folgen, doch Philippe hielt sie am Arm zurück.

»Mir-jam«, sagte er, »ich weiß nicht, was mit dir los ist. Aber ich habe es für eine gute Idee gehalten, dich für die Coopérative vorzuschlagen. Ich wollte vorgestern mit dir darüber reden, aber du bist ja einfach gegangen. Wie dem auch sei, ich glaube immer noch, dass das eine gute Idee ist. Ein paar Verbündete wären nicht schlecht.«

»Wieso?«, fragte sie.

Philippe kratzte sich am Ohr. »Ich wollte es dir eigentlich nicht sagen, aber Sebastiá schließt Wetten ab, wie lange du durchhältst …«

»Er macht was? Und das ganze Dorf weiß Bescheid, nur ich nicht?«

Er grinste sie frech an und sah dabei viel jünger aus, als er war. »Ich habe sehr hoch dagegen gewettet. Wenn ich verliere, gehört Sebastiá mein Auto. Und inzwischen bin ich mir nicht mehr sicher …«

Jetzt riss er auch noch Witze darüber. Das war der Gipfel! Miriam kochte vor Wut. »Okay, Sebastiá ist ein Idiot. Von dem erwarte ich nichts anderes. Aber du machst bei diesem Scheiß auch noch mit? Ich fasse es nicht!«

Philippes Blick wurde dunkel. Miriam konnte sehen, wie sehr sie ihn verletzt hatte, weil sie ihm unterstellte, er würde sich hinter ihrem Rücken auf ihre Kosten amüsieren.

»Wie du meinst«, sagte er lahm. »Ich gehe dann mal.«

Miriam blieb allein in ihrem Garten stehen und sah ihm nach.

Nachdenklich ging sie zum Haus zurück. Das hatte sie ja richtig versemmelt. Kein Wunder, dass Philippe sauer war. Verdammt!

»Ähm, das ist grad nicht so gut gelaufen, würde ich mal sagen.« Mit diesen Worten empfing Fredo sie. Dazu ein vorwurfsvoller Blick.

»Das weiß ich selber.«

»Okay. Ich koch Kaffee, ich hab sogar schon bei deiner Paulette Croissants geholt. Eins habe ich gleich im Auto aufgegessen, weil ich dem Duft nicht widerstehen konnte. Aber das zweite würde ich unter Umständen dir überlassen. Und dann überlegen wir mal, wie wir die Sache wieder geradebiegen.«

»Nein«, sagte Miriam.

»Wie, nein?«

»Das mit dem Frühstück machen wir so, aber dann fahren wir in der Gegend rum. Ich muss hier mal raus.«

Sie verbrachten den Tag am Meer, das Wasser war zwar kalt, aber sie badeten trotzdem, denn die Sonne brannte vom Himmel, und sie brauchten ab und zu eine Abkühlung. Und das Meer war nicht so kalt wie Miriams Bach. Den Rest der Zeit lagen sie faul im Sand, dösten vor sich hin, redeten und verträumten den Tag.

»Ich habe mich lange nicht so wohlgefühlt«, sagte Fredo. Da stand die Sonne schon tief am Horizont. Die Stimmung bekam etwas Abendliches, und sie packten ihre Sachen zusammen. Außerdem hatten sie Hunger.

Als Fredo sich ins Auto setzte, schrie sie vor Schmerz auf. »Verdammt, ich glaube, ich habe einen Sonnenbrand.«

»Lass mal sehen.« Miriam beugte sich zu ihr hinüber und befühlte die Haut an den Schultern, was Fredo aufstöhnen ließ. »Oha, stimmt.«

»Und meine Beine auch! Mist, das habe ich nicht bemerkt.« Fredo versuchte, jede Berührung mit der Rückenlehne des Autos zu vermeiden. »Wie gut, dass das mit Stéphane vor zwei Tagen war«, knurrte sie, und dann fingen sie beide unbändig an zu lachen. Statt an Ceret vorbeizufahren, parkte Miriam am Marktplatz. Sie gingen in das Café, in dem sie schon mit Philippe gesessen hatte. Ein leichter Wind war aufgekommen, aber die Terrasse des Cafés lag an dem Platz gegenüber der alten Stadtmauer, die die Hitze des Tages abstrahlte. Sie bestellten eine große Planche mixte für zwei. Das Spezialgericht des Cafés bestand aus Brotaufstrichen in kleinen Gläschen in Grün, Orange, Rot: Hummus, Avocado, Rote Bete mit Ziegenkäse, Gazpacho. Daneben Salami und Schinken und Käse in feine Scheiben und mundgerechte Stücke geschnitten, Butter und Brot. Dazu bestellten sie Weißwein, der in den Gläsern beschlug, so kalt war er.

Fredo hielt ihr Glas an die Haut ihrer Oberarme und seufzte erleichtert auf. Auch ihre Arme waren inzwischen ziemlich gerötet. Kein Wunder, in Hamburg hatte sie ja auch noch nicht einen einzigen Sonnenstrahl abbekommen. Sie tunkte ihr Brot in die Avocadocreme und legte ein frittiertes Salbeiblatt obendrauf. »Hm«, machte sie. »Köstlich.«

Miriam fing mit der Auberginencreme mit viel Knoblauch an und nickte.

»Mann, Miriam«, sagte Frederike und leckte sich die Lippen, »du hast hier echt das Paradies gefunden.«

Miriam ließ ihr Brot sinken. »Ich weiß. Obwohl …«

»Was, obwohl? Du lässt dich doch von dieser Wette nicht beeindrucken? Den Typen nimmst du doch nicht etwa ernst.«

»Das ist es nicht.«

»Okay, raus mit der Sprache.«

»Es ist Philippe. Ich glaube, ich bin dabei, mich in ihn zu verlieben …« Wie leicht es war, das endlich auszusprechen. Es tat sogar gut. »Aber das hat natürlich überhaupt keine Zukunft. Und …«, sie sah ihre Freundin hilflos an, »… ich will das einfach nicht. Ich bin hierhergekommen, um mein Leben einfacher zu gestalten, anders, ich will selbst bestimmen. Und dann muss ausgerechnet dieser Mann mein Nachbar sein.«

Fredo schüttelte den Kopf. »Du hast Sorgen …«

»Siehst du? Jetzt reden wir schon wieder über ihn. Er nimmt

einfach zu viel Platz in meinem Kopf ein. Ich bin doch keine achtzehn mehr! Weißt du was, der Name ist für den Rest des Abends verboten. Wer ihn ausspricht, zahlt den nächsten Wein. Und wir machen heute noch irgendwas Verrücktes.«

»Bin dabei. Prost.«

Im Laufe des Gesprächs sagte Miriam noch zweimal Philippes Namen. Fredo grinste zufrieden und bestellte neuen Wein. Als sie all die köstlichen Sachen bis auf das letzte Scheibchen Schinken und die allerletzte Olive aufgegessen hatten, waren sie leicht angeschickert.

»So, und jetzt kommt das Verrückte«, sagte Fredo.

Sie zahlten und spazierten durch die engen Gassen der Stadt. Vor den Häusern saßen die Bewohner und hielten ein Schwätzchen.

»Was soll denn hier verrückt sein?«, fragte Miriam.

»Weiß ich auch noch nicht.«

Sie bogen um eine Ecke und fanden sich vor einer Galerie wieder. Davor standen einige gut gekleidete Leute mit Champagnergläsern in der Hand.

Miriam und Fredo sahen sich an und nickten sich zu. Sie hatten beide denselben Gedanken. Das hatten sie früher manchmal gemacht: sich einfach auf eine Party mogeln, wo sie niemanden kannten. Ihr Highlight war eine Veranstaltung im Hotel Elysée gewesen, wo sie sich auf einen Filmball geschlichen hatten. Sie hatten dann dort etwas getrunken und sich am Büfett bedient, als würden sie dazugehören.

Fredo hob den Arm und tat, als würde sie einem Bekannten im Inneren der Galerie zuwinken. Sie sagte auch etwas, das klang wie: »Oh, *ma chérie*.« Fredos Französisch war nicht besonders gut, doch das kaschierte sie mit einem unaufhörlichen Geplapper, das sich irgendwie französisch anhörte, aber völlig sinnlos war. Sie zog Miriam an der Hand hinter sich her, und sie steuerten auf einen Kellner zu, der ein Tablett mit Getränken und Canapés balancierte. Mit einem Glas in der Hand betrachteten sie die Bilder und ließen sich wortreich darüber aus.

Die anderen Gäste sahen sie an, zum Teil amüsiert, zum Teil befremdet. Fredo trank ihr Glas aus, machte eine Art höfischen Knicks, und sie waren wieder draußen. Sie hielten ein Taxi an und fuhren bestens gelaunt nach Hause.

»Bei Philippe ist noch Licht«, sagte Fredo, als das Taxi wieder weggefahren war.

»Das kostet dich einen Wein!«

»Leihst du mir eine Flasche?«

»Ich glaube, ich habe keinen mehr.«

»Dann gehe ich jetzt da rüber und hole eine.«

»Nein!«

»Doch. Wettschulden sind Ehrenschulden. Bin sofort zurück.« Damit war Fredo schon unterwegs.

Als sie wiederkam, fragte Miriam: »Und? Hat er Besuch?«

»Nein. Er sitzt einfach nur draußen. Er lässt dich grüßen. Ich glaube, er hat gehofft, ich würde ihn herüberbitten.«

»Um Himmels willen!«

Sie setzten sich vor das Haus, ohne Licht zu machen, und nippten schweigend an ihrem Wein. Miriam durfte zwar Philippes Namen nicht aussprechen, aber an ihn denken tat sie trotzdem.

»Ich schlafe heute Nacht draußen«, sagte sie plötzlich.

»Bist du verrückt! Und was ist mit den Tieren?«

»Du meinst Löwen und so weiter?«

»Ich meine Ameisen, Schlangen, Skorpione ... ganz zu schweigen von deiner Eule. Außerdem ist das hart.«

»Mein Entschluss steht fest.«

»Ich gehe in mein schönes weiches Bett. Mein Sonnenbrand würde eine Nacht auf der harten Erde nicht überleben. Gute Nacht, meine Süße.«

»Gute Nacht.« Miriam baute sich ein Lager an der Stelle, wo sie auch mit Philippe geschlafen hatte. Sie lag noch einen Moment wach und sah in den Himmel. Lilly flog eine lautlose Runde über ihr. Miriam bemerkte sie nur, weil ihr kleiner Körper sich vor dem mondhellen Himmel abhob. Der sanfte Wind trug den Duft ihrer Lavendelbüsche zu ihr herüber. Sie seufzte zufrieden. Dann schloss sie die Augen.

Madame Richards Kirschen mit Schokolade, selbst gemacht mit Liebe

Fredo ging auch am zweiten Tag nach ihrem Strandtag nicht in die Sonne, weil ihre Schultern noch so wehtaten. Sie saß an dem großen Tisch in der Küche und zeichnete Etiketten für die Kirschkonfitüre, die farbig und kreativ waren und die Miriam begeisterten.

Sie selbst war dabei, die Marmelade zu kochen, für die die Etiketten bestimmt waren. Am Vortag war sie einkaufen gefahren und hatte ihr Auto mit Kirschen, Gelierzucker, bauchigen Schraubgläsern und anderen Dingen beladen. Sie war voller Vorfreude und Schwung gewesen. Der einzige Wermutstropfen war, dass sie nicht ihre eigenen Kirschen nehmen konnte, denn die waren noch nicht so weit. Dann würde sie eben mit den gekauften die Generalprobe hinlegen und alles ausprobieren und die Kirschen aus ihrem Garten später verarbeiten. Am gestrigen Nachmittag hatte sie stundenlang Kirschen entsteint und sie mit dem Zucker vermengt. Die Mischung hatte über Nacht gestanden und war durchgezogen. Jetzt ging es ans Kochen.

Die erste Ladung musste sie komplett wegwerfen. Sie hatte ihren Herd wieder mal nicht richtig eingeschätzt. Er war viel zu heiß. Die Mischung aus Kirschen und Zucker fing an zu kochen, bevor sie reagieren konnte. In dicken Blasen spritzte alles durch die Küche und beschmutzte Wände und Fußboden. Als Miriam endlich den Topf von der Platte zog, bekam sie einen heißen Batzen auf den Unterarm und konnte zusehen, wie sich eine Brandblase bildete. Aber sie gab nicht auf. Sie schrubbte den Topf sauber und fing wieder von vorn an.

Am Ende des Tages hatte sie sechsunddreißig Gläser eingekocht, die in Reih und Glied auf der Fensterbank standen, je sechs Gläser Kirschmarmelade mit einer Spur Kardamom, mit Balsamico und Chili, ohne alles, mit Amaretto und so weiter. Sie hatte einfach verschiedene Rezepte ausprobiert. Dann hatten Fredo und sie gekostet und waren begeistert gewesen. Besonders die letzte Sorte war perfekt geworden. Sie hatte die kleinsten Früchte dafür ausgesucht, die noch ganz waren, und trotzdem war die Marmelade nicht flüssig, sondern cremig. Miriam schrieb die Zutaten in das Buch, das sie von Fredo bekommen hatte. Die Seiten füllten sich langsam, und Fredo machte ihre Illustrationen dazu.

Auch die bauchigen Gläser, in denen die fertige Konfitüre auf Käufer wartete, waren liebevoll ausgesucht. Viele hatte Miriam gekauft, aber sie verwendete auch die kleinen Gläser, in denen sie ihren Joghurt kaufte. Viele Menschen wollten kleine Portionen, hatte Fredo zu bedenken gegeben. »Und du könntest verschiedene Sorten im Dreierpack anbieten.«

Als die Gläser abgekühlt waren, kamen als besonderer Clou Fredos Etiketten zum Einsatz.

»Bring bloß nichts durcheinander. Hier steht die Sorte Amaretto, dahinter die mit Balsamico. Wäre blöd, wenn wir uns da vertun«, sagte Miriam.

Fredo brachte die Etiketten an. Miriam hatte vorgeschlagen, kleine Stoffreste über die Deckel zu legen, aber Fredo hatte widersprochen. »Das machen doch jetzt alle. Und unter dem Stoff kann man gar nicht erkennen, wie schön rot deine Marmelade ist. Ich habe eine bessere Idee. Wart's ab.« Sie hielt Miriam ein fertiges Glas hin. Um den Deckel hatte sie ein Band gewickelt, auf das knallgrüne Kirschblätter, die sie aus Pappe geschnitten und bemalt hatte, und eine Kirsche aus Holz gefädelt waren. Es sah einfach hinreißend aus, zum Anbeißen. Und auf dem Blatt stand, was in dem Glas war.

Miriam nahm ein Glas in die Hand und las, was dort stand. *Madame Richards Kirschen mit Schokolade, selbst gemacht mit Liebe.*

Sie seufzte zufrieden auf. »Ich würde die sofort kaufen. Die Gläser sind kleine Kunstwerke.«

»Wie teuer soll denn ein Glas überhaupt sein?«

Darüber hatte Miriam bereits nachgedacht. »Vier Euro für ein großes Glas, sechs für drei kleine. Damit fange ich an. Wenn es gut läuft, kann ich immer noch teurer werden.«

»Diese kleinen Dinger werden weggehen wie warme Semmeln. Sie sehen einfach so lecker aus. Und wo willst du sie verkaufen?«

»Erinnerst du dich an den kleinen Laden an der Straße nach Ceret? Rechts hinter der Apotheke?«

Fredo nickte.

»Dort verkaufen sie nur lokale und regionale Produkte. Ich habe nachgefragt, man kann dort ein Regal mieten. Ist gar nicht teuer. Aber die ersten Gläser verkaufe ich auf dem Kirschenfest.«

»Du hast dir alles ziemlich genau überlegt«, sagte Fredo.

»Muss ich doch. Ich will doch davon leben.«

»Und warum macht dir dann dieser Ph…«, Fredo kriegte gerade noch die Kurve, denn das Verbot, den Namen auszusprechen, galt immer noch, »… dieser Typ von nebenan so viele Sorgen?«

Miriam tat, als hätte sie das nicht gehört. »Morgen ist das Chutney dran. Wenn du nicht aufhörst, lass ich dich die Zwiebeln schneiden.«

Am nächsten Tag roch Miriams Küche wieder anders: nach Wacholderbeeren und Ingwer, nach Thymian und Lorbeerblättern, die sie aus ihrem Garten holte. Von dem Banyuls, dem Süßwein aus der Gegend, den sie zum Süßen benutzte, damit sie nicht so viel Zucker nehmen musste, probierten sie ausgiebig. Vielleicht gelang das Chutney deshalb so grandios. Es war dunkelviolett von der Farbe, die halbierten Kirschen waren noch fest, aber nicht zu fest, das Verhältnis zwischen Süße und Säure war perfekt. Es war Nachmittag geworden. Die Arbeit für heute war erledigt, und Fredo und Miriam saßen draußen in der Sonne und aßen verschiedene Chutneys auf Manchego-Käse.

»Hallo!«

Sie sahen zur Einfahrt. Dort stand Micheline und winkte. »Was riecht denn bei Ihnen so verführerisch? Gestern auch schon. Ich kann es bis bei mir zum Haus riechen und bin einfach neugierig geworden.«

»Hallo, Micheline«, sagte Miriam und stand auf. »Kommen Sie doch zu uns, dann können Sie probieren«, lud sie die alte Dame ein.

»Gern.« Micheline kam näher. »Ich habe ja gehofft, dass Sie das sagen. Hallo, Frederike.« Sie nickte Fredo zu.

Miriam holte den Stuhl aus ihrem Schlafzimmer, damit sie alle Platz hatten. »Ich glaube, ich muss mir mal Gartenstühle kaufen«, sagte sie.

»Eine Liege wäre toll. Mit so einem Sonnendach«, pflichtete Fredo ihr bei, die mit einem weiteren Glas Chutney aus der Küche kam. Sie reichte Micheline einen kleinen Teller und einen Löffel.

»Das schmeckt fantastisch«, sagte Micheline, nachdem sie zwei verschiedene Sorten Chutney erst auf einem Stück Käse, dann solo probiert hatte. »Das haben Sie gemacht?«

»War gar nicht so schwer«, winkte Miriam ab.

»Wir haben stundenlang herumexperimentiert«, verbesserte Fredo sie. »Und das alles auf einem mittelalterlichen Ofen.«

»Ich glaube ja, dass sich einige Leute auf dem diesjährigen Kirschenfest umgucken werden. Endlich kommt mal frischer

Wind nach Montbolo und nicht der x-te Clafoutis mit Kirschen.«

»Glauben Sie, dass es ihnen gefallen wird? Und wenn sie meine Sachen nicht mögen?«

Micheline winkte ab. »Die Leute hier sind zwar stockkonservativ und stolz darauf, aber beim Essen hört das auf. Sie müssen Sie nur dazu kriegen, Ihre Sachen zu probieren. Ich werde mal ein paar Leuten den Mund wässrig machen. Bieten Sie noch etwas an? Außer den Chutneys?«

»Marmeladen. Und natürlich Kuchen. Die kann ich aber erst kurz vor dem Kirschfest backen.«

»Ich kaufe Ihnen unbesehen ein paar Marmeladen ab.«

»Kommt nicht infrage. Schließlich geben Sie mir Unterricht!« Miriam ging ins Haus und holte drei kleine Gläser Kirschmarmelade. »Hier. Sagen Sie mir, welche Ihnen am besten schmeckt.«

»Oh, die sehen ja entzückend aus. Was für tolle Etiketten.«

»Die hat Fredo gestaltet. Sie ist super darin.«

»Das kann man wohl sagen«, sagte Micheline anerkennend. »Miriam, ich glaube, Sie haben da eine Geschäftsidee geboren. Ich bin gespannt auf Ihre Kuchen. Wir sehen uns dann am Wochenende.« Sie stand auf und machte sich auf den Heimweg.

»Eine bewundernswerte Frau«, sagte Fredo. »Das habe ich neulich Abend schon gedacht.«

»Ist sie. Und interessant. Sie hat mal eine Nacht mit Dalí verbracht.«

»Ist nicht wahr. Mit *dem* Dalí? Erzähl!«

In diesem Moment erklang von drüben Musik und Lachen.

»Sollen wir nicht rübergehen?«, fragte Fredo.

»Ist denn dein Sonnenbrand abgeklungen?«, fragte Miriam frech. »Geh nur. Ich bleib hier.«

»Bist du sicher?«

Miriam nickte.

»Dann bleib ich auch. Aber du erzählst mir die Geschichte mit Dalí.«

Sie lehnten sich zurück und sahen in den Garten hinunter.

Monsieur Frochot kam persönlich vorbei, um sich zu vergewissern, dass Miriam am nächsten Tag am Kirschenfest teilnehmen würde. Er hatte eine Liste bei sich, in die er penibel alle angemeldeten Kuchen eintrug.

»Sie machen Waffeln?«, fragte er und hüstelte. »Interessant. Aber mit Kirschen, oder?«

»Mit heißen Kirschen. Das ist eine Spezialität aus Norddeutschland, wo Madame Richard herkommt«, mischte Fredo sich ein.

Monsieur Frochot verabschiedete sich mit den Worten, er habe noch sehr viel vorzubereiten, aber nicht ohne Miriam ein Kompliment für ihren Garten gemacht zu haben. »Was Sie hier auf die Beine gestellt haben, alle Achtung«, sagte er. »Und riechen tut es auch wunderbar.«

Als er wieder in seinem Auto saß, fragte Miriam Fredo, woher sie das mit den Waffeln und der norddeutschen Spezialität denn wisse. »Ich dachte, das sei holländisch oder so.«

»Keine Ahnung. Hab ich nur so gesagt, damit es besser klingt.« Sie grinste frech.

Die beiden machten sich wieder an ihre Arbeit. Der Waffelteig stand schon fertig im Kühlschrank, aber es fehlte noch die Schwarzwälder Kirschtorte. Die Biskuitböden konnten sie heute schon backen, und die Schokoladenhippen, winzige, hauchdünne Kekse aus dunkler Schokolade, konnten sie auch schon heute machen. Morgen würden sie dann die Böden mit Sahne und dem Kirschkompott füllen und die Torte verzieren. Und dann mussten sie noch die Marmeladen und Chutneys in Kisten verpacken, damit sie sie heil auf den Markt bekamen.

»Ich freu mich richtig auf euer Kirschfest«, sagte Frederike, als alles erledigt war.

»Das ist nicht mein Kirschfest. Und ich habe überhaupt keine Ahnung, was da morgen passiert.«

Aber Miriam dachte mit einer Mischung aus Bangen und Vorfreude an Philippe, der bestimmt auch da sein würde. Und sie würde ihm nicht aus dem Weg gehen können, das war mal klar.

NEUER REKORD: EINUNDFÜNFZIG KUCHEN IM WETTBEWERB

»Meine Güte, hier ist ja kein Durchkommen!« So viele Autos und Menschen hatte Miriam noch nie in Montbolo gesehen, obwohl sie sehr rechtzeitig losgefahren waren. Vor dem Kirchplatz staute sich der Verkehr. Die Terrasse des Café du Cèdre war jetzt schon brechend voll. Miriam und Fredo mussten warten, bis die Musikkapelle vorbeigezogen war, die fröhlich und in ohrenbetäubender Lautstärke *La Paloma* spielte. Wie es eben so klang, wenn zwei Dutzend Bläser auf einem eher kleinen Dorfplatz so richtig aufspielten. Der Spielmannszug umrundete den Platz und zog dann durch die engen Straßen des Dorfs.

Rund um die Kirche und entlang der Friedhofsmauer waren schon Stände aufgebaut, vor denen die Besucher sich drängten. Die besten Plätze unter der großen Zeder und auch auf dem Bouleplatz, wo Platanen Schatten spendeten, waren bereits vergeben, aber neben Paulettes Bäckerei war noch Platz. Miriam machte den Motor aus. »Ich frag sie mal schnell«, sagte sie zu Fredo und stieg aus.

»Morgen!«, rief Paulette herüber. Sie stand vor einem Verkaufsstand und bot hauchdünne Blätterteigtaschen mit … Kirschen an. Sie hielt Miriam ein Probierstück hin.

»Ist neben dir noch Platz?«, fragte Miriam.

»Klar«, sagte Paulette. »Ihr könnt euer Auto hinter der Bäckerei abstellen. Das geht in Ordnung, der Chef hat nichts dagegen.«

»Das wäre wunderbar«, freute sich Miriam, denn sie hatte sich schon Kisten und Tische vom Parkplatz bis hierher schleppen sehen. »Mann, ist das lecker«, stöhnte sie, als sie von der Minitarte abgebissen hatte. Mit den fetten Kirschplundern, die es in Deutschland gab, hatte das gar keine Ähnlichkeit.

»Was willst du denn verkaufen?«, fragte Paulette.

»Keine Konkurrenz für dich«, gab Miriam zurück. »Ich hole schnell das Auto.«

»Ich halte dir den Platz frei.«

Langsam schob sich Miriam mit ihrem Auto durch die Menge. Nachdem sie das Auto hinter der Boulangerie geparkt hatte, ging das Aufbauen des Standes sehr schnell, weil sie nur kurze Wege vom Auto bis zu ihrem Stand hatten. Miriam klappte den neuen Tisch, den sie als Investition in die Zukunft gekauft hatte, auseinander, legte die dicke Leinendecke darauf und stellte ihre Marmeladen und Chutneys in kleinen Pyramiden auf. Daneben kam der Krug mit dem großen Kirschzweig, den sie schweren Herzens von einem ihrer Bäume abgeschnitten hatte. Er trug dunkelgrüne Blätter und dicke Trauben glänzender Kirschen, die aber leider noch nicht reif waren. Ans andere Ende des Tisches kam das Waffeleisen. Sie fragte Paulette, ob sie bei ihr Strom abzapfen dürfe.

Paulette wies einfach mit der Hand zur offenen Tür der Bäckerei. »Bedien dich«, sagte sie.

So, jetzt noch den Teig danebenstellen, und dann konnte es losgehen. Noch während sie aufbauten, kamen die ersten neugierigen Besucher vorbei. Fredo versuchte, die Zutaten der Chutneys auf Französisch zu erklären. Damit verschreckte sie offensichtlich einige Kunden, die verunsichert weitergingen. Sie rollte mit den Augen, während sie nach den richtigen Worten suchte.

»Ich guck mal, was die Konkurrenz so hat«, sagte sie.

»Bringst du die Torte in die Mairie?«, bat Miriam sie. »Monsieur Frochot hat doch gesagt, dass alle ihre Kuchen dort abgeben sollen, damit die Jury sie begutachten kann.«

»Mach ich.« Fredo holte die Torte aus dem Auto und trug sie vorsichtig vor sich her. »Wird Zeit, dass die in die Kühlung kommt«, sagte sie, als sie bei Miriam vorbeikam.

Sorgenvoll betrachtete Miriam die kunstvoll geformten Sahnehäubchen, auf denen eine Kirsche und die handgemachten Schokoladenhippen saßen. Alles fing schon leicht an zu verrutschen.

Miriam sah neugierig zu den umliegenden Ständen. Überall Kirschen in verführerischem Rot in allen Formen und Größen. Sie wurden kiloweise in großen Holzkisten oder zum Naschen in geflochtenen Bastkörbchen angeboten.

»Ich bin ja so was von neidisch«, sagte sie zu Fredo, als die wieder zurück war. »Wieso sind diese Kirschen alle schon reif? Guck mal, wie prall die aussehen.«

»Wie direkt aus dem Paradies«, gab Fredo zurück. Sie hielt Miriam ein paar Früchte hin. »Hab ich unterwegs an den Ständen mitgenommen.« Sie biss in eine riesige Kirsche und verzog den Mund. »Hm, ganz schön sauer. Aber so was von saftig.«

Miriam sah sie zweifelnd an. Und was war mit ihren Kirschen?

»Sei doch froh, dass deine Kirschen erst später dran sind. Wenn alle anderen ihre schon aufgegessen haben. Ich habe nachgelesen, es gibt Sorten, die sind schon Mitte April reif, andere erst Ende Juli. Das hat auch mit der Lage zu tun, wie viel Sonne und vor allem Wind sie bekommen. Unser Stand sieht übrigens wunderschön aus. Der Kirschzweig macht sich super auf dem alten Leinen. Ich mach mal ein Foto.« Sie zog ihr Handy aus der Tasche.

»Mach auch ein paar Nahaufnahmen von den Etiketten«, bat Miriam.

Dann sah sie Madame Gravelotte, die sich mit einem kleinen Handwagen abmühte und versuchte, sich einen Weg durch die dichter werdende Menge zu bahnen.

»Fredo, übernimmst du mal?«, fragte sie und ging Madame Gravelotte entgegen.

»Ich helfe Ihnen, warten Sie.«

»Ach, das ist aber nett von Ihnen. Ich bin zu spät dran, weil dieser blöde Karren einen Platten hat. Jetzt ist mein Stammplatz schon besetzt. Was mache ich denn jetzt mit meinen Sträußen?« Sie sah unglücklich aus.

Miriam half ihr, den störrischen Wagen neben ihren Stand zu bugsieren, wo noch ein bisschen Platz für einen weiteren Stand war. Sie würden zusammenrücken, dann würde es schon gehen.

Madame Gravelotte hatte ihre wunderbaren Sträuße aus Blumen und Kräutern gebunden. Und ihre Quittenpaste hatte sie auch dabei, obwohl das ja streng genommen keine Kirschen waren. Aber Miriam hatte schon gesehen, dass auch andere Händler Produkte verkauften, die nichts mit Kirschen zu tun hatten.

»Das ist meine Freundin Frederike aus Hamburg. Fredo, das ist Madame Gravelotte. Ich habe ihr Auto gekauft.«

»Guten Tag, Madame«, sagte Fredo. Dann musste sie sich schon wieder um eine Kundin kümmern und ihr erklären, wie Kirschmarmelade mit Schokoladenstückchen schmeckte.

»Was haben Sie denn da gezaubert?«, fragte Madame Gravelotte. »Konfitüren und ... Chutney? Schmeckt das denn?«

»Glauben Sie mir, das schmeckt.« Miriam reichte Madame Gravelotte einen kleinen Probierlöffel. »Hier, testen Sie!«

Die alte Dame leckte mit spitzen Lippen das Chutney mit Chili von dem Löffel und ließ es im Mund kreisen. »Das schmeckt ganz hervorragend«, sagte sie dann in einem Ton, als hätte sie niemals damit gerechnet. »Jetzt muss ich mich aber um meinen Stand kümmern.«

Das Waffeleisen war inzwischen heiß. Bald zog der Duft gebackener Waffeln durch die Luft. Viele Leute kamen, um zu probieren. Es hatte sich gelohnt, das Rezept immer wieder auszuprobieren und zu verfeinern. Die Waffeln fanden großen Anklang, nicht nur, aber besonders bei den Kindern. Gegen Mittag kamen immer mehr Leute. Viele von ihnen blieben stehen, nahmen die Gläschen in die Hand und lasen die Etiketten.

Miriam hatte alle Hände voll zu tun, ihnen die Rezepte zu erklären. Gleichzeitig durfte sie ihr altes Waffeleisen nicht aus den Augen lassen, damit der Inhalt nicht verbrannte. Das war ganz schön anstrengend.

»Ohne dich hätte ich das nicht geschafft. Danke, meine Liebe«, sagte sie zu Fredo, als sie die letzte Waffel aus dem Eisen nahm. Es war inzwischen viel zu heiß, um vor dem Eisen zu stehen. Miriam war völlig verschwitzt. Als sie die Waffel an einen kleinen Jungen über den Tisch reichte, war sie erleichtert.

»Nie wieder Waffeln im Hochsommer.«

»Es gibt doch bestimmt ein Winterfest in Montbolo«, witzelte Fredo. »Kastanienfest oder so.«

Gegen ein Uhr holte sie die letzte Kiste mit Gläsern aus dem Auto. Sie hatten tatsächlich fast alles verkauft. Nur die Sorte Balsamico-Chili lief nicht so gut. Alle Bewohner Montbolos kamen auch an ihren Stand. Viele waren aufrichtig neugierig und freundlich. Micheline kam an ihren Stand. Sie lobte Miriams Konfitüren so laut, dass alle es hören mussten, und zwinkerte ihr zu.

Am Nachmittag kam Paul vorbei.

»Guten Tag, Madame Richard«, sagte er.

»Guten Tag, Paul.«

Sie gaben sich die Hand.

»Sind das schon Ihre eigenen Kirschen?«, fragte er. »Fast hätte ich gesagt: unsere. Ich fühle mich für sie verantwortlich. Für die Kirschen, meine ich.« Er kam jetzt ein bisschen ins Stottern.

»Nein, meine Kirschen sind noch nicht reif. Aber ich sage Ihnen Bescheid, wenn es so weit ist.« Miriam zeigte auf verschiedene Gläschen und wollte ihm erklären, was sie hier verkaufte, merkte aber schnell, dass er überhaupt nicht bei der Sache war, sondern ständig zu Paulette hinübersah.

»Paul?«

»Ja?« Er hatte nur einen zerstreuten Blick für sie, dann bewunderte er wieder Paulette, die nebenan mit flinken Bewegungen Croissants und die Kirschplunder einpackte. Sie legte dafür jeweils zwei Ecken des Einschlagpapiers übereinander, hob die Arme und ließ die Päckchen durch die Luft kreisen, bis das Papier aufgedreht war. So ähnlich formten auch Bäcker ihre Brezeln, aber bei Paulette sah es so anmutig aus, als würde sie ein Ballett tanzen.

Miriam beugte sich zu Paul über den Verkaufstisch. »Ich verrate Ihnen jetzt was: Paulette hat mir gesagt, dass sie langsam ungeduldig wird, weil ihr Verehrer sich nicht zu erkennen gibt. Das Plakat vor dem Rathaus hat sie als Heiratsantrag verstanden …«

Sein Kopf fuhr herum. »Wissen Sie, ob es ihr gefallen hat?«

Miriam neigte den Kopf. »Unter uns: Sie war begeistert. Sie scheint sich in diesen Unbekannten verliebt zu haben, allein aufgrund seiner Ideen. Wir waren beide der Meinung, dass das Kirschfest eine gute Gelegenheit wäre, um endlich Nägel mit Köpfen zu machen.«

Paul sah sie zweifelnd an. »Meinen Sie? Ich meine, woher wissen Sie …?«

»Glauben Sie mir.«

Ohne sich zu verabschieden, ging Paul hinüber zu Paulettes Stand. Miriam sah ihm gespannt nach. Wie würde Paulette auf ihn reagieren? Als er vor ihr stand, lächelte sie ihn an, aber eher so, wie sie alle Kunden anlächelte.

»Wer war das denn? Der sieht nett aus.« Fredo kam zu ihr

nach vorn an den Verkaufstisch und stöhnte, als die Sonne ihre Arme traf. Bisher hatte sie noch hinter den Häusern gestanden, aber jetzt brannte sie auf sie nieder. Fredo setzte sich einen Strohhut mit einer breiten Krempe auf. Sie hatte Angst vor einem weiteren Sonnenbrand. »Ich hätte nie gedacht, dass ich den mal zu anderen Gelegenheiten als zum Pferderennen in Klein Flottbek aufsetzen würde«, hatte sie am Morgen noch gewitzelt. Sie hatte den Hut schon vor Jahren in Hamburg gekauft, aber bisher noch keine Gelegenheit gehabt, ihn zu tragen.

»Ach, noch eine Liebesgeschichte. Erzähl ich dir später.«

»Pfft«, machte Fredo und zog den Hut tiefer ins Gesicht. »Das ist doch verrückt. In diesem Dorf scheint alles zusammenzuhängen: Der Bürgermeister ist ein verliebter Hotelwirt, du fährst das Auto einer Kundin, deine Französischlehrerin war in den Mann verliebt, dessen Haus du gekauft hast, im Grunde sind alle unglücklich in alle verliebt ... Das ist ja Stoff für einen Roman.«

Miriam brach in Gelächter aus. »Kann es sein, dass du einen Sonnenstich hast? Vielleicht setzt du dich lieber in den Schatten?«

Fredo zeigte ihr einen Vogel. »Niemals. Den Rest verkaufen wir zusammen. Und dann beginnt doch erst das Programm. Ich habe das Gefühl, hier passiert heute noch was, was ich auf keinen Fall verpassen will.«

Gegen drei Uhr waren nur noch ein paar Gläser Balsamico-Chili übrig. Alles andere hatten sie tatsächlich verkauft. Sie räumten zusammen und verstauten den Tisch und die anderen Sachen schnell im Auto. Dann schlenderten sie über den Festplatz und kauften hauchdünne Scheiben Entenbrust mit Kirschsoße, die sie im Schatten der Zeder aßen.

»Dazu würde jetzt super ein Glas Chutney passen«, sagte Frederike und leckte sich über die Lippen. »Soll ich ...?«

Sie wurden unterbrochen.

»Oh, Madame Richard, hier sind Sie. Ich habe Sie schon an Ihrem entzückenden Stand gesehen, aber noch keine Zeit gefunden, Ihnen persönlich Guten Tag zu sagen.«

Miriam drehte sich herum und sah Monsieur Frochot, der freudestrahlend auf sie zukam.

Sie hätte ihm gern widersprochen und ihn darauf hingewiesen, dass er mindestens zweimal nebenan bei Madame Gravelotte gewesen war und sich lang und breit über ihre Quittenpaste ausgelassen hatte. Aber im Grunde war sie froh, dass der Bürgermeister seine Gefühle nicht länger an sie verschwendete.

»Und hier haben wir ja auch Ihre Freundin aus Hamburg.« Er machte ein treuherziges Gesicht. »Ja, es ist schön bei uns hier in Montbolo, nicht wahr?«, wandte er sich an Fredo. »Falls Sie mit dem Gedanken spielen, sich ebenfalls hier niederzulassen, wenden Sie sich vertrauensvoll an mich. Aber jetzt müssen Sie mitkommen, beide.«

Monsieur Frochot winkte sie mit sich. Seine Schärpe war tadellos gebügelt.

Miriam wischte sich einen Rest Soße von den Lippen. »Wohin sollen wir denn mitkommen?«

»Na, jetzt wird doch der beste Kuchen prämiert. Ich habe gesehen, dass Sie auch einen gebacken haben. Er sieht … deutsch aus, aber köstlich. Kommen Sie, kommen Sie.«

Sie folgten ihm in die Mairie, wo in der Eingangshalle die Kuchen und Torten auf langen Tischen standen. Monsieur Frochot in seiner Eigenschaft als Bürgermeister stellte sich oben an die Treppe und hielt eine Rede. Er bedankte sich bei allen, die Kuchen gespendet hatten, »besonders bei unserer neuen Mitbürgerin«, wobei er auf Miriam zeigte, die daraufhin einen spontanen Applaus bekam. »Nun, in diesem Jahr ist es uns tatsächlich gelungen, einen neuen Rekord aufzustellen.

Sage und schreibe einundfünfzig Kreationen sind abgegeben worden. Das Festkomitee hat es sich nicht leicht gemacht mit seiner Entscheidung, den schönsten, und ich betone: den schönsten Kuchen auszuwählen. Denn angeschnitten und probiert werden sie erst nach der Preisverleihung.« Er wischte sich mit einem Taschentuch über die Stirn und ließ sich von Olivia Ramis einen Briefumschlag reichen.

»Das ist ja wie bei den Oscars«, amüsierte sich Frederike.

»Die Gewinnerin des diesjährigen Kuchenwettbewerbs unseres schönen Ortes Montbolo heißt …« Umständlich öffnete er den Umschlag, faltete das Blatt Papier auseinander, stutzte, »aber was ist das denn?«, räusperte sich ausgiebig und rief dann: »… heißt Paul Taradellas.«

Wieder klatschten alle, als Paul sich aus der Menge löste und zu ihm die Treppe hinaufstieg.

»Wir wollen den Kuchen sehen«, wurde gerufen.

»Geduld, meine Lieben, Geduld«, rief der Bürgermeister.

Zwei Mitarbeiter des Festkomitees trugen die Gewinnertorte herbei und zeigten sie dem Publikum.

Miriam hielt die Luft an, als sie sie sah. Paul hatte ein riesiges Herz gebacken, auf dem mit Kirschen und Marzipan kunstvoll der Name Paulette geformt war.

Einige fingen an zu klatschen und zu johlen. Sebastiá drängte sich nach vorn und brüllte: »Paul heute mal als Gewinnerin. Du bist dir wirklich für nichts zu schade.«

»Das ist doch eine wunderschöne Geste«, rief jemand anderes.

»Genau, Sebastiá, ein bisschen Nettigkeit würde dir auch nicht schaden.«

Fredo zupfte Miriam am Arm. »Ist damit etwa die Paulette aus der Bäckerei gemeint?«

Miriam nickte. »Hab ich dir doch erzählt.«

»Ich fasse es nicht. Noch so eine Geschichte!«

Miriam nickte erneut. Sie war so gerührt von Pauls Geste, dass sie schlucken musste. »So ein netter Liebesbeweis. Ich würde den Mann sofort heiraten«, sagte sie. Sie konnte nicht verhindern, dass ihre Gedanken zu Philippe wanderten. Wo war er eigentlich? Sie hatte ihn den ganzen Tag über noch nicht gesehen. Konnte es sein, dass er das wichtigste Fest des Ortes schwänzte?

»Wo ist denn Paulette?«

»Pau-lette! Pau-lette, Pau-lette«, riefen jetzt auch einige andere.

»Paul, du musst zu ihr gehen. Weiß sie denn überhaupt Bescheid?«, rief jemand.

Paul kam die Treppe herunter und bahnte sich seinen Weg durch die Menge, die ihm auf die Schultern klopfte und ihm Glück wünschte.

Die Verleihung des zweiten und dritten Preises ging in dem Tumult unter. Aber dann kündigte Monsieur Frochot an, dass ab sofort alle Kuchen gegessen werden dürften.

»Ich will ein Stück von unserer Schwarzwälder Kirsch«, sagte Fredo entschlossen und drängelte sich nach vorn durch. Allerdings sah die Torte nicht mehr ganz taufrisch aus. Es war einfach zu heiß für Sahnetorten. Genauso wie für Waffeln. Da hatten die Franzosen es besser gemacht mit ihren Clafoutis und Kirschkuchen vom Blech oder mit Quark.

»Bring mir ein Stück von Pauls Kuchen mit, egal, wie er schmeckt«, sagte Miriam.

»Hier seid ihr!«

Miriam fuhr herum, und Philippe stand vor ihr.

Er lächelte sie an, und wieder konnte sie den Blick nicht von den Fältchen um seine dunklen Augen lassen.

»Paul hat es richtig gemacht. Er hat alles auf eine Karte gesetzt«, sagte er.

»Findet Paulette das auch?«, fragte Miriam spitz.

»Ich glaub schon. Die beiden sitzen vor der Bäckerei und reden miteinander.« Philippe sah sie auf eine merkwürdige Weise an. »Ich weiß ja nicht, was ich dir getan habe, aber …«

»Du hast mir gar nichts getan«, gab Miriam zurück, aber es klang ein bisschen giftig.

Philippe überhörte den Unterton demonstrativ. »Sehr schön. Dann könnt ihr ja jetzt beim Weitspucken mitmachen. Ich habe das organisiert, und ich will unbedingt, dass das ganze Dorf teilnimmt.«

»Weitspucken? Was denn?«, fragte Fredo, die mit zwei Tellern mit Kuchen zu ihnen stieß.

»Kirschkerne. Was denn sonst? Also los.« Er griff einfach nach Miriams Hand und zog sie hinter sich her. Fredo folgte.

»Und was ist mit dem Kuchen?«, rief sie.

»Später.«

Auf dem Bouleplatz waren im Meterabstand Linien mit Mehl gezogen, damit man die Ergebnisse messen konnte.

Miriam sah zu, wie Madame Gravelotte die Wangen einzog, den Kopf nach hinten bog und dann mit aller Kraft einen Kirschkern ausspuckte, der bei fast sechs Metern liegen blieb.

»Alle Achtung«, rief Philippe ihr zu.

»Ich kann das besser«, rief Fredo auf einmal. Sie zwinkerte Miriam zu, die wusste, was gemeint war. Fredo hatte früher immer ihren Kaugummi so weit wie möglich von sich gespuckt. Jetzt machte sie das nicht mehr, wegen der Umweltverschmutzung, aber so etwas verlernte man ja nicht.

»Okay, zeig es ihnen«, rief Miriam. Sie wollte den Arm heben, um Fredo anzufeuern, und dabei wurde ihr bewusst, dass Philippe immer noch ihre Hand hielt.

»Ähm«, meinte sie.

»Oh«, sagte er. »Hab ich gar nicht bemerkt. Das fühlte sich so schön an.« Trotzdem ließ er sie los, und Miriam fühlte Bedauern. Sie steckte die Hand in die Tasche ihres Kleides.

Fredo hatte inzwischen Aufstellung genommen. Man reichte ihr ein Schälchen mit Kirschen. Sie nahm eine ziemlich große, steckte sie in den Mund und kaute darauf herum, bis nur noch der Stein übrig war. Dabei machte sie komische Mundbewegungen und Grimassen. Dann konzentrierte sie sich und spuckte den Kern mit einem ziemlich unanständigen Geräusch von sich. Er blieb bei sechs Meter zwanzig liegen. Madame Gravelotte hatte wie alle anderen gespannt zugesehen und gratulierte ihr.

»Das ist das beste Ergebnis bisher«, rief der Mann, der für die Messung zuständig war. Er trug die Zahl in eine Liste ein.

Fredo kam wieder zu ihnen herüber. »Na, wie war ich?«, fragte sie und nahm ihren Kuchenteller wieder an sich.

»Toll. Aber es kommt noch unser Champion vom letzten Jahr«, sagte Philippe.

»Wer soll das sein?«

»Sebastiá.«

»Au ja«, rief Miriam. »Wenn der sich von einer Frau ausstechen lässt, gibt es garantiert noch eine Prügelei.«

»Wie steht es denn mit deinem Kirschkernweitspuck-Talent?«, fragte Philippe.

»Nach dir«, sagte Miriam.

»Abgemacht«, stimmte Philippe zu. Er spuckte souverän vier Meter fünfzig, was Fredo ein triumphierendes Geheul entlockte.

Jetzt war Miriam an der Reihe. Allerdings war ihre Vorstellung eher peinlich. Sie hatte eben nicht so ein schauspielerisches Talent wie Fredo. Sie stand vor allen Leuten, kaute auf der Kirsche herum und verschluckte sich dabei, dann spuckte sie den Kern ziemlich dicht vor ihre Füße.

»Außer Konkurrenz«, sagte Philippe.

Es wurde nach dem KO-System gespuckt, und am Ende

musste Fredo sich nur Sebastiá geschlagen geben. Als sie sah, dass der Gewinner einen hässlichen Pokal bekam, war sie wieder versöhnt. »Den hätte ich doch nie mit ins Flugzeug bekommen.«

Bevor es zum Tanz unter der Zeder ging, wurde noch die traditionelle Menschenpyramide gebildet. Dabei standen unten die kräftigen Männer eng beieinander und legten sich die Arme auf die Schultern, und dann kletterten andere an ihnen hinauf. Die Kommandos, merkwürdige, lang gezogene Laute, gab Monsieur Boucher, der Bäcker, auf Katalanisch. Das Ganze sah ziemlich gefährlich aus, und Philippe fragte auch nicht, ob sie mitmachen wollten. Aber er selbst war dabei.

»Sag mir lieber noch mal Auf Wiedersehen. Wer weiß, ob ich da heil wieder rauskomme.«

Miriam musste lachen und knuffte ihn in die Seite. Dann sah sie mit zurückgelehntem Kopf zu, wie Philippe über die Knie und Schultern der Untenstehenden immer weiter nach oben kletterte. Er machte das ziemlich elegant, und sie bewunderte seine Körperbeherrschung. Als er seinen Platz eingenommen hatte, auf den Schultern seines Untermannes, die Arme auf die Schultern seiner Nebenmänner gelegt, sah er zu ihr herunter. Miriam spürte plötzlich eine Welle der Zärtlichkeit in sich aufsteigen.

»Vorsicht. Gleich fallen dir die Augen aus dem Kopf«, sagte Fredo zu ihr. »Du magst ihn wirklich, nicht wahr?«

Miriam seufzte. »Sieht man mir das an?«

Fredo nickte.

»Stimmt. Ich mag ihn sehr. Aber ich glaube immer noch, dass es keine gute Idee ist.«

Als Letzte kletterten zwei Mädchen bis ganz nach oben und reckten dort die Arme in die Luft. Alle klatschten begeistert, und die Pyramide löste sich wieder auf. Philippe sprang mit einem kühnen Satz auf den Boden. In diesem Augenblick wurden die bunten Lampions eingeschaltet, die überall in der Zeder und den Platanen rund um den Platz hingen. Sofort herrschte eine besondere Sommerabendstimmung, festlich und voller Erwartung.

Bevor die Kapelle zu spielen begann, ergriff Monsieur Frochot noch einmal das Wort. Der Bürgermeister dankte allen Mitwirkenden für das gelungene Fest und forderte dann die Gewinner des Back- und des Kirschkernspuckwettbewerbs zu ihrem Ehrentanz auf.

Die Musik setzte ein, und Paul und Paulette traten Hand in Hand auf die Tanzfläche unter freiem Himmel. Sie sahen aus, als hätte man sie gerade beim Knutschen erwischt. Ihre Gesichter waren gerötet, aber sie strahlten vor Glück. Als die Umstehenden wie wild applaudierten, brach Paulette in ein befreites Lachen aus und zeigte ihre Zahnlücke. Paul sah sie verliebt an und legte zärtlich die Arme um sie. Sie begannen zu tanzen und schmiegten sich aneinander. Die Zuschauer hatten sie offenbar komplett vergessen. Von der anderen Seite her betrat Sebastiá die Tanzfläche. Er zog lustlos eine Frau hinter sich her und begann, von einem Bein auf das andere zu treten. Mit Tanzen hatte das nicht viel zu tun. Und von dem seligen Versinken in die Musik wie bei Paul und Paulette, das die Zuschauer rührte und ins Träumen brachte, waren Sebastiá und seine Partnerin so weit entfernt wie ein Fußballballett von einem Pas de deux. Dann kamen noch die Zweit- und Drittplatzierten.

»Die Frau kann einem leidtun. Dieser Sebastiá ist doch wirklich ein ausgemachter Holzklotz«, schimpfte Fredo.

»Darf ich bitten?« Philippe kam auf sie zu und streckte seine Hand aus.

Miriam wollte gerade »Sehr gern« sagen, dann fiel ihr auf, dass er Frederike aufforderte. Sie war ja Zweite beim Kirschkernspucken geworden.

Miriam sah zu, wie die beiden sich zu der Musik bewegten, und erinnerte sich an den zauberhaften Abend, als sie selbst mit Philippe unter dem Sternenhimmel getanzt hatte.

Monsieur Frochot forderte Madame Gravelotte auf und eröffnete damit den Tanz für alle. Miriam hatte plötzlich auch Lust zu tanzen, und sie freute sich, als Oscar Poulenc sie mit einer perfekten Verbeugung aufforderte. Zumal er ein begnadeter Tänzer war. Miriam stellte zum wiederholten Mal fest, dass in diesem eher kleinen Mann echtes Potenzial steckte. Ständig ließ er neue Facetten seiner Person sehen. Sie ließ sich von ihm führen und herumschwenken, bis sie außer Atem geriet. Bei einer besonders schwungvollen Drehung stieß sie mit Philippe zusammen. Er legte den Arm um sie, damit sie nicht das Gleichgewicht verlor. Oscar entschuldigte sich für seine Ungeschicklichkeit.

»Wie haben Sie sich denn eingelebt, Madame Richard?«, fragte er, während er sie etwas langsamer ein- und wieder ausdrehte. »Ich hatte gehofft, Sie würden mich noch mal brauchen.« Er zwinkerte ihr zu. »Vielleicht ein Problem mit dem Auto oder so … Aber wie ich höre, haben Sie alles im Griff. Das freut mich für Sie. Ich hatte es aber auch nicht anders erwartet.«

Miriam lachte. Die Musiker spielten jetzt eine Art schnellen Twist. Oscar löste sich von ihr, bewegte die Knie nach innen und außen und begann wild mit den Armen zu fuchteln. Miriam versuchte es ihm gleichzutun. Hinter Oscars Rücken sah sie Fredo und Philippe, die in ihrer Nähe tanzten. In dem Gedränge wurde sie an Philippe gedrückt. Wieder legte er den Arm um sie, ließ sie aber gleich wieder los.

Die Musik machte eine Pause, und sie gingen zu viert an einen der Stände, um etwas zu trinken zu bestellen. Philippe holte Gläser und eine Flasche Weißwein. Sie fanden einen Platz an einem Tisch am Rand und setzten sich.

»Puh, ist das heiß«, rief Fredo noch ganz außer Atem. »Aber was für ein wundervoller Abend!«

Miriam lehnte sich zurück und betrachtete die Szenerie vor ihr. Die bunten Lampions tauchten einzelne Äste in dunkelgrünes Leuchten. Rundherum verbreitete sich samtige Dunkelheit. Lachen und Stimmengewirr schollen zu ihnen herüber, und ganz in ihrer Nähe, im Gras rund um das Boulefeld, war das Tschicketi-tschicketi der Zikaden zu hören. Sie nahm einen Schluck Wein und wünschte sich, dass dieser Abend nie vorübergehen würde. Er war einfach zu schön. Ihr gegenüber saßen Philippe und Fredo, und beide sahen sie an, liebevoll, fröhlich, vielsagend? Bevor Miriam das beantworten konnte, setzte die Musik wieder ein.

Oscar sprang auf. »Darf ich bitten?« Mit einer Verbeugung forderte er Frederike auf.

Philippe und Miriam blieben allein am Tisch zurück. Sie spürte seine Gegenwart. Ihre Unterarme berührten sich fast auf dem schmalen Tisch zwischen ihnen.

»Mir-jam …«, sagte er.

»Ja?«

»Du gehst mir nicht mehr aus dem Kopf. Seit dieser Nacht. Aber du gehst mir auch aus dem Weg. Ich frage mich, was ich tun kann, um das zu ändern. Habe ich etwas falsch gemacht?«

Miriam fand ihre Zurückhaltung in diesem Moment albern und überflüssig. »Wie wäre es, wenn du mich noch mal auf eine Wanderung mitnimmst?«

Er lächelte. »Geht auch Schnorcheln?«

»Hab ich noch nie gemacht.«

»Dann wird's Zeit. Aber vorher tanzen wir. Komm.«

Miriam seufzte tief auf, als er seine Arme um sie legte. Tanzen und Schnorcheln, das war doch wohl in Ordnung. Aber in ihr breitete sich das Gefühl aus, sich zu verlieben.

Ein berauschendes Gefühl, dem sie sich bei der schwungvollen Musik einfach hingab.

Es war schon weit nach Mitternacht, als Miriam und Frederike sich auf den Heimweg machten.

»Gute Nacht, Philippe«, sagte Miriam.

In seinen Augen blitzte Bedauern auf. Er gab ihr wortlos die Hand. Doch dann zog er sie plötzlich an sich und küsste sie auf beide Wangen. »Mir-jam«, flüsterte er an ihrem Ohr. Sie sah die Frage in seinen Augen, doch sie machte sich los und wandte sich ab.

Auf dem Weg die Anhöhe zu ihrem Haus hinauf war sie wortkarg. Sie dachte an Philippe, und sie merkte plötzlich, dass sie ihn vermisste.

»Also, dieses Fest ist ja mit dem Alstervergnügen oder dem Hamburger Dom nicht zu vergleichen. Aber ich finde es so charmant und liebevoll. Und jeder kennt hier jeden. Ich habe mich blendend amüsiert.« Fredo riss sie aus ihren trüben Gedanken.

»Ich mich auch«, sagte Miriam.

»Diese Leute sind einfach liebenswert. Und Paul hat doch wirklich den Vogel abgeschossen. Dass er es gewagt hat, vor allen Leuten Paulette seine Liebe zu gestehen … Dazu gehört Mut.«

Und er hat es richtig gemacht, dachte Miriam.

Den ganzen Sonntag vertrödelten Miriam und Fredo am Haus. Sie lagen in der Sonne und kühlten sich im Bach ab, wenn ihnen zu heiß war, um ihre zitternden Körper dann wieder in der Sonne aufzuwärmen, sie aßen und redeten. Abends packte Fredo ihre Sachen, während Miriam einen Salat machte. Am nächsten Morgen wollten sie früh nach Perpignan zum Flughafen aufbrechen.

»Ich will nicht wieder weg«, sagte Fredo und schniefte laut.

»Dann weißt du ja, wie es mir vor ein paar Monaten ging«, sagte Miriam.

Fredo stöhnte. »Ich kann aber nicht bleiben. Auch wenn ich inzwischen verstehe, was dich hier hält.« Sie sah sich noch einmal um und trat sogar den Weg hinunter zu den Kirschen an, als wollte sie sich von den Bäumen verabschieden. »Ich muss zurück und dieses Projekt erledigen. Aber wenn ich dann keinen Anschlussauftrag habe, komme ich wieder.«

»Versprochen?«

Fredo legte die Hand aufs Herz. »Und du versprichst mir auch etwas.«

»Was denn?«

»Dass du dir über deine Gefühle zu Philippe klar wirst und dich dann auch entsprechend verhältst.«

Miriam seufzte. In der vergangenen Nacht hatte sie kaum geschlafen, weil sie die ganze Zeit an Philippe gedacht hatte. Sie hatte sich so nach ihm gesehnt! Und sie ahnte, dass auch er schlaflos in seinem Bett lag und an sie dachte. Wenn sie ehrlich war, dann musste sie zugeben, dass ihre Strategie, ihn einfach aus ihrem Leben und ihren Gefühlen fernzuhalten, sich als nicht durchführbar herausgestellt hatte. Spätestens auf dem Kirschfest hatte sie sich ernsthaft in ihn verliebt. Sie mochte einfach alles an ihm: wie er aussah, seinen Gang, seine Hilfsbereitschaft und Großzügigkeit, dass er Vertrauen in sie hatte und überzeugt war, dass sie es in Montbolo schaffen würde. Dass er noch nie versucht hatte, sie mit billigen Ratschlägen zu beeindrucken. Wenn sie sich nach ihren schönsten Momenten in Montbolo befragte, dann stieg immer sofort die Erinnerung an ihren allerersten Abend auf der Bank auf, als Lilly aufgetaucht war. Dann folgten die Bilder einzelner Tage in ihrem Garten, als sie mit Paul ihre Kirschbäume gepflegt, als sie die Dahlie gesetzt hatte, ihr erstes Bad im Bach. Aber zu den Bildern, die mit ihrem Garten zu tun hatten, kamen die Begegnungen mit Philippe: ihre gemeinsame Bergtour, die Nacht im Garten, das Gefühl, beim Tanzen in seinen Armen zu liegen, seine Küsse ... Bei dem Gedanken an seine leidenschaftlichen Zärtlichkeiten wälzte sie sich stöhnend in ihrem Bett herum.

Ja, Fakt war, dass sie sich in diesen lässigen charmanten Franzosen mit Sex-Appeal verliebt hatte. Aber das hieß noch lange nicht, dass sie beide bereit für eine Beziehung waren. Dafür war Philippe einfach nicht der richtige Mann. Dafür war sie nicht die richtige Frau. Sie hatte das abgehakt, Heirat, Kinder, Halbtagsjob, Reihenhaus in einem Vorort, irgendwann Silberhochzeit. Sie hatte doch zugesehen, wie ihre Freundinnen diesen Weg gegangen und zum Teil schmerzhaft gescheitert waren. Und zu Philippe passte eine verbindliche Beziehung noch weniger als zu ihr.

»Ja, ich verspreche dir, über meine Gefühle zu Philippe nachzudenken«, sagte sie zu Fredo, bevor sie ins Bett gingen.

Am Montagmorgen brachen sie kurz nach Sonnenaufgang auf. Als wollten sie Fredo zurückhalten, glühten die Berge im ersten Sonnenlicht. Fredo starrte vor sich hin. Im Auto blieben sie schweigsam und hingen ihren Gedanken nach. Und dann war es schon Zeit. Fredo ging durch die Sicherheitssperre. Auf der anderen Seite drehte sie sich noch einmal um und warf Miriam eine Kusshand zu. »Bis bald«, formten ihre Lippen.

Miriam wurde ein bisschen mulmig, als sie wieder auf die Auffahrt zu ihrem Haus fuhr. Jetzt, wo Fredo weg war, würde sie sich ihren Zweifeln allein stellen müssen. Aber dann lag ihr Haus in der Mittagssonne vor ihr, und sie spürte, wie pures Glück heiß durch ihre Adern pulsierte. Sie stieg aus, und noch bevor sie ins Haus ging, legte sie ihre Tasche auf der Bank ab, weil sie eine Runde durch ihren Garten machen wollte. Sie blieb mit dem Fuß an einer Ranke hängen und stolperte. Als sie sich wieder gefangen hatte, hielt sie verblüfft inne. Diese Efeuranke hielt sie hier fest! Weil dies hier ihr Zuhause war. Die Erkenntnis ließ sie breit lächeln.

Sie ging weiter durch ihren Garten, nahm ihn wieder in Besitz, roch hier an einer Blüte und hob dort einen Ast an, um zu sehen, ob er Früchte trug. Als sie wieder hoch zum Haus ging, huschten die kleinen Echsen davon, die die Nachmittagssonne in den Ritzen der Trockenmauer verdösten.

Wenn ich die Frage beantworten sollte, was in meinem Leben wirklich wichtig ist, dann ist es das hier, sagte sie sich, während ihre Finger den Lavendel streiften, der seinen Duft verströmte. Dieser Garten, den ich wieder zum Leben erwecke und von dem ich lebe. Und dieses Leben unter der südlichen Sonne, in dem ich ganz allein bestimme. Wenn dann ab und zu jemand vorbeikommt und für eine Zeit lang bleibt, ist alles genauso, wie ich es haben will. Und wenn ich ab und zu mit Philippe flirte, dann ist das auch in Ordnung, fügte sie in Gedanken hinzu.

Weil sie sich gerade so lebendig fühlte, ging sie zu ihrem Bach, zog die Jeans aus und tauchte in dem eiskalten Wasser unter, bis sie vor Kälte schnatterte. Dann setzte sie sich in die Sonne, die sie im Nu wieder aufwärmte. Allein für diese Wohltat lohnte es sich, hier zu sein!

Sie nahm ihren Rhythmus wieder auf. Sie stand morgens früh auf, arbeitete in ihrem Garten, bis es zu heiß wurde, dann blieb sie in der Nähe des Hauses im Schatten, suchte nach Rezepten, las oder träumte einfach. Am Nachmittag arbeitete sie weiter, und abends saß sie auf der Bank vor ihrem Haus und sah den Kirschen beim Wachsen zu. Sie musste ihre kleinen Macken und Vorlieben nicht länger vor Fredo rechtfertigen (»Warum schläfst du draußen, wenn es drinnen ein Moskitonetz und eine Matratze gibt?«, »Warum baust du Tomaten an? Auf dem Markt in Ceret gibt es die prallsten Tomaten, die ich je gesehen habe. Für kleines Geld!«), trug jeden Tag dieselbe Jeans und badete mindestens einmal am Tag in ihrem Bach.

Seit Fredo nicht mehr da war, ließ sich auch Lilly wieder häufiger blicken.

»Du ziehst die Einsamkeit vor, nicht wahr?«, sagte sie leise zu ihr. Bei dem Gedanken, dass Philippe sie schon ein paarmal dabei erwischt hatte, wie sie mit ihrer Eule sprach, musste sie lächeln. Sie sah sich um, ob er vielleicht in der Nähe war. Aber er war wieder in den Bergen unterwegs. Zwei Tage zuvor war er herübergekommen, um sich zu verabschieden. »Ich bin in ein paar Tagen zurück«, hatte er gesagt. Er hatte keine Versuche gemacht, mehr zu wollen. Er war der freundliche Nachbar, der verlässliche Freund. Genau wie Miriam es sich gewünscht hatte. Das Dumme war nur, dass sie sich dessen nicht mehr sicher war, ob sie nicht doch mehr wollte. Als er sich verabschiedet hatte, hatte sie fest damit gerechnet, dass er sie an sich ziehen und küssen würde. Er hatte es nicht getan, und sie hatte sich seltsam leer gefühlt. Allerdings glaubte sie, gehört zu haben, wie er leise sagte: »Dich kann ich ja nicht haben.«

Miriam war zu einer Französischstunde bei Micheline gegangen. Aber kaum saß sie bei ihr in ihrem vollgestopften Wohnzimmer, da platzte es auch schon aus ihr heraus.

»Sie kennen Philippe doch ganz gut. War er eigentlich mal verheiratet oder so?«

»Ach, daher weht der Wind.«

»Welcher Wind denn?«

Micheline gab ihr einen Klaps auf den Handrücken. »Ach, tun Sie doch nicht so, *ma petite*. Ich habe Sie beide auf dem Kirschfest tanzen gesehen. Mit Ihnen hat Philippe anders getanzt als mit Ihrer Freundin. Das Kirschfest hat schon immer Liebende zusammengebracht.«

»Paul und Paulette?«, meinte Miriam. Seit dem Fest waren sie ein Paar.

Micheline sah sie mit einem Augenzwinkern an. »Unser Bürgermeister und Madame Gravelotte!«

»Ehrlich? Das freut mich aber für die beiden. Und was ist jetzt mit Philippe?«

»Er war mal verheiratet. Eine Jugendsünde.«

»Ist sie von hier?«

Sie schüttelte den Kopf. »Aus Paris, glaube ich.«

»Hat er Kinder?«

Wieder verneinte sie. »Jedenfalls nicht aus dieser Ehe. Und jetzt wenden wir uns wieder der Flexion der Verben zu, wenn Sie einverstanden sind. Es heißt *tomber amoureux avec quelqu'un*, sich in jemanden verlieben …« Sie warf Miriam einen unergründlichen Blick zu.

Miriam lachte. »Sie immer mit Ihren Beispielen! Ich habe heute keine Lust auf Verben. Wollen wir nicht lieber durch Ihren Garten gehen? Oder Sie erzählen mir von Dalí?«

Sie machten keinen Spaziergang. Stattdessen holte Micheline einen Kirschbrand aus dem Schrank, eine schmale Flasche ohne Etikett. »Den macht Oscar jedes Jahr. Der beste der ganzen Gegend. Ich finde, wir genehmigen uns jetzt mal einen, damit wir wieder auf andere Gedanken kommen.«

Der Brand schmeckte intensiv nach Sauerkirschen, und Miriam hatte den Eindruck, als würden ihre Eingeweide versengt. Sie schüttelte sich, woraufhin Micheline ihr noch einen einschenkte.

»Auf einem Bein kann man nicht stehen, das sagt man bei uns in Hamburg«, sagte Miriam.

»Les arbres cachent la forêt«, gab Micheline zurück.

Das verstand Miriam. Den Wald vor lauter Bäumen nicht sehen. Wusste der Teufel, was sie damit meinte.

Als sie später die Abkürzung durch den Wald hinunter nach Hause ging, wurde es schon dunkel, und sie musste aufpassen, dass sie nicht über eine der vielen Wurzeln stolperte. Sie streckte die Arme vor sich aus und hangelte sich von einem Ast zum nächsten. Der Kirschbrand tat seine Wirkung. Kurz oberhalb ihres Hauses trat sie wieder auf die Straße, wo sie besser sehen konnte, und atmete erleichtert auf. Unten sah sie Philippes Auto. Sie blieb stehen. In ihrem Kopf tauchte schon wieder das Bild auf, wie sie und Philippe auf der Decke im Garten lagen und sich berührten. Diese Nacht mit ihm war einfach die Verkörperung ihrer erotischen Fantasie gewesen, ohne dass sie das vorher gewusst hätte. Immer wenn sie an der Stelle vorbeikam, musste sie daran denken, und sie spürte, wie Lust in ihr aufstieg. Woher hatte dieser Mann das bloß gewusst?

Ach, er hat bestimmt wieder seine Studenten bei sich, dachte sie dann. Etwas unsicher marschierte sie an seiner Einfahrt vorbei. Sie würde sich ihre kleinen süßen Strauchtomaten und Basilikum aus dem Garten holen, Olivenöl und etwas Käse dazugeben und sich ein Baguette vom Vortag rösten. Kaum saß sie vor ihrem Haus und dachte darüber nach, dass dieses einfache Essen für sie die Quintessenz von Frankreich war, als sie Schritte hörte.

»Hallo, Mir-jam.«

Sie fuhr zusammen. »Philippe. Ich habe schon gesehen, dass du wieder da bist.«

»Ja, und mein Kühlschrank ist leer. Ich habe dich hier sitzen sehen und wollte nach einer Woche mit meinen Studenten mal wieder mit einem Erwachsenen reden. Ich dachte, ich bringe den Wein mit, und du gibst mir ein Stück von deinem alten Brot. Ich bin einfach zu erledigt, um noch irgendwohin zu fahren.« Er stand vor ihr und beugte sich zu ihr hinunter, um sie auf die Wangen zu küssen. »Mehr darf ich ja nicht«, sagte er.

»Ich bin auch total verschwitzt. Ich war den ganzen Tag im Garten«, sagte sie eilig. Obwohl das gar nicht stimmte. Sie war doch bei Micheline gewesen. Dafür hätte sie sich tatsächlich etwas Hübscheres anziehen können als ihre ausgewaschene Jeans und das weite Hemd. Sie stand auf, um einen weiteren Teller, Gläser und den Korkenzieher zu holen.

»Wie ist es, jetzt, wo deine Freundin wieder weg ist?«, fragte er, als sie sich wieder neben ihn auf die Bank setzte. »Fühlst du dich einsam?«

»Nein. Am Anfang hatte ich das befürchtet, aber ich fühle mich tatsächlich sehr wohl allein.«

»Störe ich dich?«, fragte er rasch.

»Nein«, wehrte sie ab. Das hatte sie auf keinen Fall sagen wollen. »Du störst mich nicht. Jeder braucht mal eine Abwechslung. Und ich kann ja nicht immer nur mit Lilly reden.«

Er lachte.

»Oder mit deinem Ofen.«

»Der mit dem Ofen redet, das bist du!«

Philippe tauchte ein großes Stück Brot in das Olivenöl und streute ein paar Flocken Fleur de Sel darüber. »Ich liebe dieses einfache Essen«, sagte er. »Ich mag alles, was einfach ist, ursprünglich.«

Aha, dachte Miriam. So wie alte Jeans und irgendein Hemd.

Eine Zeit lang saßen sie nur nebeneinander und aßen und

sahen in den Garten. Dann räusperte Miriam sich. »Stört es *dich* eigentlich, dass *ich* hier wohne? Ich meine, bis vor ein paar Monaten warst du hier völlig ungestört. Eigentlich bin ich doch die, die nicht hierhergehört.«

Er drehte sich zu ihr herum und sah sie nachdenklich an. »Ganz ehrlich? Manchmal schon ...«

Miriams Herz zog sich vor Schreck zusammen, aber er sprach bereits weiter.

»Du bringst mein Leben durcheinander, Mir-jam. Ich fühle mich beobachtet, wenn ich Damenbesuch habe. Ich habe das Gefühl, ich müsste mich benehmen. Und einige aus dem Dorf lassen es sich nicht nehmen, mich zu warnen. Wenn ich dich unglücklich machen würde, dann würden sie mich teeren und federn und in die Pyrenäen jagen.« Er grinste.

Miriam schlug nach ihm. »Du übertreibst!« Dann wurde sie wieder ernst.

»Was können wir denn dagegen tun?« Sein Gesicht war ganz dicht vor ihrem, und in der Dämmerung konnte sie seine Augen nur ahnen. Aber sie sah, dass er lächelte.

Dann berührten ihre Lippen sich. Miriam stöhnte auf. All ihre Erinnerungen an die Liebe mit Philippe, ihre Unsicherheit, wie sie ihm begegnen sollte, entluden sich in diesem Kuss. Alles andere war ihr in diesem Augenblick egal. Morgen konnte sie immer noch überlegen, wie es mit ihr und Philippe weitergehen sollte, jetzt wollte sie einfach nur, dass er sie küsste. Vielleicht lag es auch an Michelines Kirschschnäpsen. Er legte die Arme um sie. Mit der einen Hand griff er in ihr Haar, mit der anderen fuhr er unter ihre Bluse. Sie hätte sich gern an ihn gepresst, aber die Bank war schmal und hart und unbequem.

»Hallo? Madame Richard? Sind Sie da? Wir sind's ...«

»Ja, ich bin auch dabei«, erklang eine zweite Stimme, hoch und vergnügt. »Wir bringen Ihnen Ihre Kuchenplatte zurück.«

Sie fuhren auseinander. Philippe räusperte sich übertrieben.

Miriam brauchte einen Augenblick, bis sie begriff, dass der Bürgermeister vor ihr stand. Und neben ihm Madame Gravelotte, die sich neugierig umsah.

»Guten Abend, Madame. Bonsoir, Philippe.« Die zweite Begrüßung fiel wesentlich unfreundlicher aus. Und Philippe sah Monsieur Frochot mit einem Blick an, der ihn eigentlich auf der Stelle hätten töten müssen.

»Wir stören doch nicht etwa?«, fragte Monsieur Frochot und rieb sich die Hände. »Ich bin gerade unterwegs und bringe alle Kuchenplatten zurück. Das mache ich jedes Jahr und nutze die Gelegenheit, um mich persönlich zu bedanken. Philippe weiß das. Und in diesem Jahr ist mir diese Pflicht ein reines Vergnügen, weil die entzückende Madame Gravelotte mich auf meinem Weg begleitet.«

Philippe brummte etwas.

Miriam sah unauffällig an sich herunter, ob die Knöpfe ihrer Bluse vielleicht offen waren.

»Ein Glas Wein?«, fragte sie, weil sie nicht wusste, was sie sonst sagen sollte.

»Oh nein. Vielen Dank. Wir wollen wirklich nicht stören.«

»Nein, wirklich nicht«, bekräftigte Madame Gravelotte. »Aber Ihr Garten, ich muss schon sagen, den haben Sie aber gut hinbekommen. Das war bestimmt eine Menge Arbeit. Darf ich in den nächsten Tagen mal vorbeikommen und ihn mir bei Tageslicht ansehen? Ich hätte da auch eine Frage, weil ich gesehen habe, wie gut Ihre Dahlien stehen. Meine wollen in diesem Jahr einfach nicht.«

»Aber gern. Kommen Sie vorbei. Jederzeit!«, sagte Miriam, weil sie irgendetwas sagen musste.

Die beiden wünschten noch einen schönen Abend und gingen zurück zur Straße.

Als sie weg waren, sahen Philippe und Miriam sich an. Dann brachen sie in unbändiges Gelächter aus.

»Wieso komme ich mir vor wie ein Sechzehnjähriger, der sich auf dem Schulhof beim Rauchen erwischen lässt?«, fragte er.

»Sag du es mir.«

»Warum eiern wir beide hier so rum? Morgen wird ganz Montbolo wissen, was immer der Bürgermeister sich hier zusammenreimt.«

»Kann uns doch eigentlich egal sein. Aber einige der Sitten in diesem gallischen Bergdorf werde ich wohl nie begreifen. Der Bürgermeister bringt eigenhändig die Kuchenplatten zurück. Stimmt das wirklich, oder hat er nur einen Grund gesucht, um herzukommen? Er war nämlich kurzzeitig in mich verliebt!«

»Das kann ich ja so was von verstehen. Der Mann hat Geschmack. Aber ich finde, dass Madame Gravelotte viel besser zu ihm passt.« Er sah sie an. »Meinst du, wir könnten da weitermachen, wo wir eben aufgehört haben? Vielleicht könnten wir ins Haus gehen? Ich fand unsere erste Nacht wirklich romantisch, aber so ein schönes weiches Bett hat auch was für sich.«

»Für eine Nacht?«

»Was denkst du denn?«

»Aber nur, weil ich einen Kirschbrand zu viel hatte.«

»Klar.«

»Und ab morgen sind wir wieder Freunde.«

»Klar.«

»Und ...«

»Was muss ich eigentlich tun, damit du mal die Klappe hältst?«

»Mich küssen.«

»Gute Idee.«

Er zog sie einfach hinter sich her ins Haus und verschloss ihren Mund mit seinen Lippen.

Aus dem Gartentagebuch von Gaston Bonnefoi

Im letzten Jahr sind meine Walnussbäume um fast zwei Meter gewachsen. Inzwischen sind sie fünfundzwanzig Jahre alt, und im Schatten ihrer Kronen ist es im Sommer wunderbar kühl. Im Frühjahr, wenn die Abende schnell kühl werden, sitze ich am liebsten hier, weil die Abendsonne den Standort wärmt. Und das Rauschen des Baches ist hier besonders gut zu hören. Unter den Bäumen ist einer meiner Lieblingsplätze im Garten. Ich habe einen Stuhl und einen kleinen Tisch hingestellt. Wenn ich hier sitze, habe ich einen guten Blick auf die Straße vor dem Haus, werde selbst aber nicht gesehen. Hier kann ich wunderbar nachdenken und mache mir Notizen in diesem Buch – so wie jetzt.

Endlich veröffentlicht: die Kirschrezepte von Madame Richard

Überall im Ort wurden jetzt die Kirschen geerntet. Und sie lockten Schwärme von Staren an, die sich jeden Morgen für eine Stunde in einem Höllenlärm in die Bäume stürzten. Zum Glück hatten sie Miriams Garten nicht entdeckt. Sie hielten sich weiter unten im Dorf auf, aber Miriam konnte die Flugbewegungen der Vögel von ihrem Haus aus bewundern. Ihr erster Gang an jedem Morgen, noch bevor sie sich einen Kaffee machte, führte sie in ihren Kirschhain. Die roten Früchte brachten die Bäume zum Leuchten. Waren sie endlich reif? Sie kaufte sich schon mal eine Leiter aus Alu, die man ausfahren konnte, und ließ sie bei den Bäumen stehen. Jeden Morgen lehnte sie sie an einen anderen Baum, um ihn zu begutachten. Und sie machte sich Gedanken darüber, wie sie die Früchte ernten sollte, in was für Behältern. Und was würde dann mit ihnen passieren?

Als sie eine Einladung der örtlichen Coopérative für eine Versammlung am folgenden Tag im Briefkasten fand, war sie erleichtert. Dort würde sie mehr erfahren.

Am nächsten Abend ging sie ins Café du Cèdre. Als sie den Raum betrat, atmete sie auf. Sie kannte fast alle, die dort saßen, und so viele waren es auch gar nicht: der Bürgermeister, Oscar, Paul und Monsieur Boucher. Und leider auch Sebastiá, der ihr böse Blicke zuwarf. Zwei weitere Männer kannte sie nur vom Sehen, sie hatten ihre Anpflanzungen etwas unterhalb von Montbolo, in Richtung Ceret. Nach ihr kamen noch Philippe und Micheline, und dann waren sie schon vollzählig.

Philippe setzte sich ganz selbstverständlich neben sie. Am

Morgen nach ihrer zweiten Liebesnacht war er wieder verschwunden gewesen, als Miriam aufgewacht war. Erst war sie enttäuscht gewesen, dann hatte sie sich gesagt, dass sie es ja genauso wollte.

»Ich bin bei dir vorbeigekommen, ich wollte dich mitnehmen«, sagte er leise zu ihr, als er sich neben sie setzte.

»Ich wollte unbedingt pünktlich sein. Vielen Dank übrigens, dass du mich hier ins Spiel gebracht hast.«

Im Verlauf des Abends wurde ihr schnell deutlich, dass die Arbeit der Coopérative unspektakulär war. Es ging darum, die Reihenfolge der Ernte festzulegen, damit der kleine Traktor, der zwischen den Bäumen fahren konnte, und die Holzkisten für die Ernte verteilt werden konnten. Die Stare waren in diesem Jahr besonders gefräßig, aber Oscar sagte dazu etwas, das Miriam berührte, weil es so wahr war:

»Wir leben mit der Natur«, sagte er, »und wir nehmen das von der Natur, was sie uns gibt. In diesem Jahr haben wir mehr Stare, im letzten Jahr hatten wir Frost, der einen Großteil der Ernte vernichtet hat. Aber auch die Stare müssen leben, und sie werden uns unseren Teil der Ernte übrig lassen.«

Beifälliges Gemurmel erklang.

Am Ende der Sitzung wurde Miriam formlos gefragt, ob sie Mitglied werden wollte. Sie würde sich damit verpflichten, an den gemeinsamen Arbeitstagen teilzunehmen, die ein paarmal im Jahr standfanden. Mindestens fünfzig Prozent ihrer Ernte würde sie über die Coopérative verkaufen. Und sie würde einen jährlichen Beitrag zahlen, mit dem der Traktor und anderes Gerät finanziert würde. »Das kommt aber erst im zweiten Jahr Ihrer Mitgliedschaft zum Tragen«, sagte Oscar. »Und ich fürchte, in diesem Jahr sind die Geräte schon ziemlich ausgebucht. Aber wir verkaufen gern Ihre Kirschen für Sie.«

Miriam stand auf, denn für sie war diese Sache sehr bedeutsam. »Ich nehme gern an und bedanke mich für das Vertrauen. Und ich lade alle auf ein Glas ein, um meine Mitgliedschaft in der Coopérative zu feiern.«

Kurzer Beifall, damit war die Sache erledigt.

Als alle anfingen, ihre Sachen zu nehmen und nach Hause zu gehen, kam Philippe auf sie zu.

»Ich bring Micheline nach Hause ...«

»Ja, mach das.« Sie hoffte, er würde vorschlagen, danach noch bei ihr vorbeizukommen, und sah ihn fragend an.

Aber weil er schwieg, sagte sie auch nichts.

»Okay. Dann gute Nacht.«

Er hob die Augenbrauen und folgte Micheline.

Später lag Miriam mit dem wohligen Gefühl im Bett, angekommen zu sein. Mit der Coopérative im Hintergrund würde einiges leichter werden. Von Philippes Haus her hörte sie Musik. Sollte sie wieder aufstehen und zu ihm hinübergehen? Hatte sein Blick vorhin nicht genau das gemeint? Und wenn nicht? Wenn die Musik bedeutete, dass er Besuch hatte? Und wenn sie zu etwas keine Lust hatte, dann mit Studenten, die ihre Kinder sein könnten, über Geologie zu fachsimpeln. Sie drehte sich auf die andere Seite und zog sich die Decke über die Ohren. Auf dem Dachboden über ihr rumorte Lilly.

Am nächsten Morgen führte sie ihr erster Weg wie immer in den Kirschhain. Leider trugen die Bäume ganz unterschiedlich. Einige waren schwer von großen violetten Früchten, andere trugen kaum. Miriam schickte einen stillen Fluch an Sebastiá. Wenn sie nur daran dachte, wie er sie auf der Versammlung angegiftet hatte. Wenn er gekonnt hätte, hätte er ihr bestimmt die Aufnahme in die Coopérative verweigert. Sie stellte die Leiter an einen Baum und pflückte eine Handvoll Kirschen von ganz oben, wo die meiste Sonne hinkam. Als sie in eine hineinbiss, stöhnte sie auf. Die Kirsche war saftig und süß, genauso, wie sie nach Miriams Meinung sein sollte.

An diesem Tag begann sie mit dem Pflücken. Sie wunderte sich, wie schnell sie einen und dann noch einen Eimer gefüllt hatte. Die Kirschen hingen zum Teil in richtigen Trauben am Ast, die sie mit einem Handgriff abpflücken konnte. Sie leerte die vollen Eimer in eckige Holzkisten. Am Ende des Tages hatte sie ein Dutzend dieser Kisten mit prallen, dunkelroten saftigen Kirschen gefüllt, und ihre Oberarme schmerzten. Sie rief Oscar an, und er kam vorbei, um sie abzuholen und zur Coopérative zu fahren.

»Die schmecken ganz hervorragend, Madame Richard«, sagte er, nachdem er genussvoll gekaut und den Stein ausgespuckt hatte.

»Ich weiß«, gab Miriam zurück. »Kommen Sie morgen wieder und holen die nächsten?«

»Mache ich. Aber viel Zeit bleibt Ihnen nicht mehr. Demnächst werden alle Ihre Kirschen reif sein, und dann müssen sie vom Baum. Sie haben noch ein paar Tage, mehr nicht.«

»Ich weiß«, sagte Miriam wieder. »Aber was soll ich machen? Ich bin ja schon froh, dass die Coopérative wenigstens meine Ernte abnimmt.«

»Ja, um die Zeit der Kirschernte sind alle mit sich selbst beschäftigt. Bis morgen dann.«

»Bis morgen.«

Miriam sah ihm nach, dann kletterte sie wieder auf die Leiter. Sie würde pflücken, solange sie auch nur einen Rest Tageslicht hatte. Fünf Bäume hatte sie an diesem Tag abgepflückt, wenn sie das gute Dutzend Bäume abzog, die in diesem Jahr dank Sebastiás Raserei nicht trugen, blieben ihr noch knappe fünfzig Bäume. Wie sollte sie das nur schaffen? Zumal sie heute bis an ihre Grenzen gegangen war. Sie hatte nicht mal eine Mittagspause gemacht und kam beinahe um vor Hunger.

Ihr tat buchstäblich jeder Knochen im Leib weh. Und sie hatte geglaubt, durch die Gartenarbeit fit zu sein. Aber Kirschenpflücken beanspruchte offensichtlich ganz andere Muskeln als Graben oder Unkraut jäten.

Sie trug die letzten beiden vollen Eimer zum Haus. Noch etwas fiel ihr ein: Sie wollte ihre Kirschen ja zu Konfitüre und anderen Leckereien verarbeiten. Dafür blieb ihr dann wohl nur noch die Nacht. Sie setzte sich an ihren Küchentisch und sah auf ihre Hände. Die Haut und die Fingernägel waren rot von Kirschsaft. Während sie heißhungrig ihre Nudeln mit Tomaten aus dem Garten in sich hineinstopfte, machte sie sich Notizen über die Bäume, die sie abgeerntet hatte, und welchen Ertrag sie gebracht hatten. Ihre Finger hinterließen rote Schatten auf dem Papier.

Miriam wuchtete den vollen Eimer die Leiter hinunter, die dabei ziemlich ins Schwanken geriet. Sie war dabei, den Baum abzuernten, der neben der Mirabelle von Madame de Gravelotte stand. In Gastons Gartentagebuch hatte sie den Vermerk gefunden, dass hier eine Sauerkirsche der Sorte Moreau stand. Gaston hatte mit Bleistift dazugeschrieben: *frühe Ernte, besonders saftig. Vorsicht: verdirbt schnell.* Das sowie der unvergleichliche Geschmack dieser Kirsche hatte sie dazu bewogen, sich diesen Baum als nächsten vorzunehmen. Wenn sie die Kirschen ansah, musste sie an die schwarzen Augen der Schauspielerin Jeanne Moreau denken. Sie war sich sicher, dass sie die Namenspatronin für diese Sorte war. Zum Glück war der Baum nicht besonders hochgewachsen, eher in Strauchform, mit einer großen Krone. Dennoch musste sie auf die ersten Stufen der Leiter klettern, um an die Früchte ganz oben heranzureichen. Sie musste sich weit vorbeugen, wenn sie die Leiter nicht alle paar Minuten umstellen wollte. Die Äste zerkratzten ihr Unterarme und Hände.

Während ihre Finger mechanisch nach den nächsten Kirschen griffen und sie in den Eimer warfen, hatte sie genügend Zeit, um sich Gedanken zu machen. Welcher Baum war als nächster dran? Welche Kirschsorte hielt sich am längsten am Baum? Wie sollte sie an die Kirschen ganz oben herankommen? Wie viel Geld würde sie mit ihrer Ernte verdienen? Wann würde sie dazu kommen, ihre Konfitüren, Chutneys und so weiter zu kochen? Hatte sie genügend von Fredos wunderhübschen Etiketten in der Druckerei in Ceret bestellt? Hätte sie doch lieber einen kirschroten Hintergrund wählen sollen und nicht den auberginefarbenen? Würde Oscar rechtzeitig kommen, um die Ernte des Tages abzuholen? Und würden die Leute in der Coopérative einen anständigen Preis für ihre Kirschen erzielen? Und was hatte diese Grübelei mit Meditation zu tun? Zu wem hatte sie das noch gesagt, dass die Arbeit im Garten wie Yoga sei? War das nicht Philippe gewesen? Sie stöhnte auf. Na toll! Schon wieder ein neuer Gedankengang, in den sie sich stundenlang vertiefen konnte. Mit Philippe war sie immer noch nicht weiter. Was war das für eine seltsame Beziehung, die sie da hatten? Nach den beiden Nächten voller Sex und Leidenschaft, die ihr jedes Mal die Röte ins Gesicht trieben, wenn sie daran dachte, und den Flirts auf dem Kirschenfest könnte man davon ausgehen, dass sie ein Liebespaar waren. Waren sie aber nicht, auf keinen Fall! Philippe war ein guter Freund, der alles tat, um ihr den Neuanfang hier in Montbolo zu erleichtern. Er hatte sie vor Sebastiá gewarnt, ihr gezeigt, wie sie den Ofen heizte, ihr die Tramontana erklärt und, das war wohl das Wichtigste, sie in der Coopérative ins Spiel gebracht. Aber nur als Freund wollte sie ihn eigentlich auch nicht. Ach, sie wusste ja selbst nicht, was sie wollte. Außerdem hatte sie ihn auch schon wieder seit Tagen nicht gesehen. Langsam brachte sie das auf die Palme. Warum musste er immer einfach für

Tage verschwinden? Eine verlässliche Beziehung, egal, ob zu einem Freund oder zu einem Liebhaber, sah jedenfalls anders aus.

Sie zog ihre Armbanduhr aus der Jeanstasche. Sie hatte sie dort hineingesteckt, um sie zu schützen, denn ihre Unterarme waren blutrot vom Kirschsaft. Ab und zu platzte eben eine reife Frucht, wenn sie sie vom Ast riss, und der Saft lief ihr über die Hände. Schon Mittag. Dieser Baum war abgeerntet, aber so viele lagen noch vor ihr. Das würde sie niemals schaffen. So leid es ihr tat, aber sie befürchtete, dass ein Teil ihrer Ernte an den Bäumen verderben würde. Sie leerte den Eimer vorsichtig in die Holzkiste und ging ins Haus, um einen Zettel mit dem Namen der Kirsche zu schreiben. Dabei überlegte sie, wie viele Kirschen sie wohl in den letzten drei Tagen vom Baum geholt hatte.

Sie ließ die schmerzenden Schultern kreisen, während sie am Küchentisch saß und den Zettel schrieb. *Moreau* und das Datum. Dann nahm sie sich noch einmal Gastons Buch vor, um herauszufinden, welcher Baum wohl als nächster für die Ernte drankommen sollte. Aber sie fand keine weiteren hilfreichen Hinweise. Für Gaston war es wohl keine Frage gewesen, welche Kirsche wo stand und wann reif war. Sie saß am Tisch und nagte an ihrem Stift, als sie von draußen Autolärm und Stimmen hörte. Wahrscheinlich war Philippe mal wieder zu Hause. Und hatte wie üblich Leute da.

Die Stimmen wurden lauter, und dann rief eine bekannte Stimme: »Miriam? Wo bist du denn? Miriam?«

Abrupt setzte sie sich auf. Das hörte sich nach Fredo an. Aber das war ja kaum möglich. Sie stand auf, um nachzusehen – und stieß einen Jubelschrei aus. Vor ihr standen Fredo, Merle und Nina, dahinter Philippe und Micheline.

»Aber …, was macht ihr denn hier?«, rief Miriam. »Merle, ich weiß nicht, was ich sagen soll.«

»Ach, Mama, wir haben gedacht, wir kommen und helfen dir pflücken«, sagte Merle und umarmte sie. »Außerdem will ich endlich wissen, wo du dich hier niedergelassen hast. Fredo hört ja gar nicht auf, davon zu schwärmen.«

Miriam drückte ihre Tochter an sich und dann Nina und Frederike.

»Ich bin einfach sprachlos«, stammelte sie. »Woher wusstet ihr …? Und wer hat euch abgeholt …? Und überhaupt?«

Ihr Blick fiel auf Philippe, der sie anlächelte. Da wusste sie Bescheid. »Du hast das organisiert«, sagte sie.

»Allein schaffst du das nicht. Und ich habe das als Wellnesswoche verkauft. Bewegung in frischer Luft, Zeit für sich, Meditation in den Bäumen und so weiter.« Er kam auf sie zu und küsste sie. Auf die Wange.

Als Letzte war Micheline an der Reihe mit der Umarmung.

»Ich weiß, *ma petite*, Sie sind sprachlos. Dann lassen Sie uns doch ganz einfach an die Arbeit gehen.«

Die Nachtmärkte der Region werden immer beliebter

Drei Tage später trugen sie die letzten gefüllten Eimer hinauf zum Haus. Sie waren tatsächlich fertig geworden! Alle Kirschbäume waren abgeerntet. Die Arbeit war anstrengend gewesen, allen taten die Oberarme weh, aber beim Pflücken hatten sie auch viel geredet und gelacht, und an einem Nachmittag hatte Fredo plötzlich angefangen, eine Melodie zu improvisieren, die an die Gesänge amerikanischer Baumwollarbeiter erinnerte. Merle war begeistert mit einem rhythmischen Brummen eingefallen und hatte die anderen mitgerissen. Sie hatten offensichtlich laut gesungen, denn irgendwann war Philippe am Zaun aufgetaucht und hatte geklatscht. Micheline hatte ihnen ein Gratin aus Gemüse und Kartoffeln gebracht, das für zwei Tage reichte.

Und nun waren die Kirschen vom Baum. Sie hatten gründlich gearbeitet, man musste schon sehr genau hinsehen, um einzelne vergessene Früchte inmitten der Blätter zu entdecken. Oscar war jeden Abend gekommen und hatte die Ernte für die Coopérative abgeholt, wo sie in einem Kühllager auf den Verkauf warteten. Einen Teil hatte Miriam in einer eigens gekauften Tiefkühltruhe eingefroren, um sie später zu verarbeiten. Sie freute sich jetzt schon darauf, in Ruhe alle ihre Rezepte auszuprobieren. Seit Merle und Nina ihr von dem Kirscheis vorgeschwärmt hatten, das sie in Ceret gegessen hatten, war eine neue Idee in ihr gereift. Gab es eigentlich etwas, das man nicht mit Kirschen machen konnte? Zwei weitere Stiegen mit dickfleischigen Kirschen der Sorte Cœur de Pigeon lagerten im Flur vor dem Badezimmer, wo es am kühlsten im ganzen Haus war. Die würden mit nach

Hamburg gehen, wenn Fredo und die Mädchen übermorgen wieder fuhren.

Aber an den Abschied wollte Miriam jetzt noch nicht denken. Sie saß mit Fredo und Micheline vor dem Haus, erschöpft, aber glücklich. Vom Bach her drang Kreischen und Gelächter. Merle und Nina und manchmal auch Miriam kühlten sich nach der Arbeit des Tages gern dort ab, obwohl es immer noch eine Mutprobe bedeutete, die erhitzten sonnenverbrannten Körper dem eiskalten Wasser auszusetzen. Miriam glaubte inzwischen nicht mehr daran, dass das Wasser sich jemals richtig erwärmen würde. Aber ein Bad war die beste Möglichkeit, die angespannten Muskeln zu entspannen und die Müdigkeit zu vertreiben.

»Ich hätte nicht gedacht, dass wir das schaffen. Und dass ich so lange durchhalte«, sagte Fredo gerade und besah sich resigniert ihre dunkel verfärbten Fingernägel.

»Und unsere Töchter haben sich auch noch die Nächte um die Ohren geschlagen«, sagte Miriam.

Das stimmte. Merle und Nina waren abends nach der Ernte zwei Mal nach Ceret gefahren und hatten schnell Bekanntschaft mit den vielen hippen Wanderern geschlossen, die dort in billigen Hostels wohnten. Unbeschwert hatten sie die Nacht durchgefeiert, um am nächsten Morgen mit Kopfschmerzen und übermüdet weiterzuarbeiten. Miriam und Fredo warfen sich einen wissenden Blick zu. Das hatten sie früher auch gemacht, und die Erinnerung an eine wundervolle Nacht hatte ihnen über so manchen verkaterten Tag hinweggeholfen.

Immer wenn Miriam ihre Tochter ansah, schwoll ihr Herz vor Stolz. Sie waren sich in diesen Tagen sehr nahegekommen. Allein der Gedanke, dass ihre Tochter ihr eine Woche ihrer Zeit geschenkt hatte, ließ ihr das Herz überlaufen. Wenn sie nebeneinander in den Bäumen saßen, hatten sie genügend Zeit, um zu reden. So viel Zeit nahmen sie sich sonst selten. Merle erzählte ihr von ihren Mitbewohnern und vom Studium. »Neulich habe ich Papa getroffen«, sagte sie unvermittelt. »Ich habe ihm erzählt, dass du jetzt in Frankreich lebst.« Sie prustete vor Lachen los. »Er hat so getan, als würde er dich für übergeschnappt halten, aber ich habe ihm angemerkt, dass da eine ziemliche Portion Neid dabei war.«

»Wirklich?«, fragte Miriam. Und sie hatte zum ersten Mal das Gefühl, dass sie Gerhard etwas entgegenzusetzen hatte. Ein gutes Gefühl.

Nina nahm Micheline in Beschlag, besonders als sie von der Geschichte mit Dalí hörte. Sie studierte Französisch und Kulturgeschichte und spielte mit dem Gedanken, über die Künstlerkolonie in Ceret eine Studienarbeit zu schreiben.

Philippe konnte ihnen nur am ersten Tag helfen, weil er mal wieder unterwegs war und sich um seine eigenen Bäume kümmern musste. Er hatte allerdings auch nur ein Dutzend junge Bäume, die schaffte er allein, obwohl Miriam ihm angeboten hatte, dass sie die doch auch alle zusammen abernten könnten. »Bis dahin bin ich fertig«, hatte er geantwortet.

Beim Pflücken hatte er Miriams Nähe gesucht.

»Ich bin dir so dankbar«, sagte sie zu ihm.

»Ich wollte einfach, dass du deine Ernte einbringst.«

»Warum?«

»Weil ich will, dass du bleibst.« Er fuhr mit dem Zeigefinger leicht über ihre Hand.

Sie sah ihn mit einem Lächeln an. »Ich habe doch nie etwas anderes gesagt.«

Nina und Merle kamen schlotternd vor Kälte zum Haus zurück. Sie hatten nach der Arbeit ein Bad im Fluss genommen. Miriam stand auf, um Handtücher zu holen. Als sie wieder aus dem Haus trat, stand Philippe vor ihr.

»Hallo«, sagte er und nahm sie leicht in die Arme.

Er sah genauso abgekämpft aus wie die anderen. Er begrüßte alle, dann grinste er plötzlich, zog sein T-Shirt aus und ging ohne ein Wort zum Bach, um sich ins Wasser zu werfen. Merle und Nina waren begeistert und sprangen ihm noch einmal hinterher.

»Jetzt fühle ich mich besser«, sagte er, als er tropfnass zum Haus zurückkam.

»Willst du ein Handtuch?«, fragte Miriam.

»Nein, ich geh gleich wieder rüber. Aber ich wollte euch für heute Abend auf den Marché nocturne, den Nachtmarkt in Prats de Mollo einladen. Heute ist doch euer letzter Abend.«

»Was ist denn ein Nachtmarkt?«, fragte Nina.

»Ein Markt, der nachts stattfindet.«

»Aber warum?«

»Lasst euch doch einfach überraschen. Ich habe jedenfalls Hunger, und zu essen gibt es dort reichlich. In einer halben Stunde? Wir nehmen mein Auto, das ist größer.«

Eine Stunde später parkte Philippe seinen Wagen außerhalb der Stadtmauern, und sie gingen durch das mittelalterliche Tor, das Miriam ja schon einmal bewundert hatte, als sie mit Philippe auf den Costabona gewandert war. Sofort schlugen ihnen Düfte und Musik entgegen. Die Stadtmauer leuchtete golden im Licht der Straßenlaternen. Gleich hinter dem Tor war eine kleine Bühne aufgebaut, auf der ein paar Männer einen schmelzenden Blues spielten, der sofort in die Beine ging.

Sie schlenderten an den Ständen entlang, die durch bunte Lampions beleuchtet waren. Dann besorgte Philippe für alle eine Aioli, womit hier gedünstetes Gemüse mit Knoblauchmayonnaise gemeint war. Dazu tranken sie schweren roten Wein.

»Was bedeutet denn dieses Schild?«, fragte Merle, als sie wieder zum Auto zurückgingen, und versuchte, die Inschrift zu übersetzen. »Auf diesem Weg sind 1939, nach dem Ende des Spanischen Bürgerkriegs, Tausende Männer und Frauen auf der Flucht vor den Frankisten nach Prats de Mollo gekommen.« Darunter stand der Hinweis für einen Wanderweg: *Cami de la Retirada.*

Alle sahen Philippe an. Schließlich sagte er: »Dieser Ort war, wie es auf der Tafel steht, Zufluchtsort für hunderttausend Republikaner auf der Flucht vor den Soldaten Francos. Im Januar 1939 haben die Truppen von General Franco, die 1936 gegen die gewählte republikanische Regierung geputscht und das Land in einen Bürgerkrieg gestürzt hatten, die letzten loyalen Einheiten geschlagen. Wer in den letzten drei Jahren gegen Franco gekämpft hatte oder Sympathien für die Republikaner zeigte, musste um sein Leben fürchten. Sie sind über die Berge gekommen, über den Col d'Ares. Das ist der Pass, über den wir neulich gefahren sind«, sagte er an Miriam gewandt. »Wenn es nicht dunkel wäre, könntet ihr ihn von hier aus sehen. Jedes Jahr am 11. Februar wird hier der Retirada, der Flucht, gedacht. Es leben immer noch Nachfahren der spanischen Flüchtlinge hier«, schloss Philippe seine Ausführungen.

»Sebastiá«, sagte Miriam trocken.

»Und die sind im Winter über die Berge gekommen? Mit Kindern?«

Philippe nickte. »Einige haben das nicht überlebt.«

»Und was ist aus ihnen geworden?«

»Viele sind hiergeblieben, die meisten kamen in Lager entlang des Mittelmeers«, sagte Philippe.

»Und während der deutschen Besatzung im Zweiten Weltkrieg sind viele, die in Frankreich in Gefahr waren, über Prats de Mollo nach Spanien geflohen.«

»Dieser kleine Ort hat so viel Geschichte?«, fragte Nina.

Sie hielten einen Moment inne, um an die vielen Schicksale zu denken, die sich hier ereignet hatten.

»Mama, du hast es einfach richtig gemacht. Es ist so schön

hier«, sagte Merle auf der Rückfahrt leise zu Miriam und lehnte ihren Kopf an ihre Schulter. »Micheline und Philippe sind unglaublich nett. Du kannst froh sein, hier solche Freunde getroffen zu haben.«

Miriam sah zu Philippe, der vor ihr auf dem Fahrersitz saß. Er unterhielt sich mit Fredo, die neben ihm saß. Aber zwischendurch sah er immer wieder in den Rückspiegel, um Miriams Blick aufzufangen.

Als sie vor seinem Haus anhielten, verabschiedete er sich von allen. Er musste am nächsten Morgen ganz früh auf eine weitere Expedition gehen.

Miriam sah, wie Fredo die Stirn runzelte. Und später, bevor sie ins Bett gingen, fragte Merle ihre Mutter, ob da etwas zwischen ihr und Philippe sei. »Ihr schleicht umeinander wie Katzen«, sagte sie.

Als sie im Bett lag, ärgerte sich Miriam. Mal war Philippe ihr ganz nahe, als wären sie ein Paar, dann wieder sah sie ihn tagelang nicht. Sogar Merle war das aufgefallen. Die Pyrenäen sind doch die letzten hunderttausend Jahre auch ohne ihn zurechtgekommen, dachte sie mit einem Anflug von Bitterkeit.

Am nächsten Morgen brachte Miriam die anderen zum Flughafen. Sie konnte die Tränen kaum zurückhalten.

»Ich bin euch so unglaublich dankbar. Ihr habt mir eure Zeit geschenkt. Und … ihr habt mir gezeigt, dass ihr an meinen Traum glaubt. Ich weiß nicht, was ich sagen soll …« Als sie Merle in die Arme nahm, fing sie richtig an zu weinen. »Ich finde es so merkwürdig, aber auch so überwältigend, dass jetzt du mir geholfen hast. Ach, ich weiß auch nicht, was ich sagen soll!«

»Mama, alles ist gut. Ich bin so froh, dass ich gekommen bin und jetzt weiß, wie dein Leben aussieht.« Merle erwiderte ihre Umarmung.

»Mach's gut, meine Süße.«

»Mach dir keine Sorgen, ich komme so schnell wie möglich wieder«, sagte Merle.

»Und wir auch«, erklärten Fredo und Nina einstimmig.

Drei Schwalben machen noch keinen Herbst

Die richtig flirrend heißen Tage des Sommers waren endgültig vorbei. Immerhin war es inzwischen September geworden, eine erste Ahnung von Herbst zeigte sich. Das Laub der Bäume im Garten begann fast unmerklich die Farbe zu ändern, das satte Grün der Blätter wurde matter, an ihren Rändern zeigten sie hellgelbe und orange Flecken. Als Miriam an diesem Morgen vor das Haus trat, stand zum ersten Mal feiner Nebel zwischen den Bäumen. Ein magischer Anblick. Miriam zog sich eine Strickjacke über, bevor sie ihren morgendlichen Gang durch den Garten machte. So war es auch ganz am Anfang ihres Aufenthaltes hier gewesen. Und dann war der heiße Sommer gekommen und die viele Arbeit. Und jetzt wurde es bereits wieder kühler. Ein Kreis schloss sich.

Im Gras hatte sich über Nacht Tau gesammelt, der sie an den nackten Füßen kitzelte. Spinnenfäden glitzerten in der Morgensonne. An manchen Ecken prangte der Garten immer noch farbenfroh, die Rosen und die Hortensien blühten üppig. Gastons Dahlien standen prächtig und bildeten Kissen von Purpur und Rosa, und die Wicken, die Micheline ihr geschenkt hatte, überwucherten den Zaun in der gesamten Länge zur Straße in Weiß, Blau und Rottönen. Miriam holte sich jeden Morgen einen frischen Strauß dieser zarten Gewächse. Sie mussten Micheline vertreten. Sie streichelte über die lippenförmigen Blüten und dachte mit einem wehmütigen Lächeln an ihre Freundin. Andere Flächen im Garten lagen brach, weil Miriam sie bereits abgeerntet hatte. Die Karotten und Kartoffeln waren schon lange aus der Erde geholt. Die Himbeeren und die Schwarzen Johannisbeeren waren gepflückt und zu Marmelade eingekocht. Vom unteren Teil des Gartens her leuchteten noch die Äpfel an den Bäumen. Leider schmeckten sie nicht so gut, wie ihre roten Backen versprachen. Ihr Fleisch war sauer und hart. Aber es kam nicht infrage, dass sie Obst verderben ließ. Sie überlegte noch, was sie mit ihnen machen wollte. Solche sauren Sorten eigneten sich gut für Kompott, das würde mit Eierlikör auch gut zu ihren Waffeln passen.

Sie war am unteren Ende ihres Gartens angelangt und sah zum Haus zurück. Es lag friedlich und einladend in der Sonne. Durch die blauen Fensterläden und die Blumenkübel neben der Tür und an der Auffahrt war es richtig heimelig geworden. Oft blieben Leute auf der Straße stehen und bewunderten ihr kleines Anwesen. Die Arbeit des Sommers hatte sich gelohnt. Von ihrem Standort bis zum Haus zog sich ein leicht gewundener Weg hinauf, der wieder frei von Unkraut war. Rechts und links bildeten die weißen Steine aus dem Bach die Grenze zu den Beeten. An den beiden Trockenmauern führten Stufen auf die höher gelegene Terrasse hinauf.

Alles wirkte gepflegt und stimmig, hatte aber doch einen leicht verwilderten, romantischen Touch. Und es erfüllte Miriam jedes Mal mit Stolz, wenn sie sich klarmachte, dass sie es war, die dies alles in den letzten Monaten aus dem heruntergekommenen Areal geschaffen hatte.

In den letzten Wochen war sie viel allein gewesen. Im Juli war Susanne, eine Kollegin vom Blumengroßmarkt, mit ihrem Mann da gewesen. Sie wollten weiter nach Spanien und hatten bei ihr eine Nacht verbracht. Miriam hatte sich auf den Besuch gefreut, aber Susanne und besonders ihr Mann Erik hatten sich von Anfang an nicht wohlgefühlt. Sie hatten erst stundenlang nach dem Haus gesucht und waren dann ganz entsetzt von der Einsamkeit, in der Miriam lebte. Alle waren froh gewesen, als sie am nächsten Morgen früher als geplant weitergefahren waren.

Seitdem war Miriam allein in ihrem Haus. Das war immer noch eine ganz neue Erfahrung für sie. Eine Erfahrung, die sie gern machte. Ihr Gedankenhorizont erweiterte sich, sie dachte Dinge zu Ende. Sie las viel und arbeitete an ihren Französischkenntnissen. Sie sprach jetzt wirklich gut und hatte ihren Akzent weitgehend abgelegt. In Montbolo fühlte sie sich inzwischen angekommen. Das merkte sie daran, dass die Leute sie grüßten und stehen blieben, um ihr Neuigkeiten aus der Familie zu erzählen und zu fragen, wie es ihr gehe. Wenn sie ins Café du Cèdre ging, lud sie immer jemand ein, sich mit an den Tisch zu setzen. Und auf dem Markt in Ceret kannten die Händler sie. Mit einigen hatte sie ein Art Tauschgeschäft. Sie bekam von ihnen Brot oder Oliven, und Miriam gab ihnen dafür Marmelade oder Chutneys.

Besonders freute sie, dass Paulette sie zu ihrer Hochzeit eingeladen hatte. Im Oktober wollten sie und Paul heiraten. Und Miriam sollte sogar Ehrengast sein, denn inzwischen hatte Paul gestanden, dass Miriam es gewesen war, die ihn ermuntert hatte, seine Liebe endlich zu zeigen.

Miriam ließ den Blick schweifen. Alles war gut. Es gab keinen Grund, ihre Entscheidung, dieses Stück Land zu kaufen, zu bereuen. Bis auf die Sache mit Philippe … Wie so oft in den letzten Monaten war sein Haus verlassen. Wenn er weg war, dann vermisste sie ihn. Aber so richtig weitergekommen waren sie auch noch nicht. Sie hatten inzwischen noch ein paar gemeinsame Nächte gehabt. Manchmal hatte es sich einfach so ergeben, und diese Nächte waren wundervoll gewesen. Jede einzelne. Aber sie blieben beliebig und die Ausnahme, und immer war es Philippe, der den Anfang machte.

»Du eierst rum«, hatte Fredo erst neulich am Telefon zu ihr gesagt. »Jetzt wag es doch mal! Entscheide dich endlich!«

Aber Miriam wusste immer noch nicht, ob sie sich trauen wollte. Und ob sie Philippe trauen konnte.

Es quälte sie, dass er immer wieder einfach verschwand. Manchmal nur für zwei Tage, manchmal für eine ganze Woche. Er sagte ihr zwar vorher Bescheid, aber er legte sich nie fest, wann er wiederkommen würde. Miriam hasste diese Position der Wartenden, weil sie sich so machtlos fühlte. Sie war für sie mit all den negativen Erfahrungen aus ihrer Ehe mit Gerhard besetzt. Sie saß zu Hause, passiv, verurteilt zum Warten, sie konnte nichts tun, wusste nie, wann er wiederkam und in welcher Stimmung er sein würde. Nein, das war einfach zu viel für sie. Sie zog sich zurück, was Philippe nicht verstand. Sie sah es an seinem fragenden Blick. Er bemühte sich um sie, und sie brüskierte ihn.

Trotzdem tat es ihr weh, auf die geschlossenen Fensterläden an seinem Haus zu sehen. Auch an diesem Tag war nebenan niemand. Und er würde sicher auch nicht so schnell zurückkommen. Er hatte von mehreren Tagen gesprochen, als er sich gestern von ihr verabschiedet hatte.

Miriam ging wieder zum Haus zurück. Heute Morgen hatte sie länger für ihren Rundgang gebraucht als üblich. Der Dunst hatte sich verzogen, und die Sonne schien warm auf sie herab. Es war Zeit für einen Kaffee.

Später saß sie an ihrem Küchentisch, vor sich die *Gazette*. Sie schmunzelte über die schiefe Überschrift von Jacques Audibert-Trion. Als wenn Schwalben einen Herbst machen würden! Aber für den Journalisten zählte nur, dass seine Überschriften gut klangen und Aufmerksamkeit weckten.

Sie legte die Zeitung zur Seite und griff nach dem Zettel. Noch einmal überschlug sie die Zahlen, die sie auf ganz altmodische Weise untereinandergeschrieben hatte, weil sie sie sich dann besser vorstellen konnte. Sie verglich zum wiederholten Mal die Einnahmen mit den Ausgaben. Die Zahlen waren eindeutig. Sie hatte mehr Geld ausgegeben und weniger eingenommen, als sie Anfang des Sommers überschlagen hatte. Selbst wenn sie davon ausging, dass sie viele Erstanschaffungen getätigt hatte, die für mehrere Jahre reichen mussten wie das Auto, die Kühltruhe, Gartengeräte, der Internetanschluss und so weiter … Ihre Einnahmen reichten dafür nicht. Es war weniger, als sie eingeplant hatte, es war knapp.

Nachdenklich ging sie in den Flur, wo an der Rückwand des Hauses, in der kühlsten Ecke, das Regal mit ihrem Eingemachten stand. In ordentlichen Reihen standen ihre Konfitüren und Confits, die Chutneys und das Kompott, versehen mit den witzigen bunten Papp-Etiketten von Fredo, die mit einem passenden Band am Deckel festgebunden waren. Sie nahm eines der Gläser in die Hand, es waren die Moreaukirschen mit einem Schuss Wodka, ihre absolute Lieblingskonfitüre. Auf die Etiketten hatte Fredo zwei beschwipste Kirschen gezeichnet, die sich kichernd die Hand vor den Mund legten. Sie sahen zum Anbeißen aus. Es war Fredos Idee gewesen, die Etiketten beidseitig zu beschriften, auf der einen Seite auf Französisch, auf der anderen auf Deutsch. Obwohl die meisten ihrer kleinen Illustrationen so sprechend waren, dass sie gar keine Erläuterung benötigten.

Aber sie sollten nicht hier im Regal stehen, sondern Käufer und Liebhaber finden. Fragte sich nur, wie. Miriams Idee, ihre Produkte an einem Selbstbedienungsstand an der Straße anzubieten, war jedenfalls grandios fehlgeschlagen. An drei Tagen hatte sie genau drei Konfitüren verkauft, und das Wechselgeld war gestohlen worden. Als sie Madame Gravelotte ein Glas geschenkt hatte, lächelte die nur mild. Micheline hatte Miriam daraufhin erzählt, dass die alte Dame – wie fast jeder im Dorf – den Keller voll hatte mit selbst gekochter Marmelade. Also war Miriam mit einem winzigen Stand in Ceret auf dem Markt gewesen. Am Ende hatte sie alle mitgebrachten Gläser verkauft, aber die Standgebühren waren hoch, und außerdem leerte sich der Markt zum Herbst hin beträchtlich, wenn die Touristen weg waren. Und es waren fast nur Touristen, die bei ihr kauften. Weil die Franzosen ihre eigene Marmelade kochten … In den Gesprächen mit den deutschen Marktbesuchern spürte Miriam die Bewunderung für ihren Schritt. »Ach, Sie leben hier?«, »Sie sind einfach ausgewandert, oh mein Gott, wie wunderbar!«, »Ach, wenn ich doch auch den Mut für diesen Schritt finden würde!« Und so weiter. Miriam sagte diesen Leuten nie, dass es manchmal schwer war, dass es einsam sein konnte. Und dass sie gerade nicht wusste, ob sie den richtigen Schritt getan hatte und wie lange sie noch finanziell durchhalten würde.

Sie setzte sich wieder an den Küchentisch und nahm den Stift zur Hand. Aber die Zahlen ließen sich nicht ändern. Sie legte ihr Kinn in die Hände und grübelte vor sich hin.

Am Spätnachmittag spürte sie, wie es kühl von draußen hereinkam. Miriam seufzte. Sie war niedergeschlagen. Nicht nur über ihr Betriebsergebnis.

Im August war völlig überraschend Micheline Guilmette gestorben. Der Briefträger hatte sie tot in ihrem Garten liegend gefunden. Ein Herzinfarkt. Miriam war immer noch wie erstarrt. Micheline war doch so voller Lebenslust gewesen, und jetzt war sie einfach nicht mehr da. Wie schnell so etwas gehen konnte! Miriam vermisste die Nachmittage mit Micheline, die über den Sommer so etwas wie eine Freundin geworden war. Das ganze Dorf war auf der Beerdigung gewesen und auch sehr viele Leute aus Ceret, wo Micheline ja Lehrerin gewesen war. Als alle anderen schon ins Café gegangen waren, war Miriam an das Grab herangetreten und hatte den Liebesbrief, den Gaston vor Jahrzehnten an sie geschrieben hatte, zwischen die vielen Blumen gelegt.

Nun stand Michelines Haus leer, dem Garten sah man es jetzt schon an, dass sich niemand mehr um ihn kümmerte.

Miriam hatte die Idee gehabt, den Garten der Freundin für den Herbst herzurichten, die letzten Früchte zu ernten, die Sträucher zurückzuschneiden, die Blumenknollen und -zwiebeln für das nächste Frühjahr aus dem Boden zu holen und winterfest einzulagern, altes Laub auf den Kompost zu bringen. Sie wusste, dass Micheline das gefallen hätte, und wollte sich mit dieser Geste bei ihr bedanken. Aber dann hatte plötzlich ein Mann hinter ihr gestanden und sie angebrüllt, was sie da zu suchen habe. Er war irgendein Verwandter, ein Cousin, wenn sie das richtig verstanden hatte, und er hatte ihr verboten, das Grundstück zu betreten.

Also kümmerte sie sich um ihren eigenen Garten, wo es schließlich genug zu tun gab. Inzwischen waren die Walnüsse reif, die alten Bäume trugen schwer an den vielen Früchten. Walnüsse waren einträglich, Miriam erinnerte sich gut an die gepfefferten Preise für französische Walnüsse auf den Hamburger Wochenmärkten. Außerdem waren sie viel haltbarer als Kirschen. Beim Blättern durch Gastons Gartentagebuch hatte sie ein Rezept für einen Walnussschnaps gefunden, den der alte Mann wohl immer gebraut hatte. Sie hatte sein Rezept nachgemacht und war jetzt sehr froh darüber. Wenn sie schon Michelines Andenken nicht würdigen durfte, dann das von Gaston.

Gemäß Gastons Aufzeichnungen hatte sie schon Anfang Juli die noch unreifen grünen Nüsse geviertelt und in einem Liter hochprozentigem Schnaps eingelegt. Jetzt war es an der Zeit, die Nüsse herauszufischen und wegzuwerfen und den Schnaps mit fünf Liter Rotwein und einem Kilo Zucker zu versetzen. Dieses Gemisch musste noch mal für knappe sechs Monate ziehen. Miriam roch an den bitteren Nüssen, dann goss sie den Wein und den Zucker auf. Sie war gespannt auf das Ergebnis. Dann fiel ihr ein, dass der Winter schon wieder vorbei sein würde, wenn dieser Nusslikör trinkbar wäre. Wo werde ich am Ende des Winters stehen? fragte sie sich.

Sie musste sich eingestehen, dass sie an einem Tiefpunkt war. Das Geld wurde knapp, Micheline war nicht mehr da, der Sommer ging zu Ende. Und ihr Verhältnis zu Philippe war mehr als ungewiss.

Zum Glück lief es bei Paulette besser. Jedes Mal, wenn Miriam die Bäckerei betrat, strahlte sie über das ganze Gesicht. Seit sie und Paul sich gefunden hatten, war sie überglücklich. Und heute sah sie besonders schön aus mit ihrer bunt geblümten Bluse und der knappen Jeans.

»Salut, Paulette.«

»Guten Morgen, Miriam. Das Übliche?« Damit griff sie schon nach den Croissants, die noch heiß waren und von Butter trieften. »Eins geb ich dir obendrauf. Sie sind heute ein bisschen kleiner als sonst. Hast du schon gehört? Das Café du Cèdre gibt auf. Madame de Maistre hatte einen leichten Kreislaufkollaps …«

»Was?« Miriam bekam einen gehörigen Schreck, aber Paulette beruhigte sie.

»Zum Glück nichts Schlimmes, sie ist schon wieder aus dem Krankenhaus entlassen. Aber sie haben beschlossen, dass es jetzt genug ist. Sie wollen ihre Kinder besuchen, die in Paris und im Limousin wohnen, und Odette will endlich Zeit für ihre Enkel haben.«

»Das kann ich verstehen. Aber wir brauchen doch ein Café in Montbolo. Gibt es denn schon einen Nachfolger?«

»Der Bürgermeister sucht händeringend. Mich hat er auch schon gefragt.«

»Und?«

Paulette sah sie bedeutsam an. »Paul und ich denken darüber nach. Ernsthaft.«

»Aber das wäre doch wunderbar!«

»Ich weiß. Mein Bruder schäumt vor Wut. Er hat ja noch nie geglaubt, dass Frauen irgendwas hinkriegen.«

»Zeig's ihm!«, meinte Miriam.

»Allein schaff ich das aber nicht.« Wieder ein langer Blick, den Miriam nicht deuten konnte.

»Wie meinst du das?«

»Ich könnte dann Hilfe gebrauchen. Paul und ich wollen nämlich so schnell wie möglich Kinder. Sobald wir geheiratet haben.«

»Zählen die Kinder dann für Montbolo oder für Lieu-dit-le-Bout-du-Monde?«

Paulette verstand nicht gleich, was Miriam meinte. Dann fiel der Groschen. »Ach, du meinst wegen dieser blöden Konkurrenz, welcher Ort größer ist?«

Miriam nickte, und sie brachen beide in Gelächter aus.

»Und du denkst, ich könnte da irgendwie mitarbeiten?«, fragte Miriam, nachdem sie sich wieder beruhigt hatten.

»Warum nicht? Du könntest im Service arbeiten. In erster Linie denke ich aber daran, dass du deine Sachen dort anbieten könntest.«

»Was für Sachen?«

»Na, deine Marmeladen und Chutneys und so weiter. Und vielleicht machen wir einmal die Woche einen Waffeltag. Micheline hat immer davon geschwärmt, wie gut die schmecken.«

Sie senkten beide die Köpfe und dachten an die tote Freundin.

»Bei deiner komischen Torte weiß ich allerdings nicht so recht …« Paulette grinste.

»Du meinst meine Schwarzwälder Kirschtorte? Das lag nur daran, dass es so heiß war!« Miriam dachte kurz nach. »Meinst du das ernst?«, fragte sie schließlich.

»Sonst würde ich es nicht sagen. Paul und ich meinen es sehr ernst. Wir wollen das Café ein bisschen moderner machen, was das Essen angeht. Da würden deine Gläschen gut reinpassen.«

»Ich hab schon häufiger gesehen, dass die Sachen, die in einem Café ins Essen kommen, auch gleich verkauft werden«, sagte Miriam. »Mir kam neulich die Idee, wie wohl Kirschsenf zu Wild schmecken würde …« Sie streckte Paulette die Hand über die Theke hin. »Ich denke drüber nach. Und ich danke dir schon mal.«

Als sie in ihrem Auto den Berg hinauffuhr, war ihr schon leichter ums Herz. Sie musste einfach ein bisschen Geduld haben, dann würde bestimmt alles gut werden.

Am nächsten Morgen, kurz nach dem Aufwachen, stand unvermittelt ein Bild vor Miriams Augen: ein Fest in ihrem Garten, mit all den Menschen, die sie hier in Frankreich lieb gewonnen hatte, und mit Frederike, Merle und Nina. »Das mache ich«, sagte sie zu sich selbst und stand auf.

Nach einem Datum musste sie nicht lange suchen: der 20. September, ihr Geburtstag, das war in zehn Tagen. Der Geburtstag war aber nur ein Datum, das sich anbot. Eigentlich wollte sie ihr neues Leben feiern und dass sie die erste Gartensaison hinter sich gebracht hatte. Erfolgreich, wie sie fand, wenn sie sich ihren Garten anschaute. Alles war geordnet und gepflegt und würde im nächsten Jahr reiche Früchte tragen.

Sie machte gleich Nägel mit Köpfen und fragte Merle, Fredo und Nina per SMS, ob sie Zeit hätten. Die Antworten kamen innerhalb von Minuten. Alle drei würden kommen. Sie fing an, Pläne zu schmieden, und lud alle für den Samstagnachmittag ein. Das Wetter war tagsüber noch beständig und warm, sie würden draußen sitzen können. Sie lieh sich bei Paulette Stühle und zwei Tische und stellte sie schon mal vor dem Haus auf. Am Sonnabend vorher ging sie auf den Markt. Sie schlenderte an den Ständen vorüber auf der Suche nach einer Inspiration, was sie kochen könnte. Als sie bei einem Schlachter zwei Wildschweinkeulen entdeckte, war ihre Entscheidung gefallen: Wildschweinbaten mit Kirschsoße und hinterher Waffeln mit heißen Kirschen.

Alle hatten zugesagt und freuten sich: Oscar Poulenc, der Makler, mit dem sie den Verkauf abgeschlossen hatte und der ihr am Anfang so viel geholfen hatte, Paulette, die ihr mit ihrer netten Art und dem unkonventionellen Bekleidungsstil gezeigt hatte, dass man auch in Montbolo so sein konnte, wie man wollte. Paul, der sie vor Sebastiá gerettet hatte. Madame Gravelotte, die fragte, ob sie den Bürgermeister mitbringen dürfe, Monsieur und Madame de Maistre aus dem Café.

Nur einer war nicht da: Philippe Grandjonc. Wusste der Himmel, wo der sich herumtrieb. Sie hatte ihn seit zwei Wochen nicht gesehen. Sie hatte mehrfach bei ihm geklopft, um nachzusehen, ob er vielleicht doch zu Hause war, aber niemand hatte geöffnet. Na gut, dann eben nicht, dachte sie. Ihr Fest hing ja schließlich nicht von Philippe ab. Dennoch machte sie der Gedanke traurig, dass er vielleicht nicht dabei sein würde. Dazu verband sie zu viel mit ihm.

»Kommt Philippe jetzt?«, fragte Fredo, als sie telefonierten. Miriam hatte eine Liste mit Dingen zusammengestellt, die Fredo ihr mitbringen sollte, denn die drei würden mit dem Auto kommen.

»Nein. Ich weiß nicht, wo er steckt.« An dem scharfen Ton in ihrer Stimme hörte Fredo, wie betroffen Miriam war.

»Vielleicht kommt er ja noch«, versuchte sie es.

»Hm«, machte Miriam. Dann platzte es aus ihr heraus: »Ich werde dieses Fest feiern, ob mit ihm oder ohne ihn. Ich habe überhaupt keine Lust, mich von Gefühlen lenken zu lassen, die zum Scheitern verurteilt sind. Ich mache mich doch vor mir selbst lächerlich. In meinem Alter!«

»Denk doch mal an Micheline. Du hast mir so viel von ihr erzählt. Ich weiß, wie sehr du sie mochtest und dass sie eine Art Vorbild für dich war. Micheline hätte sich von solchen Bedenken nicht abhalten lassen. Die hätte einfach genommen, was ihr geboten wird.«

Miriam schwieg. Daran hatte sie ja auch schon gedacht. Und ein paar Nächte hatte sie immerhin mit Philippe verbracht. Schöne Nächte …

»Stell dir doch nur mal vor, du vergibst eine solche Chance auf ein kleines Glück, und ein paar Tage später bist du tot.«

»Na, vielen Dank für den Hinweis.«

Fredo ließ sich nicht beirren. »Du weißt, wie ich das meine. An Michelines Beispiel sieht man einfach, wie schnell alles vorüber sein kann.«

»Auch wenn du recht haben solltest. Philippe ist nicht da, seine Sehnsucht nach mir scheint sich also in Grenzen zu halten. Wir reden hier über ungelegte Eier.«

»Okay. Wie du willst.« Fredo wechselte das Thema. »Wir sehen uns dann übermorgen.«

Miriam las die fette Überschrift in der Gazette noch auf dem Weg vom Briefkasten zum Haus. Da hatte Jacques Audibert-Trion mal wieder eine Hammer-Überschrift rausgehauen: *Todesfalle Canigou: schon wieder Vermisste!* Sie überflog den Artikel, in dem es um eine Familie aus Bordeaux ging, die sich morgens in ihrem Hotel verabschiedet hatte, um auf den Canigou zu klettern. Als sie abends nicht zurückkehrten, hatte der Patron des Hotels die Polizei informiert. Die hatte einen Suchtrupp losgeschickt.

Solche Geschichten passierten hier in der Gegend ständig, erzählte Paulette, als Miriam Brot kaufte. »Die Leute laufen einfach los, haben keine Ahnung, keine Ausrüstung, achten nicht aufs Wetter und so weiter. Jedes Jahr geraten hier Wanderer in Bergnot. Die glauben, das sei ein Spaziergang.«

»Glaubst du, dass Philippe so etwas passieren könnte?«

Paulette sah sie verblüfft an. »Wie kommst du auf ihn?«

»Ich habe seit zwei Wochen nichts von ihm gehört. So langsam mache ich mir Sorgen.«

Paulette platzte fast vor Lachen. »Du glaubst doch nicht, dass Philippe da oben was passiert? Der kennt die Gegend wie seine Westentasche.«

»Trotzdem. Sein Briefkasten läuft über. So lange war er noch nie weg.«

Paulette fuhr sich mit der Hand durch das Haar und zerzauste es gekonnt. »Da fällt mir ein: Er war mal verschüttet …«

»Was?«

»Das muss ein paar Jahre her sein, ich glaube, es war auch im Spätsommer. Es hat plötzlich sehr stark geregnet, die Pegelstände der Flüsse sind angestiegen, und er war in einer Höhle eingeschlossen. Wenn ich mich recht erinnere, musste er fast eine Woche ausharren, bis er sie wieder verlassen konnte.«

»Wieso war er in einer Höhle eingeschlossen?« Miriam konnte ihre Angst kaum verbergen.

»Weil der Zugang, über den er sie betreten hatte, durch die starken Regenfälle überflutet war. Ihm ist damals nichts passiert, aber wir haben uns Sorgen gemacht.«

Tief in düstere Gedanken verstrickt, fuhr Miriam nach Hause. Vor Philippes Auffahrt hielt sie an und sah zu seinem Haus hinüber. Und wenn ihm jetzt wieder etwas passiert war? Wenn er irgendwo festsaß? Womöglich war er gestürzt und hing irgendwo hilflos in einem Berg fest. Oder jemand aus seiner Forschergruppe war abgestürzt, und er setzte gerade sein Leben aufs Spiel, um ihn – oder sie – zu retten. In ihrem Kopf jagten sich die Gedanken, und sie malte sich ein Schreckensszenario nach dem anderen aus.

»Das ist doch Quatsch!«, sagte sie dann laut zu sich selbst und erschrak vor ihrer eigenen Stimme. »Wenn ihm oder einem von seinen Leuten was passiert wäre, dann hätten wir davon gehört. Es gibt schließlich Handys.«

Sie wendete den Wagen und fuhr ihre eigene Auffahrt hinauf. Sie hatte zu tun, sie wollte an diesem Nachmittag noch den Knoblauch und die roten Zwiebeln ernten.

Fredo rief an, um ihr zu sagen, dass ihre Kollegin, die vorübergehend in Miriams Wohnung wohnte, etwas anderes gefunden habe.

Der Anruf war für Miriam der Beginn eines zermürbenden Gedankenkarussells. Sie setzte sich vor ihr Haus, bewaffnet mit einem Block und einem Stift, und dachte über ihre Situation nach.

Da war zum einen das Finanzielle. Die Coopérative hatte ihr vor ein paar Tagen die Abrechnung für den Verkauf der Kirschen und einen Scheck geschickt. Der würde sie für drei Monate über Wasser halten. Dazu war bisher die Miete für die Wohnung in Hamburg gekommen. Aber es war von Anfang an klar gewesen, dass Fredos Kollegin nur für eine gewisse Zeit dort wohnen würde. Für eine Frau mit zwei Kindern war sie zu klein. Ich könnte ein Zimmer dauerhaft vermieten und das andere für mich behalten. Dann hätte ich ein Standbein in Hamburg. Und Merle hätte dort auch wieder ein Zuhause, dachte sie. Sie seufzte. Sie würde nach Hamburg fahren müssen, um das eine Zimmer freizuräumen und einen Mieter zu finden.

Aber sie war noch nicht am Ende ihrer Gedanken angelangt. Ihr eigentliches Problem hieß Philippe. Er war in ihren Träumen von einem neuen Leben einfach nicht vorgesehen gewesen. Aber jetzt gab es ihn. Das war einerseits wunderbar. Aber es machte sie auch verwundbar. Was, wenn er nicht mehr da wäre? Sie musste nicht lange nachdenken, um zu wissen, dass es für sie dann sehr schwierig werden würde. Oder wenn er mit einer Frau zusammen wäre? Und sie könnte dem Glück von der anderen Straßenseite her zusehen? Niemals!

Schon wieder fiel ihr Michelines Spruch ein, dass man das Glück greifen sollte, wenn es vor einem lag. Damit mochte sie recht haben, aber Miriam war über dieses Stadium des zufälligen, kurzfristigen Glücks leider längst hinaus. »Ohne Philippe an meiner Seite kann ich mir ein Leben hier nicht vorstellen«, flüsterte sie. Auch wenn sie bisher diejenige gewesen war, die die Vorstellung einer längeren Beziehung von sich gewiesen hatte. In was hatte sie sich da hineinmanövriert?

Abends im Bett kamen die Gedanken wieder. Auch die Sorgen um Philippe. Natürlich war ihm nichts passiert, aber als Paulette von seinem Unfall erzählt hatte, war ihr bewusst geworden, dass allein die Möglichkeit sie in Schrecken versetzte. Diese plötzliche Erkenntnis ließ sie zusammenfahren. Unmöglich, länger im Bett zu liegen. Sie stand auf und ging in die Küche, um sich ein Glas Wasser einzuschenken. Sie hielt ein Glas unter den Wasserhahn und füllte es, dann öffnete sie die Tür nach draußen. Lilly fuhr erschrocken auf und flog davon.

»Entschuldige«, flüsterte Miriam.

Nachdenklich nahm sie einen Schluck. Die Erkenntnis, die ihr soeben durch den Kopf geschossen war, beschäftigte sie immer noch. Ohne Philippe würde sie nicht länger hierbleiben können. So sah es aus. Aber was hatte das zu bedeuten? War er doch mehr für sie, als sie wollte? Auf jeden Fall war er mehr, als gut für ihren Seelenfrieden war. Er gehörte in ihr Leben hier unter der Sonne Frankreichs. Auch wenn das nicht bedeutete, dass sie ein Paar waren. Hoffte sie. Wollte sie. Wenn er doch nur zurückkommen würde! Ihr wurde klar, wie sehr sie ihn vermisste.

»Wenn er wiederkommt, werde ich ihm das sagen. Ich bin jetzt weichgekocht.«

Es fühlte sich gut an, das laut auszusprechen. Mit diesem Versprechen, das sie sich selbst gab, hoffte sie, endlich schlafen zu können.

Sie fuhr zusammen, als gegenüber eine Autotür ins Schloss fiel. Philippe, dachte sie, und rannte los.

Sie hämmerte an seine Tür, und als er öffnete und sie anlächelte, konnte sie ein Schluchzen nur mit Mühe unterdrücken.

Er sah müde aus, die Fältchen um seine Augen traten stärker hervor, weil er braun geworden war, fast wettergegerbt, auf den Wangen zeichnete sich ein Bart ab. Er war die letzten Tage garantiert nicht in einem Vier-Sterne-Hotel gewesen.

»Ein Glas Wasser hättest du auch bei mir bekommen«, sagte er. »Und eine Hose auch.«

Miriam verstand nicht gleich, bis sie auf das Glas sah, das sie immer noch in der Hand hielt. Der Inhalt war inzwischen auf ihr weißes Schlafshirt verschüttet, das ihr bis knapp über den Po ging. Sie versuchte, es mit der einen Hand über die Oberschenkel zu ziehen, während die andere immer noch das Wasserglas hielt. »Ich war so beunruhigt, weil Paulette mir erzählt hat, dass du schon mal in einer Höhle verschüttet warst, und ich habe dich so lange nicht gesehen, und dann habe ich mich gefragt, wie das wäre, wenn du nicht mehr hier wohnen würdest und was ich dann tun würde und …«

»Willst du erst mal reinkommen? Du scheinst mir ziemlich durch den Wind zu sein.«

»Ich habe mir einfach nur Sorgen gemacht. Aber … ich will dich nicht stören. Du siehst völlig fertig aus. Ist doch etwas passiert?«

Er schüttelte den Kopf. »Wir waren nur ziemlich lange unter ziemlich miesen Bedingungen unterwegs. Ich glaube, ich brauche eine Dusche und dann ein weiches Bett. Ich habe seit zwei Tagen nicht geschlafen.«

»Klar. Sicher. Mach das. Wir sehen uns dann morgen.« Sie wandte sich um, um zu gehen.

»Mir-jam?«

»Ja?«

»Gib mir zehn Minuten. Nur für die Dusche.« Sein Blick glitt zu ihren Brüsten, die sich unter dem T-Shirt abzeichneten, weil sie es immer noch stramm nach unten zog. Sie ließ es los. Jetzt war es auch egal. Außerdem las sie in seinen Augen, dass ihm gefiel, was er sah.

»Beeil dich«, sagte sie.

Sie betrat sein Haus und ging hinten auf die Terrasse hinaus, um in den Sternenhimmel zu sehen.

Sie hörte ihn nicht kommen, aber auf einmal legte er seine Arme von hinten um sie. Seine Haut war kühl und noch ein bisschen feucht. Er roch schwach nach etwas, das sie verrückt machte. Und sie glaubte zu fühlen, dass er kein T-Shirt anhatte. Sie fand das alles derart erotisch, dass alle Vorsätze, die sie vielleicht gehabt hatte, in sich zusammenfielen.

»Ich habe die ganze Zeit an dich gedacht«, murmelte er mit dem Mund an ihrem Ohr.

»Das hast du schon mal zu mir gesagt.«

»Daran siehst du, dass es die Wahrheit ist.«

Sie lehnte sich leicht an ihn. Er überkreuzte die Arme über ihrem Bauch.

»Wie hast du das eben gemeint? Was würdest du tun, wenn ich nicht mehr hier wohnen würde?«

Miriam seufzte. »Das ist mir heute klar geworden. Du gehörst für mich hierher. Ohne dich wäre es nicht dasselbe. Aber du warst nicht geplant. Nicht in meinem Leben.« Während sie das sagte, legte sie ihre Hände auf seine. »Aber es fühlt sich so schön an, dass du da bist, so … richtig.«

»Wie wäre es, wenn wir es einfach zulassen, Mir-jam? Wir müssen ja nicht morgen heiraten. Wir gucken einfach mal, was passiert. Aber erst morgen. Heute leisten wir uns einfach noch mal einen Ausrutscher. Ganz unverbindlich.«

In Miriams Brust wurde es ganz leicht. Der Druck der letzten Tage und Wochen löste sich.

Sie drehte sich zu ihm herum und nahm seinen Kopf in beide Hände. Dann küsste sie ihn.

Sie stöhnten beide laut auf, klammerten sich aneinander, stolperten und schafften es irgendwie bis in sein Bett, ohne zu fallen.

Als ihre erste Lust gestillt war, stützte Miriam sich auf den Ellenbogen, um ihn anzusehen.

»Warum haben wir so lange gewartet?«, fragte sie ihn.

»Weil du mir mehr als einmal gesagt hast, dass du gern allein bist, dass du keine Beziehung willst. Und dann lässt du mich an dich heran, ich denke, jetzt ist alles in Ordnung, und dann bist du wieder so kühl und unnahbar.«

»Ich?« Miriam war ehrlich empört. »Du bist doch derjenige, der für Tage und Wochen in den Bergen verschwindet.«

»Das mache ich nur, weil ich dir aus dem Weg gehen will«, sagte er leise.

»Wie bitte?« Sie wusste nicht, ob sie lachen oder weinen sollte.

»Wir haben uns da in eine völlig bescheuerte Situation manövriert.«

»Fast so blöde wie Paul und Paulette. Da haben wir doch auch gesagt, Leute, jetzt lasst doch mal die Spielereien«, sagte Miriam leise.

»Hm.«

Sie wunderte sich, als er nichts sagte, und sah zu ihm hinüber. Er war eingeschlafen. Sein Arm lag noch über Miriams Bauch. Sie kuschelte sich an ihn.